MISE À NU

Richard Castle

Traduit de l'anglais (États-Unis)
par Évelyne Châtelain

City
THRILLERS

© City Editions 2011 pour la traduction française
© 2010 by ABC Studios
Castle © ABC Studios. All rights reserved
Couverture : © American Broadcasting Companies, Inc.
Publié aux États-Unis par Hyperion Books
sous le titre *Naked Heat*

ISBN : 978-2-35288-715-7
Code Hachette : 50 8682 2

Rayon : Thrillers
Collection dirigée par Christian English & Frédéric Thibaud

Catalogue et manuscrits : www.city-editions.com

Dépôt légal : deuxième trimestre 2011
Imprimé en France par France Quercy, Mercuès - n° 11397/

À la véritable Nikki Heat,
avec toute ma gratitude.

UN

Nikki Heat se demandait pourquoi les feux rouges étaient toujours plus longs lorsqu'il n'y avait pas de circulation. Celui de l'angle d'Amsterdam et de la 83e Rue prenait tout son temps ! Elle répondait au premier appel du matin et aurait pu mettre son gyrophare sur le toit pour tourner à gauche sur les chapeaux de roue, mais le crime avait eu lieu depuis un certain temps, le légiste était déjà sur place, et le corps n'allait pas s'envoler.

Elle profita de ce répit pour soulever le couvercle de son café et voir s'il était enfin buvable. Le plastique blanc bon marché se déchira, et elle se retrouva avec la moitié du couvercle dans les mains, l'autre toujours sur la tasse.

En maugréant à voix haute, elle jeta la partie inutile sur le tapis de sol, côté passager. Impatiente d'avoir sa dose de caféine pour se libérer de sa torpeur matinale, elle allait boire sa première gorgée lorsqu'un klaxon retentit derrière elle. Le feu venait de passer au vert. Naturellement !

D'une main agile, elle bascula légèrement la tasse pour que le café ne se renverse pas et ne lui coule pas sur les doigts sous l'effet de la force centrifuge. Nikki s'engagea à gauche sur la 83e Rue. Elle venait à peine de redresser le volant devant chez Lalo lorsqu'un chien déboula devant son pare-chocs. Heat écrasa le frein. Le café se répandit sur ses genoux. Elle en avait plein la jupe, mais elle s'inquiétait surtout pour le chien.

Par chance, elle ne l'avait pas touché. Elle ne lui avait même pas fait peur. Planté au milieu de la chaussée, immobile, le chien, un petit berger allemand ou un croisement de husky, se contentait de la regarder. Nikki lui sourit et lui fit signe de s'en aller. Il ne broncha pas. Ce regard fixe énervait Nikki ; un regard provocateur, un regard perçant.

Sous les sourcils sombres et le front plissé, les yeux étaient sinistres. En examinant plus attentivement, elle remarqua un détail. Ce n'était pas un chien. Trop petit pour un berger allemand ou un husky, et le brun de sa robe hirsute était moucheté de gris. Le museau était mince et pointu. Il ressemblait plus à celui d'un renard. Non, c'était un coyote !

Derrière elle, le même conducteur impatient klaxonna de nouveau, et l'animal s'en alla. Sans courir, sans s'affoler, au petit trot, faisant montre d'une élégance sauvage, d'un potentiel de vitesse et de… d'arrogance. Il atteignit l'autre trottoir, s'arrêta, se retourna, la regarda un instant droit dans les yeux avant de s'éloigner vers Amsterdam.

Troublante façon de commencer la journée : la peur d'avoir blessé un animal, puis ce regard inquiétant. Elle continua à rouler en s'épongeant avec les mouchoirs en papier de sa boîte à gants, regrettant de ne pas avoir opté pour une jupe noire ce matin-là et d'avoir préféré la kaki.

Elle éprouvait toujours autant de difficulté à devoir affronter un cadavre. Assise au volant, à l'angle de la 86ᵉ Rue et de Broadway, garée derrière la fourgonnette, contemplant le ballet silencieux des légistes au travail, une fois de plus, elle se dit que ce handicap était peut-être bénéfique.

Le médecin était accroupi sur le trottoir devant la vitrine partagée entre de la lingerie fine et de la pâtisserie grand chic. Drôle de mariage ! Elle ne voyait pas la victime. Avec la grève des éboueurs de la ville, une montagne d'ordures ménagères s'amoncelait dans les caniveaux et envahissait

un bon tiers du trottoir, lui obscurcissant la vue. Les remugles de deux jours de pourriture défloraient la fraîcheur
matinale. Au moins, le monticule formait une barrière naturelle qui maintenait les badauds à l'écart.

Une dizaine de lève-tôt s'agglutinaient déjà le long du
bâtiment et derrière le ruban jaune, à l'angle de la rue, près
de l'entrée du métro.

Elle jeta un coup d'œil vers l'horloge numérique de la
banque qui donnait aussi la température : six heures dix-
huit ! De plus en plus souvent, c'était comme ça que commençait son service. La crise avait frappé toutes les catégo-
ries sociales, sans distinction. Que ce fût une conséquence
des restrictions budgétaires de la ville ou de la crise elle-
même, la criminalité augmentait et, par conséquent, Nikki se rendait bien compte qu'elle devait de plus en plus se
rendre auprès de victimes d'assassinat. Elle n'avait pas besoin qu'une Diane Sawyer lui cite des statistiques pour savoir que, si le nombre de cadavres ne montait pas en flèche,
le rythme des meurtres s'accélérait quand même.

Peu importaient les statistiques, pour elle, chaque fois,
la victime était unique. Nikki Heat s'était promis de ne jamais considérer les homicides sur un plan quantitatif.

Ce n'était pas dans sa nature, cela ne correspondait pas
à son expérience.

Son propre drame, presque dix ans plus tôt, l'avait dé-
chirée et c'était dans les tissus cicatriciels qui s'étaient for-
més après le meurtre de sa mère que s'enracinait son empathie. Son supérieur, le capitaine Montrose, lui avait dit un
jour que c'était peut-être ce qui faisait d'elle sa meilleure
enquêtrice. Tout bien considéré, elle aurait préféré en arriver là sans la douleur, mais ce n'était pas elle qui distribuait
les cartes, si bien qu'elle se retrouvait là, par un beau matin
d'octobre, les nerfs à vif, comme la toute première fois.

Nikki observa son rituel personnel, un bref instant de
recueillement par respect pour la victime, pendant lequel
elle établissait des relations personnelles avec l'affaire, à la
lumière de sa propre expérience et en souvenir de sa mère.

Cela lui prit cinq longues secondes, qui lui suffirent pour qu'elle se sente prête.

Elle descendit de voiture et se mit au travail.

Elle se glissa sous le ruban jaune, se faufila dans une ouverture dans le monticule de déchets et s'arrêta net, choquée de se voir en couverture d'un vieil exemplaire de *First Press*, qui dépassait entre un carton d'œufs et un oreiller crasseux. Mon Dieu ! Qu'est-ce qu'elle détestait se voir dans cette pause, un pied sur la chaise dans la grande salle du commissariat, les bras croisés, son Sig Sauer à la hanche, à côté de son bouclier. Quel titre abominable !

Vague de chaleur et vague de criminalité.

Elle, au moins, avait eu la bonne idée de mettre le sien à la poubelle, pensa-t-elle avant d'aller rejoindre ses hommes, Raley et Ochoa. Affectueusement surnommés les « Gars », ils avaient déjà analysé la scène.

— Bonjour, dirent-ils à l'unisson.

— Bonjour, les Gars.

— Je vous aurais volontiers offert un café, mais je vois que je me suis fait devancer ! dit Raley.

— Très drôle ! Vous devriez avoir droit à votre stand-up matinal. Qu'est-ce qu'on a ? demanda-t-elle en observant la scène pendant qu'Ochoa lisait ses notes.

La victime était un homme d'origine hispanique, trente à trente-cinq ans, en vêtements d'ouvriers, allongé sur le dos au-dessus d'une pile de sacs-poubelles, sur le trottoir.

Il présentait d'horribles déchirures, des marques de morsures dans le cou et d'autres sur le ventre, là où son t-shirt était déchiré.

Nikki repensa à son coyote et se tourna vers le légiste.

— Les morsures ?

— Post mortem, à mon avis, dit le médecin. Vous voyez les blessures sur les mains et les avant-bras ? dit-il en indiquant les paumes ouvertes de la victime le long du corps. Elles n'ont pas été provoquées par un animal. Ce sont des blessures de défense contre une arme blanche. Je dirais un couteau ou un cutter. Mais s'il avait été vivant lorsque le chien s'est attaqué à lui, on verrait des morsures sur les mains, ce qui n'est pas le cas. Et regardez...

Il s'agenouilla près du corps, et Heat s'accroupit près de lui pendant que, d'une main gantée de caoutchouc, il indiquait une déchirure dans la chemise.

— Poignardé, dit Nikki.

— On en saura plus après l'autopsie, mais je parierais que c'est la cause de la mort. Le chien n'était sans doute qu'un charognard qui fouillait dans les poubelles. (Il marqua une pause.) Ah oui, détective Heat...

— Oui ?

Elle l'observa, se demandant quel nouveau renseignement il allait lui fournir.

— J'ai beaucoup aimé l'article de *First Press*. Bravo !

Nikki sentit son estomac se nouer, mais elle le remercia, se releva et s'éloigna pour rejoindre Raley et Ochoa.

— On l'a identifié ?

— Négatif, dit Ochoa, pas de portefeuille, pas de papiers.

— Des policiers écument les bâtiments, précisa Raley.

— Bien. Des témoins ?

— Pas encore.

Heat pencha la tête en arrière pour regarder les hauts immeubles qui bordaient Broadway de chaque côté. Ochoa devina ses pensées.

— On a commencé à vérifier tous les appartements qui donnent sur la rue pour demander si quelqu'un a vu ou entendu quelque chose.

Elle baissa les yeux vers lui et sourit légèrement.

— Bien. Allez aussi interroger le personnel des boutiques. La pâtisserie devrait avoir du personnel qui arrive dès potron-minet. Et n'oubliez pas les caméras de sécurité. Avec un peu de chance, cette bijouterie, de l'autre côté de la rue, aura peut-être des images.

Du menton, elle fit un signe vers l'homme qui ordonnait à cinq chiens en laisse de s'asseoir.

— Qui est-ce ?

— Le type qui a trouvé le corps. C'est lui qui a appelé le 911 à cinq heures trente-sept.

Nikki l'observa. Âgé d'une vingtaine d'années, mince, il portait un jean tube et une écharpe théâtrale.

— Laissez-moi deviner… Un AMDO ?

À force de travailler sur Upper West Side avec son équipe, elle avait un surnom pour certains des individus qui fréquentaient le quartier. AMDO signifiait acteur, mannequin, danseur ou…

— Pas loin, détective, dit Ochoa en consultant une page de son carnet. Monsieur T. Michael Dove, de la troupe du Juilliard, a vu le corps se faire mordre. Il dit que ses chiens en ont chargé un autre qui a pris la fuite.

— Comment ça, pas loin ? Il est acteur ?

— AMD ou… dog-sitter d'acteurs !

Nikki ouvrit son blazer pour cacher sa main des curieux afin de lui faire un doigt d'honneur.

— Vous avez pris sa déposition ?

Ochoa brandit son carnet pour dire : « Tout est là. »

— Je suppose que nous avons fait le tour de la question, dit-elle avant de repenser au coyote.

Elle regarda de nouveau vers l'AMDO.

— Je voudrais l'interroger à propos de ce chien.

Nikki regretta aussitôt sa décision. Elle était encore à plus de trois mètres, lorsque le type s'écria :

— Oh ! c'est vous ! Mon Dieu, c'est vous ! Vous êtes Nikki Heat !

Plus loin, les badauds s'empressèrent de s'approcher, sans doute attirés par les soudaines acclamations et non parce qu'ils l'avaient reconnue, mais Nikki préféra ne pas courir de risques. Instinctivement, elle baissa les yeux vers le trottoir et se tourna de profil, adoptant la pose qu'elle avait vu prendre par les célébrités assaillies par les paparazzis à la sortie des restaurants.

Elle s'approcha de lui et tenta de le ramener au niveau de décibels qu'elle désirait le voir adopter en parlant à voix basse.

— Oui, bonjour, je suis bien Nikki Heat.

Non seulement l'AMDO ne comprit pas son insinuation implicite, mais il se montra encore plus exubérant.

— Oh ! mon Dieu, mon Dieu !...

Et, le pire qu'elle put imaginer...

— Je peux prendre une photo avec vous, madame Heat ?

Il tendit son téléphone aux deux détectives.

— Venez, Ochoa, on va voir ce qui se passe du côté de la scientifique.

— Et eux... C'est les Gars, c'est eux ! s'écria le témoin. Comme dans l'article !

Ah ! cet article !

Sans tenter de masquer leur dédain, Raley et Ochoa échangèrent un regard et continuèrent à s'éloigner.

— Bon, tant pis, dit T. Michael Dove. Faudra que je me contente de ça, j'imagine, dit-il en tenant son appareil à bout de bras et en prenant la photo lui-même.

Élevée dans la génération qui a appris à dire « cheese » devant un objectif, Nikki souriait quand on la prenait en photo. Mais pas cette fois. Son cœur sombrait si vite qu'elle était sûre de ressembler à ce qu'on trouve d'ordinaire sur une photo anthropométrique.

Son fan examina son écran.

— Ne soyez pas si timide ! Vous faites la couverture d'un grand magazine national ! Le mois dernier, Robert Downey Jr., et ce mois-ci, Nikki Heat ! Vous êtes célèbre !

— Bon, nous parlerons de cela plus tard, monsieur Dove. Je préfère me concentrer sur ce que vous avez vu concernant notre homicide.

— J'arrive pas à y croire ! Je suis témoin dans une affaire dirigée par le meilleur flic de New York !

Nikki se demandait si un grand jury la jugerait coupable au cas où elle lui mettrait une balle dans la peau... Elle se contenta de lui répondre :

— Pas vraiment. J'aimerais vous demander...

— Pas la meilleure ? Pas si on en croit l'article !

Ah ! cet article !

Maudit article !

Maudit Jameson Rook !

Dès le départ, l'idée lui avait déplu. En juin dernier, lorsque Rook avait été envoyé par le magazine, c'était pour dresser le portrait d'une équipe de la criminelle qui avait un haut taux d'élucidation. Le commissariat avait accepté, parce qu'il aimait avoir bonne presse, surtout si on mettait l'accent sur les individus.

Si Nikki n'était guère enchantée de se sentir observée dans son bocal, lorsqu'on avait choisi son équipe, elle s'était néanmoins prêtée au jeu puisque le capitaine Montrose le lui avait demandé.

Lorsque Rook avait commencé sa semaine d'observation, il était censé faire le tour de toutes les équipes.

Cependant, la première journée à peine terminée, il avait changé d'optique. Il prétendait pouvoir trouver un meilleur angle d'attaque en se concentrant sur un chef d'équipe pour mieux dépeindre l'ensemble des situations. Nikki l'avait immédiatement démasqué : ce n'était qu'une ruse à peine voilée pour passer plus de temps avec elle.

Cela n'avait pas manqué : il avait commencé à lui proposer d'aller boire un verre, de dîner au restaurant, à lui permettre de rencontrer Steely Dan dans les coulisses du Beacon, ou Tim Burton au Museum of Modern Art, lors d'un vernissage de ses dessins. Rook aimait se vanter de ses relations huppées, mais en fait, il connaissait vraiment tout le monde. Il avait usé de ses relations avec le maire pour prolonger sa mission, aux côtés de Nikki, pendant des semaines et des semaines.

Avec le temps, malgré elle, Nikki avait commencé à se sentir... intriguée par le personnage. Non parce qu'il appelait tout le monde par son prénom, de Mick Jagger à Bono en passant par Sarkozy...

Ni parce qu'il était gentil ou mignon. Non, ça, ça pourrait décrire n'importe quel beau parleur..., un beau parleur, sans plus..., mais intéressant quand même.

Non, lui, c'était le paquet-cadeau !

Que ce soient les assauts de Jameson Rook ou l'effet de sa passion à elle, ils se retrouvèrent un jour au lit. Et encore. Et encore… Et encore… L'amour avec lui, c'était toujours torride, mais cela n'avait peut-être pas été une très bonne idée, pensait-elle avec le recul.

Pourtant, lorsqu'ils étaient ensemble, réfléchir, se conduire de manière intelligente, tout cela partait en fumée. Comme Rook l'avait dit le jour où ils avaient fait l'amour dans sa cuisine après avoir essuyé une pluie torrentielle : « La chaleur, tu ne refuseras point ! » Ah ! ces écrivains ! Mais c'était tellement vrai.

La situation avait commencé à se détériorer avec ce fichu article. Rook ne lui avait pas encore montré son brouillon que le photographe avait débarqué pour prendre des photos, et l'objectif était sans cesse braqué sur elle.

Nikki insistait pour que l'on prenne des photographies du groupe, de Raley et Ochoa, en particulier, ses deux compères, mais le mieux qu'elle avait pu obtenir, c'étaient des photos de groupe avec son équipe en arrière-plan.

Le pire, pour elle, c'était de prendre la pose. Lorsque le capitaine Montrose lui avait demandé de coopérer, Nikki avait accepté que l'on prenne quelques instantanés sur le vif, mais le photographe, aussi subtil qu'un bulldozer, qui ne s'intéressait qu'au vedettariat, l'obligeait à poser :

— Pour la couverture, lui disait-il, il faut les travailler, celles-là…

Elle s'était laissé faire.

Du moins jusqu'à ce que le photographe lui demande de regarder méchamment à travers les barreaux de la cellule et lui dise :

— Allez, montrez-moi les dents… Montrez-moi ce désir de vengeance dont on m'a tant parlé…

Ce soir-là, elle demanda à Rook de lui montrer son article. Lorsqu'elle en eut terminé la lecture, Nikki le pria de retirer tout ce qui la concernait. Pas seulement parce que cela la dépeignait comme la star de l'équipe. Ni parce que cela minimisait les efforts des autres, réduits à de simples notes de bas de page. Ni parce que cela la mettait sur le devant de la scène… *Cendrillon* était un de ses films favoris, mais elle préférait que cela reste un conte de fées plutôt qu'une réalité… Non, elle reprochait à cet article d'étaler son intimité au grand jour, en particulier tout ce qui concernait le meurtre de sa mère.

Aveuglé par sa propre création, pour chaque reproche, Rook avait une réponse toute prête. Il lui disait que tous ceux dont il faisait le portrait avaient peur avant la publication. Elle lui conseillait de mieux l'écouter. Dispute.

Il prétendait qu'il ne pouvait pas la supprimer de l'article, puisque c'était elle, le sujet de l'article.

— Et puis, même si je le voulais, c'est impossible. C'est déjà imprimé.

Ce fut la dernière fois qu'elle le vit. Trois mois plus tôt.

Elle s'accommoderait fort bien de ne plus jamais le revoir, pensait-elle. Mais cela ne se passa pas aussi aisément que prévu. Sans doute s'imaginait-il pouvoir la charmer pour qu'elle revienne vers lui.

Dans le cas contraire, pourquoi aurait-il continué à appeler, malgré des séries de non, non et non, avant qu'elle refuse totalement de décrocher. Il avait fini par comprendre le message, car les coups de téléphone avaient cessé.

Enfin, jusqu'à quinze jours plus tôt, lorsque le magazine s'était retrouvé en kiosque et que Rook lui avait tendu une perche en lui envoyant un exemplaire dédicacé, une bouteille de Silver Patrón et une corbeille de citrons.

Nikki jeta l'exemplaire de *First Press* dans la poubelle à recycler, offrit la bouteille au détective Ullet, qui fêtait sa retraite anticipée avant de déplacer son bateau à Fort Leonard Wood, dans le Missouri, pour jeter quelques asticots dans l'eau.

Pendant que tout le monde buvait de la tequila, elle s'en tint à la bière.

Ce fut le dernier jour de son anonymat. Elle avait espéré, comme disait Andy Warhol, que ce ne serait qu'un quart d'heure de célébrité, mais, depuis quinze jours, elle ne pouvait aller nulle part sans qu'il se passe la même chose. Des regards parfois, des commentaires aussi…, toujours la même douleur pour elle.

Non seulement elle trouvait désagréable qu'on la reconnaisse, mais chaque soupir, chaque phrase, chaque photo prise au téléphone portable lui rappelaient Jameson Rook et l'histoire d'amour qu'elle voulait oublier.

La tentation était trop forte pour le schnauzer géant, qui léchait le lait sucré sur l'ourlet de sa jupe. Elle lui caressa la tête et essaya de ramener T. Michael Dove à des considérations plus terre à terre.

— Vous promenez les chiens dans le quartier tous les matins ?

— C'est exact : six fois par semaine.

— Vous aviez déjà croisé la victime dans les parages ?

Il marqua une pause théâtrale. Elle espérait qu'il commençait tout juste à prendre des cours chez Juilliard, car le spectacle n'était même pas du niveau patronage.

— Non.

— Dans votre déclaration, vous dites qu'il était attaqué par un chien au moment où vous êtes arrivé. Vous pourriez nous décrire ce chien ?

— Il était bizarre. On aurait dit un berger, mais plutôt sauvage, vous voyez ?

— Comme un coyote ?

— Oui, peut-être. Mais voyons, on était à New York la dernière fois que je me suis renseigné !

Nikki avait réagi de la même manière.

— Je vous remercie de votre coopération.

— Vous plaisantez ! Je vais me faire une joie d'en parler dans mon blog dès ce soir.

Heat s'écarta pour prendre un appel. Le central lui annonçait qu'un témoin anonyme avait signalé un meurtre avec effraction. Tout en parlant, elle s'approcha de Raley et Ochoa. Les deux policiers avaient déjà compris son langage corporel et se préparaient à partir sur la mission suivante avant même qu'elle ait raccroché.

Nikki jeta un dernier coup d'œil à la scène de crime. Les policiers en uniforme avaient commencé leur quadrillage, les autres boutiques n'ouvriraient pas avant quelques heures et la police scientifique nettoyait les lieux.

Ils n'avaient plus rien à faire sur place.

— On en a un autre qui nous attend, les Gars.

Elle déchira une page de son carnet et donna l'adresse à Raley.

— Suivez-moi. La 78ᵉ, entre Columbus et Amsterdam.

Nikki s'apprêta à affronter un nouveau cadavre.

La première chose qu'elle remarqua lorsqu'elle quitta Amsterdam pour s'engager dans la 78ᵉ Rue, ce fut le silence. Il était à peine plus de sept heures, et les premiers rayons du soleil qui venaient de sortir de l'ombre des tourelles du Musée d'histoire naturelle diffusaient une lueur dorée, transformant les immeubles résidentiels en un paysage urbain digne d'une toile de maître.

Néanmoins, cette sérénité lui semblait étrange.

Où étaient les voitures bleues et blanches ? Où étaient l'ambulance, la Rubalise jaune et la foule de badauds ? En tant qu'enquêtrice, elle avait l'habitude de ne jamais arriver la première sur une scène de crime. Raley et Ochoa réagissaient, eux aussi. Elle le voyait à la manière dont ils dégagèrent leur veste pour avoir accès à leur arme et observèrent les alentours en sortant de leur voiture avant de la rejoindre.

— On est à la bonne adresse ? dit Ochoa sans vraiment poser la question.

Raley pivota sur lui-même pour surveiller le sans-abri qui fouillait les tas d'ordures, à la recherche d'objets à récupérer, près du carrefour de Columbus. En dehors de lui, tout était immobile.

— C'est un peu comme d'arriver le premier à une soirée, dit Raley.

— Comme si t'étais invité à des soirées ! lui lança son partenaire, tandis qu'ils approchaient de l'immeuble de grès brun.

Raley ne répliqua pas. Poser le pied sur le trottoir mit fin aux bavardages, comme si une frontière aussi invisible qu'indicible avait été franchie. L'un derrière l'autre, ils se faufilèrent dans la tranchée que quelqu'un avait ménagée dans l'amoncellement de sacs-poubelles et d'ordures, et les deux hommes vinrent encadrer Nikki Heat.

— L'adresse indique « appartement A ». C'est celui-ci, dit-elle à voix basse en indiquant l'appartement qui donnait sur la courette, à un demi-étage en dessous du niveau de la rue. Cinq marches de granit menaient à une petite cour de brique. Elle était entourée d'une rambarde de métal décorée de grands pots de fleurs en bois. De lourds rideaux étaient tirés derrière les barreaux de fer forgé élaborés qui protégeaient la fenêtre. Des panneaux décoratifs de bas-reliefs alambiqués étaient incrustés sur la façade, au-dessus des têtes. Sous l'arche, créée par l'escalier en arc de cercle qui montait à l'appartement du haut, la porte était grande ouverte.

Nikki leur donna des indications par signes et ouvrit le chemin. Les policiers la suivirent pour la couvrir. Raley veillait sur le flanc arrière, et Ochoa fournissait une seconde paire d'yeux à Nikki qui, la main sur son Sig, partit du côté opposé. Lorsqu'elle fut certaine que tout le monde était prêt et en position, elle cria :

— Police ! Il y a quelqu'un ?

Ils attendirent. Rien.

Depuis le temps qu'ils s'entraînaient et travaillaient ensemble, ces gestes faisaient partie de la routine.

Raley et Ochoa la regardèrent, comptèrent ses hochements de tête – trois – et la suivirent à l'intérieur. En position de tir, jambes décalées.

Heat traversa rapidement le petit vestibule et, suivie d'Ochoa, entra dans le couloir. Il fallait aller vite et vérifier chaque pièce en se couvrant mutuellement, sans se gêner. Raley resta légèrement en retrait pour assurer les arrières.

La première porte sur la droite donnait sur une salle à manger classique. Heat entra avec Ochoa, chacun surveillant un côté de la pièce. Il n'y avait aucun danger, mais la pièce était sens dessus dessous. Tiroirs et dressoirs antiques gisaient, béants, sur l'argenterie et la porcelaine jetées par terre et brisées sur le sol.

De l'autre côté, le salon était dans le même état. Des chaises renversées s'empilaient sur les livres de la table basse brisée. Un nuage de plumes d'oreiller recouvrait vases et poteries.

Des lambeaux de toile tombaient des cadres, dont on avait déchiré les huiles. Les cendres qui s'amoncelaient au fond de la cheminée étaient répandues sur le tapis oriental, comme si un animal avait cherché à creuser un terrier.

Contrairement au reste de l'appartement, une lumière était allumée dans la pièce adjacente, un bureau, d'après ce qu'en voyait Nikki.

D'un geste de la main, elle demanda à Raley de rester à sa place et de les couvrir, elle et Ochoa, tandis qu'ils prenaient position de chaque côté de l'encadrement de la porte. À son signe de tête, ils entrèrent.

Assise à son bureau sur un siège pivotant, la tête penchée en arrière, comme si elle avait été figée juste avant d'éternuer, la femme semblait avoir la cinquantaine.

Heat dessina un cercle de la main gauche pour demander à ses partenaires de rester sur leurs gardes pendant qu'elle se frayait un chemin entre les débris répandus sur le sol et contournait le bureau pour aller voir si la femme avait encore un pouls. Elle retira aussitôt sa main de la chair froide, leva les yeux et leur fit non de la tête.

Un bruit, au bout du couloir.

Ils se retournèrent d'un seul geste. On aurait dit des pas sur du verre brisé. La porte de la pièce d'où provenaient les sons était fermée, mais un rai de lumière filtrait sur le sol. Heat dessina mentalement le plan probable de la maison. Si cette pièce était bien la cuisine, la porte qu'elle avait vue au fond de la salle à manger devait y donner aussi.

Elle fit signe à Raley de faire le tour et de l'attendre. Elle montra sa montre, la coupa en deux avec le doigt pour indiquer une demi-minute. Il regarda son poignet, hocha la tête et s'éloigna.

Ochoa était déjà d'un côté de la porte. Elle se plaça en face de lui et leva son poignet. Au troisième hochement de tête, ils se ruèrent à l'intérieur.

— Police ! On ne bouge plus !

Assis à la table de la cuisine, l'homme vit les trois armes braquées sur lui et leva aussitôt les mains.

— Qu'est-ce que tu fiches ici ? s'écria Nikki.

L'homme baissa lentement les mains et enleva les oreillettes Sennheiser de ses oreilles. Il avala sa salive.

— Quoi ?

— Qu'est-ce que tu fiches ici ?

— Je t'attendais, dit Jameson Rook.

Il lut une expression qui ne lui plaisait pas du tout sur les visages des policiers.

— Vous n'auriez pas voulu que je vous attende à côté avec elle, quand même !

DEUX

L es policiers rengainèrent. Rook soupira de soulagement.

— Dites donc, j'ai cru que vous alliez me liquider sur
place.

— Vous avez de la chance d'être encore en vie ! Pourquoi vous n'avez pas répondu ?

— On a appelé pour demander s'il y avait quelqu'un,
insista Ochoa.

Rook souleva son iPhone.

— Un Beatles remasterisé. Il fallait que je me change
les idées. Que j'oublie le... corps. (Il fit la grimace en indiquant la pièce d'à côté.) Finalement, « A Day in the Life »,
ce n'est pas terrible pour vous remonter le moral. Vous êtes
entrés juste à la fin, sur le grand bong au piano... Je vous
jure... (Il se tourna vers Nikki et lui adressa un sourire
entendu.) Vous voulez l'écouter pour vérifier la synchro ?

Heat essayait de ne pas se laisser avoir par les sous-entendus qui, à son oreille, n'avaient rien de « sous » entendu.
À moins qu'elle n'y fût trop sensible.

En voyant que les Gars semblaient n'avoir aucune réaction, elle se demanda si ses sentiments étaient plus à vif
qu'elle ne le croyait ou si elle était simplement sous le choc

de le revoir ici, sur une scène de crime. Nikki avait déjà croisé le chemin d'anciens amants, comme tout le monde, mais en général, c'était dans un Starbucks, ou un coup d'œil par hasard, au cinéma, pas au cœur d'une enquête.

Elle était sûre d'une chose, néanmoins, c'était une diversion mal venue, à écarter absolument.

— Les Gars, on se concentre sur l'affaire. Vous me vérifiez le reste du périmètre.

— Oh ! il n'y a personne, j'ai vérifié, dit Rook en levant les paumes vers le ciel. Je n'ai rien touché, je le jure.

— Vérifiez quand même, fut la seule réponse de Nikki, et les Gars repartirent vers les autres pièces.

— Je suis content de te revoir, Nikki, dit-il lorsqu'ils furent seuls.

Oh ! ce satané sourire, encore !

— Et merci de ne pas m'avoir tué !

— Qu'est-ce que tu fiches ici, Rook ?

Elle essaya d'éliminer toute note de la gaîté qu'elle associait à l'usage de son nom de famille. Ce type avait besoin d'un sérieux message.

— Comme je te l'ai dit, je t'attendais. C'est moi qui ai appelé après avoir découvert le corps.

— Ce n'est pas ce que je voulais savoir. Alors, je vais te poser la question sous une autre forme. Qu'est-ce que tu fiches sur cette scène de crime ?

— Je connais la victime.

— Qui est-ce ?

Malgré toutes ses années d'expérience, Nikki avait toujours du mal à parler d'une victime au passé. Du moins pendant l'heure qui suivait la découverte du corps.

— Cassidy Towne.

Elle ne put se retenir. Elle se retourna pour regarder à l'intérieur du bureau, mais, de sa place, elle ne voyait que les effets dévastateurs de la tornade qui était passée par là.

— La chroniqueuse mondaine ?

— La coupeuse de têtes en personne !

Elle se demanda immédiatement comment la mort de

l'icône toute-puissante du *New York Ledger*, dont la rubrique « Buzz du jour » était l'article sur lequel la plupart des New-Yorkais se jetaient en premier, allait faire monter les enjeux. Lorsque Raley et Ochoa revinrent après avoir vérifié qu'il n'y avait rien d'autre à signaler dans l'appartement, elle dit aussitôt :

— Ochoa, mieux vaudrait appeler les légistes tout de suite. Dites-leur qu'on a une haute personnalité qui les attend. Raley, appelle le capitaine Montrose pour le prévenir qu'on travaille sur l'affaire de Cassidy Towne, du *Ledger*, afin de ne pas le laisser à l'écart. Et demande-lui s'il peut mettre la pression sur la scientifique et nous envoyer quelques uniformes supplémentaires par la même occasion. Disons, tout de suite...

Nikki s'imaginait déjà que le paisible bâtiment doré qu'elle avait admiré quelques instants plus tôt serait bientôt transformé en une foire aux médias.

Dès que les Gars ressortirent de la cuisine, Rook se leva et s'approcha de Nikki.

— Nikki, tu m'as manqué..., je te le jure.

Si ce pas en avant était du langage corporel, elle avait, elle aussi, quelques réserves de communication non verbale. Nikki lui tourna le dos, sortit son petit carnet de notes de journaliste et plongea le nez dans la page blanche. Cependant, elle savait que le message de froideur qu'elle voulait transmettre s'adressait tout autant à elle qu'à lui.

— À quelle heure as-tu découvert le corps ?

— Vers six heures et demie. Écoute, Nikki...

— Comment ça « vers ». Tu ne pourrais pas être plus précis ?

— Je suis arrivé ici à six heures et demie pile. Tu as reçu mes e-mails ?

— Arrivé ici, dans la pièce, ou arrivé ici, dehors ?

— Dehors.

— Et comment es-tu entré ?

— La porte était ouverte. Exactement comme vous l'avez trouvée.

— Alors, tu es entré ?

— Non, j'ai frappé. J'ai appelé. J'ai vu le capharnaüm dans le vestibule et je suis entré pour voir si tout allait bien. Je pensais qu'il y avait peut-être un cambrioleur.

— Tu pensais qu'il risquait d'y avoir quelqu'un à l'intérieur ?

— Tout était calme ; alors, je suis entré.

— Courageux.

— J'ai de bons côtés, tu t'en souviens peut-être.

Nikki feignait de se concentrer sur ses notes, mais elle repensait à la nuit, dans le couloir du Guilford, l'été passé, lorsque Noah Paxton s'était servi de Rook comme d'un bouclier humain.

Malgré l'arme braquée sur lui, il avait assené à Paxton un coup qui avait permis à Nikki d'avoir une cible dégagée. Elle leva les yeux.

— Où était-elle lorsque tu l'as vue ?

— Exactement où elle se trouve à présent.

— Tu ne l'as pas bougée ?

— Non.

— Tu l'as touchée ?

— Non.

— Comment savais-tu qu'elle était morte ?

— J'ai…, j'ai applaudi.

Nikki ne put s'en empêcher… Son rire jaillit spontanément. Elle était furieuse contre elle, mais le problème, avec les rires, c'est qu'il est impossible de les rattraper ! On peut simplement s'efforcer de réprimer le suivant.

— Tu as applaudi…

— Hum, hum… Fort, tu vois… Pour avoir une réaction. Ne ris pas. Elle aurait pu être endormie, ou ivre, je n'en savais rien. (Il marqua une pause, pendant que Nikki essayait de se reprendre, avant d'être lui-même incapable de réprimer son petit rire.) Ce n'était pas de véritables applaudissements. Juste un…

— Un clap ?

Elle vit les coins des yeux de Rook se plisser, comme

chaque fois qu'il souriait et qu'elle commençait à s'attendrir dangereusement. Elle changea de sujet.

— Comment connais-tu la victime ? demanda-t-elle, toujours le nez dans son carnet.

— Je travaillais avec elle depuis quelques semaines.

— Tu te reconvertis dans les ragots mondains ?

— Oh ! grand Dieu, non ! J'ai convaincu *First Press* de me laisser écrire un article sur Cassidy Towne. Pas pour les ragots, mais pour brosser le portrait d'une femme toute-puissante dans un univers typiquement masculin, la relation amour-haine, entachée de secrets… Tu vois l'idée. Bon, en fait, je la suis comme son ombre depuis plusieurs semaines.

— Comme son ombre… Tu veux dire comme…

Elle laissa retomber sa phrase. Cela la ramenait sur une route trop inconfortable.

— Oui, comme avec toi… Exactement. Sans le sexe. (Il marqua une pause pour voir la réaction que Nikki faisait tout son possible pour cacher.) Le magazine a reçu tellement de retours positifs sur mon article sur toi qu'on avait envie d'une suite, une sorte de série sur les femmes de caractère.

Il l'observa de nouveau, n'obtint aucune réponse et ajouta :

— C'était un chouette article, Nik, tu ne trouves pas ?

Elle tapota la pointe de son stylo sur son carnet de notes.

— Et aujourd'hui, c'est pour ça que tu étais venu ici ? Pour la suivre comme son ombre ?

— Oui, elle se met en route de très bonne heure le matin, ou elle prolonge la soirée de la veille, je n'arrive jamais à le savoir. Parfois, quand j'arrive, je la trouve à son bureau, dans les mêmes vêtements que la veille, comme si elle avait travaillé toute la nuit. Si elle a envie de s'étirer un peu les jambes, on va acheter quelques viennoiseries chez H&H Bagels, on s'arrête dans la boutique d'à côté, chez Zabar, pour le saumon et la crème fraîche, et on revient ici.

— Donc, tu as passé beaucoup de temps avec Cassidy Towne ces dernières semaines.

— Exact.

— Dans ce cas, si je te demande de coopérer, tu risques d'avoir des renseignements sur ce qu'elle a fait, les personnes qu'elle a rencontrées et ainsi de suite.

— Tu n'as pas besoin de me le demander, et, oui, je pourrais en raconter des tonnes.

— Tu penses à quelqu'un qui aurait pu avoir envie de la tuer ?

Rook ricana.

— On n'a qu'à fouiller un peu dans tout ce bazar pour trouver un répertoire. On n'a qu'à commencer par la lettre A.

— Ne fais pas le malin.

— Les requins doivent savoir nager, dit-il avec un sourire ironique. Voyons, elle n'avait pas son pareil pour remuer la boue. Bien sûr qu'elle a des ennemis ! Ça fait partie de son travail.

Nikki entendit des pas et des voix devant l'entrée et rangea son carnet.

— Je te demanderai de faire une déposition plus tard. Je n'ai plus de questions pour l'instant.

— Parfait.

— Ah ! j'oubliais ! Ce n'est pas toi qui l'as tuée, n'est-ce pas ?

Rook commença à rire, mais s'arrêta immédiatement en voyant son expression.

— Alors ?

Il croisa les bras devant sa poitrine.

— Je veux un avocat.

Elle se retourna et sortit de la pièce ; il la rappela.

— Je plaisantais ! Supprime-moi de ta liste !

Rook resta sur place, disant qu'il voulait demeurer dans les parages au cas où il pourrait se rendre utile. Elle se sentait tiraillée : elle voulait qu'il disparaisse totalement de sa vue, car il provoquait trop de perturbations émotionnelles, tout en comprenant les avantages que ses suggestions pourraient leur apporter lorsqu'ils examineraient les ruines de l'appartement de Cassidy Towne. L'écrivain l'avait accompagné sur de nombreuses scènes de crime au cours de l'été précédent, et elle savait à quel point il était perspicace ou, du moins, assez expérimenté pour ne pas prendre un indice à mains nues en s'exclamant : « Vous avez vu ça ? »

De plus, c'était un témoin direct qui avait vécu de près l'événement central de son article, la mort de son sujet. Sentiments mitigés ou non, elle n'allait pas se priver de cet atout professionnel.

Lorsqu'ils retournèrent dans le bureau de Cassidy Towne, il obéit à l'ordre muet qu'elle ne lui avait pas donné en restant près de la porte-fenêtre qui menait vers la courette. Pour Nikki, le travail commençait toujours de la même manière : en prenant son temps et en étudiant le corps.

Les morts ne parlaient pas, mais, si on y prêtait attention, ils en avaient beaucoup à vous raconter.

En essayant de comprendre Cassidy Towne, Nikki sentit la force du pouvoir dont Rook lui parlait. Son tailleur, bleu marine à rayures tennis, porté sur un chemisier blanc au col amidonné, aurait parfaitement convenu pour une réunion d'agents d'acteurs ou un grand vernissage.

La coupe impeccable mettait en valeur un corps qui s'était régulièrement entretenu. Heat espérait être aussi en forme lorsqu'elle atteindrait la cinquantaine. Nikki remarqua les bijoux élégants signés David Yurman, ce qui éliminait très certainement l'hypothèse du cambriolage.

Elle ne portait pas d'alliance, donc à moins qu'on ne la lui ait volée, cela excluait également le mariage. En théorie. Avec la mort, le visage s'était relâché, mais il était anguleux et séduisant, intéressant… Ce qui n'était pas toujours le plus grand compliment à faire à une femme, mais, si on en croyait George Orwell, elle avait disposé d'une dizaine d'années depuis la quarantaine pour se forger ce visage. Sans exprimer de jugement et se laissant guider par l'instinct, Nikki réfléchit à l'impression que lui faisait Cassidy Towne et en conclut qu'il en émergeait l'image d'une personne taillée pour le combat.

Un corps ferme dont la dureté semblait plus profonde que la simple tonicité musculaire. Elle se faisait une idée d'une femme qui, à ce moment précis, était ce qu'elle n'avait sans doute jamais été dans la vie : une victime.

La police scientifique arriva bientôt, badigeonna tous les endroits habituels de poussière noire pour relever les empreintes, prit des photos du corps et de la pagaille. Nikki et ses hommes travaillaient en équipe et se concentraient sur les gros plans plutôt que sur les détails.

Munis de leurs gants de latex bleus, ils se faufilaient dans le capharnaüm et examinaient le bureau, un peu à la manière des golfeurs sur le green avant un putt un peu long.

— Bon, les Gars, je viens de trouver ma première chaussette célibataire.

Nikki Heat adoptait son approche habituelle face à une scène de crime, même dans ce désordre complet, qui consistait à simplifier son champ de vision.

Elle le rétrécissait petit à petit pour entrer dans la logique de la vie qui était vécue dans ce lieu et se servait de son empathie pour repérer les anomalies, les petits détails qui n'entraient pas dans le schéma général.

Les chaussettes célibataires.

Raley et Ochoa traversèrent la pièce pour la rejoindre. Rook ajusta sa position pour observer de loin en silence.

— Qu'est-ce qu'il y a ? demanda Ochoa.

— L'espace de travail. Encombré, non ? Une grande journaliste. Des stylos partout, des crayons, des carnets de notes, de la papeterie. Des boîtes de mouchoirs. Regardez, ici…

Elle contourna le corps, toujours adossé à la chaise de bureau.

— Une machine à écrire ! Des magazines et des journaux avec des articles découpés… Qu'est-ce que ça nous donne ?

— Du travail, répondit Raley.

— Des brouillons, dit Rook, et les deux policiers se tournèrent légèrement vers lui avant de regarder de nouveau Nikki, refusant de le considérer comme partie prenante de cet échange. Son stage en immersion était terminé.

— Exact, répondit-elle, plus concentrée sur la conclusion qu'elle voulait tirer que sur Rook. Et la corbeille à papier ?

Raley haussa les épaules.

— Elle est là, renversée, mais elle est là.

— Elle est vide, précisa Ochoa.

— Exact. Et avec le bazar qui règne dans cette pièce, on pourrait penser : bon, d'accord, elle s'est renversée...

Elle s'accroupit, et ils l'imitèrent.

— Pas de coupures de journaux, pas de mouchoirs, pas de papiers froissés dans les parages.

— Elle l'avait peut-être vidée.

— Peut-être, mais regardez...

Elle fit un signe en direction de l'armoire dans laquelle la journaliste rangeait la papeterie. Et, parmi son contenu répandu sur le sol se trouvait une boîte de sacs-poubelles de la taille de la corbeille.

— Il n'y a pas de sacs non plus, ni dans la corbeille ni sur le sol. Une chaussette célibataire, dit Raley.

— Effectivement, dit Heat. En arrivant, j'ai vu un grand container pour les sacs-poubelles dans la courette.

— On y va, dit Raley.

Avec Ochoa, il se dirigea vers l'entrée.

Lauren Parry, du bureau du légiste, arrivait au moment où ils sortaient. Dans l'espace exigu, entre les meubles renversés, ils entamèrent une petite danse impromptue pour essayer de ne pas se gêner. En jetant un coup d'œil par-dessus son épaule, Nikki remarqua que le regard d'Ochoa s'attardait sur Lauren. Elle pensa à mettre en garde son amie contre les hommes qui cherchaient à se recaser.

Ochoa venait juste de se séparer de sa femme. Il avait caché la rupture au commissariat pendant un mois, mais ce genre de secret ne tient jamais longtemps dans une équipe aussi soudée. Son linge avait suffi à le trahir lorsqu'il avait commencé à venir avec des chemises aux plis éloquents

« faits pour vous par la teinturerie… » sur le torse. Devant une bière, le soir après le boulot, la semaine précédente, Nikki et Ochoa étaient restés les derniers, et Nikki en avait profité pour lui demander comment il allait.

Son visage s'était assombri.

— Bof, c'est une longue histoire.

Elle se serait contentée de cette réponse, mais il avait terminé sa bière et esquissé un sourire.

— C'est un peu comme les publicités de voiture. Ce qui est arrivé à notre relation, je veux dire. J'en ai vu une hier soir, à la télé, dans mon nouvel appartement, et elle disait : « Zéro pour cent d'intérêt pendant deux ans. » Et je me suis dit, voilà, c'est nous, c'était comme ça.

Soudain, il s'était senti intimidé de s'être ouvert à elle. Il avait laissé quelques pièces de monnaie sur son verre vide et avait filé. Il n'en avait plus reparlé, et elle non plus.

— Désolé de ne pas avoir pu venir plus tôt, Nikki, dit Lauren en posant sa mallette de plastique sur le sol. Je travaillais sur un double homicide depuis…

La voix de Lauren retomba lorsqu'elle aperçut Rook, l'épaule appuyée sur le chambranle de la porte qui menait à la cuisine.

Il sortit une main de sa poche et lui fit un petit salut. Elle hocha la tête et lui sourit avant de se tourner vers Nikki.

— … quatre heures du matin.

Tournant le dos à Rook, elle leva les sourcils pour demander : « Qu'est-ce qu'il fabrique ici ? »

— Je te raconterai plus tard, murmura Nikki.

Puis, plus fort, elle ajouta :

— C'est Rook qui a découvert le corps.

— Je vois…

Pendant que sa meilleure amie du bureau du légiste se préparait à faire ses examens, Nikki Heat lui transmit les renseignements que l'écrivain lui avait donnés dans la cuisine.

— Quand tu auras un moment, j'ai remarqué une tache de sang…

Du regard, Lauren Parry suivit le geste de Nikki qui indiquait la porte par laquelle elle venait d'entrer. Près de l'encadrement, le papier peint au motif floral victorien montrait une tache sombre.

— On dirait qu'elle a essayé de s'enfuir avant de s'écrouler sur la chaise.

— Possible. J'effectuerai des prélèvements. On pourra nous en découper un morceau pour l'envoyer au labo. Ce serait encore mieux...

Ochoa revint pour annoncer que les deux grandes poubelles extérieures étaient vides.

— En pleine grève des éboueurs ? Essayez de me retrouver son dîner. Regardez si elle a jeté les restes. À moins qu'elle n'ait un service de ramassage privé, ce dont je doute. Vérifiez et, si c'est le cas, trouvez-moi le camion avant qu'il balance tout à Rhode Island ou à la décharge qu'ils utilisent en ce moment.

— Oh ! et préparez-vous à la séance photos ! annonça Ochoa. Les camionnettes de la télé et les paparazzis sont arrivés. Raley essaie de les repousser avec l'aide des uniformes. La nouvelle s'est vite répandue. Ding dong, la sorcière est morte !

Lauren Parry se redressa et prit quelques notes.

— La température du corps nous donne une fenêtre entre minuit et trois heures du matin pour le décès. Je pourrai être plus précise lorsque j'aurai examiné les lividités et tout le tintouin.

— Merci. Cause de la mort ?

— Comme d'habitude, c'est une première hypothèse, mais cela paraît évident.

Elle déplaça la chaise, si bien que le corps bascula en avant, révélant la blessure.

— Notre journaliste people a été poignardée dans le dos.

— N'y voir aucun symbolisme ! lança Rook.

Lorsque l'assistante de Cassidy Towne, Cecily, arriva à son travail à huit heures, elle éclata en sanglots. Avec l'accord de la scientifique, Nikki releva deux chaises au salon, s'assit à côté d'elle, lui posa la main sur l'épaule, tandis que Cecily s'appuyait contre elle, le visage dans les mains. La police avait mis la cuisine sous scellés, si bien que Rook lui offrit la bouteille d'eau qu'il avait dans son sac.

— J'espère que cela ne vous ennuie pas : elle est à température ambiante, dit-il en lançant aussitôt un regard d'excuse à Nikki pour avoir gaffé.

Cependant, si Cecily fit le rapport avec le corps de sa patronne dans la pièce d'à côté, elle ne le montra pas.

— Cecily, dit Nikki, je sais que c'est difficile pour vous.

— Non, vous ne pouvez pas le savoir, dit-elle, les lèvres tremblantes. Vous savez ce que ça veut dire être obligée de trouver un nouveau travail ?

Nikki leva lentement les yeux vers Rook qui se tenait en face d'elle. Elle le connaissait assez pour savoir qu'il voulait récupérer sa bouteille.

— Depuis combien de temps travaillez-vous avec Cassidy Towne ?

— Quatre ans. Depuis que j'ai eu mon diplôme de la Mizzou.

— L'université du Missouri a un programme financé par le *Ledger,* précisa Rook. Cecily est passée de là aux billets de Cassidy…

— Cela devait être une chance inouïe, dit Nikki.

— Oui, je crois. Est-ce que je vais devoir… nettoyer tout ça ?

— Je crois que notre équipe va s'en occuper pendant le reste de la journée. À mon avis, le journal vous accordera sans doute un congé pendant que nous travaillons sur l'affaire.

Comme cela semblait l'apaiser pour l'instant, Nikki poursuivit :

— Il faut que je vous pose une question, Cecily. C'est difficile pour l'instant, je sais, mais c'est très important.

— Assa…

— Vous avez une idée de la personne qui aurait pu tuer Cassidy Towne ?

— Vous plaisantez, non ? dit-elle en levant les yeux vers Rook. Elle plaisante, c'est ça ?

— Non, la détective Heat ne plaisante jamais, croyez-moi.

Nikki se pencha sur sa chaise pour récupérer l'attention de Cecily.

— Écoutez, je sais qu'elle mettait le feu aux poudres, mais au cours des derniers jours, des dernières semaines, s'est-il produit des événements inhabituels, a-t-elle reçu des menaces ?

— Oh ! elle en recevait tous les jours, tous les jours. Elle ne les lisait même pas. Lorsque je triais son courrier au *Ledger,* je laissais toutes ces lettres dans un grand sac. Certaines étaient vraiment cinglées.

— Si je vous y emmène, vous pourrez me montrer ?

— Oh oui ! Le rédacteur en chef essayera sans doute de vous dissuader, mais moi je n'ai rien contre.

— Merci, c'est ce qu'on va faire.

— Elle a eu des appels, dit Rook. Son numéro au *Ledger* est redirigé ici.

— Ah ! oui, oui, dit Cecily en regardant le capharnaüm. Si vous le trouvez, son répondeur doit être ici. Il y a quelques horreurs dessus.

Nikki nota de le chercher et de faire analyser les messages.

— Il manque autre chose, dit Rook. Plus d'armoires à dossiers ! Elle avait de grandes armoires à dossiers, dans le coin, près de la porte.

Nikki n'avait pas pensé aux armoires à dossiers. Pas encore, du moins. Un point pour Rook.

— Il devrait y en avoir deux, ici, affirma l'assistante.

Elle se pencha sur sa chaise pour jeter un coup d'œil dans le bureau, mais se ravisa immédiatement.

Heat nota l'absence des deux armoires.

— Autre chose qui pourrait nous être utile : la liste de ses rendez-vous. Je suppose que vous avez accès à son agenda Outlook.

Cecily et Rook échangèrent un regard amusé.

— J'ai raté quelque chose ?

— Cassidy Towne était une luddite ! Tout était sur papier. Elle ne se servait jamais d'ordinateurs. Elle n'avait pas confiance. Elle disait qu'elle aimait leur maniabilité, mais qu'il était trop facile de pirater vos données, de consulter vos courriels, et je ne sais quoi.

— Mais j'ai son planning.

L'assistante ouvrit son sac à dos et tendit à Nikki un petit carnet à spirales.

— J'ai les anciens aussi. Cassidy voulait que je les garde pour justifier ses repas d'affaires et pour préparer sa déclaration de revenus.

Nikki regarda une page récente.

— Il y a deux écritures différentes.

— Exact, répondit l'assistante, la mienne, c'est celle qui est lisible.

— Ce n'est pas une blague… Je ne comprends pas une ligne de ce qu'elle a écrit !

— Personne n'y arrive. C'est l'une des joies de travailler pour Cassidy Towne.

— Elle était méchante ?

— Totalement invivable. Quatre années d'études pour devenir la future Ann Curry, et où est-ce que je me retrouve ? À jouer les baby-sitters pour cette garce ingrate.

Nikki aurait posé la question plus tard, mais, grâce à cette ouverture, le moment semblait idéal.

— Cecily, c'est une question de routine que je pose à tout le monde. Pouvez-vous me dire où vous étiez la nuit dernière, disons entre onze heures et trois heures du matin ?

— Chez moi, avec mon BlackBerry coupé, pour pouvoir dormir un peu sans être dérangée par Sa Majesté.

Pendant le court trajet de retour vers le commissariat, Nikki envoya un message vocal à Don, son entraîneur d'arts martiaux, pour reporter sa séance matinale de jiu-jitsu. L'ancien membre des Seals était probablement sous la douche à cette heure, n'ayant sans doute éprouvé aucune difficulté à trouver une autre partenaire. Don était du genre pas de liens, pas de soucis. Pareil pour le sexe, lorsque cela leur arrivait. Ni l'un ni l'autre n'avait de mal à trouver des partenaires non plus, et cette relation sans attache affective leur convenait parfaitement, à tous les deux, si une relation « convenable » était tout ce que l'on cherchait…

Elle avait cessé de coucher avec Don pendant qu'elle sortait avec Rook. Ce n'était pas une décision délibérée, cela s'était trouvé comme ça, c'était tout.

Don ne s'en était pas offusqué, et il ne lui avait pas posé la moindre question lorsqu'ils avaient passé quelques nuits ensemble, à la fin de l'été, une fois Rook sorti de la vie de Nikki.

Et voilà qu'elle retrouvait ce même Jameson Rook dans son rétroviseur ! Son ancien amant, à côté de Raley, gardant le silence au feu rouge, dans la voiture banalisée qui la suivait, regardant chacun par sa vitre, tel un vieux couple qui n'a plus rien à se dire.

Rook avait demandé à faire équipe avec Nikki pour retourner au 20ᵉ, mais, comme Ochoa avait manifesté le désir d'accompagner le corps de Cassidy Towne à l'institut médicolégal, Heat avait demandé à Raley de jouer les chauffeurs pour l'écrivain. À part Nikki, personne ne semblait enthousiasmé par cet arrangement.

Elle repensa à Ochoa. Et à Lauren. Ochoa ne trompait personne avec sa soudaine conscience professionnelle qui le poussait à rester proche de cette trop célèbre victime et à l'accompagner jusqu'à la morgue. Peut-être ferait-elle mieux de s'occuper de ses affaires et de laisser Lauren trouver sa propre voie ? Quand Ochoa avait suggéré ce plan, Nikki n'avait pas manqué de remarquer le sourire en coin sur le visage de son amie qui avait entendu. En s'engageant dans la 82ᵉ Rue et en se garant en double file devant le commissariat, elle se dit qu'ils étaient tous les deux adultes et qu'elle n'avait pas à jouer les mères supérieures !

Qu'elle les laisse profiter du peu de bonheur que l'on pouvait trouver dans ce travail. Si un homme est capable de suivre un cadavre pour le simple plaisir de votre compagnie, cela mérite considération !

La camionnette du légiste roula dans un vilain nid-de-poule sur la 2e Avenue et, à l'arrière, Lauren Parry et Ochoa sursautèrent et retombèrent lourdement sur les bancs de chaque côté du corps de Cassidy Towne.

— Désolé, leur dit la voix du chauffeur à l'avant. C'est la faute aux gelées de l'hiver dernier... et au déficit.

— Ça va ? demanda Ochoa au légiste.

— Oui, oui, j'ai l'habitude, croyez-moi. Mais vous êtes certain que cela ne vous dérange pas ?

— Ça ? Non, pas de problème.

— Vous me parliez de votre club de football préféré ?

— Je vous ennuie ?

— Non, pas du tout, dit Lauren, qui, après une petite hésitation, poursuivit. J'aimerais vous voir jouer un jour.

Ochoa rayonnait.

— Vraiment ? Non, vous vous contentez d'être polie, parce que je suis la seule personne vivante avec vous.

— Ce n'est pas faux !

Ils se mirent à rire tous les deux. Il détourna les yeux pendant une seconde ou deux et, lorsqu'il les releva, il vit qu'elle lui souriait. Il rassembla tout son courage.

— Écoutez, Lauren, je suis gardien de but samedi, si vous voulez...

Les pneus crissèrent, du verre se brisa, du métal se froissa. La camionnette fut arrêtée si brutalement que les pneus arrière se soulevèrent avant de retomber brutalement, secouant Ochoa et Lauren sur leur siège. Le dos de la tête de Lauren alla cogner contre la paroi.

— Qu'est-ce qui...

— Vous allez bien ?

Ochoa déboucla sa ceinture et alla vers elle, mais, avant qu'il y parvienne, les doubles portières arrière s'ouvrirent, et trois hommes portant des cagoules de ski et des gants commencèrent à monter, armes à la main. Deux Glock et un vilain fusil d'assaut.

— Haut les mains ! cria celui qui portait l'AR-15.

Ochoa hésita, et l'homme tira dans le pneu arrière, en dessous de lui. Lauren hurla et, malgré toute son expérience, le coup de feu fit sursauter Ochoa.

— Haut les mains !

Ochoa leva les siennes très haut. Lauren avait déjà obéi. Les deux autres hommes masqués rengainèrent leur Glock et se mirent à défaire les sangles qui amarraient le brancard au sol de la camionnette.

Ils travaillaient rapidement et, pendant que l'homme au fusil maintenait Ochoa en respect, ses complices sortirent le brancard de la voiture et le déplacèrent vers le côté du véhicule, hors de vue.

Derrière eux, la circulation en direction du sud s'accumulait. La voie située immédiatement derrière la camionnette était totalement bloquée ; sur les autres, les voitures contournaient l'obstacle au ralenti. Ochoa essayait de se souvenir de tous les détails pour la suite, s'il devait y en avoir une. Pas grand-chose à se mettre sous la dent ! Il vit un automobiliste qui passait avec un téléphone collé à l'oreille et espérait qu'il appelait les secours au moment où le type armé du fusil vint refermer les portières de la camionnette.

— Sortez, et vous êtes morts ! dit-il à travers le métal.

— Non ! s'écria Lauren, mais Ochoa avait déjà dégainé son arme.

— Ne bougez pas ! lui ordonna-t-il en ouvrant la portière d'un coup de pied.

Il sauta sur le sol, alla du côté où le brancard avait disparu et fit le tour du véhicule.

Sous la camionnette, il voyait du verre brisé, du liquide qui coulait du moteur ainsi que les roues de la benne à ordures dans laquelle ils s'étaient encastrés.

Des pneus crissèrent, et Ochoa contourna la camionnette, en position de tir, mais le gros SUV noir, sans plaques, démarrait en trombe. Le chauffeur braqua brutalement pour mettre la benne à ordures entre lui et Ochoa. Pendant les quelques secondes qu'il fallut au policier pour courir le long du camion, le SUV disparut dans la 38ᵉ Rue, en direction de Franklin D. Roosevelt Drive, de l'East River ou de Dieu savait où.

Derrière Ochoa, un conducteur cria :

— Hé ! mec, tu peux enlever ce machin ?

Le policier se retourna. Le brancard de Cassidy Towne trônait en plein milieu de la chaussée. Vide.

Nikki Heat rentra au bureau après avoir déposé les cassettes du répondeur et les agendas de Cassidy Towne à la scientifique pour qu'on les analyse. Raley s'approcha d'elle.

— On a des infos sur l'homme au coyote ?

— Vous êtes obligés de l'appeler comme ça ?

Heat avait horreur qu'on donne des surnoms aux victimes. Elle convenait que c'était pratique, que cela permettait de communiquer rapidement dans une brigade en sous-effectif permanent, un peu comme donner à un fichier Word un nom dont tout le monde se souviendrait facilement. C'était la touche d'humour noir qui la choquait.

Elle comprenait pourtant que, pour affronter un travail souvent sinistre, on avait besoin de le dépersonnaliser et ainsi trouver un peu de lumière dans l'obscurité.

Mais Nikki était un produit de sa propre expérience. Lorsque sa mère était morte, elle n'aurait pas aimé que l'équipe de la criminelle lui donne un surnom, et le meilleur moyen d'honorer son souvenir, c'était de ne jamais recourir elle-même à ce procédé… et de décourager sa brigade de le faire, ce à quoi elle s'attachait sans grand succès.

— Désolé, désolé, dit Raley. Je recommence. J'ai des renseignements sur le défunt d'origine hispanique de ce matin. L'homme dont on croit qu'il a été attaqué par un coyote.

— C'est mieux.

— Merci. La circulation a trouvé un camion de livraison

en stationnement interdit à un pâté d'immeubles. Au nom d'Esteban Padilla, qui habite sur la 115e Est.

— Le Harlem hispanique. Vous êtes sûr que c'est le sien ?

Raley hocha la tête.

— Affirmatif. Cela correspond à une photo de famille accrochée sur le tableau de bord.

Le genre de détail qui lui serrait l'estomac, comme dans une chute d'ascenseur.

— On va suivre l'affaire.

— Bien, tenez-moi au courant.

Elle lui fit un signe de tête et se dirigea vers son bureau.

— Alors, vous êtes persuadée qu'il s'agit d'un coyote ?

— On dirait bien. Ils n'hésitent pas à entrer dans les villes, maintenant. Il faudra vérifier avec le légiste. Si c'est un coyote, il est arrivé après coup. Je vois mal un coyote voler un portefeuille.

— Sauf s'il s'agit de Vil Coyote !

Rook. Encore à faire son malin, assis au bureau qu'il occupait l'été précédent.

— Bien sûr, il lui aurait fallu un bâton de dynamite et il se serait fait sauter le nez et le scalp ! Avant de faire un clin d'œil. (Il joignit le geste à la parole.) Je regardais beaucoup de dessins animés quand j'étais petit. Cela faisait partie de mon éducation clandestine.

Raley se tourna vers son bureau, et Heat alla vers Rook.

— Je croyais que tu devais rédiger ta déposition.

— C'est fait. Ensuite, j'ai essayé de faire un expresso avec la machine que je vous ai offerte, mais elle est HS.

— Hum… On n'a pas fait beaucoup d'expressos depuis ton départ.

— Je vois ça.

Rook se leva et tira la machine reléguée dans un coin.

— Dis donc, ces trucs sont plus lourds qu'il ne semble. Vous voyez ?… Elle n'est pas branchée, le réservoir d'eau est vide… Je vais arranger ça…

— C'est trop gentil.

— Bon, d'accord, mais si vous voulez vous en servir, cela ne suffit pas de mettre de l'eau. C'est une pompe, et comme toutes les pompes, il faut l'amorcer.

— Très bien.

— Vous voulez que je vous aide ? Il y a une bonne manière de le faire et une mauvaise…

— Je sais comment…

Nikki mit fin à ce fil de conversation.

— Bon, laissons tomber.

— La mousse onctueuse ?

— … le café. Regardons plutôt cette déposition.

— Fini ! dit-il en lui tendant une feuille de papier avant de s'asseoir sur le coin du bureau.

Elle leva les yeux.

— C'est tout ?

— J'ai essayé d'être concis.

— Il n'y a qu'un seul paragraphe !

— Tu es une femme très occupée, Nikki Heat.

— Bon, passons. (Elle marqua une pause pour rassembler ses pensées avant de continuer.) J'avais comme l'impression que tes semaines…, les semaines que tu as passées en compagnie de notre journaliste people assassinée t'avaient permis d'en apprendre un peu plus que ça…, dit-elle en brandissant le papier qui paraissait d'autant plus mince qu'elle le tenait par le coin entre le pouce et l'index. Le souffle de la climatisation le faisait harmonieusement bruisser, telle une feuille morte dans la brise.

— Oui, j'en sais plus…

— Et ?

— Je suis lié par la déontologie du journaliste : je ne dois pas compromettre mes sources.

— Rook, ta source est morte !

— Et cela me libérerait de mon devoir ?

— Alors, accouche !

— Il y a d'autres personnes à qui j'ai parlé qui ne voudraient peut-être pas être compromises. Des choses que j'ai vues, des confidences… J'ai eu accès à des trucs dont je ne voudrais pas parler, au risque qu'on les sorte de leur contexte alors que cela pourrait nuire à quelqu'un.

— Tu as peut-être besoin d'un peu de temps pour y réfléchir.

— Hé ! tu pourrais me mettre dans la cage aux fauves ! dit-il en ricanant. Ça a été un des grands moments de mon passage ici, te voir briser les nouveaux venus dans la salle d'interrogatoire avec cette menace bidon ! Magnifique. Et efficace.

Elle l'observa un éclair de seconde.

— Tu as raison, je suis une femme très occupée.

Elle fit un demi-pas, mais il lui bloqua le passage.

— Écoute, j'ai une solution à ton dilemme. (Il marqua une pause assez longue pour lui laisser le temps de consulter peu discrètement sa montre.) Qu'en penserais-tu si je te disais que nous pourrions étudier l'affaire ensemble ?

— Tu n'aimerais pas la réponse, Rook.

— Mais écoute-moi. J'ai envie de comprendre ce nouvel angle inattendu de la vie de Cassidy Towne. Et si nous faisons équipe, je pourrais te communiquer mes pistes et ce que je pense de la victime. Je veux avoir accès à tes dossiers, tu veux mes sources, c'est gagnant-gagnant... Non, mieux que cela... C'est toi et moi... comme au bon vieux temps.

Malgré elle, Nikki se sentait tiraillée comme jamais. Finalement, elle pensa que, si elle ne pouvait pas maîtriser ses sentiments, elle pouvait se maîtriser, elle.

— Tu sais à quel point tu es transparent ? Tout ce que tu veux, c'est brandir tes sources sous mon nez pour passer du temps avec moi. Bien essayé, dit-elle avant d'aller rejoindre son bureau.

Rook la suivit.

— J'espérais que l'idée te plairait pour deux raisons. La première, oui, le plaisir de me retrouver en ta compagnie, cela nous donnerait une chance d'éclaircir ce qui s'est passé entre nous...

— Cela ne fait qu'une seule raison. Quelle est l'autre ?

— Le capitaine Montrose a déjà donné son accord.

— Non...

— C'est un type sympa. Intelligent, aussi. Et les deux billets pour le prochain match de basket des Knicks n'ont pas fait de mal. (Rook lui tendit la main.) On dirait que toi et moi, on est de nouveau partenaires !

Pendant que Nikki regardait la main de Rook, son téléphone sonna, et elle se retourna.

— Ah ! Ochoa.

Son visage blêmit et son monstrueux « Quoi ? » attira toute l'attention de la pièce.

— Vous allez bien ? demanda-t-elle à son interlocuteur.

Elle écouta en hochant la tête.

— Bon, très bien. Revenez ici dès que vous aurez terminé votre déposition.

Lorsqu'elle raccrocha, tout le bureau s'était rassemblé autour d'elle.

— C'était Ochoa. On a volé le corps de Cassidy Towne.

Un silence abasourdi s'ensuivit, vite brisé par Rook.

— On dirait que je tombe à pic !

Le regard de Nikki ne reflétait pas le même enthousiasme.

TROIS

Ce n'est pas facile de mettre tout un commissariat de vieux policiers new-yorkais sens dessus dessous, mais cette fois, c'était le cas !

Attaquer, en plein jour, la camionnette du légiste en route pour la morgue, sous le nez et à la barbe d'un flic armé, c'était une première !

Cela faisait plus penser à Mogadiscio qu'à Manhattan ! Lorsque le silence hébété laissa la place à des jurons murmurés, puis à de véritables conversations, Raley dit enfin :

— Je ne vois pas pourquoi quelqu'un voudrait voler un cadavre.

— Eh bien, mettons-nous au travail et réfléchissons à la question.

Heat aurait convoqué une réunion pour rassembler toute son équipe, mais, à l'exception d'Ochoa qui était en chemin après avoir fait sa déposition au 17ᵉ, là où avait eu lieu l'enlèvement, tous l'entouraient déjà.

— Vous croyez que ceux qui ont enlevé le corps sont les mêmes que ceux qui ont assassiné Cassidy Towne ? demanda Rhymer, un policier de la brigade antivol, qui s'était précipité dans le bureau des homicides après avoir appris la nouvelle.

— C'est ce qui m'est venu à l'idée en premier, répondit Nikki, mais elle a été poignardée. La cause de la mort est une blessure à l'arme blanche. Ceux-là étaient armés d'AR-15 et d'armes de poing. Si c'étaient eux les assassins, ils lui auraient sans doute tiré dessus, non ?

— Oui, dit Raley, et même s'ils avaient eu peur du bruit des coups de feu, s'ils avaient voulu le corps, ils l'auraient embarqué ce matin, sur le moment.

— On dirait que cette équipe n'a peur de rien, dit Heat.

Il y eut quelques hochements de tête, puis le silence revint, car tout le monde réfléchissait aux mobiles possibles. Hinesburg, qui avait le don d'exaspérer Nikki avec ses tics, mordit dans une pomme…

— Peut-être que…, dit-elle avant de s'arrêter pour mâchouiller, peut-être qu'il y avait…, continua-t-elle avant d'avaler… des indices sur le corps.

Heat hocha la tête.

— Oui, cela pourrait être une raison.

Elle s'approcha du tableau blanc et écrivit : *Dissimulation de preuves ?* Elle se retourna vers le groupe.

— Rien n'est moins sûr, mais c'est toujours un début.

— Quelque chose dans ses poches ? De l'argent ? De la drogue, des bijoux ? proposa Raley.

— Des photos compromettantes ? ajouta Hinesburg avant de croquer de nouveau dans sa pomme.

— Ce sont des possibilités, oui, dit Heat.

Elle inscrivit toutes ces propositions sur le tableau avant de se retourner vers la salle.

— Rook, toi qui as passé beaucoup de temps avec elle, dernièrement, est-ce que tu as une idée qui pourrait expliquer le vol du cadavre ?

— Euh, peut-être, étant donné le nombre de personnes qu'elle a assassinées dans ses articles… Je ne sais pas. Pour s'assurer qu'elle était bien morte…

Bien malgré elle, l'assemblée éclata de rire, et, lorsque Heat approcha du tableau, elle répondit.

— En fait, il n'est pas loin de la vérité. Cassidy Towne

était l'une des chroniqueuses les plus détestées et les plus craintes de la ville. Cette femme avait le pouvoir de faire et de défaire des réputations et des carrières, et cela, selon son bon plaisir.

— Pour son plus grand plaisir, précisa Rook. Cassidy s'amusait de ce qu'elle était capable de faire endurer aux gens, voilà qui est sûr. Et elle faisait payer cher ce qu'on lui faisait.

— Cela, ça fournit un mobile pour le meurtre, pas pour le cadavre. À moins qu'il n'y ait eu sur le corps un indice qui permettrait de démasquer l'assassin, dit Nikki en ôtant une fois de plus le capuchon de son marqueur. Comme s'il s'agissait d'un crime passionnel et qu'il y ait des lambeaux de peau sous ses ongles... Cela pourrait être une équipe embauchée pour faire disparaître les preuves.

— Ou comme la marque de bague ayant permis de retrouver le Russe qui avait zigouillé le magnat de l'immobilier, Matthew Starr[1], dit Raley.

Heat écrivit : *Marques sur la peau ?*

— Si c'est le cas, nous cherchons toujours dans sa liste d'ennemis. Et si ce que dit Rook est vrai, c'est une liste bien trop longue pour pouvoir la nettoyer avec une lingette ! J'ai envoyé des hommes dans les bureaux du *Ledger* pour prendre les sacs des lettres de menaces. Ils s'y sont mis à deux pour les porter !

— Combien faut-il d'hommes en uniforme pour... ? marmonna Hinesburg.

— Hé ! hé ! dit un des uniformes, au fond de la salle.

Ochoa venait d'arriver après sa mésaventure.

— J'ai pas de quoi être fier sur ce coup-là, dit-il en s'asseyant à sa place habituelle dans le demi-cercle face au tableau. D'abord, on vole sa poubelle, et ensuite, son cadavre. Et tout ça, pendant mon service !

— T'as sans doute raison, dit Raley. On passe au vote. Qui pense qu'Ochoa aurait dû encaisser une balle chemisée pour sauver un macchabée ?

---

1. Voir, du même auteur, *Vague de chaleur.* (NDT)

Le partenaire d'Ochoa leva la main, pour montrer l'exemple, et les autres mains se levèrent bientôt.

— Merci, les gars, c'est rassurant !

— Des nouvelles, Ochoa ?

— Pas grand-chose. Par chance, on a une bonne collaboration avec le 17ᵉ. Ils ont découvert que la benne à ordures utilisée pour bloquer la camionnette était volée, mais ils continuent à travailler dessus. Ils interrogent les témoins et le chauffeur maintenant qu'il a repris connaissance. Et ils dressent une liste des équipes qui ont une affection toute particulière pour les cagoules de ski et les AR-15.

— Bon, voilà ce qu'on va faire. On va avancer sur deux fronts. On continue à analyser la scène de crime et on s'attaque à l'enlèvement du corps. J'ai comme l'impression que celui qui retrouvera le cadavre retrouvera le meurtrier. Les Gars ? dit-elle au moment où la réunion se terminait.

— Ouais ? répondirent-ils à l'unisson.

— Allez frapper à quelques portes sur la 78ᵉ. Commencez par les étages supérieurs de son bâtiment et voyez ce que vous obtenez. Le moindre bruit, le moindre détail, la moindre relation...

— On cherche une autre chaussette célibataire, dit Raley.

— C'est ça. Et pendant le trajet, dites à Ochoa ce qu'on sait sur notre homme d'origine hispanique.

— L'homme au coyote ?

— Bon, je laisse passer pour aujourd'hui, étant donné ce que vous venez de vivre. Rook et moi, on va chercher une liste de vraisemblables, dans la kyrielle de possibles.

— Vous et Rook... Vous voulez dire comme...

— Eh oui, je suis de retour, dit Rook avec sa petite intonation chantante.

Lorsqu'ils s'apprêtaient à partir, le Columbus Café vint faire une livraison. En ouvrant la boîte, Rook invita tout le monde à profiter des sandwichs pour montrer sa bonne volonté. Raley prit un sandwich au thon sur pain blanc et se retournait déjà lorsque Rook le rappela.

— Je l'avais commandé spécialement pour vous.

— Ah ! merci.

— Et comme je sais que vous aimez le thé sucré, voici des sachets de miel, rien que pour vous, Thé au miel.

Entendre ce surnom honni qu'un ancien partenaire lui avait donné à cause de sa préférence pour le thé au miel irritait toujours Raley. L'entendre dans la bouche de Rook après qu'il eut révélé ce détail dans son article le mit hors de lui. Il avait les lèvres blanches, pincées de rage.

Il se détendit et reposa sa tasse.

— Finalement, je crois que je n'ai pas soif ! fut tout ce qu'il dit avant de tourner le dos à un Rook désemparé.

Heat partit dans sa voiture banalisée avec Rook sur le siège du passager. Elle lui demanda où ils allaient, mais il se contenta de faire un clin d'œil et de mettre un doigt sur ses lèvres avant de lui demander de prendre West Side Highway, direction sud. Elle n'était pas enchantée par cet arrangement, mais il avait passé beaucoup de temps avec Cassidy Towne, et ses intuitions pourraient se révéler utiles. D'ailleurs, sans la moindre piste, le prix à payer, pour avoir à bénéficier de l'aide de Jameson Rook, c'était d'être obligée de supporter sa compagnie.

— Et toi, qu'est-ce que tu en penses ? demanda-t-il en longeant l'Hudson.

— Pense de quoi ?

— Je parle du renversement de situation. Cette fois, il s'agit encore de se suivre comme son ombre, mais là, au lieu du journaliste qui suit le policier, c'est le policier qui suit le journaliste !

Elle se tourna vers lui.

— Tu as remarqué que c'est encore moi qui tiens le volant.

— C'est d'autant plus agréable !

Il baissa sa vitre et inspira l'air frais. Pendant qu'il contemplait le fleuve, le vent gonflait sa chevelure, et Nikki se souvenait comme il était agréable d'y passer la main. Elle se rappela lui avoir attrapé une grosse mèche pour l'attirer vers elle, la première nuit qu'ils avaient passée ensemble, et sentait presque le parfum des citrons des margaritas improvisées, chez elle, dans son salon, ce soir-là. Il se retourna, vit qu'elle le regardait, et elle se sentit rougir. Elle détourna les yeux pour qu'il ne le remarque pas tout en sachant qu'il était trop tard. Satané Jameson Rook !

— Qu'est-ce qui se passe avec Raley ?

— De quoi tu parles ?

Dieu qu'elle était soulagée de voir qu'il changeait de sujet, qu'il ne parlait plus de leur couple !

— J'ai fait quelque chose qui l'a mis en colère ? J'ai comme l'impression que tes acolytes me lancent des regards assassins, tous les deux.

Elle savait ce qu'elle ressentait, tout comme elle savait comment Raley et Ochoa avaient réagi.

Depuis la parution de l'article de Rook sur son passage au commissariat l'été précédent, dans le numéro d'octobre de *First Press,* Nikki se débattait contre les réactions hostiles que lui attirait cette publication.

Ses collègues étaient tous tellement rejetés dans l'ombre qu'ils en étaient vexés ou jaloux. Les conséquences n'étaient guère agréables pour elle, et elle s'y trouvait confrontée jour après jour. Même Raley et Ochoa, les piliers de son équipe, s'étaient sentis humiliés de se voir relégués en notes de bas de page dans ce qui se révélait être, malheureusement pour elle, une longue lettre d'amour.

Néanmoins, Nikki n'était pas là pour exprimer leurs ressentiments, pas plus qu'elle n'allait exprimer son opinion personnelle.

— Demande à Raley, fut tout ce qu'elle répondit.

Il laissa tomber le sujet pour envoyer un texto.

— Tout est réglé, dit-il. Quitte l'autoroute à la 14e Rue et prends la 10e Avenue direction sud.

— Merci de m'avoir prévenue…

Ils se trouvaient déjà au niveau de la bretelle. Elle vira à droite d'un coup de volant avant qu'il ne soit trop tard.

— C'est ça, le talent ! s'exclama-t-il.

Tandis qu'ils s'engageaient dans la 10ᵉ Avenue, elle demanda :

— Tu es sûr que ta source acceptera de me parler ?

— Affirmatif ! dit-il en brandissant son iPhone. C'est ce que disait le message.

— Et il va falloir frapper d'une certaine manière ? Donner un mot de passe ? Une poignée de main secrète ?

— Vous savez, détective Heat, vous vous moquez de moi, et cela me fait mal.

— C'est ça, le talent !

Deux minutes plus tard, ils sortirent de la voiture dans le parking d'Apple Shine, une station de lavage vingt-quatre heures sur vingt-quatre. Rook fit le tour du véhicule pour la rejoindre. Elle mit ses lunettes de soleil sur le bout de son nez et le regarda par-dessus.

— C'est une plaisanterie ?

— Tu vois, si tu avais les cheveux roux, on pourrait croire qu'on tourne *Les Experts à Miami* !

— Rook, je te jure, si tu me fais perdre mon temps !

— Hé ! Jamie ! dit une voix derrière elle.

Elle se retourna pour voir le copain de Rook qui grenouillait dans le milieu, Tomasso Nicolosi, dit le Gros Tommy, ouvrant la porte de verre du bureau et leur faisant signe d'entrer.

Rook adressa un sourire satisfait à Nikki et alla rejoindre son pote.

Elle le suivit tout en jetant un coup d'œil sur le parking pour voir s'il ne s'y cachait pas des complices cagoulés.

À l'intérieur de la boutique d'Apple Shine, le Gros Tommy offrit une bière à Rook avec une double tape sur le dos avant de se tourner vers Heat, tout sourire.

— Cela fait plaisir de vous revoir…, dit-il en tendant la main à Nikki qu'elle serra en se demandant à combien de tabassages ou pire encore il avait recouru pendant les quelques dizaines d'années de sa vie.

Un chauffeur-livreur, en costume noir et cravate rouge de rigueur, sortit des toilettes et s'assit pour lire le *Post* derrière eux, et Nikki vit que le visage du Gros Tommy se raidissait.

— Il fait drôlement beau, dit Rook. Tu ne préférerais pas qu'on s'installe quelque part en terrasse ?

Le truand balaya du regard l'angle animé de la 10e Avenue et de Gansevoort.

— Je n'y tiens pas. Allons plutôt dans le bureau.

Ils contournèrent le comptoir et le suivirent dans la pièce marquée *Privé*.

— Tu as encore maigri ? demanda Rook, tandis que le Gros Tommy fermait la porte.

Il avait gagné ce surnom au début des années 1960, lorsque la légende avait raconté qu'au cours d'une des guerres du racket, il avait encaissé trois balles dans le ventre, mais avait été sauvé par ses couches de graisse.

Nicolosi était toujours assez volumineux pour faire basculer le destin lorsque Rook l'avait rencontré pour la première fois, mais à présent, il avait plus peur du cholestérol que des balles en cuivre.

Heat remarqua que le survêtement, semblable à celui qu'il portait la première fois qu'elle l'avait rencontré sur un chantier de construction, au cours de l'été, flottait un peu.

— C'est gentil de l'avoir remarqué. Encore trois kilos. Tu crois ça ? Le Gros Tommy qui ne dépasse pas les soixante-dix kilos !

Rook lui passa de la pommade.

— Si tu continues, il va falloir t'emballer comme une momie pour te retrouver !

Tommy se mit à rire.

— Il doit vous plaire, ce type ! Il vous plaît pas ?

Nikki sourit et dodelina de la tête.

— Asseyez-vous, asseyez-vous.

Ils s'installèrent sur le divan, et le Gros Tommy s'assit sur la chaise derrière le bureau.

— D'ailleurs, il a écrit un bien bel article sur vous, ce bon Jamie. Vraiment sympa. Ça vous a plu ?

— C'était… mémorable, pour le moins.

Elle se tourna vers Rook et lui lança un regard disant : « C'est le moment. »

Rook réagit tout de suite.

— Nous apprécions beaucoup que tu aies eu la gentillesse de nous recevoir.

Il attendit que le Gros Tommy suive le protocole et écarte les compliments d'un geste de la main avant de poursuivre.

— Je travaille avec Nikki sur le meurtre de ce matin, et je lui ai dit que tu aurais peut-être des informations utiles à nous communiquer.

— Tu ne lui as rien raconté ?

— Je t'avais donné ma parole.

— Bon garçon !

Le Gros Tommy ôta ses énormes lunettes de soleil, dévoilant ses yeux de basset, qu'il braqua vers Nikki.

— Vous savez ce que je fais. J'essaie de ne pas me salir les mains, mais je connais des gens qui ne sont pas des citoyens au-dessus de tout soupçon.

Heat savait qu'il mentait. Ce petit homme cordial était pourri jusqu'à la moelle, mais il avait un talent fou pour toujours se mettre à l'abri des poursuites.

— Vous me comprenez... Bon, il y a peu, j'ai reçu un appel de quelqu'un qui se renseignait sur la manière de s'y prendre pour mettre un contrat sur Cassidy Towne.

Heat se redressa sur le divan.

— Un contrat ? Quelqu'un vous a appelé pour mettre un contrat sur Cassidy Towne ?

— Pas si vite ! Je n'ai pas dit que quelqu'un avait mis un contrat. J'ai dit que quelqu'un s'était *renseigné* pour le faire. Vous savez, il faut procéder par étapes. C'est ce qu'on m'a dit...

Elle voulut parler, mais il leva la main et poursuivit son récit.

— Mais il n'en est rien sorti.

— Et c'est tout ?

— Oui, ça s'arrête là.

— Non, je veux dire, c'est tout ce que vous avez ?

— Jamie m'a dit que vous aviez besoin d'aide. Alors, je vous dis ce que je sais. Qu'est-ce que vous entendez par « C'est tout ce que vous avez ? »

— Eh bien, ce que je veux, c'est un nom.

Il posa le coude sur le bureau et regarda Rook avant de se retourner vers elle. Heat observa Rook.

— Il t'a donné le nom ?

— Non, répondit Rook.

— Il ne le connaît pas.

— Moi, je veux le connaître, dit Nikki en soutenant le regard du truand.

Un long silence suivit. À travers les murs, ils entendaient les jets d'eau qui s'écrasaient contre la carrosserie d'une voiture. Lorsque le vacarme cessa, le Gros Tommy dit à voix basse :

— Je tiens à ce que vous sachiez que je ne vous raconte tout cela que parce que vous êtes avec lui, c'est compris ?

Elle hocha la tête.

— Chester Ludlow, dit-il en remettant ses lunettes.

Nikki sentit son cœur rater un battement. Elle allait le noter, mais pensa qu'il serait préférable de se contenter de ne pas oublier le nom de cet ancien parlementaire plutôt que de laisser des traces.

— On est d'accord ? demanda le Gros Tommy en se levant.

— Presque, dit Heat, qui resta assise. Il me faut encore quelque chose.

— Elle est couillue, celle-là !

Rook se retourna pour ricaner.

Nikki se leva.

— Ce matin, un gang, trois hommes armés et un chauffeur, a attaqué la fourgonnette du légiste et volé le corps de Cassidy Towne.

Le Gros Tommy se tapa sur les cuisses.

— Bordel de merde ! Quelqu'un a cambriolé le camion de viande froide ! Dans quelle ville on vit !

— Je veux leur nom. Deux de mes amis se trouvaient

dans cette fourgonnette, et le chauffeur est à l'hôpital. Sans oublier le cadavre volé.

Le Gros Tommy ouvrit les paumes pour traduire son impuissance.

— Je vous l'ai déjà dit, je ne trempe pas dans ce genre de magouilles.

— Je sais, mais comme vous l'avez dit, vous connaissez des gens...

Elle s'approcha de lui et pointa un doigt contre sa poitrine pour accentuer chacun de ses mots.

— J'ai beaucoup apprécié notre collaboration. Et je m'en souviendrai la prochaine fois qu'on se verra, Tommy. Et félicitations pour le régime.

— Je parie que t'aime ça, les couillues ! dit-il en s'adressant à Rook.

Dans la boutique, ils échangèrent une nouvelle poignée de main.

— Au fait, Tommy, je ne savais pas que tu étais propriétaire de la station.

— C'est pas à moi. Je viens juste laver ma voiture.

Heat appela le commissariat pour avoir l'adresse de Chester Ludlow dès qu'ils remonteraient dans la Crown Victoria.

— Quel est le rapport entre Chester Ludlow et Cassidy Towne ? demanda-t-elle après avoir raccroché.

— C'est à cause d'elle qu'il a perdu son poste.

— Je croyais que c'était sa faute à lui, vu l'ampleur du scandale.

— Oui, mais qui a sorti l'histoire au grand jour et a tout fait capoter ? (Elle sortit du parking.) Alors, qu'est-ce que tu penses de mes sources, maintenant ?

— Le Gros Tommy ? Je me demande pourquoi tu n'en as pas parlé à la police.

— Je croyais l'avoir fait.

— Après le meurtre.

— Tu as entendu Tommy ? Ce n'était pas censé arriver.

— Sauf que cela s'est produit.

Chester Ludlow n'était pas dans sa maison de Park Avenue, ni dans son appartement panoramique, au-dessus de Carnegie Hall.

Il se trouvait là où il passait désormais la majeure partie de son temps : il profitait de l'isolement huppé du Milmar Club, sur la 5ᵉ Avenue, face au zoo de Central Park.

En posant le pied sur le marbre de la réception, Heat et Rook foulaient le sol que l'élite sociale et financière new-yorkaise hantait depuis plus d'un siècle.

Derrière ces murs, Mark Twain avait trinqué avec Ulysse S. Grant à son gala d'intronisation lorsqu'il s'était installé sur la 66ᵉ Rue Est, après ses mandats présidentiels. Les Morgan, Astor, Rockefeller avaient tous dansé lors des bals masqués du Milmar.

On disait même que c'était Theodore Roosevelt qui avait brisé l'exclusivité blanche en invitant Booker T. Washington à ses cocktails.

Ce qui lui manquait en raison d'être, le club le compensait par la grandeur et la tradition. C'était un lieu serein et opulent, où les adhérents pouvaient bénéficier d'une grande intimité et d'un grand whisky.

Le Milmar était devenu la forteresse idéalisée du New York d'après-guerre, où les hommes enchapeautés sortaient dans un monde inondé de lumière.

Et, comme Jameson Rook s'en rendit compte, ils portaient aussi des cravates, dont il dut choisir un modèle au vestiaire avant qu'on le laisse pénétrer dans les salons.

On les accompagna vers le coin le plus éloigné du bar, où un portrait géant de Grace Ludlow, la matriarche du clan, se dressait de toute sa hauteur, portant un regard dédaigneux sur ce qui se trouvait sous ses yeux.

Sous ce portrait, Chester, l'ancien grand espoir, devenu fils prodigue, lisait le *Financial Times* à la lumière du jour.

Après les salutations d'usage, Rook s'installa près de Ludlow dans un fauteuil de cuir. Nikki s'assit en face de lui sur un divan Louis XV en pensant que cela faisait un choc après le bureau de la station de lavage.

Chester Ludlow replia soigneusement les pages saumon de son journal et prit la carte de Heat sur le plateau d'argent posé sur la table basse.

— Détective Nikki Heat, c'est prometteur...

Que répondre à cela ? Merci ?

— Je vous présente mon associé, Jameson Rook, se contenta-t-elle de dire.

— Oh ! l'écrivain ? Ça explique la cravate.

Du plat de la main, Rook lissa la cravate empruntée.

— Eh oui, juste le jour où l'on ne s'habille pas pour le club !

— C'est ce qu'il y a de bizarre ici : on peut entrer sans pantalon, mais pas sans cravate.

Étant donné la disgrâce de l'homme politique à la suite de scandales sexuels, Nikki était surprise par son humour et la vigueur de son rire.

Elle se retourna pour voir comment les autres membres avaient réagi, mais les rares personnes dispersées dans la salle immense semblaient ne rien avoir remarqué.

— Monsieur Ludlow, commença-t-elle, j'ai quelques questions à vous poser concernant une enquête en cours. Préféreriez-vous que nous parlions dans un endroit plus discret ?

— Il n'y a rien de plus confidentiel que le Milmar. D'ailleurs, après les étalages publics de cette année, je n'ai plus grand-chose à cacher.

C'est ce que nous verrons, pensa Nikki.

— Cela me ramène à la question que je voulais vous poser. Je suppose que vous savez déjà que Cassidy Towne a été assassinée.

— Oui, je vous en prie, dites-moi qu'elle a beaucoup souffert !

Rook s'éclaircit la gorge.

— Vous vous rendez compte que vous parlez à un policier ?

— Oui, dit-il en reprenant la carte de Nikki pour la relire. Et de la criminelle. (Il reposa la carte sur le plateau d'argent.) Ai-je l'air inquiet ?

— Avez-vous une raison de l'être ? demanda Nikki.

Le politicien marqua une pause, surtout pour impressionner son auditoire.

— Non.

Il s'adossa à son fauteuil et sourit. Il allait lui laisser faire tout le travail.

— Vous étiez en conflit avec Cassidy Towne ?

— Il serait plus juste de dire qu'elle était en conflit avec moi. Ce n'est pas moi qui ai noirci des colonnes d'immondices. Ce n'est pas moi qui ai étalé ma vie sentimentale sur la place publique. Ce n'est pas moi le parasite qui se nourrit du malheur et des mésaventures des autres sans me soucier des ravages que je peux causer.

Rook sauta sur l'occasion.

— Oh ! je vous en prie ! Vous savez combien de fois les gens qui se font prendre reprochent aux médias d'avoir parlé ?

Nikki essaya de capter son regard pour lui signifier d'arrêter là, mais il avait appuyé sur un bouton et il n'était pas près de changer de registre.

— Un journaliste dirait qu'elle a fait le tapage et que c'est vous qui avez fait les ravages.

— Et les jours où il n'y avait rien à signaler, monsieur Rook ? Les jours où il n'y avait aucun incident, aucun scandale, mais rien que des spéculations et des insinuations, venant de « sources anonymes » et de « proches » qui avaient entendu ou vu je ne sais quoi ? Et lorsque cela ne suffisait pas, pourquoi ne pas ressasser les événements, encore et encore, pour bien tourner le couteau dans la plaie au vu et au su de tous ?

À présent, Nikki se réjouissait que Rook soit intervenu. Ludlow perdait son calme. Il allait peut-être se trahir.

— Oui, j'ai eu des aventures…

— On vous a vu à Dungeon Alley, le temple du SM !

Ludlow écarta la remarque du revers de la main.

— Regardez autour de vous : nous sommes en 2010, pas en 1910 !

Heat regarda effectivement autour d'elle. Dans cette pièce, on aurait pu se trouver à n'importe quel siècle.

— Si vous me permettez, avança-t-elle pour maintenir la pression, vous êtes un parlementaire qui a été élu sur la base de valeurs familiales et on vous a vu dans tout et n'importe quoi, du fétichisme, au pony play et aux jeux de torture. Au Capitole, votre surnom, c'est Minorité fouettée ! Je me demande si cela ne vous faisait pas jubiler que Cassidy Towne vous lynche en public !

— Perpétuellement ! siffla-t-il. Et avec elle, les motivations n'étaient même pas politiques ! Comment serait-ce possible ? Regardez le guignol qu'ils ont mis à ma place quand j'ai démissionné ! Moi, j'avais un programme, lui, il a des déjeuners et des tournées de concertation ! Non, avec cette salope, ce n'était que pour le plaisir de faire couler de l'encre. Et de vendre des journaux, de booster sa carrière de merde !

— Alors, vous êtes content qu'elle soit morte, dit Nikki.

— Madame, cela fait soixante-quatre jours que je n'ai pas bu une goutte d'alcool, mais ce soir, je crois que je vais déboucher une bouteille de champagne.

Il tendit le bras vers le verre d'eau fraîche sur la table basse et but une grande rasade, ne laissant que les glaçons. Il le reposa et ramena ses pieds sous lui.

— Mais vous le savez d'expérience, le fait que j'ai un mobile puissant ne fait pas de moi un coupable.

— Vous la détestiez, visiblement, dit Rook pour tenter de l'énerver à nouveau, mais Chester Ludlow avait repris le contrôle de la situation.

— Au passé… C'est de la vieille histoire, désormais. J'ai suivi une cure de désintoxication sexuelle, une cure de désintoxication alcoolique… Alors, vous savez quoi ? Non seulement je ne déboucherai pas ce champagne ce soir, mais je n'ai plus besoin d'assouvir ma colère contre cette femme.

— Ce n'est pas la peine, dit Nikki. Pas si vous pouvez déléguer la violence sur les autres. Disons, en mettant un contrat sur Cassidy Towne.

Ludlow resta serein. Il réagit, mais faiblement. Un peu comme si on lui avait affirmé que sa veste de lin était hors saison.

— Je n'ai rien fait de tel.

— Nous avons des témoins qui prétendent le contraire, dit Rook.

— Oh ! je vois ! Je ne pensais pas que vous étiez du genre à recourir à des sources anonymes, monsieur Rook.

— Je les protège. C'est comme cela que je m'assure d'obtenir des informations crédibles.

Ludlow le regarda.

— C'est le Gros Tommy, c'est ça ?

Peu disposé à révéler ses sources et encore moins à compromettre le Gros Tommy, Rook se contenta de lui adresser un regard vide.

Nikki Heat reprit les commandes.

— Donc, vous reconnaissez avoir contacté Tomasso Nicolosi pour mettre un contrat sur Cassidy Towne ?

— Bon, dit Ludlow. Oui, je me suis renseigné. C'était une rechute pendant ma thérapie. J'ai commencé à fantasmer et à me demander comment cela se passerait, sans plus. Je ne rédige peut-être plus de lois, mais je sais que rien n'interdit de poser des questions.

— Et vous voudriez nous faire croire que, puisque le Gros Tommy n'a rien pu faire pour vous, vous n'avez confié votre sale boulot à personne d'autre ?

Chester Ludlow sourit.

— J'ai décidé qu'il y avait un meilleur moyen de me venger. J'ai embauché un détective d'une grande firme pour qu'il remue la boue autour de Cassidy Towne. Lui rendre la monnaie de sa pièce, vous voyez.

À moins qu'il n'incarne le comble de l'hypocrisie, pensa Nikki, trop maligne pour l'interrompre.

— Renseignez-vous sur une certaine Holly Flanders, dit-il en épelant le nom de famille.

Nikki ne prit aucune note ; elle ne voulait rien se laisser dicter par cet individu.

— Et pourquoi ça ?

— Je ne vais pas faire le boulot à votre place. Mais vous la trouverez intéressante, à la lumière de cette affaire. Et, détective ? Faites attention. Elle a acheté une arme il y a une dizaine de jours. Illégalement, bien sûr.

Après que l'homme politique leur eut fourni un alibi en certifiant qu'il était resté chez lui avec sa femme toute la nuit, Heat et Rook le laissèrent.

Lorsqu'ils traversèrent le hall, une vieille femme lovée dans un divan leva les yeux de son daiquiri.

— Félicitations pour ce merveilleux article sur vous, jeune femme.

Malgré son sourire, Grace Ludlow paraissait encore plus terrifiante que sur son portrait.

Tout en défaisant sa cravate au comptoir du vestiaire, Rook dit :

— La famille Ludlow a tellement de ressources et de relations qu'il aurait très bien pu trouver quelqu'un pour accomplir la besogne.

Le nœud de cravate refusait de céder, et Nikki vint l'aider.

— Il y a quelque chose que je ne comprends pas. Disons que c'est lui. Pourquoi voler le corps ?

Avec les deux poignets sur sa poitrine, Nikki était assez proche pour sentir l'odeur de son eau de Cologne au parfum frais et subtil. Elle leva les yeux et croisa son regard, qu'elle soutint brièvement, avant de s'éloigner.

— Je crois qu'on va avoir besoin de ciseaux !

Sur les marches du Milmar, Heat appela au bureau pour s'enquérir des nouvelles de la victime disparue. Rien. Pendant qu'elle y était, elle demanda qu'on effectue des vérifications sur une certaine Holly Flanders.

Elle écouta également un message vocal des Gars et se dirigea vers la voiture.

— On va faire un tour. Les Gars nous ont dégotté quelque chose.

En traversant le parking, Rook lui demanda :

— Écoute, ça me turlupine. Comment ça se fait que tu sois au courant, pour le pony play ?

— Ça t'excite ?

— Ça me fiche les chocottes et ça me fait rigoler. Et c'est un non qui penche vers le oui, tu vois ?

— Oh ! fais-moi confiance. Je sais tout sur les chocottes et la rigolade… (Elle lui adressa un sourire en coin sans quitter des yeux le taxi garé devant eux.) Tout comme je connais la différence entre un martinet et un collier de posture !

Elle n'avait pas besoin de le regarder pour savoir qu'il l'observait et cherchait à deviner si elle plaisantait ou non. Les services de la circulation durent enlever des barrières pour leur laisser le passage sur la 78e Rue Ouest.

Le nombre des estafettes de télévision avait doublé, et toutes les chaînes voulaient des images en direct à diffuser aux bulletins d'informations de seize heures, encore bien loin. Un nœud à l'estomac, Nikki pensa que les gros titres ne se feraient pas sur le meurtre, mais sur le vol du cadavre. Ils retrouvèrent Raley et Ochoa au sous-sol de l'immeuble de grès brun de Cassidy Towne, dans le bureau – ou plutôt l'atelier du gardien.

Ils le présentèrent à Nikki. En apercevant Rook, il le salua avec un grand sourire.

— Bonjour, monsieur Rook.

— Salut, JJ. Désolé pour ce qui s'est passé.

— Oui, il va falloir faire du grand ménage.

— Et puis…

— Madame Towne, oh oui, c'est horrible !

Nikki s'adressa à ses hommes.

— Vous avez quelque chose pour moi ?

— D'abord, pas de service de ramassage des ordures privé.

— On dirait une mauvaise blague, dit JJ. Le propriétaire va pas aimer ça ! On arrive même pas à avoir un budget pour refaire la peinture. Ni pour un nouveau chariot de ménage ! Regardez un peu les roues de cet engin ! C'est minable.

— Alors, vous en êtes restés aux ordures ? Vous avez dit « d'abord ». Il y a une suite ?

— JJ dit qu'il a changé les serrures de l'appartement de Cassidy Towne dernièrement.

Ce détail éveilla son attention, et Nikki jeta un coup d'œil vers Rook.

— C'est exact. Il y a quelques jours, dit Rook.

Le gardien le corrigea.

— Non, ça, c'était la deuxième fois. Je l'ai fait deux fois.

— Vous les avez changées deux fois ? Pourquoi ?

— Comme j'ai une formation de serrurier, j'ai pu le faire au noir. Vous savez… C'est mieux pour tout le monde. Elle fait des économies, et ça met du beurre dans les épinards. C'est mieux comme ça.

— Je n'en doute pas.

JJ semblait être un brave type, bien qu'un peu bavard. Pour interroger les bavards, elle l'avait appris, il fallait rester dans le concret, avancer par étapes.

— Racontez-moi la première fois que vous avez changé la serrure. Ça s'est passé à quel moment ?

— Il y a deux semaines. La veille du jour où mon pote a commencé à venir, dit-il en indiquant Rook.

— Pourquoi ? Elle avait perdu ses clés ?

— Les gens perdent toujours tout, c'est pas vrai ? J'ai entendu une émission sur les téléphones portables, rien qu'hier… Vous savez où les gens perdent le plus leurs téléphones ?

— Dans les toilettes publiques ? dit Rook.

— Ne m'en demandez pas plus, hein ! dit-il en tendant la main et en serrant celle de Rook.

— JJ ? dit Heat en ouvrant son carnet pour montrer l'importance de la réponse. Pourquoi Cassidy vous a-t-elle demandé de changer ses serrures il y a quinze jours ?

— Parce qu'elle avait l'impression que quelqu'un était entré chez elle. Elle était pas sûre, mais elle pensait qu'il se tramait quelque chose. Des objets déplacés, des trucs comme ça. Elle disait que ça lui donnait la chair de poule. J'ai cru qu'elle se faisait des idées, mais un sou, c'est un sou, alors, j'ai remplacé les serrures.

Nikki nota de demander aux Gars de retrouver la date exacte pour préciser la chronologie.

— Et la deuxième fois ? Elle avait toujours l'impression que quelqu'un s'introduisait chez elle ?

Le gardien éclata de rire.

— C'était pas qu'une impression ! Un type a défoncé sa porte. Sous son nez !

Heat se tourna immédiatement vers Rook.

— Je savais qu'elle avait fait réparer sa porte, parce que JJ travaillait dessus lorsque je suis venu la rejoindre pour dîner. Je lui ai demandé pourquoi, et elle m'a dit qu'elle s'était enfermée dehors et qu'elle avait dû défoncer sa porte. Ça paraît bizarre, mais c'était du Cassidy Towne tout craché. Elle ne manquait pas de vous réserver des surprises.

— À qui le dites-vous ! intervint JJ qui serra de nouveau la main à Rook.

Heat se tourna vers les Gars.

— Il y a eu un rapport d'incident là-dessus ?

— Aucun, dit Ochoa.

— On va vérifier de nouveau, à présent, dit Raley.

— Quand était-ce ?

Il se tourna vers son établi, regarda un calendrier avec des filles aux seins nus et indiqua un jour marqué d'un crayon gras orange. Heat nota la date.

— Vous savez à quelle heure cela s'est produit ?

— Bien sûr. En plein milieu d'après-midi. J'allais prendre ma pause cigarette quand j'ai entendu le boucan. J'essaie d'arrêter, c'est mauvais pour la santé. Je me suis inscrit à un programme.

— Vous avez entendu ? Vous avez vu ce qui s'est passé ?

— Non, j'ai vu après… J'étais sur le trottoir – on ne fume pas ici – et j'ai entendu les cris, puis après « bada-boum ». Le type a défoncé la porte à coups de pied.

— Vous avez vu qui c'était ? Vous pourriez le décrire.

— Et comment ! Vous connaissez Toby Mills ? Le joueur de base-ball ?

— Oui, vous dites que c'est quelqu'un qui lui ressemble ?

— Non, dit JJ. C'était Toby Mills… en personne, voilà ce que je dis.

Les Yankees étaient en avance d'un match, mais ils étaient désormais privés des services du dynamique lanceur Toby Mills, sur la liste des blessés avec une déchirure à la cuisse qu'il s'était faite en allant héroïquement couvrir la première base lors du match d'ouverture de la série.

Mills avait tenu jusqu'à la fin de la partie et la victoire, mais, indisponible pour une période indéterminée, il devrait passer au moins le reste de la saison sur le banc des spectateurs. En traversant Central Park pour se rendre chez le lanceur, à Upper East Side, Heat demanda :

— Bon, Jameson Rook, toi, le journaliste de la presse people, j'ai une question pour toi.

— J'ai comme l'impression qu'il ne sera pas question de pony play, je me trompe ?

— Je me demande pourquoi, puisque tu étais toujours dans les pattes de Cassidy Towne pour faire ton article, tu ne savais pas que Toby Mills avait défoncé sa porte.

— C'est simple. C'est parce que je n'étais pas là lorsque cela s'est produit, dit-il en se tournant vers elle. Pas plus compliqué que ça. Elle m'a menti en disant qu'elle l'avait fait toute seule. Et je vais te confier une chose, Nik : si tu avais connu Cassidy, cela ne te choquerait pas. Elle n'était pas seulement costaude, c'était une force de la nature. Ce n'était pas une misérable porte fermée à clé qui allait l'arrêter. J'avais même déjà noté cette métaphore pour mon article.

Elle tapota les doigts sur son volant.

— Je comprends ton point de vue. Non seulement elle t'a menti, mais elle n'a déposé aucune plainte.

— Une chaussette célibataire.

— Tu n'es pas obligé de dire ça.

— Quoi ? Chaussette célibataire ?

— C'était à nous. Je t'interdis d'employer cette expression, sauf quand tu tries ton linge !

Le feu passa au vert et elle sortit du parking pour longer l'enfilade d'ambassades et de consulats.

— Elle avait un problème avec Toby Mills ? À moins que cela ne soit le contraire.

— Je n'en sais pas grand-chose. Elle a écrit des articles sur son adolescence tapageuse, lorsqu'il est arrivé dans l'équipe des Yankees, mais c'est de l'histoire ancienne aujourd'hui. La semaine dernière, elle a annoncé qu'il venait de s'installer dans l'East Side, mais il n'y a guère matière à scandale. Ni prétexte à une agression.

— Oh ! ça, la vie réserve bien des surprises, bien des surprises, monsieur l'écrivain, dit-elle avec un sourire supérieur.

Tandis qu'ils attendaient devant l'interphone de la porte de Toby Mills, le sourire de Nikki Heat n'était plus qu'un lointain souvenir.

— Depuis combien de temps on attend ? demanda-t-elle à Rook.

— Cinq minutes. Six peut-être.

— Ça me paraissait plus long. Pour qui il se prend ? C'était plus facile d'entrer au Milmar, et tu n'avais même pas de cravate. (Elle imita la voix du petit haut-parleur.) Nous poursuivons les vérifications…

— Tu sais qu'ils t'entendent sûrement.

— Tant mieux !

Il leva les yeux.

— Ils te voient aussi, sans doute.

— Encore mieux.

Elle élargit les épaules devant la caméra de sécurité et brandit sa plaque.

— C'est une enquête de police officielle. Je veux voir un être humain.

— Sept minutes.

— Arrête !

Puis, dans un murmure, il ajouta :

— Chaussette célibataire.

— Ne fais pas le malin.

Un grésillement d'électricité statique se fit entendre, et la voix mâle revint dans l'interphone.

— Je suis désolé, madame l'agent, mais nous transmettons toutes les requêtes à Ripton et associés, les représentants de monsieur Mills. Vous voulez le numéro ?

— D'abord, je ne suis pas agent, mais enquêtrice. À la police criminelle de New York. Je dois interroger Toby Mills pour une enquête. Ou vous ouvrez maintenant, ou je reviens avec un mandat.

Satisfaite, elle relâcha le bouton et fit un clin d'œil à Rook.

La voix chevrotante revint.

— Bon, si vous avez un stylo, je vous donne le numéro.

— Ah ! ha ! dit-elle. Bon, moi, je suis en mission officielle. Je vais chercher ce mandat.

Elle se retourna et se rua vers le trottoir, suivie par Rook. Ils étaient presque sur Madison, où ils s'étaient garés en face de Carlyle, lorsque Rook entendit son nom.

— Jameson Rook ?

Ils se retournèrent pour voir l'émule de Cy Young, Toby Mills, sur le trottoir, devant sa maison, qui leur faisait signe de revenir.

Rook se tourna vers Nikki, rayonnant.

— Quand je peux faire quelque chose pour vous aider, détective…

QUATRE

— Je suis Toby, dit-il lorsqu'ils arrivèrent devant la porte d'entrée.

Avant que Nikki ait eu le temps de se présenter, il ajouta :

— On peut voir ça à l'intérieur ? Je n'ai pas envie d'avoir un attroupement ici, si cela ne vous ennuie pas.

Il leur tint la porte, et tous deux le suivirent dans le vestibule. Pieds nus, le joueur de base-ball portait un polo blanc sur un jean. Nikki ne savait pas si sa légère claudication était due à sa déchirure ou à ses pieds nus.

— Excusez-moi de la confusion. Je faisais la sieste, et ils ne voulaient pas me réveiller. Et quand je vous ai vu, dit-il en s'adressant à Rook, je me suis dit : « Oh ! mec ! Tu ne peux pas laisser Jameson Rook sur le trottoir ! » Vous êtes avec la police ?

— Bonjour. Nikki Heat. (Elle lui serra la main en essayant de ne pas se conduire en groupie béate.) C'est un plaisir, vraiment.

Bon, voilà pour le côté cool !

— Je vous remercie. Entrez. Mettons-nous à l'aise et voyons ce que j'ai fait pour mériter la présence de la police et la presse qui tambourine à ma porte.

Un escalier en colimaçon montait à l'étage sur la gauche, mais il les conduisit vers l'ascenseur en face de l'entrée. Juste à côté, un homme, qui ressemblait à un agent des services secrets, en chemise blanche à manches longues et cravate unie marron, regardait son écran de surveillance qui montrait les images de quatre caméras.

Toby appuya sur le bouton de l'ascenseur.

— Quand Jess se pointera, tu lui diras que j'ai conduit nos invités au salon ?

— Bien sûr, répondit Lee.

Nikki reconnut la voix de l'interphone et, comme il remarqua sa réaction, il ajouta :

— Désolé pour la confusion, détective.

— Je vous en prie.

L'ascenseur indiquait que la maison avait cinq étages, et ils s'arrêtèrent au troisième. Ils furent accueillis par l'odeur d'un tapis tout neuf en entrant dans une grande pièce circulaire, avec des comptoirs qui ouvraient dans trois directions. D'après ce que Heat voyait, deux d'entre eux menaient sans doute à des chambres, vers l'arrière de la grande demeure rectangulaire. Mills plia son bras qui valait des millions de dollars pour leur demander de les suivre vers le passage du fond, qui ouvrait sur une pièce ensoleillée avec vue sur la rue en contrebas.

— On peut dire que c'est ma tanière.

C'était une salle de trophées décorée avec goût. Des battes de base-ball partageaient l'espace avec des photos sportives traditionnelles : Ted Williams qui observait un lancer de Koufax, à Fenway[1], en 1963 ; Lou Gehrig avec Babe Ruth. Contrairement à ce que l'on aurait pu croire, ce n'était pas un autel consacré à Toby. Les seules photos de lui le montraient avec d'autres joueurs, et aucun des trophées ne lui appartenait, bien que les siens eussent largement suffi à remplir la pièce. Nikki comprit qu'il venait ici pour échapper à la célébrité, non pour s'y complaire.

---

1. Stade de base-ball mythique de Boston. (NDT)

Toby se glissa derrière un bar en merisier clair, avec des incrustations de marqueterie vertes, et leur proposa de leur préparer quelque chose.

— En fait, tout ce que j'ai, c'est du Colonel Fizz, mais je vous jure que ce n'est pas parce qu'ils me sponsorisent : j'adore ça !

Nikki percevait son accent de l'Oklahoma et se demandait quel effet ça faisait de passer son bac à Broken Arrow et de monter tous les échelons de la célébrité en moins de dix ans.

— Je suppose que vous êtes en service, sinon je vous aurais offert quelque chose de plus corsé.

— Comme quoi ? Il y a un Général Fizz ? demanda Rook.

— Ah ! vous ! Les romanciers !

Toby ouvrit quelques canettes et versa les boissons sur de la glace.

— Ça va vous dégoûter du Coca. De toute façon, ça n'a jamais tué personne.

— Cela m'étonne de voir que vous me connaissez, dit Rook. Vous lisez tous mes articles ?

— À vrai dire, seulement celui sur votre voyage en Afrique avec Bono, et le cahier photos consacré à Mick Jagger sur son bateau. Mec, il va falloir que je m'en achète un ! Mais les articles politiques, vous voyez, la Tchétchénie, le Darfour, sans vouloir vous vexer, je m'en passe. Je vous connais surtout parce que nous avons beaucoup d'amis communs.

Nikki ne savait pas si Toby Mills était un hôte naturel ou s'il les menait par le bout du nez, mais elle profita de la conversation pour observer la vue. Quelques rues plus loin, on apercevait le Guggenheim. Malgré les rangées de demeures cossues qui le dissimulaient, la forme distincte du toit trahissait le musée. En haut de la rue, les cimes des arbres de Central Park commençaient tout juste à annoncer l'automne. Dans deux semaines, les couleurs chatoyantes attireraient tous les photographes amateurs sur la rive est.

Nikki entendit quelqu'un qui parlait à Toby, mais lorsqu'elle se retourna, l'individu n'était pas dans la pièce.

— Hé ! Tobe, dit l'homme, j'ai fait aussi vite que j'ai pu...

Un type en costume chic, sans cravate, entra et se dirigea rapidement vers Rook.

— Bonjour. Jess Ripton.

— Jameson Rook.

— Je sais. Vous, les gars, vous auriez dû me contacter d'abord. On n'accorde pas d'interviews sans avoir discuté des modalités auparavant.

— Il ne s'agit pas d'une interview de presse, dit Nikki Heat.

Ripton se retourna.

— C'est vous, le flic ?

— Détective. (Elle lui donna sa carte.) Et vous, vous êtes agent ?

Derrière le comptoir, Toby Mills éclata de rire. Une cascade de ah ! ah ! ah !...

— Je ne suis pas agent. Je suis directeur de la communication.

Son sourire ne suffit pas à adoucir sa personnalité ni à atténuer son arrogance.

— Les agents sont à mes ordres. Les agents restent à l'écart et se contentent de ramasser les chèques, et tout le monde y trouve son compte. Moi, je m'occupe des relations publiques, des réservations, des médias, de tout ce qui a de l'importance sur la chaîne de valeur.

— Ça doit être difficile de faire tenir tout ça sur une simple carte de visite, dit Rook qui obtint un autre rire de Toby.

Ripton s'assit dans la chaise longue du coin.

— Alors, dites-moi de quoi il s'agit.

Nikki ne s'assit pas. Tout comme elle ne voulait pas prendre la dictée sous les ordres de Chester Ludlow, elle n'allait pas faire cet honneur à Jess Ripton, un taureau qui s'amusait à piétiner tout le monde.

Elle voulait rester maître des débats. À présent, néanmoins, elle comprenait la raison des amabilités insignifiantes... On meublait en attendant papa.

— Vous êtes l'avocat de Toby ?

— J'ai les diplômes, mais, non. J'appellerai notre avocat si j'estime que nous en avons besoin. Nous en avons besoin ?

— Ce n'est pas à moi d'en décider, dit-elle avec une nuance de retenue dans la voix.

Puis elle se dit que, peu importait, et elle laissa Ripton dans son fauteuil pour s'installer sur un tabouret en face de Mills.

— Toby, je voudrais vous parler d'un incident qui s'est produit la semaine dernière dans la résidence de Cassidy Towne.

Le responsable des relations publiques se dressa sur ses pieds.

— Non ! non ! et non ! Il ne répondra pas à cette question.

— Monsieur Ripton, je fais partie de la brigade criminelle de New York et je dirige une enquête officielle. Si vous préférez que je conduise cet interrogatoire au commissariat, cela peut s'arranger. Je peux aussi m'arranger pour que toutes ces estafettes de la télévision qui encombrent la 70e se déplacent de quelques pâtés de maisons pour avoir de jolies photos de votre client en train de se faire embarquer. Alors, à présent, dites-moi exactement à quel endroit vous en êtes sur votre chaîne de valeur ?

— Jess ? demanda Toby, brisant le silence qui venait de s'installer. Je crois qu'il serait temps de s'expliquer et de laisser cet incident derrière nous.

Nikki n'attendit pas la réponse de Jess. Comme Toby faisait preuve de bonne volonté, elle en profita immédiatement.

— Un témoin oculaire prétend qu'il y a quelques jours, vous avez défoncé la porte de cette résidence. C'est vrai ?

— Oh que oui, madame !

— Puis-je vous demander ce qui a motivé votre geste ?

— Facile. J'étais furieux contre cette salope qui m'a jeté en pâture...

Jess avait baissé la tête pour relever le nez avec le visage du perdant, car il revint dans la conversation en faisant montre néanmoins d'un peu plus de diplomatie.

— Détective, est-ce que ça vous ennuierait que ce soit moi qui vous raconte l'histoire ? Toby est là pour me corriger si j'oublie un détail et vous pourrez toujours lui poser des questions. Je pense que ce sera beaucoup plus facile pour nous et, comme le dit Tobe, on pourra oublier cette histoire. Il semblerait que l'équipe pourra participer au championnat de ligue la semaine prochaine, et je veux qu'il se concentre sur sa rééducation afin d'être prêt à temps.

— Je suis une fan de base-ball, dit Heat, mais j'aime encore mieux les réponses directes.

— Bien entendu.

Il hocha la tête et continua comme si elle n'avait rien dit.

— Je ne sais pas si vous l'avez remarqué, mais on ne voit jamais le nom de Toby Mills dans les journaux à scandale. Il a une femme, un enfant en bas âge et un autre en route. La valeur qu'il place au-dessus de tout, c'est la famille et, non seulement il est très généreux avec les membres de sa famille et de nombreux amis, mais il a créé sa propre fondation caritative.

Nikki tourna le dos à l'homme en costume pour faire face à son véritable client.

— Toby, je veux savoir pourquoi vous avez défoncé la porte d'une victime de meurtre.

De nouveau, Ripton sauta sur ses pieds. Il s'installa sur le tabouret entre elle et Rook et tourna le dos de manière à se trouver au centre du demi-cercle.

— C'est tout simple, dit le directeur. Toby et Lisa ont emménagé dans cette maison il y a quinze jours. Il voulait se retrouver au cœur de la ville pour laquelle il joue, et non plus rester dans le comté de Westchester. Et que fait Cassidy Towne ? Elle publie toute l'histoire, adresse comprise, OK ? Dans le *New York Ledger,* toute une page, avec la photo de Toby, la photo de sa maison et l'adresse, pour que tous les cinglés de la terre la voient bien. Pas difficile de deviner ce qui est arrivé. Toby a été suivi. La semaine dernière, deux jours après qu'ils ont emménagé dans leur nouvelle maison de rêve, Lisa a emmené son fils se promener à Central Park. Le bassin est à… quoi ? Cinq minutes à pied ? Ils traversent la rue pour entrer dans le parc, et ce type leur saute dessus, commence à hurler et à les terrifier, tous les deux. Le garde du corps est intervenu, mais le type a réussi à s'enfuir.

— Vous connaissez son nom ?

— Morris Granville, répondirent Toby et Jess à l'unisson.

— Vous avez déposé une plainte ?

— Oui, vous pouvez vérifier. De toute façon, Toby était au stade lorsque Lisa l'a appelé, en larmes. Il a perdu la tête.

— J'étais terrifié.

— Est-ce que j'ai besoin de vous expliquer de quoi ce genre de type est capable ? Est-ce que j'ai besoin de vous rappeler ce qui est arrivé à John Lennon, à moins d'un kilomètre de là où nous nous trouvons ? Alors, oubliez cette histoire de star du base-ball. Toby Mills est un homme comme les autres. Il a fait ce que tout bon mari et tout bon père aurait fait quand on s'attaque à sa progéniture. Il s'est précipité chez Cassidy Towne pour lui faire la leçon. Et comment elle a réagi ? Elle lui a claqué la porte au nez !

— Alors, je l'ai défoncée.

— Et il est parti. *Game over.*

— *Game over*, répondit Toby.

Le directeur de la communication sourit et tendit la main vers le bar pour prendre le bras de son client.

— Mais nous sommes beaucoup plus calmes aujourd'hui.

Jess Ripton raccompagna Heat et Rook sur le trottoir et s'arrêta pour échanger quelques mots.

— Vous avez retrouvé le corps ?

— Pas encore, dit Nikki.

— Je vais vous faire un aveu. Dans ma carrière, j'ai vécu quelques cauchemars avec le public. Je n'envie pas la police de New York aujourd'hui. Même si, avec mon tarif actuel, je crois que je pourrais m'y faire si on me le demandait ! (Il rit à sa propre blague et serra la main de Heat.) Écoutez, je suis désolé de vous avoir mal reçus. C'est mon instinct protecteur. C'est ce qui m'a valu mon surnom. (Connard, pensa Nikki.) Le Pare-feu, dit-il sans la moindre modestie. Mais à présent que nous sommes sur le bon pied, continuons comme ça. Si vous avez besoin de moi, n'hésitez pas à m'appeler.

— Je vais vous dire ce que j'aimerais, dit-elle.

— Tout ce que vous voulez.

— Tous les échanges que Toby a eus avec ce cinglé. Les lettres, les e-mails, tout.

Ripton hocha la tête.

— Nos agents de sécurité ont tout un dossier. Vous aurez une copie sur votre bureau avant la fin de la journée.

— J'ai vu plusieurs caméras. Avez-vous une photo de lui ?

— Plusieurs, malheureusement. Je vous les communiquerai aussi.

Il commença à retourner vers la maison, mais Rook le rappela.

— Jess, j'ai pensé à un truc. J'ai travaillé en collaboration avec Cassidy sur un article que je faisais sur elle, mais elle ne m'a jamais parlé de sa porte défoncée.

— Où veux-tu en venir ?

— C'est le jour où il s'est fait sa déchirure, « pendant le match », dit Rook en dessinant des guillemets dans l'air.

— Il va falloir te montrer plus clair, Jameson, parce que je ne te suis pas.

Néanmoins, son regard candide ne trompait personne.

— Mon sens de la logique me suggère qu'il s'est peut-être blessé avant la partie, ou que cette petite aventure a contribué à aggraver la blessure plus tard. Cela aurait eu un impact sur son contrat, sans quelques générosités obligatoires envers ses nombreux amis si cela s'était su. Je me trompe ?

— Je n'en ai aucune idée. Si elle a préféré ne parler de rien, c'était son choix.

Il marqua une pause et leur adressa son sourire forcé.

— Ce que je sais, néanmoins, c'est que nous nous sommes excusés et nous lui avons offert une large compensation pour les dommages subis, dit le Pare-feu. Et pour ses préjudices. Vous savez comment ça marche. Elle a eu un peu d'argent et quelques ragots en prime. C'est comme ça que nous alimentons la banque des services. Faites-moi confiance : Cassidy Towne n'avait pas à se plaindre du résultat.

Nikki sourit.

— Je suis obligée de vous croire sur parole.

Nikki Heat entendit le sifflement et se tourna vers Rook qui faisait mousser du lait de l'autre côté de la salle. Elle reprit sa lecture et, lorsqu'elle eut terminé, un cappuccino sans mousse arriva sur son buvard.

— C'est moi qui l'ai fait, dit Rook. Tout seul.

— Talent qui se révélera très utile, sans doute. Hinesburg ! appela-t-elle.

— Oui…, dit une voix dans le couloir.

Nikki était toujours énervée de voir que Hinesburg passait le plus clair de son temps loin de son bureau, à se balader dans les couloirs, et se rappela de ne pas oublier de lui en dire deux mots en privé.

Lorsque la promeneuse entra, Nikki lui demanda :

— Je cherche le rapport que je vous ai demandé sur Holly Flanders.

— Ne cherchez plus ! Il vient d'arriver.

Hinesburg lui tendit une enveloppe en papier kraft et fit claquer son chewing-gum.

— Oh ! et j'ai passé au crible le répondeur de Cassidy Towne. Cela n'a rien donné, même si j'ai appris quelques nouveaux jurons.

Nikki défit le ruban rouge qui fermait le courrier interne.

— C'est pour vous, dit-elle en remettant à Hinesburg le papier qu'elle venait juste de lire. C'est une plainte à propos d'une agression. (Elle fit un geste vers Rook.) Cela correspond au récit de Toby, comme prévu.

— On travaille sur l'affaire ? demanda Hinesburg entre deux bulles de chewing-gum.

Heat hocha la tête.

— C'est le commissariat de Central Park qui s'en charge, mais la victime habite sur la 91e. Disons que nous collaborons sur l'affaire. Ce n'est pas une course de vitesse, mais restez sur le coup. Je m'intéresse surtout aux pistes qui mènent à ce cinglé.

— Morris Granville ? dit Hinesburg en regardant la feuille.

— Il a pris la poudre d'escampette. Dites-le-moi simplement s'il refait surface. Je recevrai quelques documents plus tard. Je vous les ferai parvenir.

Hinesburg alla lire la feuille à son bureau. Heat sortit le dossier interne et le consulta rapidement.

— Ouiiii !

Rook avala son double expresso.

— Tu as gagné au loto ?

— Mieux. J'ai une piste pour Holly Flanders.

— Flanders comme la Flanders de Chester Ludlow ?

— Hum, hum, dit Nikki en tournant les pages. Un casier, mais pas grand-chose. Vingt-deux ans, une bricole par-ci, une incivilité par-là, un peu de drogue récréative, vol à l'étalage, récemment promue *escort girl* de seconde zone…

— Il paraît que les bonnes sont introuvables ! Ça ne donnera pas grand-chose, selon ma théorie.

— Oh ! les théories !

— Jeune femme, vilaine racoleuse, par ici ! (Il courba la main gauche et la leva.) Vieux politicien sadomaso, par là (Il courba la main droite et la leva.) Je crois que c'est elle qui l'a balancé et il veut la faire payer.

— La théorie est intéressante, à un défaut près.

— Lequel ?

— Je n'ai rien entendu.

Elle se leva et rangea le dossier dans son sac.

— Allons donc voir cette Holly Flanders.

— Et le cappuccino ?

— Ah ! j'oubliais !

Elle retourna vers son bureau, prit la tasse et la donna à Hinesburg en passant.

Son trajet vers le parking incluait un détour. À son habitude, elle jeta un coup d'œil par la vitre du bureau du capitaine Montrose. En général, on le trouvait au téléphone ou devant son ordinateur, à moins qu'il ne fasse une apparition surprise pour rejoindre ses hommes sur le terrain. Cette fois, il était au téléphone, mais il fit un signe du doigt qui l'arrêta. Elle savait de quoi il allait lui parler…

Rook attendit d'être dans Columbus Avenue avant de lui demander comment cela s'était passé.

— Avec le capitaine, ça se passe toujours très bien. Il sait que je fais tout mon possible pour retrouver le corps. Et élucider l'affaire. Que je m'arrange pour que la planète se prépare à un avenir meilleur. Ce que j'aime bien chez lui, c'est qu'il sait qu'il n'a pas besoin de me mettre la pression pour que je fasse le boulot.

— Mais ?

— Mais…

Soudain, elle était envahie par une vague de reconnaissance et de gratitude. Elle n'avait pas l'habitude d'avoir une oreille compatissante, rien de plus, une simple oreille compatissante. L'autonomie dont elle était si fière donnait de bons résultats, mais elle ne recevait pas de sourire en échange, personne ne s'intéressait à ce qu'elle ressentait. Elle le regarda, en train de l'observer sur le siège du passager, et se sentit submergée par une chaleur inattendue. D'où cela provenait-il ?

— Mais quoi ?

— Il est sous pression. Son dossier va être présenté pour une promotion, et ce n'est pas le meilleur moment. La presse l'inonde de coups de téléphone. Les gens veulent des réponses ; il souhaitait savoir où nous en étions.

— Il ne t'a pas mis la pression ?

— Tu sais, la pression est toujours présente dans la pièce. Cette fois, elle était sur ses genoux…

— Nikki, pendant que je t'attendais, je me disais que Cassidy Towne aurait adoré cette situation. Pas la mort, ça, ça ne lui plairait vraiment pas, mais ce qui s'est passé depuis.

— Tu me donnes la chair de poule, là, tu vois !

— Hé ! je partage juste mes réflexions. Une chose était sûre, avec elle, c'est qu'elle cherchait toujours à frapper fort. C'est ce que j'ai découvert en me demandant quel genre de personne écrivait des torchons pareils. Au début, j'ai cru que c'était l'aspect salace qui l'intéressait. Le voyeurisme, la mainmise sur les autres. Pour Cassidy, tous les articles, toute la vie, c'était une question de pouvoir. Sinon, pourquoi quitter des parents abusifs et un mari abusif et se lancer dans une aventure tout aussi perverse ?

— Tu dis que ses articles étaient une revanche contre le monde entier ?

— Je ne suis pas sûr que ce soit si simple. Je pense que c'était plutôt un instrument. Un moyen d'exercer le pouvoir.

— C'est pas plus ou moins la même chose, non ?

— Ça se ressemble un peu. Mais ce qui m'intéresse, et ce que je cherchais pour dresser son profil, c'était elle, en tant que personne. Pour moi, son histoire, c'est celle de quelqu'un qui a survécu en se débarrassant de l'horreur et qui est bien déterminé à contrôler toutes les situations. C'était pour ça qu'elle renvoyait une viande parfaitement cuite en cuisine. Parce qu'elle pouvait se le permettre. Ou qu'elle baisait des acteurs, parce qu'ils avaient plus besoin d'elle qu'elle d'eux. Ou qu'elle faisait venir les types comme moi aux aurores pour travailler et qu'ensuite elle allait se balader pour acheter des bagels. Tu sais ce que je pense ?

Je crois que Cassidy était ravie de voir qu'elle empoisonnait l'existence de Toby Mills au point qu'il vienne défoncer sa porte. Cela confortait son pouvoir, cela lui donnait une raison d'être. Cassidy Towne voulait que les choses se déroulent comme elle l'avait décidé. Elle voulait être au centre de tout.

— Elle ne pourrait pas être plus au centre de tout qu'en ce moment !

— C'est exactement ce que je voulais dire, m'dame !

Il baissa sa vitre et, comme un petit enfant, contempla les nuages cotonneux qui se reflétaient sur les tours de la Time Warner, tandis qu'ils contournaient Columbus Circle. Lorsqu'ils s'engagèrent dans le rond-point de Broadway, il continua :

— En fin de compte, je crois qu'elle préférerait encore être en vie, j'en suis sûr, mais si tu es dans la peau de Cassidy Towne, qu'est-ce que tu pourrais désirer de plus que d'avoir la moitié de la ville qui te cherche pendant que l'autre moitié parle de toi ?

— C'est logique, dit-elle avant de marquer une pause. Mais ça me donne quand même la chair de poule.

— La trouille… ou la rigolade ?

Elle réfléchit un instant…

— Je garde ma chair de poule.

L'embourgeoisement de Times Square dans les années 1990 avait transformé l'ancien quartier dangereux et sordide en une destination familiale. Les théâtres de Broadway, aux façades ravalées, présentaient des comédies musicales à succès, des restaurants s'ouvraient un peu partout, les grands magasins prospéraient et la foule revenait, symbolisant ou incarnant le renouveau de la Grosse Pomme.

Le côté sordide n'avait pas disparu pour autant ; il était simplement repoussé un peu plus à l'ouest, là où se rendaient Heat et Rook. La dernière adresse connue de Holly Flanders, après son petit passage par la prostitution, était un hôtel à la semaine à l'angle de la 10e Avenue et de la 41e Rue.

Ils descendirent la 9ᵉ Avenue en silence, mais lorsque Heat s'engagea dans la 10ᵉ Avenue, et que les dames commencèrent à apparaître sur les trottoirs, Rook fredonna une chansonnette appropriée :

— « Je suis la catin de Manhattan. »

— Écoute, je supporte tes théories, je veux bien tolérer tes vantardises sur ton interprétation de cette affaire, mais si tu te mets à chanter, je te préviens, je suis armée !

— Tu n'arrêtes pas de te moquer de mes intuitions, mais moi, je te demande, détective Heat, grâce à qui tu as réussi à voir Toby Mills après qu'on t'a claqué la porte au nez, qui t'a présenté le Gros Tommy, lequel nous a mis sur la piste de Chester Ludlow : qui nous a conduits jusqu'ici ?

Elle réfléchit un moment et dit.

— Finalement, j'aurais mieux fait de te laisser chanter.

Une voiture banalisée n'a rien de banalisé pour la plupart des prostituées. Une Crown Victoria dorée était aussi discrète que si elle avait les lettres FLICS sur les portières et le capot.

La seule chose plus ostentatoire serait le gyrophare sur le toit et les sirènes à plein régime. Heat se gara donc à l'angle du Sophisticate Inn, afin de pouvoir s'approcher sans allumer trop de radars. Que le parking soit obstrué par des tas d'ordures ne faisait pas de mal.

Dans le bureau du directeur, un type squelettique, avec une vilaine touffe de cheveux manquante qu'on lui avait arrachée, lisait l'édition du soir du *New York Ledger*.

Le visage de Cassidy Towne remplissait toute la demi-page, au-dessus du pli.

Le titre était imprimé en caractères géants, habituellement réservés aux armistices et aux voyages sur la Lune.

NÉCROLOGIE – PORTÉE DISPARUE
Le corps de la victime volé

Aujourd'hui, pour Nikki Heat, il n'y avait aucune échappatoire.

Le type au teint livide et au scalp ensanglanté continua à lire en leur demandant s'ils voulaient la chambre pour une heure ou pour la journée.

— Pour la journée, vous avez droit aux glaçons et à l'huile de bain.

Rook se pencha vers Heat et murmura :

— Ça y est ! J'ai compris pourquoi cela s'appelait « sophistiqué » !

Nikki lui donna un coup de coude.

— En fait, nous cherchons l'une de vos résidantes, Holly Flanders.

Elle l'observa tandis qu'il levait les yeux vers le plafond avant de la regarder.

— Flanders, vous dites ? Attendez que j'essaye de me souvenir.

Puis, avec une insinuation grossière, il ajouta :

— Vous pouvez peut-être m'aider ?

— Bien entendu.

Nikki ouvrit sa veste et montra sa plaque à sa ceinture.

— Cela vous rafraîchit la mémoire ?

Le numéro de chambre qu'il leur donna était celui du second étage qui sentait le désinfectant et le vomi. Il y avait même une chance pour que le cavalier sans tête débarque et décapite Flanders, si bien que Nikki ordonna à Rook de l'attendre en bas.

Il n'appréciait guère d'être ainsi consigné, mais il accepta. Avant de s'éloigner, elle lui rappela ce qui s'était passé le jour où il lui avait désobéi lorsqu'elle lui avait demandé de rester en bas.

— Vaguement... Je crois que j'ai été pris en otage avec un pistolet sur la nuque. C'est ça ?

Derrière toutes les portes, la télévision hurlait. C'était comme si les gens poussaient le son à fond pour couvrir les autres bruits, mais ne réussissaient qu'à renforcer le vacarme. À l'intérieur d'une chambre, une femme pleurait et gémissait.

— Il m'a tout pris, il m'a tout pris...

La vie avait l'air d'être un enfer, ici. Nikki s'arrêta devant la chambre 217 et se mit en position, à l'écart de la porte. Elle ne savait trop quoi faire de l'information que Ludlow lui avait communiquée à propos de l'achat du pistolet, mais mieux valait se méfier. C'était toujours une bonne idée si on avait l'intention de rentrer chez soi, le soir.

Elle frappa et écouta. Dans cette chambre aussi, la télévision était allumée, bien que pas aussi fort… La série *Seinfeld,* avec le solo de guitare qui suit les éclats de rire… Elle frappa de nouveau et écouta. Cosmo Kramer se faisait éjecter du marché.

— La ferme ! s'écria une voix d'homme de l'autre côté du couloir.

Nikki frappa plus fort et s'annonça.

— Holly Flanders ? Police, ouvrez !

Elle avait à peine prononcé ces mots que la porte s'ouvrait brutalement et qu'un homme rondouillet, avec une queue de cheval, sortait en courant, totalement nu, ses vêtements à la main.

La porte était équipée d'un groom, et Nikki s'accroupit et la retint avec le bras gauche avant qu'elle se referme tout en mettant la main droite sur son pistolet.

— Holly Flanders, montrez-vous !

Elle entendit que Jerry se faisait virer, lui aussi, avant qu'une fenêtre de la chambre ne s'ouvre.

Elle roula à l'intérieur de la pièce et sortit son Sig Sauer au moment où la jambe d'une femme disparaissait par la fenêtre. Nikki se précipita derrière elle, s'appuya contre le mur pour regarder de chaque côté. Elle entendit un petit cri en contrebas et, lorsqu'elle baissa les yeux, elle vit une jeune femme d'une petite vingtaine d'années en jean et torse nu, allongée sur le dos, en haut d'une pile de sacs-poubelles.

Nikki rengaina son arme et courut dans le couloir à présent encombré de femmes, pour l'essentiel, qui sortaient de leur chambre pour voir ce qui se passait.

— Police, police, rentrez chez vous ! Dégagez ! criait-elle, ce qui ne fit qu'attirer d'autres curieux. La plupart étaient très lents néanmoins ; drogués ou endormis, peu importait. Après s'être frayé un chemin à travers la foule, elle dégringola les marches deux à deux et sortit par la double porte vitrée. Une longue fente dans un sac-poubelle noir marquait le lieu d'atterrissage de Holly Flanders.

Elle avança sur le trottoir et regarda à droite. Rien. Elle se tourna vers la gauche et en crut à peine ses yeux. Holly Flanders revenait vers elle, tenue fermement par le coude et escortée par Rook. Il lui avait mis son blouson sur les épaules, mais elle était toujours torse nu en dessous.

— Tu crois qu'on pourrait la faire entrer au Milmar dans cette tenue ?

Une heure plus tard, dans le chemisier blanc que Nikki gardait toujours dans son tiroir pour se changer après les longues nuits passées au bureau, les aventures salissantes sur le terrain ou les accidents de café, Holly Flanders attendait qu'on l'interroge. Heat et Rook entrèrent et s'installèrent en face d'elle, côte à côte. Elle ne parlait pas.

Elle se contentait de regarder au-dessus de leur tête la bande de mur acoustique au-dessus du miroir sans tain.

— Vous n'avez pas grand-chose comme casier, du moins pas en tant qu'adulte, dit Nikki en ouvrant son fichier. Je dois vous avertir : à partir d'aujourd'hui, vous êtes passée au niveau supérieur.

— Pourquoi ? Parce que je me suis sauvée ?

Elle finit par baisser les yeux vers eux.

Injectés de sang et gonflés, ils étaient bordés d'une épaisse couche de mascara. Derrière la surface, avec un peu de confort et moins de brutalité, pensa Nikki, elle aurait été jolie. Belle, même, peut-être.

— J'ai eu peur. Comment je pouvais savoir qui vous étiez et ce que vous faisiez ?

— Je me suis annoncée deux fois. La première, vous étiez peut-être trop occupée avec votre jules.

— Ah ! le gros type qui courait dans le couloir ? dit Rook. Je peux dire quelque chose ? Aucun homme au-dessus de cinquante ans ne devrait porter de queue de cheval !

Il croisa le regard « La ferme ! » de Nikki.

— Je ne dis plus rien.

— Ce n'est pas de ça que je parle, Holly. Votre souci, ce n'est pas la fuite, ni le racolage. Dans votre chambre, on a trouvé un Ruger 9 millimètres chargé, et aucun permis de port d'armes.

— J'ai besoin de me protéger.

— Nous avons également trouvé un ordinateur portable, volé.

— Je l'ai trouvé.

— Bon, comme pour le reste, ce n'est pas le problème. C'est ce qu'on a trouvé sur l'ordinateur qui va vous attirer des ennuis. Nous avons analysé le disque dur et nous y avons découvert de nombreuses lettres. Des lettres de menace, des extorsions de fonds, toutes adressées à Cassidy Towne.

Les choses commençaient à devenir difficiles. Sa pose de dur à cuire s'effritait lentement, au fur et à mesure que Nikki, tranquillement, délibérément, resserrait la vis à chaque nouvelle révélation.

— Vous avez eu connaissance de ces lettres, n'est-ce pas, Holly ?

Holly ne répondit pas. Elle s'amusa à se mordiller les articulations des doigts et ne cessait de s'éclaircir la gorge.

— J'ai encore de petites choses à vous demander. Cela ne concerne pas ce que nous avons trouvé dans votre chambre. Plutôt quelque chose que nous avons découvert ailleurs.

La fille cessa de ronger ses doigts, et un regard intrigué assombrit son visage, comme si elle avait anticipé les questions qu'elle devrait affronter. À présent, cette nouvelle insinuation lui semblait bien mystérieuse.

— Quoi ?

Nikki sortit une photocopie de son dossier.

— Voici vos empreintes, qu'on a relevées lorsque vous avez été arrêtée pour prostitution.

Elle poussa la feuille sur la table pour que Holly puisse l'examiner. Puis Nikki sortit une autre photocopie de son dossier.

— Voici d'autres empreintes : ce sont les vôtres. Elles ont été relevées par nos agents ce matin sur plusieurs boutons de porte chez Cassidy Towne.

La jeune femme ne répondit pas. Sa lèvre inférieure trembla et elle repoussa les papiers. Puis elle releva les yeux et regarda au-dessus du miroir sans tain.

— Nous avons relevé ces empreintes parce que Cassidy Towne a été assassinée. La nuit dernière. Dans l'appartement où nous avons retrouvé vos empreintes.

Soudain, le visage de Holly pâlit et se figea.

— Que faisait une prostituée dans l'appartement de Cassidy Towne ? Vous y étiez pour le sexe ?

— Non.

— Vous étiez peut-être l'une de ses sources ?

La jeune femme hocha la tête pour faire signe que non.

— Je veux une réponse, Holly. Quelles relations aviez-vous avec Cassidy Towne ?

Holly Flanders ferma lentement les yeux. Elle les releva et regarda Heat.

— C'était ma mère.

CINQ

Nikki observa le visage de Holly pour savoir si elle disait vrai. Toujours sur ses gardes, la policière en elle guettait les menus indices lui permettant de découvrir ce qui se cachait derrière les mots, un détail imperceptible trahissant le mensonge.

Ou, si ce n'était pas le cas, les sentiments que la femme éprouvait face à ce qu'elle venait de dire. Nikki Heat vivait dans un monde où on essayait constamment de la duper. Neuf fois sur dix, la question était de savoir à quel point. Chercher les indices cachés – et surtout les décrypter – lui permettait de jauger le degré de malhonnêteté.

Elle vivait vraiment dans un monde formidable !

Dans la salle d'interrogatoire, ce qu'elle voyait chez Holly Flanders, c'était un visage assombri par les tempêtes d'émotions contradictoires ; néanmoins, la jeune femme disait sans doute la vérité.

Ou une version de la vérité. Lorsque Holly brisa le contact visuel pour continuer à se manger les doigts, Heat se tourna vers Rook en levant les sourcils.

L'écrivain ne devrait pas avoir trop de mal à décrypter son expression : alors, monsieur Je-sais-tout ?

— Je ne savais pas que Cassidy Towne avait des enfants,

dit-il à voix basse pour ne pas heurter la sensibilité de la fille.

À moins qu'il ne se soit senti sur la défensive.

— Elle non plus, cracha Holly. Elle s'est fait baiser ; c'est comme si elle avait cessé de m'avoir tout de suite.

— Allons-y par étapes, Holly. Essayez de m'expliquer un peu, parce que tout cela est nouveau pour moi et c'est assez énorme.

— Qu'est-ce qu'il y a de si difficile à comprendre ? Vous êtes stupide ou quoi ? Vous êtes flic, vous n'avez qu'à deviner. Je suis son « enfant de l'amour ».

Elle déversait des années de colère dans cette seule expression.

— Je suis sa bâtarde, son sale petit secret. Elle n'avait qu'une hâte : me balayer sous le tapis. Elle m'avait déjà placée avant même que le cordon ombilical soit coupé. Eh bien, maintenant, elle n'a plus besoin de faire semblant que je n'existe pas ! Ni de me refuser de l'argent parce qu'elle a honte de moi, comme si je lui rappelais sans cesse qu'elle a merdé. Évidemment que vous le saviez pas ! Elle voulait que personne ne sache. Comment déterrer les scandales des autres quand vous en avez un qui vous colle aux fesses ?

La jeune femme avait envie de pleurer, mais elle s'adossa sur son siège, haletante, comme si elle venait de courir un sprint. Ou qu'on la réveillait à nouveau d'un éternel cauchemar.

— Holly, je sais que c'est difficile, mais je dois vous poser quelques questions.

Pour Nikki, Holly Flanders était toujours soupçonnée de meurtre. Cependant, elle poursuivit l'interrogatoire avec sérénité et empathie. Si Holly était vraiment la fille de Cassidy Towne, Nikki était particulièrement sensible aux sentiments d'une jeune femme dont la mère a été victime d'un meurtre. Si ce n'était pas elle qui l'avait tuée, bien entendu.

— Comme si j'avais le choix !

— Votre nom de famille est Flanders. C'est le nom de votre père ?

— C'est le nom d'une de mes familles d'accueil. Flanders, c'est bien, comme nom. Du moins, je ne m'appelle pas Madoff ! Qu'est-ce que les gens penseraient de moi si je m'appelais Madoff ?

Nikki Heat ramena Holly à la réalité.

— Vous savez qui est votre père ?

Holly se contenta de hocher la tête. Nikki poursuivit.

— Et votre mère ?

— Elle devait s'envoyer en l'air un peu partout, dit Holly en se montrant. Ça tient de famille, je suppose. Si elle le savait, elle ne me l'a jamais dit.

— Et vous n'en avez pas la moindre idée ?

Nikki insistait, car la personnalité du père pouvait constituer un mobile. Holly se contenta de hausser les épaules, ce qui en disait long.

Rook comprit immédiatement.

— Vous savez, moi non plus, je ne sais pas qui est mon père.

Nikki sembla surprise par cet aveu. Holly pencha la tête vers lui, lui manifestant son premier signe d'intérêt.

— Je vous jure. Et je sais très bien que l'on doit bâtir sa vie autour de ce manque. Cela colore tout le paysage. J'ai du mal à imaginer que quelqu'un d'aussi audacieux que vous n'ait pas essayé d'effectuer quelques recherches.

Nikki sentait que la conversation entrait dans une nouvelle phase. Holly Flanders s'adressa directement à Rook.

— Je sais compter, dit-elle.

— Même en arrière, jusqu'à neuf mois, dit-il avec un petit rire.

— Exactement. Et le mieux que j'ai pu trouver, c'était mai 1987. Ma mè… Elle n'avait pas encore sa rubrique, mais elle était à Washington pendant tout le mois pour faire une enquête sur un homme politique qui s'est fait avoir pour avoir baisé quelqu'un sur un bateau… Pas sa femme !

— Gary Hart, précisa Rook.

— Peu importe. De toute façon, je crois que cela s'est passé pendant ce voyage. Et neuf mois plus tard, tagada ! dit-elle, avec une pointe d'ironie qui faisait mal à entendre.

Heat nota.

Washington, mai 1987.

— Parlons plutôt d'aujourd'hui.

Elle glissa son stylo le long des spirales, en haut de la page.

— Aviez-vous des contacts avec votre mère ?

— Je vous l'ai dit : c'est comme si je n'existais pas.

— Mais vous avez essayé ?

— Oh oui, j'ai essayé. J'essaie depuis que je suis môme. J'ai essayé quand j'ai laissé tomber l'école, que je me suis fait émanciper et que j'ai compris que j'avais merdé. Toujours pareil. Alors, c'était casse-toi et va crever ailleurs.

— Alors, pourquoi avoir repris contact avec elle maintenant ?

Holly ne répondit pas.

— Nous avons lu les lettres de menaces sur l'ordinateur. Qu'est-ce que vous lui vouliez ?

Holly hésita.

— Je suis enceinte. J'ai besoin d'argent. Comme les lettres sont revenues, je suis allée la voir. Vous savez ce qu'elle m'a dit ? (Ses lèvres tremblaient, mais elle tint bon.) Elle m'a dit de me faire avorter. Qu'elle, elle aurait dû le faire.

— C'est à ce moment-là que vous avez acheté une arme ?

Si Holly voulait jouer avec ses émotions, Nikki la ramènerait à la réalité. Lui faire comprendre qu'elle n'était pas devant un jury. Qu'il était inutile de faire appel à la sympathie, qu'on s'en tiendrait aux faits.

— Je voulais la tuer. J'ai crocheté la serrure et, un soir, je suis entrée dans son appartement.

— Avec une arme, ajouta Nikki.

Holly hocha la tête.

— Elle dormait. Je me suis tenue au-dessus de son lit avec le canon pointé sur elle. J'ai failli le faire. (Elle haussa les épaules.) Et après, je suis partie. (Elle sourit pour la première fois.) Je suis contente d'avoir attendu !

Dès que le policier en uniforme conduisit Holly en détention, Rook se tourna vers Nikki.

— Ça y est, je sais !

— C'est impossible.

— Si, si. J'ai la solution, dit-il en ayant du mal à se contenir. Une théorie, du moins.

Nikki rassembla ses dossiers et quitta la pièce. Rook la suivit jusque sur le plateau. Plus elle pressait le pas, plus il parlait vite.

— J'ai bien vu que tu prenais des notes quand Holly a mentionné la croisière de Gary Hart. Tu penses comme moi, je le sais.

— Ne me demande pas de cautionner les théories mal bouclées. Moi, je ne m'embarrasse pas de théories, tu te souviens ? Je m'en tiens aux preuves.

— Oui, mais à quoi conduisent les théories ?

— Aux ennuis.

En hâte, elle entra sur le plateau. Il la suivit.

— Non, dit-il, les théories sont des petites graines qui donnent de grands arbres qui… Tu parles d'un écrivain, je suis cuit, même plus capable de filer mes propres métaphores ! Ce que je veux dire, c'est que les théories mènent à la preuve. Ce sont les points de départ sur la carte au trésor.

— Vive les théories ! dit-elle d'un ton neutré en s'asseyant derrière son bureau.

Il fit rouler une chaise et s'installa à côté d'elle.

— Écoute-moi : où était Cassidy Towne lorsqu'elle est tombée enceinte ?

— Nous ne sommes même pas sûrs que…

Il l'interrompit.

— À Washington. À faire quoi ?

— Un reportage.

— Sur un homme politique au cœur d'un scandale. Et qui nous avait mis sur la piste de Holly Flanders ? dit-il en se tapant les cuisses. Un homme politique pris dans un scandale. Notre homme, c'est Chester Ludlow !

— Rook, même si tu es charmant avec ce regard du

genre « j'ai résolu l'énigme du sphinx », j'attendrai avant d'avancer cette théorie.

Il tapota son carnet de notes du doigt.

— Alors, pourquoi as-tu pris la peine de tout noter ?

— Pour vérifier. Si le père de Holly Flanders tient un rôle dans cette affaire, je veux savoir qui se trouvait à Washington à cette époque et qui fréquentait Cassidy Towne.

— Je parie que Chester Ludlow y était. Il n'était pas encore en fonction, mais, dans une dynastie politique comme la sienne, je parie qu'on l'avait pistonné pour son boulot.

— C'est bien possible, Rook, c'est une grande ville. Mais même s'il est le père de Holly, pourquoi nous aurait-il mis sur sa piste, si c'était pour se retrouver sur la liste des suspects ?

Rook marqua une pause.

— Bon, d'accord. Ce n'était qu'une théorie. Je suis content que…

— Qu'on puisse passer à autre chose ?

— Qu'on en ait un de moins sur la liste.

— Tu te montres utile. Ce n'était plus la même chose ici sans toi.

Le téléphone sonna. C'était Ochoa.

— Raley et moi, nous sommes juste à côté de chez Cassidy Towne, avec le voisin. Le type a appelé le commissariat pour se plaindre qu'elle jetait toujours ses ordures dans sa poubelle à lui.

En arrière-plan, Nikki entendait la voix d'un homme âgé qui avait l'air de maugréer.

— C'est le citoyen que j'entends derrière toi ?

— Affirmatif. Il en fait profiter mon partenaire.

— Et comment sait-il que ce sont ses ordures à elle ?

— Il a installé une caméra de surveillance.

— Une vraie ?

— Une vraie.

Après avoir terminé sa conversation avec Nikki, Ochoa alla rejoindre Raley, qui profita de l'occasion pour se débarrasser du vieil homme.

— Excusez-moi, monsieur.

— Je n'ai pas terminé ! insista le citoyen.

— Je n'en ai que pour un instant.

Lorsqu'il fut hors de portée d'oreille, il dit à Ochoa :

— Mec, t'entends ces mabouls déblatérer à la radio, et tu te demandes d'où ils sortent ! Alors, qu'est-ce qu'on fait ? On emporte les ordures ou on attend ?

— Elle veut qu'on reste ici jusqu'à l'arrivée de la scientifique. Monsieur Galway a sans doute contaminé les sacs-poubelles, mais on va prendre ses empreintes pour les éliminer avant les analyses. Avec beaucoup de chance, on trouvera peut-être quelque chose sur la terrasse ou dans les environs.

— On peut toujours tenter le coup.

— Je vous ai entendu dire que vous alliez prendre mes empreintes ? demanda Galway qui s'était approché d'eux.

Il avait encore les joues écarlates après la séance de rasage, et ses yeux bleu pâle envoyaient des décennies de suspicion colérique.

— Je n'ai commis aucun crime !

— Personne n'a prétendu le contraire, monsieur, dit Raley.

— Je n'aime pas beaucoup votre ton, jeune homme. Ce pays a tellement pris l'habitude de se torcher le derrière avec la constitution que maintenant la police ne se gêne plus pour faire du porte-à-porte et prendre les empreintes des bons citoyens sans aucun prétexte ! Qu'est-ce que vous voulez en faire, une banque de données ?

Raley, qui en avait marre, fit signe à Ochoa, lui disant que c'était son tour. Le policier réfléchit un instant et demanda à Galway de s'approcher.

Lorsque l'homme avança, Ochoa lui dit à voix basse :

— Monsieur Galway, votre action de bon citoyen a permis à la police de récolter des informations de la plus haute importance dans une affaire de meurtre, et nous vous en sommes très reconnaissants...

— Euh, merci...

— Ces sacs-poubelles ne sont qu'un de ses crimes. Nous avons reçu de nombreuses plaintes.

Ochoa, qui venait de faire retomber la pression, décida de poursuivre dans la même veine.

— Oui, monsieur. Cette fois, il semblerait que votre vigilance ait porté ses fruits. L'indice qui nous mènera à l'assassin de madame Towne est peut-être ici, sur votre terrasse.

— Elle ne recyclait jamais rien ! J'ai appelé le 311 à m'en égosiller !

Il approcha sa tête assez près pour qu'Ochoa puisse compter les pores de sa peau translucide.

— Une marchande de ragots comme ça, c'est normal qu'elle respecte pas la loi !

— Bien, monsieur Galway, vous pouvez continuer à aider notre police scientifique à éliminer vos empreintes sur ces sacs, pour que nous trouvions l'assassin plus facilement. Vous êtes d'accord pour continuer à nous aider ?

Le vieux tira sur le lobe de son oreille.

— Et ça n'ira pas dans une banque de données ?

— Vous avez ma parole.

— Bon, alors, je vois pas le mal, dit Galway, qui monta sur le perron pour aller prévenir sa femme.

— Tu sais comment je vais t'appeler, dit Raley ? L'homme qui murmure à l'oreille des zozos.

De sa belle écriture en lettres capitales, Nikki Heat nota la date et l'heure de l'intrusion de Holly Flanders dans l'appartement de Cassidy sur le tableau blanc.

Lorsqu'elle reboucha son marqueur effaçable à sec, elle entendit son téléphone vibrer sur son bureau.

C'était un texto de Don, son entraîneur d'arts martiaux. *Demain, après-midi. O/N ?* Elle posa le doigt sur la touche O de son clavier et hésita un instant. Que signifiait cette hésitation ? Elle leva les yeux vers Rook, de l'autre côté de la pièce, qui lui tournait le dos sur sa chaise et téléphonait. Le pouce de Nikki fit le tour de la touche avant d'appuyer sur O. Pourquoi pas ?

Dès que les Gars revinrent, Nikki rassembla son équipe autour du tableau blanc pour faire un dernier point sur les avancées de la journée. Ochoa leva les yeux du dossier qu'il transportait.

— Ça vient d'arriver du 17e. C'est à propos de l'enlèvement du corps.

Tout le monde se tut et l'écouta attentivement, sentant l'importance d'un indice, ou, mieux encore, de la découverte du cadavre.

— On a retrouvé le SUV abandonné. Il était volé, comme la benne à ordures. Il a été volé dans le parking d'un centre commercial d'East Meadow, à Long Island, hier soir. La scientifique recherche les empreintes et tous les indices qu'elle pourra trouver.

Il lut quelques lignes en silence avant de refermer le dossier et de le donner à Nikki. Elle y jeta un coup d'œil.

— Vous avez oublié quelque chose. Il y est dit que c'est parce que vous avez remarqué l'autocollant *Étudiant émérite* qu'on a pu le retrouver. Une belle ouverture, Ochoa.

— Alors, je suppose que tu ne t'étais pas trop laissé distraire ! lança Hinesburg.

— Et pourquoi aurais-je été distrait ?

Elle haussa les épaules.

— Il se passait beaucoup de choses. L'accident, les malfrats, la circulation… Il y avait beaucoup de choses à penser.

Apparemment, la nouvelle de la séparation d'Ochoa et ses vues sur Lauren Parry commençaient à circuler.

Et c'était bien du genre de Hinesburg de propager les rumeurs.

Nikki, qui n'appréciait guère la tournure des choses – accuser quelqu'un à cause d'une rumeur –, s'arrangea pour y mettre un terme.

— Je crois que c'est tout pour l'instant.

Mais Ochoa n'en avait pas fini.

— Si tu insinues que je me laisse distraire pendant mon travail, tu n'as qu'à le dire.

Hinesburg sourit.

— Est-ce que j'ai dit ça ?

Nikki intervint de manière plus directe.

— Revenons-en aux poubelles de Cassidy Towne.

Raley allait prendre la parole, mais Rook le coupa.

— Vous savez, cela aurait été un bien meilleur titre pour sa rubrique... *Les poubelles de...* Dommage, il est trop tard !

Les regards se figèrent sur lui.

— Ou trop tôt.

Sur sa chaise roulante, Rook rétropédala jusqu'à son bureau.

— De toute façon, dit Raley, la police scientifique écume la scène de crime. Apparemment, il n'y a pas grand-chose à découvrir. Quant aux sacs-poubelles, c'est bizarre. Il n'y a que des déchets ménagers. Marc de café, restes de repas, boîtes de céréales…

— Aucun document, poursuivit son partenaire. On cherchait surtout des notes, des articles, des coupures de journaux… *Nada* !

— Elle faisait peut-être tout sur ordinateur, dit Hinesburg.

Heat hocha la tête.

— Rook dit qu'elle ne s'en servait jamais. D'ailleurs, même les gens qui utilisent un ordinateur impriment des documents. Un journaliste surtout, je me trompe ?

Comme elle s'adressait à lui, Rook revint rejoindre le cercle.

— J'imprime toujours des copies de sauvegarde, au cas où mon disque dur planterait. Et pour la relecture. Mais comme l'a dit le détective Heat, Cassidy Towne ne s'en servait jamais. Une question de contrôle. Elle était trop paranoïaque ; elle avait peur qu'on scanne ses articles, qu'on les lui vole ou qu'on les transmette à tout le monde. Elle tapait tout sur une antique machine IBM à boule, et son assistante apportait ses papiers au *Ledger*.

— Donc, le mystère des papiers manquants reste intact.

Elle déboucha un marqueur et entoura cet item sur le tableau.

— J'ai quand même l'impression que quelqu'un voulait mettre la main sur l'article sur lequel elle travaillait, dit Raley.

— Vous avez sans doute raison. J'irai même un peu plus loin. Je ne ferme aucune porte, dit Nikki en montrant d'un geste ample la liste des personnes interrogées, mais ça ressemble de moins en moins à une vengeance pour ce qu'elle avait écrit et de plus en plus à une tentative de l'empêcher d'écrire. Des idées, Rook ? Après tout, c'est vous, notre infiltré.

— Absolument. Je sais qu'elle travaillait sur un gros projet. C'est pour ça qu'elle passait tant de nuits blanches ; c'est pour ça qu'elle portait parfois les mêmes vêtements que la veille, lorsque j'arrivais le matin.

— Elle vous a dit de quoi il s'agissait ?

— Pas moyen de lui faire cracher le morceau. Je pensais que c'était sans doute parce qu'elle me voyait comme un rival. Toujours une question de contrôle. Cassidy m'a dit un jour…, et je l'ai même noté pour m'en servir dans mon article : « Si vous avez quelque chose sur le feu, dit-il en fermant les yeux pour se souvenir des mots exacts, vous gardez les yeux ouverts, la bouche fermée, et vos secrets bien enterrés. » En fait, ce qu'elle voulait dire, c'est que, lorsque vous êtes sur un gros coup, vous n'allez pas le chanter sur tous les toits pour qu'on vous pique l'affaire. Ni qu'on vous poursuive pour vous empêcher de publier.

— Ou qu'on vous tue ? dit Nikki.

Elle avança vers le tableau pour souligner deux jours sur la ligne du temps.

— JJ, le gardien de la résidence et grand historien de la petite histoire, dit qu'il a changé deux fois les serrures. La première, parce qu'elle avait l'impression que quelqu'un s'était introduit chez elle. Après l'interrogatoire de sa fille inconnue, nous savons que c'était elle. Cela explique aussi les empreintes. Elle dit avoir passé la nuit du meurtre avec un de ses jules. On vérifie, bonne chance ! Quant au deuxième changement de serrures, nous avons interrogé Toby Mills, qui reconnaît avoir défoncé la porte et affirme qu'il voulait se venger de Cassidy, parce qu'il est suivi depuis qu'elle a divulgué son adresse. Sharon ?

— Une copie de la main courante se trouve sur votre bureau, avec la photo du type, dit Hinesburg en montrant une photo prise par une caméra de surveillance. Il s'agit de Morris Ira Granville, toujours introuvable. J'ai transmis des exemplaires aux autres commissariats.

Heat jeta son marqueur sur la rainure d'aluminium, en bas du tableau, et croisa les bras.

— Je n'ai pas besoin de vous dire qu'on fait pression sur Montrose pour qu'il retrouve le cadavre ! Les Gars, j'ai l'accord du capitaine pour emprunter quelques forces à la criminelle afin d'écumer les appartements et les commerces aux alentours... (elle marqua une pause pour retrouver le nom de la victime sur l'autre tableau) ... de la scène du crime d'Esteban Padilla. Ainsi, vous pourrez vous consacrer sur Cassidy et l'enlèvement du corps.

— Je pense à quelque chose, dit Rook. La machine à écrire dont se servait Cassidy Towne... Elle avait une cassette à ruban qui imprimait les lettres, une seule fois. Si on retrouve ses vieux rubans, on pourra les regarder et savoir sur quoi elle travaillait.

— Les Gars ?

— On s'y attelle, répondit Ochoa.

— On retourne à l'appartement, ajouta Raley.

Quelques minutes plus tard, la réunion se termina, et Rook s'approcha de Nikki, son téléphone portable à la main.

— Je viens juste de recevoir un appel d'une de mes sources.

— Qui est-ce ?

— Une source.

Il glissa son iPhone dans sa poche et croisa les bras.

— Cela en vaut la peine ?

— Tu as une meilleure piste ? À moins que tu ne préfères rester ici avec le capitaine Montrose pour regarder les informations à cinq heures.

Nikki réfléchit un instant, lâcha la pile de dossiers sur son bureau et attrapa ses clés.

Rook lui demanda de s'arrêter le long du trottoir de la 44e Rue, en face de chez Sardi.

— C'est quand même mieux que la station de lavage de voitures, non ?

— Rook, je te jure que, si tu espères trouver un moyen de m'offrir un verre, ça ne marchera pas.

— Tu es là quand même ! dit Rook. Attends ! Ce n'est pas ce que je voulais dire. (Elle resserra le frein à main.) Mais si tu changes d'avis, tu sais que je réponds toujours présent.

À l'intérieur, sur le podium des invités, Nikki repéra la maman de Rook, qui leur faisait un signe de l'autre côté de la table. Elle répondit par le même signe amical et se retourna aussitôt pour qu'elle ne puisse pas déceler l'expression de colère sur son visage, tandis qu'elle faisait face à Rook.

— Ta mère ! C'est elle, ta source ? Ta mère ?

— Hé ! elle m'a appelé pour me dire qu'elle avait des informations sur le meurtre. Tu voudrais négliger cette piste ?

— Oui.

— Tu ne penses pas ce que tu dis. (Il l'observa.) Bon, d'accord. C'est pour ça que je ne t'ai rien dit. Mais tu sais bien que je ne pouvais pas refuser. Tu me vois lui dire que tu refusais de l'écouter ? Et si jamais elle avait un indice intéressant ?

— Tu aurais pu t'en charger tout seul.

— Elle voulait parler à la police. Et la police, c'est toi. Voyons ! Qu'est-ce que tu as à perdre ?

Nikki afficha un sourire sur son visage et se dirigea vers la table. En chemin, toujours souriante, elle lui murmura :

— Tu vas me le payer !

Elle laissa son sourire s'agrandir tandis qu'ils s'approchaient de Margaret Rook.

Elle était installée sur une banquette d'angle, trônant entre les caricatures de José Ferrer et de Danny Thomas. Nikki songea que la position de Margaret Rook était toujours régalienne.

Dans le cas contraire, elle devait s'arranger pour rectifier la situation. Même lors de la partie de poker dans le loft de Rook où Nikki l'avait rencontrée pour la première fois l'été dernier, la présence de sa mère évoquait plus Monte-Carlo qu'Atlantic City.

Après les embrassades et les salutations de rigueur, ils s'assirent.

— C'est votre table habituelle ? demanda Nikki. C'est agréable et tranquille.

— Oui, avant que la foule arrive pour le spectacle. Faites-moi confiance, ma fille, ce sera le brouhaha lorsque les bus du New Jersey et de White Plains débarqueront. Mais oui, j'aime cette table.

— C'est la vue, surtout…, dit Rook.

Il se tourna sur sa chaise, et Heat suivit son regard jusqu'à la caricature de sa mère, sur le mur opposé. La « Grand-Dame » de Broadway, comme il l'appelait, lui adressait un sourire datant des années 1970.

Margaret Rook encercla le poignet de Nikki de ses doigts frêles et dit :

— J'ai l'impression que votre caricature serait accrochée ici aussi, si vous aviez poursuivi vos cours de théâtre après l'université.

Nikki fut troublée d'entendre la mère faire allusion à cet épisode, car elle ne lui en avait jamais parlé, mais elle comprit vite... L'article. Ce maudit article !

— J'aimerais un autre Jameson, dit l'actrice.

— Cette fois, tu devras te contenter de moi ! dit Rook sans doute pas pour la première fois.

Nikki commanda un Coca light, et Rook, un expresso.

— Ah ! c'est vrai, vous êtes en service, détective Heat.

— Oui, James… Jamie m'a dit que vous aviez des informations à me confier à propos de Cassidy Towne.

— Oui, vous voulez que je vous en parle maintenant ou vous préférez attendre vos cocktails ?

— Maintenant, dirent Heat et Rook à l'unisson.

— Très bien, mais si je suis interrompue, ce ne sera pas ma faute. Jamie, tu te souviens d'Elizabeth Essex ?

— Non.

— Regardez-moi ça ! Cela énerve toujours Jamie lorsque je lui raconte des histoires sur des gens qu'il ne connaît pas.

— En fait, cela ne m'énerve que si tu les racontes deux ou trois fois et que je ne sais toujours pas de qui il s'agit. Comme c'est la première, je t'en prie, mère, vas-y.

Nikki l'interrogea plus gentiment en lui offrant ce qu'elle voulait : une oreille officielle.

— Vous avez des informations intéressantes à propos de Cassidy Towne ? Vous la connaissiez ?

— En passant, ça me suffisait largement. Nous cherchons tous à nous attirer des faveurs, mais avec elle, ce grand art devenait du commerce de bas étage. Lorsqu'elle était nouvelle au journal, elle m'invitait à boire un verre et me demandait d'échanger des places gratuites contre des articles élogieux dans ses colonnes. Moi, je m'arrangeais toujours pour payer mon verre. C'était différent avec les acteurs masculins. Avec eux, elle échangeait l'encre contre le sexe. D'après ce que j'ai entendu, elle n'y trouvait pas toujours son compte !

— Donc, vos informations sont… récentes ? demanda Nikki, pleine d'espoir.

— Oui. Bon, cette Elizabeth Essex… Notez bien ce nom, vous en aurez besoin… Elizabeth est une grande bienfaitrice des arts. Nous faisons toutes deux parties du comité qui doit organiser une représentation en plein air des grands monologues de Shakespeare, devant la fontaine du Lincoln Center, l'été prochain. Aujourd'hui, nous avons déjeuné avec Esmeralda Montes, du Conservatoire de Central Park, au bar Boulud avant qu'il ne fasse trop froid pour s'installer en terrasse.

— Et ce café ? Il vient ? J'aurais bien besoin d'un peu de caféine.

— Détends-toi, mon chéri, j'y arrive. C'est important de fixer le décor, tu sais ? Nous en étions au troisième verre d'un merveilleux Domaine Mardon Quincy, à parler du meurtre et du corps disparu, comme tout le monde, quand Elizabeth, qui ne tient pas bien l'alcool, nous a révélé dans un moment de mélancolie un peu arrosée une nouvelle assez choquante, que je me dois de partager avec vous.

— Et qu'y a-t-il de si passionnant ?

— Elle a essayé d'assassiner Cassidy Towne !

Tandis que le serveur apportait les boissons, Margaret se délectait de voir les expressions de leur visage et levait son nouveau verre de whisky pour porter un toast.

— Ensuite, rideau !

Elizabeth Essex ne pouvait s'empêcher de fixer la plaque de Nikki Heat.

— Vous voulez me parler ? À quel propos ?

— Je préférerais ne pas évoquer ce sujet dans le couloir, madame Essex, et je pense que ce serait préférable pour vous aussi.

— Bon, très bien, dit la femme qui ouvrit grand la porte.

Lorsque Nikki et Rook se retrouvèrent dans le salon d'été vénitien du foyer, Nikki commença :

— J'ai quelques questions à vous poser à propos de Cassidy Towne.

Les suspects et les témoins interrogés dans les affaires de meurtre ont tout un panorama de réactions différentes. Ils adoptent une attitude défensive ou belliqueuse ; ils sont débordés d'émotion, restent de marbre ou sont pris de panique. Elizabeth Essex s'évanouit. Nikki la fixait, pour décrypter son expression, et la femme se transforma soudain en une marionnette dont on avait coupé les ficelles !

Elle revint à elle au moment où Nikki appelait une ambulance, et la femme la supplia de raccrocher, lui disant qu'elle allait bien. Elle ne s'était pas cogné la tête, et son visage reprenait quelques couleurs, si bien que Nikki se plia à sa volonté. Avec l'aide de Rook, elle la conduisit au salon, l'allongea sur un divan en L, et ils s'installèrent de manière à profiter de la vue sur l'East River et le Queens.

Elizabeth Essex, qui approchait la soixantaine, portait l'uniforme d'Upper East Side : pull-over et collier de perles, complété par l'inévitable serre-tête en écaille de tortue.

Elle était séduisante sans même le vouloir et exhalait la richesse sans aucun artifice. Affirmant qu'elle allait bien, elle insista pour continuer. Son mari arriverait bientôt et ils avaient prévu une sortie.

— Très bien, je vous écoute.

— Je m'y attendais, dit la femme, sagement résignée.

Nikki retrouvait des réactions plus familières. Elizabeth Essex exprimait un mélange de culpabilité et de soulagement.

— Vous savez, je suppose, que Cassidy Towne a été assassinée ce matin ?

Elizabeth Essex hocha la tête.

— Les informations ne parlaient que de cela. Et maintenant, on raconte que le corps a été volé. Comment une chose pareille peut-elle se produire ?

— Quelqu'un m'a dit que vous aviez l'intention de tuer Cassidy Towne.

Elizabeth Essex réservait plus d'une surprise. Elle n'hésita pas une seconde.

— Oui, c'est vrai.

Heat regarda Rook, trop avisé pour s'immiscer dans l'interrogatoire de Nikki.

Il était occupé à observer un avion qui entamait son approche sur l'aéroport de LaGuardia.

— Quand était-ce ?

— En juin, je ne sais plus quand exactement ; environ une semaine avant la vague de chaleur. Vous vous en souvenez ?

Le regard de Nikki resta concentré sur Elizabeth Essex, mais elle sentit que Rook s'agitait sur les coussins, à côté d'elle.

— Et pourquoi vouliez-vous la tuer ?

De nouveau, la femme répondit sans marquer la moindre pause.

— Elle baisait avec mon mari.

La politesse discrète s'était évaporée, et Elizabeth Essex exprimait une souffrance primale.

— Cassidy et moi, nous faisions partie du conseil d'administration du Knickerbocker Garden Club. Il fallait toujours que je traîne mon mari à nos fêtes, mais tout d'un coup, au printemps, il semblait beaucoup plus enthousiaste. Tout le monde savait que Cassidy passait sa vie avec les jambes en l'air, mais comment aurais-je pu me douter qu'elle avait des visées sur mon mari ?

Elle marqua une pause et avala sa salive. Comme si elle avait anticipé la question de Nikki, elle ajouta :

— Ça va, ça va aller, laissez-moi finir.

— Je vous écoute.

— Mon avocat a trouvé un détective privé qui les a suivis, et je peux vous dire que c'est arrivé plus d'une fois. Des grands hôtels, en général… Et un jour… Un jour qu'on organisait une visite guidée du jardin botanique, ils ont disparu et ils ont baisé derrière les buissons, comme des animaux en rut. Ni l'un ni l'autre ne savait que j'étais au courant, et je ne reproche rien à mon mari. C'était sa faute à elle. C'est une vraie salope. Alors, au moment du banquet d'été, je l'ai fait.

— Qu'avez-vous fait, madame Essex ?

— J'ai empoisonné cette garce !

À présent, elle avait retrouvé ses couleurs et semblait tout excitée par son histoire.

— J'ai fait des recherches. Il y a une nouvelle drogue qui fascine les jeunes en ce moment. La méphédrone.

Heat la connaissait très bien. On l'appelait aussi M-Cat et Meow-Meow.

— Vous savez pourquoi elle a tant de succès ? On la trouve dans les engrais ! Dans les engrais, vous imaginez !

— Ça peut être mortel, ce truc, dit Rook.

— Pas pour Cassidy Towne ! Je suis allée à la cuisine

pendant le banquet et j'en ai mis dans son assiette. Ça me semblait poétique. Mourir d'une intoxication aux engrais lors d'un banquet botanique. Ou je me suis trompée de dose, ou elle avait une constitution hors du commun, mais cela ne l'a pas tuée. Elle a juste pensé qu'elle avait eu… une sorte de gastro. Vous savez, finalement, je suis contente de ne pas l'avoir tuée. C'était plus amusant de la regarder souffrir.

Elle se mit à éclater de rire.

— Madame Essex, dit Heat, lorsqu'elle fut calmée, pouvez-vous me dire où vous étiez entre minuit et quatre heures du matin, aujourd'hui ?

— Oui, bien sûr. J'étais sur un vol en provenance de Los Angeles. Avec mon mari, dit-elle pour bien se faire comprendre.

— Je suppose donc, dit Nikki, que vous avez une bonne relation avec votre mari ?

— J'ai une excellente relation avec mon mari : j'ai divorcé et je me suis remariée.

Quelques instants plus tard, Heat brisa le silence dans l'ascenseur.

— Je suis impatiente de rencontrer tes autres sources. Tes cousins du cirque, tes oncles excentriques, peut-être ?

— Ne t'inquiète pas, ce n'est qu'un échauffement.

— T'as que dalle ! dit-elle en sortant dans le hall.

À cinq heures et demie, le lendemain matin, l'entraîneur d'arts martiaux de Nikki Heat tenta de lui faire une clé et se retrouva allongé par terre sur le tapis. Elle esquissa une petite danse autour de lui pendant qu'il se relevait.

Si Don en avait conscience, il ne le montra pas. Il fit une feinte sur la gauche, mais elle s'en aperçut et échappa à son attaque par la droite. Il l'effleura à peine au passage, mais cette fois, l'ancien Seal ne se retrouva pas à plat par terre, car il roula sur l'épaule, se retrouva derrière elle et la prit par surprise en lui saisissant les genoux en ciseau.

Ils se retrouvèrent tous les deux sur le tapis, et il la plaqua par terre jusqu'à ce qu'elle tape la main sur le sol.

Ils recommencèrent leurs prises, encore et encore. Il tenta de nouvelles attaques par surprise, mais Nikki n'avait pas besoin qu'on lui explique les choses deux fois. Elle leva la jambe pendant qu'il essayait de lui balayer les genoux par l'arrière et, sans obstacle pour l'arrêter, l'énergie du mouvement le déséquilibra. Elle s'allongea sur lui au moment où il tombait, et ce fut à Don de demander grâce. Nikki voulait terminer la séance par une série de désarmements.

Depuis la nuit où elle avait dû affronter le Russe qui s'était emparé de son propre pistolet dans son salon, cela faisait partie de son entraînement de routine.

Le mouvement sortait tout droit d'une page du manuel, mais Nikki croyait au pouvoir de la répétition, le seul moyen d'éviter une issue fatale. Don l'entraîna avec des armes de poing et des fusils avant de terminer par des armes blanches, finalement plus traîtres que les armes à feu qui, elles, vous permettaient de reprendre l'avantage lorsque vous étiez proche de votre agresseur.

Quinze minutes plus tard, et avec deux fois plus d'exercices, ils se saluèrent et filèrent sous la douche. Don la rappela au moment où elle entrait au vestiaire. Ils retournèrent vers les tapis et il lui demanda si elle avait envie de compagnie. Pour une raison qu'elle avait du mal à imaginer, ou du moins à accepter, elle pensa à Rook et faillit décliner la proposition. Mais elle se ravisa.

— Oui, bien sûr, pourquoi pas ?

En sortant du vestiaire de l'Equinox, à Tribeca, Jameson Rook trouva deux messages de Nikki Heat.

La matinée était frisquette. L'automne arrivait à grands pas et, lorsqu'il sortit sur Murray Street et colla son téléphone à son oreille pour lui rendre son appel, il vit de la vapeur qui se dégageait de ses cheveux encore humides dans le reflet de la porte vitrée.

— Ah ! c'est toi, dit-elle. Pendant un instant, j'ai cru que tu avais changé d'avis et que tu renonçais à notre arrangement.

— Pas le moins du monde. Je suis simplement l'un des rares à observer la règle qui interdit les téléphones portables dans les vestiaires du club de gym. Que se passe-t-il ? Heat, si tu as retrouvé le corps sans me le dire, je vais être furax.

— J'en approche.

— Raconte.

— OK. Le Gros Tommy a appelé. Il nous a donné l'équipe qui a attaqué la fourgonnette du légiste, hier. Je passe chez toi dans vingt minutes pour te prendre. Si tu es sage, tu pourras faire partie de la fête.

— Il y en a deux à l'intérieur, dit Nikki dans son talkie-walkie. On n'a plus qu'à attendre que célibataire numéro trois pointe son nez, et on y va.

— On attend, dit Hinesburg.

Heat, Rook, Raley et Ochoa jouaient les chevaux de Troie à l'intérieur de la remorque d'un camion de livraison garé sur la 19e Rue Est, en face d'une boutique de télépho-nie.

Le Gros Tommy leur avait appris que la boutique était une couverture pour le trio, qui dévalisait des camions pen-dant que le chauffeur allait livrer la première partie de la cargaison. Ils refourguaient la marchandise et se débarras-saient des véhicules qui ne présentaient aucun intérêt.

— Alors, je suppose que ma piste du Gros Tommy a fini par payer, dit Rook.

— Avoir besoin des autres pour se faire mousser, ce n'est guère flatteur, Rook…

Il entendit les ricanements des Gars derrière lui.

— C'est grâce à lui que nous sommes ici, non ? dit Rook en essayant de se montrer détaché sans y parvenir.

— Et pourquoi s'est-il adressé directement à vous, dé-tective Heat ? demanda Raley, trop heureux de le mettre à mal.

Ochoa s'amusait beaucoup, lui aussi.

— Je ne veux pas le dire.

— Allez, dit Ochoa…

Elle marqua une pause.

— Le Gros Tommy me l'a dit parce qu'il trouve que je m'étais montrée couillue en face de lui, hier matin. Il m'a dit aussi qu'il ne fallait pas en faire une habitude.

— C'était une menace ? demanda Raley.

— Plutôt le début d'une collaboration.

— De votre côté, par l'arrière, annonça Hinesburg dans le talkie-walkie.

Elle se trouvait dans le vestibule d'une laverie automatique, deux immeubles plus loin. Elle avait à peine fini de parler qu'un bruit de moto retentit.

— Ochoa, vérifiez ! dit Nikki.

Nikki s'écarta, et Ochoa vit un grand type en gilet de cuir, accroché au guidon.

— Ça pourrait être mon type à l'AR-15. Il avait le visage masqué, mais la constitution est la même.

Ochoa s'assit sur un des sacs de linge en tissu, pour que Nikki puisse regarder le motard qui se garait sur le trottoir, devant la boutique, et entrait.

— Bon, dit Nikki Heat dans le micro. Allons les surprendre avant qu'ils décident de filer. On démarre à mon ordre dans soixante secondes. (Elle regarda sa montre et dit « Top chrono » pour se synchroniser avec les autres.) Ochoa, vous partez en dernier ; je ne veux pas qu'ils vous reconnaissent au milieu de la rue.

— Compris.

— Et Rook…

— Je sais, je sais, je reste confortablement assis jusqu'à ce que le commandant de bord m'autorise à détacher ma ceinture.

Il se poussa un peu pour leur laisser la place et s'assit sur le sac de linge d'Ochoa.

— Chic, la place est encore toute chaude !

— Trois… deux… go ! dit Nikki qui sortit la première par l'arrière, suivie par Raley.

Ochoa resta en arrière, comme on le lui avait ordonné.

Rook vit Hinesburg qui approchait de l'autre côté de la

rue. Il y eut un bref moment d'attente, et Ochoa se tourna vers Rook.

— Je me demande si…

Aussitôt, les coups de feu retentirent. Une énorme décharge de l'AR-15, et une volée de petits calibres. Rook se dirigea vers le hublot d'observation, mais Ochoa le tira en arrière.

— Couchez-vous ! Vous voulez vous faire tuer ?

Il poussa Rook au milieu des sacs de linge et sortit le long du flanc du camion, arme en position de tir.

Il y eut une seconde rafale, suivie d'une nouvelle décharge du fusil d'assaut. Rook regarda par la vitre du passager juste à temps pour voir Ochoa qui plongeait pour se réfugier dans un magasin discount. D'autres coups de feu défensifs retentirent, et la moto démarra.

Le motard fonça dans la 19e Rue sur une roue. Heat et Hinesburg sortirent du magasin pour tirer, mais elles étaient bloquées par un taxi.

Le motard se retourna et les regarda par-dessus son épaule en ricanant juste avant que Rook – qui n'oublierait pas cette expression ! – lui jette un sac de linge sur la tête, ce qui le désarçonna et le fit tomber sur le trottoir.

Une demi-heure plus tard, le motard était sous bonne garde, à l'hôpital Bellevue, souffrant de multiples contusions. C'était une véritable crapule. Il ne se contentait pas d'être le type au pistolet-mitrailleur, c'était sûrement le chef, et il ne serait pas facile à briser.

Ses deux complices se trouvaient face à Nikki Heat dans la salle d'interrogatoire du 20e. À leur regard, elle devinait qu'ils allaient lui donner du fil à retordre. Elle s'assit en face d'eux, prenant tout son temps pour les observer dans leur tenue de prisonnier. Tous deux avaient déjà fait des séjours à l'ombre pour des motifs allant de délits mineurs à des vols avec violence et des affaires de drogue.

Nikki Heat savait qu'elle finirait par les séparer, mais elle devait d'abord trouver les faiblesses chez l'un d'eux… Ce serait celui qu'elle écarterait du troupeau.

Pour cela, elle disposait d'une stratégie qui nécessitait de les laisser ensemble avant de faire son choix. Elle ferma les dossiers et commença calmement.

— Bon, allons droit au but. Qui vous a embauché pour la petite aventure d'hier ?

Les deux hommes la regardaient avec des yeux vides qui n'exprimaient rien, ne trahissaient rien. Des yeux d'anciens taulards.

— Boyd, commençons par vous.

Le plus gros, celui qui avait une barbe poivre et sel, baissa les yeux vers elle, mais resta muet. L'air de s'ennuyer, il détourna le regard. Elle s'adressa à l'autre, un rouquin avec une toile d'araignée tatouée sur le cou.

— Et vous, Shawn ? Vous avez quelque chose à me dire ?

— Vous n'avez rien contre nous, dit-il. Je ne sais même pas ce que je fiche ici.

— Ne me prenez pas pour une imbécile, d'accord ? Il y a moins de vingt-quatre heures, vous et votre copain le motard, vous avez volé un véhicule municipal et un cadavre, vous avez menacé un policier et un médecin légiste avec des armes à feu, vous avez envoyé un chauffeur à l'hôpital et vous êtes ici avant d'aller faire un long séjour à Ossining. Alors, c'est moi qui ne sais pas ce que je fais, ou vous ?

Dans la salle d'observation, Rook se tourna vers Ochoa.

— Elle y va fort !

— Si vous voulez mon avis, ces types ont besoin de plus que ça.

Nikki croisa les bras sur la table et se pencha vers les deux hommes. Elle avait fait son choix, elle savait lequel des deux était le salaud.

On peut toujours briser un salaud. Elle se tourna à demi vers la vitre sans tain et fit un signe de tête.

La porte s'ouvrit et Ochoa entra dans la pièce. Elle étudia les visages tandis que le policier se tenait derrière elle. Boyd, la barbe d'acier, feignit de ne rien voir, Shawn cligna des yeux et détourna le regard.

— C'est bon ?

— Laissez-moi regarder les cous. Le côté gauche.

Heat leur demanda de tourner la tête vers la droite, et Ochoa se pencha vers la table.

— Ouais, c'est bon, dit-il et il quitta la pièce.

— Qu'est-ce que c'est que ce cirque ? demanda Shawn, le type à la toile d'araignée.

— Je reviens, se contenta de dire Nikki avant de sortir.

Elle s'arrangea pour que son absence soit de courte durée et revint moins d'une minute plus tard avec deux hommes en uniforme.

— Emmenez-le en salle deux et surveillez-le jusqu'à l'arrivée du district attorney.

— Hé ! qu'est-ce que vous faites ? demanda Shawn qu'on conduisait à l'extérieur. Vous n'avez rien contre moi. Rien !

Les policiers le conduisirent vers la porte, et Nikki sourit.

— Salle deux !

Nikki laissa le silence faire son office. Finalement, elle prit la parole.

— Votre copain est toujours aussi nerveux ?

L'homme resta stoïque, indifférent.

— C'est pas bien difficile de voir que vous ne lui ressemblez pas, Boyd. Mais voilà à quoi il vous faut réfléchir. Votre ami à la toile d'araignée, il est cuit. Il le sait. Et vous savez ce qui est dommage pour vous ? C'est ce qu'on veut. On veut le nom du type qui vous a embauché. Et nous sommes prêts à trouver un arrangement. Et vous savez tout autant que moi que Shawn va profiter de l'occasion. Parce que le jeu en vaudra la chandelle. Et lui, vous savez, c'est Shawn...

Boyd resta immobile. Une statue douée de respiration.

— Et vous, qu'est-ce que vous allez devenir, Boyd ?

Elle ouvrit son dossier.

— Avec un pedigree comme le vôtre, vous n'êtes pas près de sortir. Mais vous savez que vous allez pouvoir tenir. Le temps passe. Et puis votre copain pourra vous rendre visite. Parce que lui, il sera encore dehors.

Nikki attendit. Elle devait rester stoïque parce qu'elle commençait à croire qu'elle avait choisi le mauvais numéro. Elle avait peur qu'il soit trop malin pour ne pas savoir que l'identification du tatouage n'était que ce qu'il était : une ruse. Elle avait peur que Boyd soit un sociopathe, et que ce soit elle, finalement, qui soit cuite.

Nikki songea à modifier sa stratégie et à lui offrir une transaction. Mais cela signifierait qu'elle avait flanché.

Son cœur tambourinait comme un oisillon contre son cou. Elle était si proche du but, elle avait horreur de laisser passer sa chance.

Elle changea de tactique et décida de jouer les dures et de pousser le jeu jusqu'au bout.

Sans un mot, elle se leva et ferma le dossier. Elle tapota les pages sur la table pour les aligner.

Elle se retourna, s'approcha de la porte à pas mesurés, en espérant être retenue. Elle mit la main sur la poignée de la porte, attendit aussi longtemps que possible et l'ouvrit.

Merde, toujours rien !

Avec l'horrible impression que ses forces la quittaient, elle referma la porte derrière elle.

Dans la salle d'observation, elle poussa un soupir et croisa les regards déçus de Rook, Raley et Ochoa.

Soudain, elle entendit : « Hé ! »

Tous les quatre se tournèrent vers la vitre. De l'autre côté, Boyd était debout derrière la table, retenu par les menottes.

— Hé ! quel genre d'arrangement ?

SIX

Sur le trottoir, Nikki Heat préparait son équipe au deuxième raid de la journée en espérant, contre tout espoir, que la chance viendrait enfin et que, dans les prochaines minutes, elle reprendrait possession du corps de Cassidy Towne.

À en croire Rook, le suspect n'aurait pas eu un mobile sérieux pour subtiliser le corps. Cassidy Towne avait entraîné Rook dans le nouveau restaurant de Richmond Vergennes une semaine avant l'ouverture officielle.

Sur le moment, il avait pensé que c'était un prêté pour un rendu, qu'elle était invitée par un grand chef médiatique en échange de quelques lignes élogieuses dans sa rubrique. Rook avait entendu une violente dispute dans le bureau de Vergennes.

Cassidy en était ressortie quelques minutes plus tard et avait demandé à Rook de la rejoindre le lendemain.

— Je n'y avais pas prêté attention, avait-il raconté à Nikki, parce qu'elle se disputait avec tout le monde. Il n'y avait pas de quoi en faire un plat.

À présent, devant la vitrine de ce restaurant très huppé d'Upper East Side, une petite armée de forces de police se déployait. Traduction : il y avait de quoi en faire un plat.

— Les Gars, vous êtes en position ? demanda Nikki dans son talkie-walkie.

— Prêts, dit la voix de Raley, dans la radio.

Nikki procéda aux vérifications de dernière minute habituelles. Le petit détachement de policiers en uniforme bloquait la circulation et retenait les piétons à chaque extrémité du trottoir de Lexington. Hinesburg, qui se tenait derrière elle, lui fit un signe de tête tout en ajustant son bouclier devant elle.

Comme il en avait été convenu, Rook recula de quelques pas pour se placer derrière les deux policiers en civil de la criminelle qui s'étaient joints au groupe.

La brigade suivit Nikki, s'engouffrant dans le restaurant vide au pas de charge. Nikki avait attendu que le service de midi soit terminé pour ne pas avoir à s'occuper des clients. Rook lui avait dessiné un plan du restaurant, encore frais dans sa mémoire, après sa visite de la semaine précédente, si bien que Nikki trouva Richmond Vergennes exactement où il devait se trouver à cette heure, à l'office, présidant la réunion du personnel, à la grande table, derrière la vitre.

Un des commis, un travailleur clandestin, la repéra le premier et fila aux toilettes en vitesse. Du coup, tout le monde tourna la tête. Heat sortit sa plaque tandis qu'elle arrivait à l'extrémité de la table et cria :

— Police ! Personne ne bouge ! Richmond Vergennes, j'ai un mandat d'arrêt…

La chaise du chef médiatique tomba sur le sol carrelé tant il sursauta. Dans sa vision périphérique, Nikki remarqua quelques bouches ouvertes et quelques couverts qui tombaient des mains du personnel, tandis qu'elle avançait dans l'office.

Vergennes essaya de ralentir les policiers en jetant une pile de plats ovales sur le sol derrière. Ill contourna l'ouverture du comptoir qui menait à la cuisine, mais Nikki ne suivit pas le même chemin. Le passe-plat en acier inoxydable ne montait pas plus haut que la taille afin de permettre aux convives de voir le cuisinier et sa brigade à l'œuvre.

Heat posa la main à plat sur la table de travail, bascula les jambes sur le côté et plongea dans la cuisine, ne retombant qu'à trois pas derrière Vergennes.

Il entendit Nikki derrière lui et renversa un seau de glace pilée sur le sol. Elle ne tomba pas, mais elle glissa, ce qui donna à Richmond quelques pas d'avance. Bien que le chef pratiquât le triathlon pendant les week-ends, personne ne peut se déplacer très vite avec des Crocs aux pieds.

De toute façon, peu importait la vitesse désormais. Raley et Ochoa arrivaient par la porte arrière destinée aux livraisons et lui bloquaient la sortie.

Le chef tenta désespérément de s'emparer d'un des Wüsthof enfoncés dans leur bloc et arracha un couteau d'office avec une lame de vingt centimètres avant de voir les pistolets braqués sur lui.

Sous le concert des « Lâchez votre arme ! », il le laissa tomber comme si le manche avait pris feu. Le couteau n'avait pas quitté sa main que Nikki arriva derrière lui et le plaqua au sol en lui faisant un ciseau au niveau des genoux, prise à laquelle elle s'était entraînée le matin même.

Elle s'écarta de la table de travail et lui lut ses droits pendant qu'Ochoa le menottait. Ils l'assirent sur une chaise au milieu de la salle des préparations.

— Je suis le détective Heat, monsieur Vergennes. Bon, facilitez-nous le travail et dites-nous simplement la vérité. Où est le corps ?

Après la chute, le beau visage tanné que des millions de téléspectateurs avaient admiré saignait un peu au niveau de l'arcade sourcilière. Le chef voyait que, derrière Nikki, tout son personnel l'observait, aligné le long du comptoir.

— Je ne sais pas de quoi vous parlez.

— Fouillez-moi tout ça ! ordonna Nikki.

Une heure plus tard, comme la perquisition n'avait rien donné, Heat, Rook et les Gars amenèrent Richmond, dûment menotté, dans son loft de Prince Street, dans le quartier de Soho. Sous surveillance policière, il n'avait plus rien du lauréat de *Top Chef* ! Sa tunique blanche bien amidonnée était souillée et marquée du dessin du sol carrelé de son restaurant huppé.

Une tache de sang de la taille d'un papillon monarque avait séché sur le genou de son pantalon de chef à carreaux noir et blanc…

Le trophée remporté par Nikki, qui venait compléter la blessure aux sourcils que les infirmiers avaient soignée.

— Vous voulez nous épargner quelques soucis, chef Richmond ?

Feignant de ne rien entendre, il baissa les yeux et observa ses Crocs bleus.

— Comme vous voulez. Allez-y, les gars, dit-elle à ses hommes.

Ils commencèrent à ouvrir les placards, les armoires, tout ce qui pouvait contenir un corps.

— Et quand nous en aurons terminé ici, nous irons dans votre restaurant de Washington Square. Ça vous coûtera combien si on ferme The Verge, ce soir, avec toutes vos réservations annulées ?

Il garda le silence.

Après avoir fouillé les armoires, les placards et la malle qui servait de table basse au salon, ils l'assirent sur une chaise dans sa cuisine, si vaste et si bien équipée qu'une émission de téléréalité l'avait utilisée pour tourner quelques épisodes de *Cuisinez comme Vergennes* !

— Vous perdez votre temps.

Il essayait de paraître offensé, mais il s'en tirait mal. Une goutte de sueur perlait au bout de son nez et, lorsqu'il secoua la tête pour la faire tomber, ses longs cheveux noirs séparés par une raie au milieu se dressèrent sur sa tête.

— Vous ne trouverez rien ici.

— Je n'en serais pas si sûr. J'aimerais bien avoir la recette de vos gressins à la jalapeno ! dit Rook en savourant un échantillon sur le présentoir.

— Rook ! s'exclama Nikki.

— Quoi ? Ils sont croustillants à l'extérieur, tendres à

l'intérieur, et la pointe de poivre… Mmmm, avec le beurre, ça fond dans la bouche… Un délice !

Ochoa sortit du garde-manger.

— Rien.

— Pareil dans le bureau et dans les chambres, compléta Raley qui arrivait de l'autre côté. Qu'est-ce qu'il fabrique encore ?

Nikki se retourna et vit Rook faire la grimace.

— L'enfant gâté, comme d'habitude. Tu sais, Rook, c'est pour ça qu'on ne te laisse pas venir avec nous !

— Désolé. J'ai un petit problème d'épices. Vous savez ce qu'il me faudrait ? Un thé au miel.

Raley lui lança un regard mauvais et alla rejoindre son partenaire qui essayait de crocheter une porte au fond de la cuisine.

— Qu'est-ce qu'il y a derrière ?

— Ma cave, dit le chef. J'ai quelques bouteilles rares qui valent des milliers de dollars. Et la température doit être constante.

Nikki devint soudain très intéressée.

— Où est la clé ?

— Il n'y a pas de clé. Il faut le code.

— OK. Bon, je le demande gentiment. Une fois. Quel est le code ?

Comme il ne répondit pas, elle ajouta :

— J'ai un mandat.

Il sembla s'en amuser.

— Eh bien, servez-vous-en pour forcer la porte.

— Ochoa, appelle l'équipe de démolition et dis-leur de ramener leur boîte à bombinettes. Et faites évacuer l'immeuble.

— Attendez, là ! Des bombes ? J'ai un Château Haut-Brion de 1945, là-dedans !

Nikki mit la main derrière son oreille et tendit la tête. Il soupira.

— Quatre, un, trois, un, neuf.

Ochoa entra le code sur le clavier, et un moteur se mit

en route. Il alluma et entra dans l'immense réserve. Il en ressortit vite en hochant la tête.

— Pourquoi vous me harcelez ? demanda le chef, retrouvant son attitude bravache.

Nikki se dressa devant lui et s'approcha pour l'obliger à lever la tête.

— Je vous l'ai dit. Je veux que vous nous rendiez le corps de Cassidy Towne.

— Et comment voulez-vous que je m'y prenne ? Je ne la connaissais même pas, cette garce !

— Oh que si ! Je vous ai même entendus vous disputer, dit Rook. Ouh !… Flûte, dit-il en soufflant une grosse bouffée d'air, j'ai dû mordre dans une graine de…

Vergennes fit comme si un lointain souvenir lui revenait.

— Ah ! ça ! On s'est disputés, c'est vrai. Quel est le rapport ? Vous vous imaginez que je l'ai tuée parce qu'elle était furieuse que je ne veuille pas inviter tous ses potes le soir de l'ouverture officielle ?

— Nous avons un témoin qui affirme que vous l'avez embauché pour voler le corps.

— J'en ai ma claque ! C'est dingue ! Je veux un avocat !

— Très bien. Vous pourrez l'appeler dès que nous serons arrivés au commissariat, dit Nikki.

Partant chacun d'un côté opposé de la cuisine, Raley et Ochoa avancèrent en ligne, ouvrant et fermant tous les placards, remplis de livres de cuisine, de vaisselle de luxe importée et de tous les derniers gadgets de Williams-Sonoma.

— Je vous jure, j'ai la bouche en feu, dit Rook en s'approchant du grand réfrigérateur. Ah ! ça, c'est du frigo ! Merveilleux !

Vergennes s'interposa.

— Non, pas là, il est en panne !

Mais Rook avait déjà baissé la poignée. Ensuite, il tomba à la renverse, car le corps de Cassidy Towne surgit du réfrigérateur ouvert et bascula sur le sol de faïence espagnole.

Le policier en uniforme posté à la porte d'entrée accourut en entendant le cri de Rook.

Confronté à la dure réalité de la salle d'interrogatoire, Richmond Vergennes n'était plus le même homme. L'insolence avait disparu. Nikki observait les mains du cuisinier, calleuses et couvertes de cicatrices après des années passées en cuisine. Elles tremblaient.

Sur la chaise, à côté de lui, son avocat lui fit un signe de tête pour lui dire de commencer à parler.

— D'abord, je ne l'ai pas tuée, je le jure.

— Monsieur Vergennes, combien de fois dans votre carrière avez-vous entendu un serveur revenir en cuisine pour rapporter un plat en vous disant que le client le trouvait trop froid ? J'entends presque aussi souvent les types assis de votre côté de la table me dire : « Ce n'est pas moi, je le jure ! »

L'avocat prit la parole.

— Nous sommes tout à fait d'accord pour coopérer. Je ne vois pas pourquoi il faudrait faire des difficultés.

Derrière l'impeccable costume, c'était Wynn Zanderhoof qui parlait, un associé d'un grand cabinet juridique de Park Avenue, spécialisé dans les médias. Il se chargeait du pénal, et Heat ne l'avait vu que trop souvent au fil des ans.

— Bien sûr, maître. D'autant plus que votre client vous a grandement facilité le travail. Tenter d'échapper à l'arrestation, brandir une arme contre un policier en service, obstruction à la justice… Et tout cela, après le meurtre de Cassidy Towne. Sans parler de l'enlèvement du corps en bande organisée. Ni des nombreuses charges associées aux faits. Je crois que « difficultés » est le mot de la journée pour votre client.

— Je vous l'accorde. C'est pourquoi nous espérons pouvoir trouver un arrangement, afin de minimiser les tensions inutiles qui entourent tous ces événements.

— Vous voulez un arrangement ? Votre client est accusé de meurtre, nous avons les aveux d'un homme de l'équipe qu'il a payée pour subtiliser le cadavre. Qu'est-ce que vous avez à nous offrir en dehors d'un dessert offert par la maison ?

— Je ne l'ai pas tuée, j'étais à la maison avec ma femme ce soir-là. Elle le confirmera.

— On vérifiera.

Une ombre passa sur son visage lorsqu'elle prononça cette phrase. Ses traits cajuns sombres perdirent un peu de leur espièglerie. Comme si l'alibi n'allait pas tenir ou que... Nikki décida de profiter de cette faiblesse et de voir où cela la conduisait.

— Quand vous dites que vous étiez avec votre femme, de quel moment parlez-vous exactement ?

— Toute la nuit. On a regardé la télévision, on est allés se coucher, on s'est réveillés.

D'un geste théâtral, elle ouvrit son carnet de notes et prit son stylo.

— Dites-moi à quelle heure exactement vous êtes allés vous coucher.

— Chais pas ! On a regardé les infos de la nuit avant de dormir.

— Donc, vous dites qu'il était minuit.

— Oui, ou quelques minutes plus tard. Ils sont toujours en retard pour commencer.

— Et à quelle heure étiez-vous rentré à la maison ?

— Euh, vers onze heures, onze heures et quart, je crois.

Quelque chose semblait ne pas coller. Nikki insista.

— Chef, je connais bien les problèmes de la restauration. Surtout pour un nouveau restaurant, onze heures et quart, ce n'est pas un peu tôt pour que vous soyez déjà à la maison ?

Elle tenait une piste. Vergennes se montrait nerveux et agitait ses lèvres comme s'il avait un cheveu sur la langue.

— Il n'y avait pas grand monde, alors, je suis parti de bonne heure.

— Oh ! je vois. À quelle heure ?

Il leva les yeux au plafond.

— Je ne m'en souviens pas exactement.

— Ce n'est pas grave, on vérifiera avec le personnel. Eux, ils me le diront.

— Neuf heures, lâcha-t-il.

Nikki prit l'heure en note.

— En général, il vous faut deux heures et quart pour aller à Soho en partant de l'angle de la 63ᵉ et de Lex ?

Lorsqu'elle leva les yeux de son carnet, le cuisinier se décomposait. Son avocat se pencha vers lui pour lui montrer une note qu'il venait de gribouiller, mais Vergennes la repoussa.

— Bon, d'accord, je ne suis pas rentré directement chez moi.

De nouveau, l'avocat essaya de lui poser la main sur l'épaule, mais Vergennes le repoussa encore.

— Je vais vous dire où je suis allé. Je suis allé chez Cassidy Towne.

Nikki regrettait que Lauren Parry n'ait pas pu examiner le corps plus tôt pour donner une heure de la mort plus précise. Il était fort possible qu'elle ait été assassinée avant minuit. Suivant son instinct, elle profita de l'instant et continua.

— Êtes-vous en train de me dire que vous êtes allé chez Cassidy Towne et que vous l'avez poignardée ?

— Non, je suis allé chez Cassidy Towne et je…

Sa voix retomba, tout comme sa tête, et il murmura quelque chose qu'elle ne comprit pas.

— Excusez-moi, je n'ai pas entendu. Vous êtes allé chez Cassidy Towne et… ?

Lorsqu'il releva le nez, il avait le teint terreux et semblait incapable de dissimuler sa tristesse et sa honte.

— Et je l'ai baisée…

Il baissa aussitôt la tête et s'essuya le visage avec ses paumes. Lorsqu'il écarta ses mains menottées, ses joues avaient repris un peu de couleur. Nikki essaya d'observer ce chef médiatique qui avait séduit Manhattan et rencontré Cassidy Towne, l'arbitre officieuse de tous les scandales publics. D'une certaine manière, elle avait du mal à les considérer comme un couple, bien que, après des années d'expérience, Nikki fût prête à croire n'importe quoi.

— Donc, vous et Cassidy Towne, vous aviez une liaison ?

Nikki essayait de ne pas tirer des conclusions hâtives avant d'obtenir une réponse : un type, un homme marié qui essayait de se séparer de sa femme, qui avait eu une dispute un peu trop vive et ainsi de suite… Une fois de plus, elle s'en remit à sa formation et écouta au lieu de spéculer.

— Nous n'avions pas de liaison, dit-il d'une voix faible et caverneuse.

Nikki devait tendre l'oreille malgré le silence qui régnait dans la pièce.

— Donc, c'était votre première… fois ?

Le chef semblait amusé par une pensée intérieure.

— Hélas, non, ce n'était pas notre première fois.

— Alors, il va falloir que vous m'expliquiez pourquoi vous ne considérez pas ça comme une liaison.

Le silence de mort fut brisé par son avocat.

— Rich, je vous conseille de…

— Non, il faut que je le dise pour qu'ils comprennent que je ne l'ai pas tuée. (Il s'installa sur sa chaise.) Je n'étais avec Cassidy Towne que pour une seule raison. J'étais obligé. J'ai acheté le nouveau resto juste avant le début de la crise. J'avais pas un sou pour la publicité. Soudain, les gens ne sortaient plus et, s'ils allaient encore au restaurant, ils se méfiaient des nouveaux établissements. J'étais désespéré. Alors, Cassidy… a passé un marché avec moi.

Il marqua une nouvelle pause et bredouilla cette phrase pitoyable.

— Du sexe contre un article.

Heat repensa à la scène de chez Sardi avec la mère de Rook. Apparemment, Cassidy ne se limitait pas aux acteurs.

— Il faut que vous compreniez : j'aime ma femme.

Nikki se contenta d'écouter. Inutile de dire qu'elle avait entendu cela des milliers de fois dans la bouche de maris infidèles assis sur cette même chaise.

— Ce n'est pas moi qui voulais. Elle a profité d'un moment où j'étais vulnérable. Au début, j'ai refusé, mais elle m'a rendu la situation de plus en plus difficile. Elle m'a dit que si j'aimais ma femme, je coucherais avec elle pour que nous ne perdions pas tout notre investissement. C'était stupide. Mais j'ai accepté. Je m'en voulais. Et vous savez le plus dingue ? Elle s'intéressait même pas à moi. C'était comme pour prouver qu'elle était capable de m'obliger à le faire.

Il marqua une pause, et son visage blêmit de nouveau, prenant la couleur d'une huître.

— Vous voyez ? C'est pour ça que j'ai demandé au type de voler le corps. Je me suis réveillé hier matin, et ma femme qui avait déjà allumé la télé m'a dit : « Hé ! quelqu'un a assassiné cette mégère du journal. » Et moi j'ai pensé, bonne mère, je l'ai baisée la veille, et maintenant qu'elle est morte, quel ADN on va trouver sur elle ? Le mien ! Alors, ma femme saura que je l'ai baisée ! J'ai paniqué, j'ai essayé de voir ce que je pouvais faire.

Le fournisseur avec lequel je travaille a des liens avec des gros malfrats qui louent leurs services. Alors, je l'ai appelé pour lui demander de me sortir de cette merde. Ça m'a coûté bonbon, mais j'ai récupéré ce foutu cadavre.

— Quoi ? Vous l'avez volé parce que vous aviez peur que votre femme apprenne que vous avez eu une liaison ?

— Les gens savaient que je tournais autour de Cassidy. Votre copain l'écrivain, pour commencer. Ce n'était qu'une question de temps pour que ça me saute à la figure. Et c'est Monique qui a tout l'argent. J'ai signé un accord prénuptial. J'y perds ma chemise avec la crise. Le nouveau restaurant est en déficit et, si elle me coupe les vivres, la semaine prochaine, je mettrai de la moutarde dans des hot-dogs au coin de la rue.

— Alors, pourquoi vous faire livrer le corps là où vous vivez avec votre femme ?

— Ma femme est partie hier à Philadelphie pour faire de la publicité pendant le Festival du vin et de la restauration. C'est la seule chose à laquelle j'ai pensé avant de trouver une meilleure idée. (Il s'assombrit après cette première déclaration, un peu comme les gens qui viennent de soulager leur conscience.) Mais quand ils sont arrivés, ces types m'ont demandé encore cinquante plaques pour me débarrasser du cadavre. Comme je les avais pas, ils me l'ont laissé sur les bras en me disant de me magner pour trouver une solution.

Nikki tourna une nouvelle page de son carnet.

— Et quand prétendez-vous avoir vu Cassidy Towne vivante pour la dernière fois ?

— Je ne prétends pas. Vers dix heures et demie. Quand j'ai quitté son appartement.

Raley et Ochoa cherchaient toujours les rubans de machine à écrire de Cassidy Towne. Nikki boucla l'interrogatoire de Vergennes avant qu'on le prépare pour l'emmener au dépôt de Riker et demanda à Hinesburg de vérifier son alibi. Le chef avait précisé avoir payé le taxi avec une carte de crédit vers dix heures et demie, si bien qu'il devait exister une trace à la banque et dans la compagnie de taxi.

— La boîte à bombinettes ! s'exclama Rook installé à son ancien bureau qu'il avait revendiqué, de l'autre côté du plateau.

Heat appréciait le demi-sourire qu'il lui arrachait, surtout après la déception qu'avait provoquée l'alibi sans doute véridique de Vergennes.

Elle avait le cadavre, mais pas l'assassin !

— Quoi, tu n'as jamais entendu parler d'une boîte à bombinettes ?

— Non, mais je n'ai pas mis longtemps à comprendre que c'était du Nikki tout craché. Comme ta cage aux fauves. Une petite expression savamment distillée pour terrifier les ignorants qui ont peur de s'attirer de gros ennuis s'ils refusent de coopérer.

— Ça a marché, non ?

Le téléphone sonna sur son bureau et elle décrocha. Il se mit à rire.

— Avec Nikki, ça marche toujours.

Nikki termina son appel et demanda à Rook s'il avait

envie d'aller se balader. Lauren Parry avait terminé l'autopsie de Cassidy Towne.

Lorsqu'ils traversèrent le hall pour aller prendre la voiture, l'avocat de Richmond Vergennes signait les papiers de sortie.

— Nikki Heat ? s'écria Zanderhoof, impatient de l'intercepter, en balançant son attaché-case, une mallette en aluminium brillante du type qu'on voyait les tueurs à gages et les narcotrafiquants utiliser pour trimbaler des liasses de billets dans les nanars des années 1980.

— Je peux vous dire deux mots, s'il vous plaît ?

Ils s'arrêtèrent devant la porte vitrée et, comme l'avocat se contentait d'attendre, immobile, Nikki comprit et demanda à Rook de se rendre à la voiture.

— Vous savez que le district attorney va vous rigoler au nez si vous maintenez l'accusation de meurtre.

Nikki ne croyait pas que Richmond Vergennes était coupable de l'assassinat de Cassidy Towne, mais, ne pouvant pas encore exclure cette hypothèse, elle ne voulait pas relâcher la pression.

— Même si son alibi tient la route, cela ne signifie pas qu'il n'a pas embauché quelqu'un pour faire le sale boulot à sa place, comme il l'a fait pour voler le corps.

— C'est exact. Et cela prouve toute votre conscience professionnelle.

Zanderhoof lui adressa un sourire vide et froid qui lui donnait envie de vérifier qu'elle avait toujours sa montre et son portefeuille.

— Mais je suis certain que votre ténacité vous conduira sûrement, à un moment donné, à vous demander pourquoi, si mon client a assassiné la victime, il n'a pas demandé à ce qu'on le débarrasse du corps par la même occasion plutôt que de risquer d'attirer l'attention avec l'incident de la 2e Avenue, hier.

Il avait volontairement utilisé le mot « incident » en pariant sur une réduction des charges. Parfait, c'était son boulot. Celui de Heat, c'était d'attraper les meurtriers.

Même si elle n'aimait pas qu'on la baratine, elle devait admettre qu'il marquait un point. Elle était arrivée à la même conclusion que lui, en regardant la ligne du temps, moins de trois minutes plus tôt.

— Nous poursuivrons notre enquête jusqu'au bout, monsieur Zanderhoof, répondit-elle sans lâcher de terrain.

Il n'y avait aucune raison de le faire tant que le cuistot n'était pas totalement blanchi.

— Les faits sont là : votre client est mouillé jusqu'au cou, à commencer par sa liaison avec la victime.

L'avocat ricana.

— Une liaison ? Ce n'était pas une liaison !

— Alors, comment appelez-vous ça ?

— Un arrangement commercial. Aussi simple que ça.

À travers la vitre, il regarda Rook qui s'appuyait sur le pare-chocs de la Crown Victoria, et, lorsqu'il fut bien sûr que Nikki l'avait remarqué, il plissa les yeux avec un sourire qu'elle n'aimait pas du tout.

— Cassidy Towne échangeait des articles contre du sexe. Ce n'était certainement pas la première femme à le faire, n'est-ce pas, Nikki Heat ?

— Tu es drôlement silencieuse, dit Rook, qui se tortillait sur son siège pour la voir le mieux possible, malgré la ceinture de sécurité et la radio coincée entre leurs genoux.

Le trajet d'Upper West Side à l'institut médicolégal n'était jamais très fluide, mais, en pleine heure de pointe, on faisait du surplace.

Pour Rook, le trajet s'éternisait, car Nikki semblait perdue dans ses pensées. Non, plus que ça : elle émettait des vibrations négatives.

— Parfois, j'aime le silence, d'accord ?

— Oui, bien sûr.

Il laissa passer exactement trois secondes avant de le briser à nouveau.

— Tu pestes parce que le chef Vergennes n'est pas l'assassin. Regarde le verre à moitié plein plutôt qu'à moitié vide, Nikki. On a retrouvé le corps. Montrose a dit quelque chose ?

— Oh oui ! Le capitaine saute de joie. Au moins, demain matin, les tabloïds ne publieront pas à la une la photo d'un magicien faisant disparaître les corps.

— Je suppose que l'on peut remercier le Gros Tommy pour ça, non ?

Il chercha une réaction. Cependant, elle restait concentrée sur la circulation, s'intéressant surtout à ce qui pouvait se passer du côté de la vitre opposée.

— Je n'essaye pas de m'en attribuer le crédit parce que c'était une de mes sources. C'est une simple constatation.

Nikki esquissa un signe de tête imperceptible, les yeux toujours fixés sur son rétroviseur latéral, l'esprit ailleurs. Dans un endroit qui paraissait fort inconfortable aux yeux de Jameson Rook. Il tenta une autre approche.

— Hé ! J'aime bien la réplique que tu lui as balancée dans la salle d'interrogatoire, à propos de ce qu'il avait à offrir en dehors d'un dessert offert par la maison ! (Rook eut un petit rire.) Du Nikki tout craché ! Je le citerai dans mon article, voilà qui est sûr. Avec la boîte à bombinettes !

Nikki engagea la conversation, mais pas comme il l'espérait.

— Non, il n'en est pas question, dit-elle sèchement.

Elle jeta de nouveau un coup d'œil dans le rétroviseur latéral et tourna le volant avant d'arrêter brutalement, ce qui fit voler par terre tout ce qui se trouvait sur la banquette arrière. Elle s'en moquait.

— Qu'est-ce que j'ai fait au bon Dieu pour avoir à te supporter ? demanda-t-elle en brandissant le doigt en l'air et en ponctuant tous ses mots. Je ne veux pas figurer dans ton article. Je ne veux pas qu'on donne mon nom, qu'on me cite, qu'on me prenne en photo ou qu'on fasse la moindre allusion à moi, ni dans ton prochain article ni dans les suivants. D'ailleurs, puisque nous semblons être arrivés dans une impasse en ce qui concerne tes sources journalistiques secrètes et tes prétendues intuitions, je crois que c'est notre dernière balade commune. Appelle le capitaine, appelle le maire si tu veux, j'ai eu ma dose. Et il n'y a pas de mais ! C'est bien compris ?

Il l'observa un instant et garda le silence.

Avant qu'il puisse dire autre chose, Nikki reprit la route et composa le raccourci de Lauren Parry sur son portable.

— Salut… Nous sommes à deux pas… À tout à l'heure.

Entre le feu rouge et le garage de la morgue, Nikki se ravisa. Pas à propos de l'article et de la manière dont cela lui gâchait la vie, mais elle pensait s'être montrée trop dure envers Rook. Elle pouvait tenter de rationaliser son énervement, d'en rejeter la faute sur les coups bas de cette ordure de Wynn Zanderhoof. Néanmoins, elle aurait pu le traiter plus délicatement tout en se faisant bien comprendre. Elle lui adressa un rapide coup d'œil tandis qu'il observait la route, silencieux et blessé. Elle se souvint soudain de cette même image de Rook, assis à côté d'elle si souvent, lui qui savait si bien la faire rire, et revit une fois encore leur scène de passion, sous la pluie battante, où, avides de l'un de l'autre, ils n'avaient pu se séparer de la nuit. Nikki ne put s'empêcher d'éprouver un pincement de regrets pour cette complicité perdue.

Si elle n'avait aucun problème à se montrer dure, elle ne se pardonnait pas la mesquinerie. Comme ils étaient seuls dans l'ascenseur du second parking, elle en profita pour essayer d'arrondir les angles.

— Je n'ai rien contre toi, Rook. C'est toute cette publicité, mon nom et mon visage étalés partout. Ça, vraiment, j'en ai marre !

— Je crois que j'ai parfaitement compris le message fort intelligible que tu m'as délivré dans la voiture.

Avant qu'elle puisse répondre, les portes s'ouvrirent et l'ascenseur se remplit de blouses blanches ; le moment était perdu.

— Ah ! je n'attendais plus que vous ! s'exclama Lauren Parry lorsqu'ils entrèrent dans la salle d'autopsie.

Comme d'habitude, malgré le masque chirurgical, on entendait son sourire.

— On a mis les bouchées doubles, puisque c'était une priorité…

Nikki et Rook finirent d'enfiler leurs gants et contournèrent la table d'acier inoxydable sur laquelle se trouvait le corps de Cassidy Towne.

— J'apprécie énormément, Lauren. Comme je sais que tout le monde te demande tout pour hier, merci encore.

— De rien. Moi aussi, elle m'intéressait sur un plan personnel, celle-là.

— Bon, très bien. Alors, comment va ta caboche ?

— Oh ! j'ai la tête dure, tout le monde le sait. Sinon, comment une fille sortie du programme pour les défavorisés de St. Louis serait-elle arrivée jusqu'ici ? dit-elle sans la moindre ironie.

Lauren Parry vivait pour son travail et cela se voyait.

— Nikki, dans ton message, tu m'as demandé à quelle heure avait pu, au plus tôt, se produire la mort ?

— Oui, nous avons un suspect potentiel et nous venons de vérifier avec le taxi : il a un alibi à partir de dix heures quarante-cinq.

— Impossible, alors…, dit le médecin en montrant un schéma. Bon, il faut comprendre que c'est plus difficile parce que le corps en a vu de toutes les couleurs. Des mouvements, des manipulations…

Elle regarda Rook et ajouta :

— Une réfrigération. Tout ça fait que l'heure de la mort est plus difficile à déterminer, mais j'y suis arrivée. On est plutôt vers les trois heures du matin. Alors, ton suspect est éliminé. C'est le cuistot qui avait subtilisé le corps ? Ah ! dommage ! dit-elle en voyant le signe de tête de son amie. Raye-le quand même.

Nikki se retourna pour partager avec Rook un haussement de tête disant « On s'en doutait… », mais il regardait ailleurs. Morose, Nikki l'observa un instant dans la pièce froide, comprit tout le chagrin qu'il éprouvait après son coup de colère, et Lauren dut la rappeler pour retenir son attention.

— Coucou !

— Désolée. Donc, vers trois heures du matin, c'est ça ?

— Ou plus tard. On peut compter une fenêtre de deux heures. Bon, maintenant, je vais te dire qu'en attendant le rapport de la toxico et tout le bla-bla…

Elle marqua une pause et se tourna vers Rook.

— Ce n'est pas là que vous dites toujours : « Si votre érection dure plus de quatre heures, consultez votre médecin » ?

— Si, dit-il platement.

Pour un médecin légiste, Lauren Parry était extrêmement sociable. Son regard alla de Rook à Nikki pour leur demander ce qui se passait. Comme elle n'obtint aucun signe, elle continua.

— En attendant le rapport de la toxico, je m'en tiens à la blessure à l'arme blanche comme cause de la mort. Mais venez voir, j'ai deux ou trois bricoles à vous montrer.

Lauren fit un signe de tête, et Nikki la suivit de l'autre côté du corps.

— Notre victime a été torturée avant de mourir.

Rook sortit de sa torpeur et vint les rejoindre.

— Vous voyez, là, sur l'avant-bras ?

Lauren souleva le drap.

— La décoloration due à une contusion, et l'absence totale de poils le long de deux bandes identiques, sur le bras et le poignet.

— De l'adhésif, dit Rook.

— Exact. Je ne l'ai pas remarqué sur la scène de crime parce qu'elle portait des manches longues. Non seulement l'assassin a retiré le sparadrap, mais il a remis les manches en place. Un travail soigné, pointilleux. Quant à l'adhésif, les résidus sont au labo en ce moment. Comme on en trouve partout, bonne chance, mais on ne sait jamais.

Avec un pointeur, elle indiqua quelques endroits sur son schéma.

— Il y avait de l'adhésif sur les deux bras et les deux chevilles. J'ai déjà appelé la scientifique. Ce qui est certain, c'est que nous avons des résidus sur la chaise aussi.

— Et la torture ? demanda Nikki en prenant des notes.

— Tu vois le sang séché dans le conduit auditif ? On y a enfoncé un objet pointu à plusieurs reprises avant la mort.

Nikki réprima un frisson involontaire à cette évocation.

— Quel genre d'objet ?

— Des aiguilles en tous genres. Des pics à dents, peut-être. Rien de plus gros, en tout cas. Des petites blessures, mais atrocement douloureuses. J'ai pris quelques photos pour toi, je les enverrai par mail au commissariat. Je peux t'assurer que quelqu'un a voulu que cette femme vive l'enfer avant de mourir.

— Ou se mette à table, dit Nikki. Ce sont deux mobiles différents.

Nikki réfléchit rapidement à la signification possible de cette torture, ainsi qu'à l'absence de papiers dans le bureau, et en conclut que quelqu'un tentait de faire parler Cassidy Towne.

De plus en plus, Nikki s'orientait vers la piste d'un article sur lequel Cassidy travaillait.

— D'autres trucs intéressants ?

Lauren tendit un rapport du laboratoire à Nikki.

— Cette tache de sang que tu as remarquée sur le papier peint… Ce n'est pas celui de la victime.

Nikki sembla surprise.

— Donc, elle a peut-être blessé son agresseur.

— Possible. Il y a quelques blessures défensives sur les mains. Ce qui m'amène au morceau final. Elle avait les mains crasseuses. Pas vaguement sales. Non, elle avait de la boue dans les rides des mains. Et regarde-moi ces ongles !

Elle souleva doucement une des mains de Cassidy Towne.

— Cela ne se voyait pas sous le vernis, mais regarde ce que j'ai découvert sous les ongles.

Un filet de crasse bordait chacun des ongles.

— Je sais d'où ça vient, dit Rook. Elle jardinait. Elle disait que c'était le seul moyen de s'échapper du travail.

— Drôle de loisirs pour une chroniqueuse des potins mondains, dit Lauren. Remuer la boue !

Rook se dirigeait vers l'ascenseur, quelques pas devant elle.

— Attends ! dit Nikki, mais il avait déjà appuyé sur le bouton.

Les portes s'ouvrirent quand elle arriva à son niveau, mais elle lui posa la main sur le bras.

— Excusez-nous, on prendra le suivant.

— Excuses acceptées, dit Rook.

Et tous deux esquissèrent un sourire. Mon Dieu, pensat-elle, pourquoi avait-il toujours le talent de la désarmer ? Elle l'écarta des portes de l'ascenseur et le conduisit vers les fenêtres qui donnaient au sud-ouest, où le soleil d'octobre découpait des lueurs rouges aveuglantes.

— J'ai été un peu dure avec toi. Je te présente mes excuses.

— Je mettrai un peu de glace dessus, ça ira.

— Comme je t'ai dit, n'y vois rien de personnel. C'est l'article, ce n'est pas tout à fait toi.

— Nikki, tu as disparu de ma vie. J'ai pris ça comme quelque chose de très personnel. Ça me fait tout drôle. Si je n'avais pas eu l'occasion de faire le portrait d'une victime de meurtre, je n'aurais même pas la chance de me disputer avec toi maintenant.

Elle se mit à rire et il lança :

— Ça y est ! J'ai tué Cassidy Towne pour avoir la joie de retrouver Nikki Heat ! En voilà, un bon titre !

Nikki sourit de nouveau et frémit en lui trouvant tant de charme.

— Bon, de toute façon, tu acceptes mes excuses ?

— Seulement si tu me permets de t'inviter à boire un verre ce soir. Conduisons-nous en adultes et déblayons le terrain pour que je n'aie plus à me sentir bizarre quand je te croise dans la rue !

— Ou sur une scène de crime !

— C'est le destin.

Comme Nikki ne devait retrouver Don que plus tard dans la soirée, elle accepta. Rook rentra dans son loft en taxi pour pouvoir écrire quelques lignes pendant qu'elle prenait l'ascenseur afin de regagner la voiture et de finir la journée au commissariat.

Au niveau du parking, les portes de l'ascenseur s'ouvrirent au moment où Raley et Ochoa allaient monter.

— On a raté l'autopsie ? demanda Ochoa.

Nikki sortit, et les portes se refermèrent derrière elle. Elle leur tendit un dossier.

— Tout est là.

— Oh ! c'est bon, alors.

Heat n'aurait pas été une bonne policière si elle n'avait su décrypter la déception qu'il tentait de masquer. Visiblement, il cherchait un prétexte pour voir Lauren Parry.

— J'ai quelque chose pour vous, dit Raley.

Il lui montra une enveloppe en papier kraft toute gonflée qui contenait un objet carré.

— Vous plaisantez ? dit-elle, essayant de retrouver un peu d'énergie à mettre sur l'affaire. Ce ne sont pas les rubans de la machine à écrire ?

— Pas tous. Son fouineur de voisin en a recyclé tout un paquet avant la grève des éboueurs ; alors, ils ont disparu depuis longtemps. C'était ce qui se trouvait encore dans sa poubelle. Il y en a quatre.

— Il n'y avait plus rien sur la machine, ajouta Ochoa. On va les emporter à la scientifique pour voir ce qu'on peut en tirer.

Nikki regarda sa montre et, compatissante, leva les yeux vers Ochoa dont les projets avaient été compromis pour quelques minutes de retard.

— Je vais vous dire ce qui serait le mieux, dit-elle. Puisque vous êtes ici, j'aimerais autant que l'affaire Padilla ne tombe pas dans les oubliettes. Vous pouvez monter voir où en est l'autopsie ? Ils sont débordés, mais si vous le demandez gentiment, je parie que Lauren Parry voudra bien vous rendre ce service.

— On peut toujours poser la question, dit Ochoa.

Raley tapota la grosse enveloppe.

— On va perdre une journée avec la scientifique.

— Je vais de ce côté, de toute façon, dit Nikki. Je la déposerai en passant.

N'obtenant aucune protestation, elle signa le formulaire destiné à assurer la traçabilité des preuves et prit l'enveloppe.

— Voyons ce que nous a rapporté ce vilain voisin.

Jamais elle n'avait vu un tel embouteillage. La radio annonçait qu'il y avait un grave accident sur Franklin D. Roosevelt Drive, et que la circulation était totalement bloquée direction nord.

Nikki passa par la ville en espérant que le West Side Highway serait praticable, mais fit quelques calculs et se demanda s'il ne serait pas plus sage d'appeler Rook pour annuler.

Pourtant, son instinct lui dit que cela ne ferait que raviver les frictions qu'elle cherchait à apaiser. Plan B.

Elle ne se trouvait qu'à quelques minutes de l'appartement de Jameson. Elle pouvait s'y arrêter, le prendre au passage, l'emmener au commissariat. Ils pourraient boire un verre dans le quartier. Le temps était encore assez clément pour profiter de la terrasse d'Isabella.

— Hé ! c'est moi, dit-elle dans sa boîte vocale. Le rendez-vous tient toujours, mais appelle-moi dès que tu reçois ce message.

Nikki raccrocha et sourit en pensant aux Beatles remastérisés.

Elle se gara sur la même place de livraison que le soir où ils s'étaient embrassés sous la pluie battante avant de se réfugier dans son entrée, trempés jusqu'aux os et totalement insouciants.

Elle mit son insigne de police sur le tableau de bord, rangea l'enveloppe dans le coffre qu'elle verrouilla et, une minute plus tard, elle se retrouva sur les marches de l'immeuble de Rook. Elle marqua une pause, un peu troublée par le souvenir de cette folle nuit qu'ils auraient voulu prolonger éternellement.

Un homme avec un labrador marron tenu en laisse passa devant elle et grimpa les marches. Elle le suivit et caressa le chien pendant que l'homme sortait ses clés.

— S'appelle Buster. Lui, pas moi.

— Salut, Buster !

Le labrador leva les yeux vers son maître pour obtenir la permission et leva le menton pour se faire caresser par Nikki, trop heureuse de s'exécuter. Si les chiens pouvaient sourire, celui-là le l'aurait fait.

Buster la regarda, ravi, et Nikki se souvint de sa rencontre avec le coyote et son air de défi au milieu de la 83e Rue Ouest. Un frisson la parcourut. Lorsque l'homme ouvrit la porte, le chien le suivit instinctivement. Elle allait appuyer sur la sonnette de Rook lorsque l'homme se retourna vers elle.

— Vous m'avez l'air digne de confiance. Entrez.

Elle le suivit.

Rook habitait l'appartement panoramique du dernier étage. L'homme et son chien montèrent jusqu'au troisième. Après cette pénible expérience, à son retour de Puerto Vallarta, à la fin des vacances de printemps, Nikki n'appréciait guère de surprendre les hommes dans leurs appartements ou les chambres d'hôtel. Pénible pour lui, il s'entend.

Elle prit de nouveau son téléphone pour rappeler Rook, mais elle était déjà arrivée. Elle rangea son portable, poussa les portes en accordéon et entra dans son couloir.

Elle s'approcha doucement de la porte et écouta.

Aucun bruit.

Elle appuya sur la sonnette et entendit des pas. Elle comprit vite qu'ils ne venaient pas de l'intérieur de l'appartement, mais s'approchaient derrière elle. Quelqu'un attendait ! Avant qu'elle puisse se retourner, sa tête heurta la porte de Rook, et elle se trouva plongée dans le noir.

Lorsqu'elle reprit conscience, elle était toujours dans l'obscurité. Était-elle aveugle ? Était-elle toujours inconsciente ?

Elle sentit un morceau de tissu sur sa joue. On lui avait mis une cagoule ou un sac sur la tête.

Elle ne pouvait bouger ni les bras ni les jambes. Elle était attachée à la chaise sur laquelle elle était assise.

Elle essaya de parler, mais sa bouche aussi était couverte d'adhésif. Elle tenta de se calmer, mais son cœur tambourinait.

Elle avait très mal à la tête, là où elle s'était cognée contre la porte. Nikki, calme-toi, se dit-elle.

Respire lentement.

Analyse la situation. Écoute attentivement.

Hélas, ce qu'elle entendit ne fit que l'affoler un peu plus.

Elle entendait le bruit d'instruments dentaires que l'on disposait sur un plateau.

SEPT

Pour éviter de se laisser envahir par la panique, Nikki s'accrocha à son entraînement. La peur ne l'aiderait pas à se sortir de cette mauvaise passe. Le combat, si. Elle devait se montrer opportuniste et agressive.

Elle repoussa sa peur et se concentra sur l'action. En silence, elle se répéta encore et encore : analyse, improvise, adapte-toi, surmonte.

Celui qui manipulait les instruments se trouvait tout près d'elle. Moins de deux mètres. Était-il seul ? Elle écouta. Oui, vraisemblablement. Et il avait l'air fort occupé avec ses petits joujoux.

Pour ne pas attirer l'attention, sans faire de mouvements ostensibles, elle fléchit les muscles, se tendit contre ses liens, sachant qu'elle ne pourrait s'en dégager, maudissant leur solidité, espérant une sorte de mou, une petite faiblesse quelque part. Il lui fallait juste un peu d'espace aux poignets, aux chevilles, un petit centimètre qui lui permettrait de travailler.

Rien. Elle était attachée très efficacement à sa chaise au niveau des avant-bras, des poignets et des chevilles. En comptant les points d'attache, elle se souvint de Lauren Parry qui lui montrait les mêmes endroits sur le schéma du

corps de Cassidy Towne. Elle avait été liée de la même façon. Pour l'instant, l'analyse de la situation ne donnait rien
qui vaille.

Soudain, le tri des instruments cessa.

Un pied frotta par terre, et elle entendit deux talons
creux s'approcher d'elle sur un sol sans tapis.

Cela aurait pu être des talons hauts de femme ; pourtant,
cela semblait un peu plus substantiel. Nikki Heat tenta de se
souvenir du plan de l'appartement de Rook – si c'était bien
là qu'elle se trouvait.

Il avait des tapis partout, sauf à la salle de bains et à la
cuisine, où le sol était carrelé. Là, on aurait dit un plancher
de bois. Peut-être se trouvait-elle dans la grande salle où il
organisait les parties de poker ?

Un tissu bruissa près d'elle et elle sentit l'odeur de
l'après-rasage Old Spice avant d'entendre une voix. C'était
un homme, la quarantaine, avec un accent texan qui n'aurait pas été dénué de charme dans d'autres circonstances.
C'était une voix simple et nette qui aurait pu vous mettre à
l'aise si elle vous avait proposé des tickets pour la loterie de
la paroisse ou vous avait demandé de tenir la bride de son
cheval. Gentiment, calmement, il demanda :

— Où c'est planqué ?

Nikki grommela derrière son bâillon. Elle savait qu'elle
n'avait rien à dire ; néanmoins, si le Texan pensait qu'elle
savait quelque chose, il lui enlèverait son bâillon et sa cagoule, ce qui modifierait la dynamique, au moins partielle-
ment.

Nikki Heat voulait créer une opportunité sur laquelle
elle pourrait capitaliser.

Hélas, il continua d'une même voix régulière et déten-
due :

— Parler, cela serait une solution pour vous, pas vrai ?
Alors, voilà comment nous allons procéder. Faites un signe
de tête si vous voulez bien me dire où c'est.

Elle ne savait absolument pas de quoi il voulait parler ;
pourtant, elle hocha la tête.

Du plat de la main, il frappa immédiatement sur l'endroit meurtri de sa tête, et elle gémit, plus sous l'effet de la surprise que de la douleur. Heat détecta un mouvement et s'apprêta à encaisser un autre coup, mais elle ne reçut qu'une autre bouffée d'Old Spice. Cette voix…, aussi calme qu'auparavant, avec cet accent chaleureux qui la rendait plus glaciale encore.

— Désolé, m'dame. Mais voyez, vous racontez des bobards, et même à New York, ça prend pas, votre truc !

Ce numéro n'était qu'un acte de domination, et Nikki avait une réponse toute prête. Elle projeta la tête en direction de la voix, et lui heurta une partie du visage.

Elle se prépara à la riposte, mais le coup ne vint pas. L'homme se contenta de s'éclaircir la gorge et fit deux pas en arrière sur le plancher.

À présent, le son creux des talons prenait un sens : des bottes de cow-boy. Elle entendit un clang métallique, et les bottes s'approchèrent de nouveau.

— Bon, je crois que vous avez besoin de mieux comprendre la situation, dit-il.

Elle sentit la pointe d'une sorte de stylo s'appuyer sur la chair de son avant-bras gauche.

— Je crois que cela va vous aider à y voir plus clair.

Il ne perça pas la peau, se contentant de tracer une ligne avec la pointe effilée, jusqu'à ce qu'il atteigne le ruban adhésif qui lui maintenait le poignet.

Il laissa la pointe en place, appliquant une pression suffisante pour provoquer de la douleur sans percer la peau.

Soudain, il retira son instrument et s'éloigna pour revenir aussitôt et s'approcher encore plus près. On entendit un petit clic. Un petit moteur, semblable à une roulette de dentiste ou d'un de ces outils sans fil vendus sur les chaînes de téléachat, capables de vous couper les ongles en deux, se mit à crisser d'un son aigu.

Nikki sursauta et recula instinctivement, mais il lui fit une clé de tête, l'enserrant dans un bras musclé. Lentement, il approcha l'instrument de plus en plus près de l'oreille.

Lorsque l'outil toucha le tissu et que les vibrations et les rotations mordirent les fibres du capuchon, il coupa le moteur. Le silence. Il approcha la bouche de son visage.

— Réfléchissez un peu à ça jusqu'à mon retour. Et quand je reviendrai, fini les bobards, c'est pigé ?

De nouveau, elle entendit le bruit des bottes, mais cette fois, les pas s'éloignaient en direction opposée. Lorsqu'il arriva sur le tapis, le bruit s'atténua avant de disparaître totalement, englouti dans une autre pièce, pensa-t-elle. Nikki écoutait, se demandant s'il était loin.

Elle se pencha autant que possible au niveau de la taille et se redressa brusquement, sentant sa cagoule remonter légèrement avec la dynamique du mouvement. Avant de recommencer, elle tendit l'oreille.

Les bottes revenaient. Elles résonnaient sur le bois, et elle sentit le bas du pantalon remuer lorsqu'il passa près d'elle. Il marqua une pause, et elle se demanda s'il avait noté un changement sur sa cagoule.

Apparemment, non, car elle entendit le tintement d'un trousseau de clés, puis des pas fermes sur le sol de la cuisine. Cette séquence auditive lui permit de déterminer qu'elle se trouvait dans le grand office jouxtant la cuisine de Rook. Elle en eut la confirmation lorsqu'elle entendit le verrou qu'on tirait, puis la porte qui se fermait.

Le pêne n'était pas engagé dans la serrure qu'elle recommença la manœuvre.

La cagoule ne bougeait plus. Le tissu était lâche, mais il descendait trop bas sur les épaules pour qu'elle puisse l'enlever sans l'aide des mains.

Elle s'arrêta, retint sa respiration et écouta.

Au loin, l'ascenseur qui bourdonnait grinça légèrement en s'arrêtant. Lorsqu'elle entendit les portes en accordéon de métal s'ouvrir et se refermer, elle s'agita comme une sauvage en essayant de se servir de ses bras.

Concentrant son effort sur le côté droit, elle coinça un pli du tissu entre son menton et son épaule, allongea le cou pour essayer de repousser le tissu vers le haut et réussit à le faire glisser de deux centimètres. Ce n'était pas grand-chose, mais comme cela fonctionnait, elle répéta l'opération et gagna deux nouveaux centimètres.

Au bout du troisième essai, un rai de lumière commença à apparaître au niveau de l'ourlet. Nikki aurait aimé pouvoir se servir de sa bouche pour prendre le tissu entre ses dents, mais elle devrait s'en passer.

Elle bascula encore une fois la tête d'avant en arrière, ce qui rejeta la cagoule au-dessus de ses yeux, comme un capuchon. Nikki secoua la tête et se reposa un peu pour observer tout autour d'elle.

La chaise était installée dans l'espace ouvert entre le comptoir de la cuisine et le tapis persan sous la table où Rook organisait ses parties de poker hebdomadaires.

Ses battements de cœur commencèrent à ralentir, et elle essaya de s'approcher du comptoir. En prenant garde de ne pas renverser la chaise, ce qui l'aurait réduite à l'impuissance d'une tortue sur le dos. Elle bascula son corps d'un côté à l'autre afin de créer assez d'énergie cinétique pour faire avancer la chaise de quelques centimètres.

Craignant de manquer de temps avant le retour du Texan, elle mit un peu plus de poids dans le mouvement suivant et faillit basculer. Elle réussit néanmoins à remettre les quatre pieds de la chaise sur le sol. Elle avait eu assez peur pour modérer son enthousiasme. Centimètre par centimètre, se répéta-t-elle, au singulier et non au pluriel !

Lorsque Nikki atteignit le comptoir, qui se trouvait au même niveau que la ligne de son menton, toujours en position assise, elle commença à frotter son profil contre le rebord. Elle fit même grincer son visage contre le granit poli.

Elle avait la joue en feu, mais l'extrémité de l'adhésif commençait à rouler lentement, un peu plus à chaque passage.

Pour oublier la douleur de l'abrasion, elle pensait à la récompense qui l'attendait sur le comptoir, à quelques centimètres : les outils sans fil et une demi-douzaine de pics et d'instruments dentaires.

L'adhésif commençait à céder sur le côté gauche. Nikki se servit de sa langue et des muscles faciaux, jusqu'à ce qu'elle réussisse à créer une petite ouverture au coin de sa bouche. Après avoir décollé une longueur suffisante, elle tendit le cou et tourna la tête pour que sa joue se retrouve juste au-dessus du comptoir. En s'y prenant lentement, soigneusement, Nikki appuya la joue contre le comptoir.

La surface gommée de l'adhésif s'accrochait au granit. En gardant toujours sa joue contre la surface froide, Nikki tourna la tête de gauche à droite et, lorsqu'elle la releva, le bâillon était resté sur le granit.

Elle avait les bras et les jambes attachées à la chaise, mais elle n'était pas ceinturée, si bien qu'elle pouvait se redresser et fouiller dans les outils avec son menton. Le plus proche était un petit pic. La roulette, plus loin, était celle qu'elle visait. Cela lui permettrait de gagner du temps.

Elle fit un petit bond, donna un coup d'épaule dans la bordure du comptoir avant de retomber sur sa chaise.

Elle se tortilla pour se placer perpendiculairement au comptoir et se redressa de nouveau, sans à-coup cette fois, en s'étirant au-dessus des petits outils pour atteindre la roulette. Comme le manche cylindrique était surmonté d'une petite rondelle de caoutchouc, le bouton d'alimentation se trouvait sur le dessus. Nikki appuya le menton sur le bouton et pressa une fois, deux fois, trois fois…

Au bout de la quatrième, la roulette commença à tourner. Les muscles de son dos protestaient et la faisaient terriblement souffrir pendant qu'elle se contorsionnait, mais elle se concentrait sur le manche qu'elle attrapa avec les lèvres et coinça entre ses molaires.

Équilibrant son poids entre ses deux coudes, elle s'assit lentement pour ne pas lâcher l'instrument et se pencha de manière à pouvoir couper le ruban qui retenait son poignet droit au dossier de la chaise.

Nikki travaillait rapidement. En tournant son poignet vers le haut, elle avait réussi à entamer la surface de l'adhésif, et le tissu se déchira sous le mouvement de la roulette.

Une fois son poignet libre, elle prit la roulette dans sa main et put se dégager plus rapidement. Elle aurait voulu libérer ses chevilles pour se déplacer plus librement lorsqu'il reviendrait, mais avec les bras attachés, elle ne pouvait pas se pencher assez bas. Elle commença donc par dégager le haut du bras droit. Elle avait à peine terminé lorsqu'elle entendit un bruit. Elle coupa la roulette.

L'ascenseur montait.

Nikki se pencha, libéra sa cheville droite, puis la gauche. Dans la précipitation, elle coupa la peau sous la jambe de pantalon et grimaça.

Négligeant la douleur, elle continua à travailler. Il lui restait moins d'une minute pour se libérer. Elle dégagea la cheville gauche et se leva au moment où l'ascenseur crissait, indiquant qu'il s'arrêtait à l'étage de Rook.

Nikki était toujours attachée à sa chaise par le coude gauche lorsque les portes en accordéon s'ouvrirent.

Elle décida de couper la roulette pour ne pas éveiller les soupçons du Texan.

Elle ne trouva pas la jointure de l'adhésif avec les ongles, et les instruments dentaires aux pointes trop fines étaient incapables de le couper.

La clé entra dans la serrure. Dans la cuisine, il devait bien y avoir des couteaux... Le pêne s'ouvrit. Elle se leva de la chaise et l'emporta avec elle de l'autre côté du comptoir. Le bloc à couteaux était trop loin pour qu'elle puisse l'atteindre. Mais là, près de l'évier, juste en face d'elle : un ouvre-bouteille à côté d'une capsule tordue. Heat s'en empara au moment où la poignée de la porte tournait. Elle entendit la porte du vestibule s'ouvrir. Elle retourna dans la grande pièce avec la chaise, s'accroupit sous le comptoir pour gagner quelques secondes et avoir une couverture et se libéra avec la pointe du décapsuleur. Les bottes avancèrent sur le carrelage de la cuisine et s'arrêtèrent.

Nikki était encore en train de couper l'adhésif lorsque le Texan sauta par-dessus le comptoir et lui tomba dessus.

La force du mouvement la fit basculer sous la table.

Toujours derrière elle, il lui mit les mains autour de la gorge et essaya de l'étouffer. Elle était impuissante. Elle avait le bras droit coincé sous elle, ce qui piégeait sa main et son décapsuleur sous le poids de son corps ; le bras gauche était toujours attaché à la chaise qu'elle avait traînée derrière elle, telle l'ancre d'un bateau.

Elle bascula en arrière et roula sur lui, le coinçant sous son dos. Il réagit en resserrant son étreinte sur sa gorge, mais, de sa main droite désormais libre, elle lui enfonça le décapsuleur dans le corps.

Il hurla lorsque la pointe plongea dans la cuisse et il relâcha son étreinte. Nikki se dégagea et sauta sur ses pieds, s'agitant pour arracher le dernier morceau d'adhésif. Il se releva rapidement lui aussi et se rua sur elle.

Nikki utilisa la chaise à son avantage en balançant le bras gauche quand il approcha. Il mit son bras en avant pour se défendre, mais le bois le frappa assez fort pour le déséquilibrer. Il trébucha devant elle et se prit le bras dans les barreaux, entre les pattes de la chaise. Dans la chute, le dernier morceau d'adhésif se décolla et entraîna la chaise.

Nikki était libre de ses mouvements.

Elle n'attendit pas que le Texan se remette de sa chute. Elle se précipita vers lui, mais il avait des réflexes rapides. Il tourna sur lui-même, se servant de la chaise pour la repousser. Le décapsuleur lui échappa des mains, voltigea à travers la pièce, heurta le radiateur et roula sur le sol.

Elle songea à aller le rechercher, mais le Texan, qui s'était déjà relevé, se précipita vers elle.

Elle s'écarta sur le côté de quelques centimètres, lui attrapa le cou avec la main droite et lui souleva le menton pendant qu'elle lui frappait le front avec la paume de la main gauche pour le repousser. La prise de krav-maga lui fit plier les genoux, et il retomba sur son arrière-train.

Nikki aperçut son blazer par terre sous une fenêtre, avec le canon de son arme qui en dépassait. Elle se tourna pour aller la reprendre, mais le Texan maîtrisait lui aussi les techniques de combat. Il roula sur les hanches et prit Nikki Heat en ciseau au niveau des genoux, la projetant à terre, face la première. Grâce aux séances avec Don, elle ne s'était pas laissé surprendre par cette attaque, si bien qu'elle projeta le coude vers le visage qui approchait, frappa à la joue, profita du mouvement de recul pour se libérer et lui assener un coup de pied dans les côtes en se relevant.

Le Texan se redressa, lui aussi, fouilla dans sa veste de sport et en sortit un couteau. Une arme plutôt terrifiante, un couteau militaire, avec une garde et une double gouttière pour que le sang s'écoule plus rapidement. Avec horreur, Nikki constata que cette arme lui semblait parfaitement familière. Le Texan la regarda et lui sourit. Comme s'il savait quelque chose. Comme s'il dictait la règle du jeu.

L'entraînement et l'expérience avaient appris à Nikki que le seul combat agréable, c'était celui que l'on gagnait et que l'on gagnait vite. Don lui avait fait répéter ce mantra le matin même, comme à chaque séance.

Se défendre et attaquer en même temps. Et voilà qu'elle se retrouvait les mains vides contre un agresseur bien entraîné et armé d'un couteau de combat !

Le Texan ne lui laissa guère le temps de réfléchir à la stratégie. Lui aussi avait l'habitude de terminer ses combats rapidement et il fonçait droit vers elle. Plus grand que Nikki, il attaquait par le haut et allait baisser sa lame en faisant un pas en avant. Se défendre et attaquer, pensa-t-elle. Et elle sauta en face de lui, lui écartant le poignet vers l'extérieur tout en s'approchant assez pour lui assener un coup de genou à l'entrejambe. Néanmoins, rien ne se passe jamais comme à l'entraînement. Il avait anticipé le coup et basculé son corps sur le côté. Non seulement Heat rata sa cible, mais il se servit de l'énergie de son adversaire pour la faire basculer de l'autre côté. Nikki trébucha, mais s'efforça de ne pas tomber. Bien au contraire, elle pivota pour parer la prochaine attaque qui ne manqua pas de venir.

Cette fois, le coup partit de bas en haut, cherchant l'abdomen. Nikki n'essaya pas d'écarter le bras, il était temps de désarmer ce fumier une bonne fois pour toutes.

Lorsqu'il approcha, elle lui attrapa le poignet et poussa le bras vers l'extérieur sans le lâcher. Au même moment, elle donna un coup de poing sur le point faible qu'elle venait d'exposer : la clavicule. Heat la sentit craquer sous la force du coup. L'homme hurla.

Comme le couteau avait une garde, il ne lui tomba pas des mains, bien qu'il ait desserré sa prise. Pendant qu'il était encore submergé par la douleur, Nikki essaya de le lui arracher à deux mains, mais il lui donna un coup de poing sur la nuque, et elle tomba par terre, étourdie.

Elle était encore à quatre pattes, la vision obscurcie, lorsqu'elle l'entendit traverser le carrelage de la cuisine. Nikki secoua la tête et inspira profondément. Les étoiles commencèrent à se dissiper et elle se releva. Légèrement nauséeuse, elle chancela vers le mur, passa la main sous son blazer et sortit son arme.

Il devait déjà avoir franchi la porte d'entrée au moment où Heat traversa la cuisine. En dépit de ce que lui dictait son instinct, Nikki se précipita de l'autre côté de la grande pièce d'où l'on pouvait voir une portion du couloir par l'entrée de la cuisine.

Elle avait noté ce détail l'été précédent pendant la partie de poker, tandis qu'elle gardait les yeux fixés sur cette porte, espérant vainement trouver une échappatoire.

Lorsqu'elle le vit, le Texan venait juste d'ouvrir la porte, mais il se penchait pour ramasser un objet : une grande enveloppe en papier kraft. Celle qu'elle avait enfermée dans le coffre de sa voiture. Heat contourna le comptoir et cria :

— Police ! On ne bouge plus !

Au lieu de s'arrêter, il franchit le seuil de la porte.

Nikki tira une fois à travers l'ouverture argentée qui rétrécissait tandis qu'il fermait la porte derrière lui.

Nikki Heat ouvrit la porte qui donnait sur l'escalier de l'appartement panoramique et entra, arme en avant, les pieds formant un triangle isocèle. Une fois certaine que le Texan ne se cachait pas sur le palier, elle réfléchit aux options qui s'offraient à lui : monter un étage pour atteindre le toit, en descendre sept pour rejoindre la rue. Soudain, en contrebas, elle entendit un gros chien qui aboyait et des bottes qui résonnaient sur les marches de béton.

Tandis que Nikki dégringolait les marches deux par deux, le chien aboya de nouveau lorsqu'elle arriva au troisième étage. Bon boulot, Buster ! pensa-t-elle.

À cet instant, elle entendit l'écho d'une portière qui claquait au niveau de la rue.

La main sur la poignée de la porte, elle marqua une brève pause avant d'ouvrir et de sortir en position défensive sur le trottoir, arme à la main.

Le Texan avait disparu, mais il avait laissé un souvenir : une tache de sang sur le trottoir, parfaitement visible dans la mare de lumière de la lampe au sodium de la porte de service.

À Tribeca, les trottoirs étaient encombrés par les clients qui buvaient des cocktails avant le dîner. Nikki observa rapidement la foule sans y voir ni cow-boy ni gouttelettes de sang à suivre à la trace. Puis elle entendit une femme qui parlait à son compagnon.

— Je te jure, mon chéri, on aurait vraiment dit du sang sur son épaule.

— Police ! annonça Nikki. De quel côté est-il parti ?

— Vous avez un badge ? demanda la femme.

Quelle perte de temps ! Nikki baissa les yeux vers sa taille, mais sa plaque n'y était pas.

— C'est un assassin, dit-elle en leur montrant son arme, pointée en l'air, ne menaçant personne.

Tous deux indiquèrent l'autre côté de la rue. Nikki leur demanda d'appeler le 911 et se mit à courir.

— Il remonte Varick, vers la bouche de métro ! cria la femme.

Heat courut le plus vite possible, esquivant les piétons, observant les deux côtés de la rue, regardant dans tous les halls d'entrée, toutes les vitrines. À l'intersection triangulaire de Franklin, Varick et de Finn Park, elle s'arrêta et regarda les vitrines des bars pour voir si son bonhomme s'était mêlé aux clients. Nikki attendit qu'un camion passe devant elle et traversa au petit trot l'îlot de béton qui entourait la station de Franklin Street sur le quai des trains en direction du sud. À côté d'un présentoir à journaux et de boîtes de plastique pleines de prospectus gratuits pour des clubs de célibataires et la Learning Annex, un grand centre de formation, elle repéra d'autres taches de sang.

Nikki contourna la place et fila vers l'escalier du métro. Elle vit le Texan, éclairé par les lumières. Il la repéra juste avant que sa tête ne disparaisse en bas des marches.

Un train devait arriver d'un instant à l'autre, car les quais étaient bondés. Nikki passa le tourniquet et suivit le mouvement. La foule semblait poussée sur le côté gauche. Ce fut donc là qu'elle se dirigea. Elle se fraya un chemin parmi les banlieusards qui se demandaient à voix haute : « Qui est ce type ? »

Lorsque Nikki atteignit l'autre extrémité du quai, il avait disparu.

— Il va se faire tuer ! s'exclama quelqu'un.

En bas, dans le noir, le Texan enjambait la rambarde pour rejoindre la voie opposée. Son épaule gauche à la clavicule brisée penchait vers le bas, et une ligne couleur de rouille tachait sa veste sport fauve du même côté, là où s'était enfoncée la balle de neuf millimètres. Sa main saine tenait l'enveloppe en papier kraft désormais maculée de sang. Nikki s'appuya contre le mur, espérant avoir un angle de tir, mais une lumière vive inonda la plate-forme, un klaxon retentit, et le train entra en gare, lui bloquant la ligne de mire.

Heat se précipita vers la sortie pour devancer les passagers qui sortiraient des rames, grimpa l'escalier, traversa Varick pour rejoindre l'autre entrée, manquant de se faire renverser par un taxi. Les taches de sang en haut des marches lui signalèrent qu'il était trop tard.

Elle descendit dans le métro pour s'assurer qu'il n'avait pas fait demi-tour avec l'intention de lui faire une feinte, mais le Texan s'était évaporé dans la nature.

Nikki Heat avait cependant une petite consolation pour tous ses efforts. En remontant l'escalier, quelque chose retint son attention sur le carrelage sale, au pied de la dernière marche.

Une unique cassette à ruban.

Le couple qu'elle avait croisé avait dû effectivement appeler le 911, car la rue était pleine de voitures de police et de policiers en civil lorsqu'elle retourna chez Rook.

Elle se faufila à travers la foule, alla trouver un sergent et s'identifia.

— Vous poursuiviez un suspect ?

— Oui, mais je l'ai perdu.

Elle donna la description du Texan et sa dernière localisation, pour que l'on passe une annonce au central, et, avant de retourner vers la porte d'entrée, dit que Rook était peut-être toujours à l'intérieur. Cette idée souleva une puissante vague d'inquiétude et sa vision se brouilla.

— Vous allez bien ? Vous voulez qu'on vous examine ? On dirait que vous allez vous évanouir, dit le sergent.

— Ça ira, dit-elle en se reprenant.

Devant la porte, accompagnée d'une dizaine de policiers, Nikki indiqua les taches de sang sur le chambranle. Elle leur fit traverser la cuisine, passer devant la chaise renversée où elle s'était débattue contre son ravisseur et les conduisit vers le fond de l'appartement, retraçant les déplacements du Texan. Elle s'accrochait à l'idée que le Texan était allé surveiller Rook, ce qui pourrait laisser penser qu'il était indemne.

En arrivant dans le couloir du bureau, Heat remarqua immédiatement le désordre qui régnait dans la pièce. Derrière elle, les policiers avaient sorti leur arme, au cas où... Pas Nikki. Elle avait totalement oublié la sienne et se rua à l'intérieur en criant :

— Rook ?

Lorsqu'elle arriva devant la porte, sa respiration se bloqua.

Face contre terre, il était allongé sous la chaise sur laquelle il était attaché. Il avait une taie d'oreiller noire sur la tête, comme elle. Une petite mare de sang tachait le sol, près du visage.

Elle s'agenouilla près de lui.

— Rook, c'est Heat. Tu m'entends ?

Il gémit. Un gémissement étouffé, comme s'il était bâillonné.

— Relevez-le, dit un des policiers.

Deux infirmiers urgentistes entrèrent dans la pièce.

— Vas-y doucement, dit l'un d'eux. Au cas où il aurait la nuque brisée.

Nikki sentit son estomac se nouer.

Ils relevèrent doucement Jameson Rook, comme il se doit, et le détachèrent. Par chance, la mare de sang était due au saignement de nez provoqué par la chute lorsqu'il s'était débattu.

Les infirmiers vérifièrent qu'il n'avait rien de cassé, et Nikki sortit de la salle de bains avec un gant de toilette humide. Rook s'essuya le visage en racontant ce qui s'était passé au détective Nguyen du 1er.

Après avoir quitté l'institut médicolégal, Rook était rentré chez lui pour mettre ses notes au propre. Il avait pris une bière, traversé dans le couloir et vu le désordre qui régnait dans son bureau. Il se tourna vers Nikki.

— C'était comme chez Cassidy Towne, l'électronique en plus ! J'allais prendre mon téléphone pour t'appeler quand il a sonné, et j'ai vu que c'était toi. Mais quand j'ai voulu répondre, il est arrivé par-derrière et m'a collé cette fichue taie d'oreiller sur la tête.

— Vous vous êtes défendu ? demanda le policier.

— Vous plaisantez ! Comme un forcené ! dit Rook. Mais j'avais la taie d'oreiller serrée autour de la tête et il me faisait une clé…

— Il avait une arme ?

— Un couteau. Oui. Il a dit qu'il avait un couteau.

— Vous l'avez vu ?

— J'étais aveuglé par la taie d'oreiller. Et puis, vous savez, l'an dernier, j'ai été pris en otage en Tchétchénie par un rebelle. Je me suis aperçu qu'on vivait plus longtemps si on ne demandait pas à voir les armes !

— Bon réflexe, dit Nguyen. Ensuite ?

— Il m'a installé sur cette chaise, m'a dit de ne pas bouger et il m'a attaché.

— Vous l'avez vu ? Malgré la taie d'oreiller ?

— Non.

— À quoi ressemblait sa voix ?

Rook réfléchit un instant.

— Un accent du Sud. Comme celui de Wilford Brimley… Oh !… mais il ne ressemblait pas au Wilford Brimley qui fait les pubs à la télé…, pas au Wilford Brimley d'aujourd'hui… À un Wilford Brimley plus jeune. Comme dans *Absence de malice* ou *Le Meilleur*.

— Donc, un accent du Sud.

Nguyen prit des notes.

— Je suppose qu'il serait utile de se fier aux fichiers de la police plutôt qu'à la filmographie de Wilford Brimley, dit Rook. Mais il avait un accent du Sud.

Nikki se tourna vers Nguyen et dit simplement :

— Un accent du nord du Texas, exactement.

Nguyen jeta un coup d'œil amusé vers Heat qui lui sourit et haussa les épaules. Il revint vers Rook.

— Il vous a dit autre chose ? Il vous a dit ce qu'il voulait ?

— On n'est pas allés aussi loin, répondit l'écrivain. Son téléphone a sonné, il m'a planté là et il est sorti.

— Il devait avoir quelqu'un qui surveillait la rue et qui lui a dit que je montais.

— Donc, nous avons un complice, dit Nguyen en le notant.

Rook poursuivit son récit.

— Pendant son absence, j'ai essayé de m'approcher du bureau, où j'ai des ciseaux et un coupe-papier. Mais je me suis ramassé. Et j'étais coincé par terre. Il est revenu un instant et il est reparti. Ensuite, j'ai entendu du boucan et un coup de feu, puis, plus rien.

Rook écouta en silence pendant que Nikki racontait son histoire en détail au détective Nguyen : pourquoi elle avait décidé de prendre Rook au passage et comment elle était tombée dans une embuscade devant la porte.

Elle lui décrivit les grandes lignes de sa bataille à l'office, et la poursuite qui s'en était suivie.

Nguyen lui demanda de bien vouloir passer au commissariat pour voir le dessinateur.

Elle accepta volontiers et ils sortirent, laissant la police scientifique relever les traces et les empreintes.

En attendant l'ascenseur, Nikki trouva son badge dans la poche de son blazer et l'accrocha à sa hanche.

— Alors, tu as débarqué ici sans me prévenir ? Et si j'avais invité quelqu'un à venir se distraire ?

— Pouf, tu distrais n'importe qui, enfin, n'importe qui, sauf toi !

Il regarda derrière elle et se mit à rire. Elle résista, mais rit, elle aussi. Ils cessèrent de rire, sans briser le contact oculaire. Nikki, qui se demandait si cela n'allait pas se transformer en baiser, s'interrogeait sur ses sentiments lorsque la cabine s'arrêta au rez-de-chaussée.

— On l'a échappé belle, lui dit Rook en lui tenant la porte.

Nikki décida de lever toute ambiguïté.

— Oui, mais on l'attrapera !

Le dessinateur les attendait au commissariat, tout comme Raley et Ochoa qui prirent le ruban de la machine des mains de Heat pour l'emporter au labo. Raley brandit le sachet de plastique.

— Vous croyez que c'est ce que cherchait le Texan ?

Nikki réentendait l'accent traînant : « Où c'est planqué ? » et ce souvenir lui donna des frissons jusque dans l'oreille. Le bureau saccagé de la chroniqueuse, les ordures fouillées, les rubans de la machine à écrire subtilisés… Quelqu'un essayait visiblement de mettre la main sur le futur article de Cassidy Towne. Et Nikki savait que, si l'homme n'obtenait pas ce qu'il voulait, il n'hésiterait pas à tuer.

Il ne restait plus que trois dessinateurs pour tout New York. Dans le commissariat de Nikki, on utilisait un programme informatique pour coller des traits caractéristiques du visage sur un graphique.

Le dessinateur était très rapide et très doué.

Il posa des questions précises à Nikki et, lorsqu'elle n'était pas certaine de pouvoir trouver le bon terme, il guidait ses choix en se servant de son expérience et de son diplôme de psychologie comportementale.

Il en résulta le portrait d'un homme élancé et soigné, avec des cheveux roux, une raie sur la gauche, des petits yeux froids et vifs, un nez pointu, des lèvres minces et des joues creuses qui lui donnaient l'air honnête.

On ajouta ce dessin au dossier, avec la description du suspect : une petite quarantaine, un mètre quatre-vingt-cinq, soixante-quinze à quatre-vingts kilos (musclé, mais mince).

La dernière fois qu'on l'avait vu, il portait une veste de sport fauve tachée de sang, une chemise blanche avec des boutons nacrés, un pantalon noir et des santiags brunes.

Il était armé d'un couteau avec une lame de vingt centimètres de long. Dans la base de données des armes blanches, Nikki Heat reconnut le couteau : un Robbin & Dudley, avec un manche en aluminium anodisé.

Rook attendit pendant que Nikki Heat rencontrait les hommes de One Police Plaza. La rencontre ne dura pas longtemps, et elle sortit avec son arme toujours dans son étui à la hanche.

Le détective Nguyen leur avait proposé à tous les deux de les emmener où ils voudraient, mais Rook avait dit à Nikki :

— Je sais que nous devions prendre un verre ce soir, mais je comprendrais si tu préférais te reposer.

— En fait…, dit-elle en levant les yeux vers l'horloge. (Il était presque neuf heures et demie.) Je n'ai vraiment pas envie de me retrouver dans un bar ce soir.

— Alors, on reporte ? À moins que le fait d'avoir échappé à la mort nous condamne à terminer la soirée ensemble ?

Nikki vit qu'elle avait un texto datant d'une demi-heure de Don, son entraîneur : *Toujours bon pour ce soir ? O/N ?* Le téléphone à la main, elle leva les yeux vers Rook qui semblait aussi terrifié qu'elle devait le paraître après leur rencontre avec le tueur.

Néanmoins, la fragilité post-traumatique qu'elle ressentait n'était pas seulement due à l'affrontement avec le Texan. Elle essayait de se remettre de la frayeur qu'elle avait éprouvée, ne sachant pas encore ce qu'elle allait découvrir, dans le couloir qui menait au bureau de Rook après la bataille.

— On pourrait comparer nos notes sur l'affaire ? proposa-t-il.

Elle paraissait songeuse.

— Oui, ce serait possible. Regarder les preuves avec un œil nouveau…

— Tu as du vin ?

— Tu sais bien que oui.

Heat mit le doigt sur le clavier, appuya sur le N.

— Pas chez toi, je n'ai guère envie de voir des rubans jaunes et de la poussière noire.

Lorsqu'ils arrivèrent à la voiture, elle donna son adresse au policier et ils montèrent tous les deux.

Heat offrit un verre de sancerre à Rook qui se tenait devant la litho de John Singer Sargent qu'il lui avait offerte l'été précédent.

— Tu ne dois pas me détester tant que cela, puisque tu as toujours mon Sargent bien en évidence.

— Ne te fais pas d'illusions, Rook. Ce que j'aime avant tout, c'est la toile. À la tienne !

Ils trinquèrent.

— Bon, laissons tomber les formalités. Détends-toi, allume la télé, fais ce que tu veux, moi, je vais prendre un bain et me débarrasser de la poussière de la cavalcade.

— Ne t'inquiète pas, dit-il, la main sur la télécommande. Prends ton temps. Je crois qu'il y a des enchères en direct à Tulsa, ce soir.

Nikki disparut dans le couloir. Elle alla à la salle de bains, posa son verre sur la tablette et ouvrit les robinets de la baignoire. Elle allait ajouter le bain moussant lorsqu'il frappa à la porte.

— Hé ! si j'avais un invité ! protesta-t-elle.

— Pour quoi faire ? Un peu de pony play ?

— Dans tes rêves !

— Je voulais juste savoir si tu n'avais pas faim.

— Maintenant que tu en parles... si.

Bizarre comme l'adrénaline avait pu occulter le reste.

— Tu veux commander quelque chose ?

— Oh ! si cela ne te dérange pas, je pourrais regarder ce qu'il y a dans la cuisine. Pas de mines antipersonnel, je suppose.

— Pas la moindre. Allez, maintenant file, je vais me prélasser pendant que tu vas bosser.

— J'adore ces trucs, dit-il en approchant de sa baignoire à pieds.

Il tapota les articulations des doigts contre la baignoire, et l'acier galvanisé résonna comme une cloche d'église.

— Si un astéroïde tombe sur terre, c'est là-dedans que tu devras te réfugier.

Une demi-heure plus tard, elle sortit de la salle de bains dans un peignoir en se brossant les cheveux.

— Hum, ça sent bon ici.

Il n'était pas dans la cuisine. Ni dans le salon.

— Rook ?

Elle baissa les yeux vers le tapis et vit une série de serviettes en papier qui menait vers la fenêtre et l'escalier de secours. Elle retourna dans sa chambre pour aller chercher ses chaussons, passa par la fenêtre pour rejoindre l'escalier de métal et grimpa sur le toit.

— Qu'est-ce que tu fabriques ? demanda Nikki.

Rook avait installé une petite table, deux chaises pliantes et allumait des bougies pour éclairer le repas qu'il avait préparé.

— Oui, c'est un peu éclectique, mais nous n'avons qu'à dire que ce sont des tapas et personne ne saura que c'est moi qui ai concocté ça.

Il tira la chaise pour qu'elle s'y installe. Elle posa son verre de vin sur la table instable.

— Ça m'a l'air fantastique !

— Oh ! ça l'est, si tu n'es pas trop affamée et que tu ne vois pas les marques de brûlé dans le noir. Ce sont des quesadillas, coupées en quartier, avec du saumon et des câpres que j'ai trouvées au fond du placard. Loin des yeux, loin du cœur, tu connais ça.

Il devait se sentir nerveux, car il continua.

— Il ne fait pas trop froid ici ? J'ai apporté la couverture du divan, en cas de besoin.

— Non, c'est une bonne idée.

Nikki leva les yeux. Il y avait trop de lumière ambiante pour voir beaucoup d'étoiles, mais la vue sur la Life Tower et l'Empire State Building était splendide.

— C'est une idée fantastique, Rook. Surtout après la journée que nous venons de passer.

— J'ai de bons côtés.

Pendant qu'ils mangeaient, elle l'observa à la lumière des bougies en pensant : « Bon, qu'est-ce que je fiche ici, exactement ? » Dans la rue, en bas, une voiture passa avec la sono et les basses à fond. Le rock classique était antérieur à son époque, mais elle connaissait Bob Seger pour l'avoir entendu dans les clubs. Rook surprit son regard pendant que la musique lui rappelait que, ce qu'ils avaient en commun ici, c'était, comme dans la chanson, le feu qui faisait rage, en bas.

— Qu'est-ce qui ne va pas ? J'en ai trop fait avec les bougies ? Parfois, j'ai l'air d'un diable quand je suis éclairé par les flammes.

— Non, non, les bougies, c'est parfait, dit Nikki avant de mordre une bouchée de quesadilla. Mais je dois te poser une question.

— OK, mais inutile d'essayer de me remonter le moral ce soir. Je sais que c'était le plan ; cela peut attendre. J'ai presque oublié la manière dont tu m'as cassé cet après-midi.

— Oui, mais il faut que je le sache et que je sache maintenant !

— OK.

Elle s'essuya les mains sur sa serviette et le regarda dans les yeux.

— Qui a des taies d'oreiller noires ?

Avant qu'il puisse répondre, elle ajouta :

— Ça me turlupine depuis que j'ai quitté ton bureau. À qui étaient ces taies d'oreiller noires ?

— D'abord, elles ne sont pas noires.

— Alors, ce sont les tiennes ! Je te repose la question : qui a des taies d'oreiller noires ? En dehors de Hugh Hefner pour son avion ou, je ne sais pas, des narcotrafiquants internationaux ?

— Elles ne sont pas noires. C'est un bleu marine très foncé, un bleu minuit. Tu le saurais si tu étais restée assez longtemps pour voir mon linge d'automne.

Elle éclata de rire.

— Ton linge d'automne ?

— Oui, les saisons changent. Et d'ailleurs, ce sont des huit cent vingt fils…

— Oh ! je vois ce que j'ai raté !

— J'imagine !

Il marqua une pause et cessa de faire le malin.

— Tu sais exactement ce que tu as raté, et moi aussi.

Nikki l'observa. Rook ne la regardait pas, il regardait à l'intérieur, il regardait la flamme qui dansait dans ses yeux.

Il sortit la bouteille du seau à glace et contourna la table pour la servir. Lorsque son verre fut plein, elle lui posa la main sur le poignet et prit la bouteille de l'autre pour la reposer.

En levant les yeux vers lui, Nikki plongea dans son regard, tandis qu'elle lui serrait le poignet et glissait sa main sous son peignoir. Elle frissonna un peu sous la fraîcheur de la paume qui reposait sur son sein et la réchauffait.

Rook se baissa lentement pour l'embrasser, mais il n'était pas assez rapide pour les ardeurs de Nikki.

Elle l'attrapa par le plastron de sa chemise et l'attira vers elle. Le désir de Nikki éveilla le sien, et il tomba sur elle, l'embrassant profondément et la serrant contre lui.

Nikki gémit, submergée par une vague de chaleur, et arqua le dos pour se dresser contre lui. Puis elle glissa de sa chaise et s'allongea sur le toit en terrasse.

Leurs langues se cherchaient sauvagement, douloureusement. Il dénoua la ceinture du peignoir, elle déboucla la sienne.

Nikki Heat gémit de nouveau, murmura : « Maintenant, maintenant ! » et frissonna aux rythmes anciens du « feu qui faisait rage, en bas ».

HUIT

Quelque chose réveilla Rook. Une sirène, celle d'une ambulance, probablement, à en juger au bruit guttural, approcha du carrefour, du côté de Park Avenue, et s'éloigna dans la nuit. C'était un aspect de New York auquel Rook ne s'habituait pas. Pour certains, cela devenait un bruit de fond qu'on pouvait oublier. Pas pour lui. Tout ce vacarme le dérangeait pendant son travail dans la journée, et il ne passait jamais une nuit sans se réveiller, car cette ville le mettait sur le qui-vive.

Quelqu'un devrait écrire une chanson, un jour, sur ce sujet. Avec l'œil qui n'était pas enfoncé dans l'oreiller, il lut l'écran du réveil électronique : deux heures trente-quatre. Encore trois heures de sommeil avant la sonnerie du réveil. Ou peut-être deux...

Il glissa sur le matelas pour se retrouver peau contre peau avec Nikki. Arrivé au milieu du lit, il tâta le drap et l'oreiller. Tout était froid.

Rook la trouva au salon, perchée sur un siège, près de la fenêtre, en sweat-shirt et pantalon Gap resserré aux chevilles par une cordelette. Du couloir, il observa la silhouette féline, les genoux sous le menton, contemplant la rue en contrebas, devant la baie vitrée.

— Tu peux entrer, dit-elle sans se retourner. Je sais que tu es là.

— Ah ! quelle observatrice-née, détective ! dit-il.

Il s'approcha d'elle par-derrière et lui passa le bras autour du cou.

— Je t'ai entendu dès que tu as posé le pied par terre. Tu as la démarche subtile d'un cheval de labour.

Nikki se pencha en arrière et s'appuya contre lui.

— Je ne me sens jamais vexé lorsqu'on me compare à un cheval.

— Ah bon ? (Elle se tourna vers lui et sourit.) Moi non plus, je ne m'en plains pas.

— C'est parfait. Cela m'évite d'avoir à laisser un questionnaire de satisfaction.

Nikki esquissa un petit rire et se tourna de nouveau vers la fenêtre en appuyant cette fois la tête contre son ventre. Elle sentit la chaleur de sa peau sur sa nuque.

— Tu crois qu'il rôde quelque part ?

— Le Texan ? Oui, pour l'instant…, pour l'instant seulement.

— Tu as peur qu'il vienne ici ?

— J'espère qu'il viendra. Je suis armée et, si cela ne suffit pas, s'il résiste assez longtemps, tu pourras l'achever avec un de tes fameux saignements de nez !

Elle pencha la tête en avant et indiqua le rebord de la fenêtre.

— D'ailleurs, le capitaine a posté une voiture de patrouille en bas… Il devrait pourtant savoir que la ville subit de graves restrictions budgétaires.

— C'est un petit prix à payer pour protéger sa meilleure enquêtrice.

Elle changea soudain d'humeur. Elle décroisa les jambes, s'éloigna de lui et se mit dos à la fenêtre. Rook vint s'asseoir sur le coussin à côté d'elle.

— Qu'est-ce qu'il y a ?

Comme elle ne répondait pas, il pencha une épaule vers elle.

— Pourquoi tu t'es levée au beau milieu de la nuit ?
Nikki réfléchit un instant.

— Les commérages. (Elle tourna la tête à demi vers lui.) J'ai pensé à tout le mal que faisaient les commérages. À la manière dont cela détruisait les gens. Mais même si tout le monde a horreur de ça, on continue à se jeter dessus comme si c'était une drogue.

— Je comprends. Cela me turlupinait tout le temps quand je travaillais avec Cassidy Towne. Et dire qu'on appelle ça du journalisme… Moi aussi, j'ai même dit que c'en était, l'autre jour, avec l'espèce de psy de Toby Mills. Mais quand on y réfléchit, le travail de Cassidy Towne a autant de rapports avec le journalisme que l'Inquisition espagnole avec la justice. Enfin, Tomás de Torquemada avait plus d'amis !

— Je ne parle pas de Cassidy Towne. Je parle de moi. Des rumeurs et des commérages auxquels j'ai dû faire face depuis que tu m'as mise en couverture d'un magazine national. C'est pour ça que je t'en ai fait baver, aujourd'hui, dans la voiture. Quelqu'un avait insinué que j'avais couché avec toi pour me faire de la pub.

— Tu parles de cette ordure d'avocat ?

— Peu importe. Ce n'est pas la première fois que cela arrive. Lui au moins, il me l'a dit en face. La plupart du temps, j'ai droit à des regards en coin. Des chuchotements. Depuis la publication de l'article, j'ai l'impression de me promener toute nue. J'ai passé des années à me construire une réputation de professionnelle. Cela n'avait jamais été remis en cause, jusqu'à maintenant.

— Je savais que ce salopard t'avait fait une réflexion.

— Tu as entendu ce que je viens de te dire ?

— Oui, et je te conseille de regarder d'où cela vient. Nikki, il essaye simplement de t'influencer pour obtenir un avantage psychologique dans l'affaire. Son client est coincé. Richmond Vergennes restera le Top Chef, mais sa brigade, il faudra qu'il la trouve à la cantine de Sing Sing !

Elle leva un genou, pivota face à lui et lui posa une main sur chaque épaule.

— Je veux que tu m'écoutes attentivement, parce que c'est très important. J'ai toute ton attention ? (Il hocha la tête.) Bien. Parce que je te parle de quelque chose qui est très difficile pour moi et tu n'arrêtes pas de tirer la couverture à toi. Tu crois que tu es avec moi, mais tu te déplaces sur une route parallèle. Tu comprends ce que je veux dire ?

De nouveau, il hocha la tête.

— Je vois bien que non.

— Mais si ! Tu es perturbée parce que cet avocat a fait une mauvaise vanne.

Elle enleva ses mains et les croisa sur ses genoux.

— Tu n'écoutes rien !

— Quoi ? Mais si, je t'écoute. Tu me dis que tout se passait bien dans ta vie avant la sortie de mon article. Et qu'est-ce que j'ai fait ? Je t'ai mise dans une position inconfortable : je t'ai jetée sous les feux de la rampe, et maintenant tout le monde t'observe, tout le monde parle de toi, et souvent dans ton dos. Et tu te sens frustrée parce que tu essaies de me dire que ce n'est pas ce que tu voulais, et que j'étais tellement persuadé que c'était ce qu'il te fallait, que je n'ai absolument pas tenu compte de tes sentiments. (Il marqua une pause et lui prit les deux mains dans les siennes.) Mais j'en tiens compte à présent, je suis désolé que cela t'embarrasse à ce point. Je pensais faire du bon travail et je te présente mes excuses pour t'avoir compliqué la vie.

Ne sachant que répondre, elle se contenta de l'observer.

— Bon, d'accord, je crois que tu écoutais.

— Bon, je crois qu'on a eu notre séance « sur le divan »...

— Si on veut, dit-elle en riant.

Ils sourirent et s'observèrent longuement. Nikki commençait à se poser des questions. Et maintenant ? Cette rencontre était inattendue et elle n'était pas préparée à ce que cela pouvait signifier. Elle fit donc comme d'habitude, elle décida de ne rien décider.

De vivre dans l'instant présent. Il en était peut-être arrivé au même point, car, comme dans une chorégraphie tacite, au même instant, ils se penchèrent l'un vers l'autre et se plongèrent dans un tendre baiser. Lorsqu'ils se séparèrent, ils se sourirent et restèrent enlacés, le menton contre l'épaule de l'autre, leur poitrine se soulevant à l'unisson.

— Moi aussi, Rook, je suis désolée. J'ai été dure avec toi cet après-midi.

Une longue minute s'écoula.

— Oh ! tu sais, moi aussi, je sais être vicieux…

— Ah oui ? On va voir ça…, dit-elle en baissant la main. À quel point ?

Il lui posa la main sur la nuque et passa ses doigts dans sa chevelure.

— Tu veux vraiment le savoir ?

Elle le caressa et le fit gémir…

— C'est parti !

Ce fut à Nikki de gémir lorsqu'il la souleva dans ses bras et la conduisit vers la chambre. Au milieu du couloir, elle lui mordit l'oreille et lui murmura :

— Pour crier grâce, mon mot de passe, c'est « ananas » !

Nikki avait insisté pour qu'ils arrivent séparément le lendemain matin. Levée de bonne heure, elle demanda à Rook d'appeler un taxi pour aller se changer chez lui en lui disant bien de prendre tout son temps.

Il y avait assez de ragots comme ça sans qu'ils arrivent ensemble au commissariat en posant pour l'affiche d'*Un homme et une femme.*

En entrant sur le plateau à six heures trente, Heat fut surprise de trouver Raley et Ochoa déjà sur le pont. Raley, qui était au téléphone, la salua d'un signe de tête avant de se replonger dans ses notes.

— Bonjour, patron, dit Ochoa.

— Bonjour, les Gars.

En général, elle était accueillie par un sourire lorsqu'elle s'adressait à l'un comme au représentant des deux. Cette fois, rien. Le téléphone d'Ochoa sonna.

— Vous avez quelque chose contre le sommeil ? leur demanda-t-elle.

Pas de réponse. Ochoa décrocha son combiné, Raley raccrocha le sien et passa devant elle pour aller vers le tableau. Nikki avait comme l'impression de savoir ce que ces deux-là manigançaient, et elle en eut confirmation en voyant qu'ils avaient ouvert une nouvelle section intitulée le « Texan solitaire » au marqueur rouge.

Raley consulta ses notes pour compléter les informations qu'il avait commencé à noter sous le portrait-robot du Texan. Tandis que son marqueur crissait sur le tableau, Nikki lut par-dessus son épaule : *pas de blessés urgences ni de clavicule cassée correspondant au suspect dans Manhattan et ses environs. En attente résultats du New Jersey. Caméras de surveillance des pharmacies et parapharmacies : néant. Copies du portrait-robot envoyées par mail à services urgences.*

Sous la section *Patrouilles de proximité*, elle vit qu'ils avaient déjà contacté tous les commissariats sans obtenir ni plainte, ni arrestation, ni ramassage de sans-abris…

Nikki constatait une fois encore à quel point les flics se montraient solidaires. Une policière se faisait agresser et, stoïquement, les Gars étaient arrivés au commissariat alors que la lune se couchait à peine pour soulever les pierres une par une. Ce n'était pas une simple routine. C'était la vie, car dans leur ville, on ne s'en tirait pas comme ça !

Dans tout autre profession, cela aurait entraîné un moment de chaleur et des embrassades collectives. Mais Raley et Ochoa étaient des flics new-yorkais, si bien que, quand Ochoa passa devant elle, elle se contenta de demander :

— C'est tout ce que vous avez trouvé ?

Raley, qui écrivait toujours, ferma son stylo et se tourna vers elle, le visage impavide.

— Ouais, comme vous avez laissé filer le suspect, on n'a pas grand-chose à se mettre sous la dent.

— On fait de notre mieux, ajouta Ochoa.

Puis, pour faire bonne mesure, il poursuivit :

— Au moins, vous l'avez aperçu avant de laisser ce malfrat s'échapper.

Et ce fut tout. Sans effusion, ils avaient dit ce qu'ils avaient à dire. Pour l'une c'était merci, les Gars, je vous revaudrai ça, pour eux, c'était on veille sur toi, tous pour un, un pour tous ! Tous se remirent au travail avant que l'un d'eux ne devienne trop sentimental.

— L'appel, ça venait de la scientifique, dit Ochoa. J'ai pas arrêté de les tanner avec le ruban de machine que vous avez trouvé dans le métro. Ils ont fini les tests et m'envoient les images par mail.

— Super !

Un frisson d'excitation lui noua l'estomac à la pensée des nouveaux indices qu'elle allait découvrir en se connectant à sa messagerie.

Rook entra dans la pièce en lançant un joyeux « B'jour ! » et tendit à Raley un sac en papier maculé de taches de graisse.

— Désolé, ils n'en avaient plus de glacés…

Raley leva les yeux.

— Vous avez quelque chose de coincé, là…

Rook mit un doigt sur sa bouche et ôta une trace de glaçage bleuté.

— Euh, je n'ai pas dit quand ils avaient vendu le dernier… J'ai juste dit qu'ils n'en avaient plus…

Il se tourna vers Nikki et demanda, de manière un peu trop appuyée :

— Comment ça va ce matin ?

Elle leva à peine le nez de son écran.

— Je suis très occupée.

Pendant qu'elle attendait d'être connectée à l'intranet, Ochoa dit :

— Vous vous souvenez, hier, vous m'avez demandé de parler à Laurent Parry de l'homme au coyote ?

Elle lui lança un regard mauvais.

— Je veux dire monsieur Coyote… Vous aviez raison : l'autopsie de Padilla avait été reléguée au second plan. Elle va s'y mettre ce matin.

— Pas de bonne nouvelle sur l'autre front, dit Raley. On

a écumé les résidants et les boutiques : rien. Pareil pour les caméras de surveillance.

— Ce qui me fait penser… Vous avez vu le *Ledger* ce matin ? dit Rook.

— Les conneries du *Ledger*, précisa Ochoa.

— On laissera le comité Pulitzer en décider… Mais regardez… Au coucher de soleil, hier soir, on a repéré un coyote à Central Park.

Il montra la première page. Nikki tourna la tête et reconnut aussitôt le regard de braise sur la photo, qui avait du grain, de l'animal qui rôdait dans les buissons de Belvedere Castle.

— J'adore le titre ! dit Raley avant de lire tout haut, comme si les autres ne pouvaient pas le voir.

Les lettres étaient de la taille de la première ligne de la charte d'un ophtalmo !

— *Un après-midi de chi… coyote !*

Il arracha le journal des mains de Rook.

— Peuvent pas s'empêcher de faire des jeux de mots à la noix.

— C'est minable ! Je peux l'avoir ? demanda Ochoa.

Rook acquiesça, et Raley passa le journal à son collègue, qui le mit de côté pour le lire plus tard.

— Ouais, des conneries, comme je disais. Y a que le prix qui est juste.

— Bon, on y est, les garçons ! dit Heat en ouvrant le fichier.

C'était un énorme fichier image qui contenait des captures agrandies du moindre centimètre de ruban. Nikki lut le courriel d'accompagnement du technicien.

— *Au cas où vous ne seriez pas familière avec la basse technologie de la machine à écrire…* De l'humour geek tout craché, dit-elle. *Chaque fois qu'on frappe une touche, la boule imprime la lettre sur le ruban, et l'encre se dépose sur la page. Le ruban avance d'un espace, ce qui nous permet de lire en creux la séquence de lettres qui a été imprimée sur la page.*

— Ce crétin a dû voir six fois *Avatar* !

— *Malheureusement*, poursuivit Nikki, *le propriétaire de cette machine a rembobiné le ruban et l'a utilisé une deuxième fois, ce qui a masqué l'essentiel du texte.*

— Cassidy était très radin, expliqua Rook. Ça, aussi, je l'ai noté pour mon article.

— On peut en lire une partie ? demanda Ochoa.

— Un instant…

Nikki lut en diagonale le reste du message et le résuma.

— Il dit qu'il a sélectionné les images qui laissaient un certain espoir. Il envoie le ruban au labo pour le faire examiner aux rayons X. Ça prend du temps, mais il nous tiendra au courant. Il est heureux…

— Heureux de quoi ? demanda Ochoa.

— De vivre dans le garage de ses parents ? suggéra Rook.

Mais Raley lut la dernière ligne par-dessus l'épaule de Nikki.

— *Je suis heureux d'avoir le privilège de rendre service à la célèbre Nikki Heat.*

Nikki remarqua la grimace de Rook, mais elle continua.

— On se partage le travail et on examine tout cela.

Raley et Ochoa se chargèrent chacun d'un bloc d'images et les affichèrent sur leur écran.

Dans cette partie de l'enquête, les connaissances de Jameson Rook seraient très certainement utiles, si bien que Nikki lui confia également une série d'images à examiner sur le bureau qu'il revendiquait.

Elle garda les autres pour elle.

Ce travail fastidieux prenait un temps fou. Les images devaient être ouvertes l'une après l'autre, on devait y chercher des mots et, avec beaucoup d'espoirs, des phrases qui aient un sens.

Raley disait que c'était comme observer une matrice, comme celles que les centres commerciaux proposaient, où, si on se plaçait bien et si on regardait attentivement, on discernait une mouette ou un chiot. Ochoa disait que cela ressemblait plus à tenter de voir le portrait de Mater Dolo-rosa sur un tronc d'arbre ou Joaquin Phœnix sur un toast brûlé ! Nikki ne se souciait pas de leur querelle.

Cela adoucissait la tâche qui, d'éreintante, passait à un peu longuette.

Les yeux plissés devant son écran, elle leur rappela les bonnes pratiques de toute enquête : règle numéro un, la ligne de temps est votre meilleure amie ; règle numéro deux, éplucher la paperasse se révèle souvent efficace.

— Maintenant, j'ai une troisième règle, dit Ochoa : pre-nez une retraite précoce.

— Ça y est ! J'ai quelque chose, dit Rook.

Les trois policiers se rassemblèrent derrière lui, heureux d'avoir un prétexte pour quitter leur écran, même pour rien.

— C'est un mot déchiffrable de toute façon. En cinq lettres.

Nikki se pencha pour voir l'écran de plus près. Son sein frôla l'épaule de Rook par inadvertance. Elle se sentit rou-gir, mais oublia bientôt l'incident.

Poignard... d...s ... dos...

— Bon, c'est l'image 0430. *Poignardée dans le dos...*

Nikki se sentait submergée par une montée d'adréna-line.

— Montrez-moi les 0429 et 0431.

— Je crois que j'ai la 0429, dit Raley qui se précipita vers son bureau pendant que Rook affichait la 0431, qui était totalement illisible.

Ils étaient tous rassemblés autour de Raley lorsqu'il an-nonça :

— Regardez !

Son écran, qui montrait l'image précédente, révélait un nom. Un nom que tout le monde connaissait.

Heat et Rook se tenaient au fond de la salle de répétition du Chelsea et regardaient Soleil Gray et six danseurs mas-culins dans la chorégraphie de sa nouvelle comédie musi-cale.

— Ce n'est pas que je n'aime pas profiter de l'entrée des artistes, mais si on sait que Texan est l'assassin, pourquoi on s'occupe d'elle ?

— Nous savons que Cassidy écrivait sur Soleil, parce que nous avons lu son nom sur le ruban. Et le Texan a volé les rubans, exact ?

— Donc, tu penses que Soleil et le Texan sont liés ?

Nikki Heat fit la moue.

— Rien ne prouve qu'ils ne le sont pas. C'est moi qui ai une question, à présent. Est-ce que Cassidy avait un problème avec notre rock star ?

— Pas plus qu'avec les autres. Ce qui signifie beaucoup. Elle a souvent rempli ses colonnes avec les rechutes de Soleil lorsqu'elle sortait de désintox. C'est de l'histoire ancienne, maintenant, quand même. J'ai trouvé ça dans les archives en faisant mes recherches. Ça date de l'époque où Soleil menait une vie plus mouvementée et donnait toujours matière à faire du buzz.

Six ans plus tôt, alors qu'elle avait vingt-deux ans, Soleil Gray était un espoir de l'Emo, lorsque ce mouvement était encore à la mode.

Bien que, si votre groupe de rock a déjà plusieurs disques d'or, que vous pouvez remplir toutes les salles de concert en Amérique, en Europe et en Australie, et que vous voyagez en jet privé, il n'y ait guère plus à espérer… Les premières chansons qu'elle avait écrites, comme « Cœur en fil barbelé », « Massages mixtes » et « Virus de ton âme », le grand succès du deuxième CD, lui avaient rapporté des millions et valu les acclamations de la critique. Le magazine *Rolling Stone* la décrivait comme le John Mayer préhype féminin, négligeant le reste du groupe pour ne s'intéresser qu'à la chanteuse au teint diaphane, qui regardait éternellement à travers un rideau sombre de rythmes déprimants, avec ses yeux verts mélancoliques charbonnés.

Les rumeurs de drogue se mirent à gonfler lorsque Soleil commença à se présenter aux concerts avec des heures de retard ou à faire carrément faux bond.

Une vidéo prise au téléphone portable et diffusée sur You Tube la montrait sur la scène de Toad's Place, à New York, complètement défoncée, oubliant ses propres paroles, malgré le public qui jouait les souffleurs.

Soleil créa Shades of Gray en 2008 pour se produire en solo, selon ses dires. Mais c'était surtout pour faire la nouba. La chanteuse compositrice passa plus d'un an sans chanter, ni écrire ni enregistrer la moindre note.

Même si la drogue et les boîtes avaient remplacé les studios et les concerts, Soleil restait sous les feux de la rampe grâce à sa liaison avec Reed Wakefield, le beau jeune premier dont les goûts pour la vie nocturne et les substances illicites rivalisaient avec les siens.

La différence, néanmoins, c'était que Reed Wakefield réussissait à préserver sa carrière.

Le couple s'installa à East Village au début du tournage de *Gloire et Décadence,* un film historique dans lequel il jouait le fils naturel de Benjamin Franklin. Le tournage dura plus longtemps que leur liaison qui fut brève et ponctuée de nuits passées au commissariat.

Après avoir détruit son groupe de rock, elle brisa sa relation avec Reed, s'enferma dans son malheur et gâcha de longues heures en studio d'enregistrement en arguties créatives et peu de production.

Au mois de mai précédent, quelques jours après être revenu du Festival de Cannes, où il avait reçu le Prix spécial du jury pour son rôle de fils naturel du premier ambassadeur américain en France, Reed joua les Heath Ledger et mourut lui aussi d'une overdose accidentelle.

Soleil en fut profondément affectée. De nouveau, elle cessa de travailler, mais pour entrer en cure de désintoxication, cette fois. Elle sortit du centre du Connecticut totalement guérie et déterminée.

Le lendemain de sa sortie, elle était de retour au studio pour enregistrer la ballade qu'elle venait d'écrire sur sa couchette dans le manoir du comté de Fairfield, en hommage à l'acteur qu'elle avait aimé. « Des larmes pour Reed » reçut un accueil mitigé. Certains en parlaient comme d'une ode pleine de sensibilité à la fragilité de la vie humaine et à la souffrance. D'autres prétendaient que ce n'était qu'une pâle reprise de « Fire and Rain » de James Taylor, et de « Everybody Hurts » de REM. Néanmoins, dès sa sortie, le titre entra dans le Top 10. Soleil Gray venait officiellement de commencer sa carrière solo, si fuyante jusque-là.

Elle avait également changé sa manière de se présenter au monde. Pendant qu'elle interprétait un titre de son dernier CD, « Reboote ma vie », Heat et Rook voyaient une femme dont la carrière et le corps nouvellement musclé avaient subi un changement radical.

La musique tonitruante s'arrêta, et le chorégraphe demanda une pause de cinq minutes. Soleil protesta.

— Non ! On reprend ! On dirait que ces types ont du plomb sous les semelles !

Elle reprit sa position initiale, ses muscles étincelant sous la lumière crue de la salle de répétition. Haletants, les danseurs se rassemblèrent derrière elle, mais le chorégraphe hocha la tête et fit signe à l'ingénieur du son.

— Très bien, je m'en souviendrai, idiot, quand tu te demanderas pourquoi ça déconne pendant le tournage, lui dit Soleil avant de se précipiter vers la porte.

Elle lança un regard appréciateur vers Rook, mais se concentra sur Nikki.

— Vous, qui êtes-vous ? C'est une répétition privée.

Heat lui montra sa plaque et se présenta.

— J'aimerais vous poser quelques questions à propos de Cassidy Towne.

— Maintenant ?

Comme Nikki se contentait de la regarder, Soleil lui répondit sans faire dans la dentelle.

— Quelle que soit votre question, la réponse sera la même. C'est une salope.

Elle s'approcha de la petite table de service au coin de la pièce et sortit une eau pétillante du réfrigérateur. Elle ne leur offrit rien.

— Vous dansez à merveille, dit Rook.

— C'est nul. Vous êtes flic ? Vous ne ressemblez pas à un flic.

Nikki sauta sur l'occasion.

— Il travaille avec nous sur cette affaire.

Inutile de la terrifier en lui apprenant que la presse était présente.

— Votre visage me dit quelque chose, dit Soleil en penchant la tête vers Nikki. C'est vous qui êtes en couverture du magazine ?

Heat ne répondit pas sur ce point.

— Je suppose que vous savez déjà que Cassidy Towne a été assassinée.

— Oui. Quelle tragédie, n'est-ce pas ?

Elle dévissa le bouchon bleu et avala un peu d'eau.

— Pourquoi vous venez me parler d'elle ? Pour me remonter le moral ?

— Cassidy vous a consacré beaucoup d'articles dans sa rubrique.

— Cette carne a écrit des tonnes de mensonges et de ragots sur moi, si c'est ça que vous appelez des articles. Avec ses sources anonymes et ses espions à la noix qui racontaient que j'avais tout fait, de sniffer des lignes sur un orgue électronique à baiser Clive Davis aux Grammys !

— Elle disait aussi que vous aviez pointé un .38 vers votre producteur pendant une séance d'enregistrement avec votre ancien groupe.

— C'est faux.

Soleil attrapa une serviette dans un panier d'osier près de la fenêtre.

— C'était un .44. (Elle essuya la sueur de son visage.) C'était le bon temps !

Nikki sortit son carnet de notes et un stylo, ce qui aidait immanquablement les gens à retrouver leur sérieux.

— Aviez-vous des contacts personnels avec Cassidy Towne ?

— Quoi ? Vous ne pensez tout de même pas que j'ai

quelque chose à voir avec ce meurtre, si ? C'est une plaisanterie !

Nikki conservait la même ligne de conduite : elle rassemblait les faits bout par bout, accumulait les détails insignifiants et y cherchait les incohérences.

— Vous lui avez parlé ?

— Pas vraiment.

Il y avait une hésitation dans la voix.

— Donc, vous ne lui avez jamais parlé.

— Bien sûr que si : on prenait le thé tous les après-midi pour échanger nos recettes !

La nouvelle sensibilité de Nikki à propos de la célébrité lui permettait de sympathiser avec l'attitude de la chanteuse, mais son instinct policier lui disait que ces sarcasmes n'étaient que de la frime.

Il était temps d'enfoncer le clou.

— Vous voulez dire que vous ne lui avez jamais parlé ?

Soleil posa la bouteille fraîche sur sa nuque.

— Je n'ai jamais dit jamais.

— Alors, vous la voyiez ?

— Évidemment. Je suppose. C'est une petite ville quand on est célèbre.

Nikki ne le savait que trop.

— Quand l'avez-vous vue pour la dernière fois, mademoiselle Gray ?

Soleil gonfla les joues et montra ostensiblement qu'elle réfléchissait. Nikki pensait que son jeu d'actrice était au moins égal à celui du promeneur de chiens de chez Juilliard... C'est-à-dire peu convaincant.

— Je ne m'en souviens pas. Il y a longtemps. Je n'y ai pas accordé d'importance.

Elle regarda les danseurs qui revenaient de leur pause.

— Bon, j'ai un clip à tourner, et on n'y arrivera jamais.

— Oui, je comprends. Juste une question, dit Nikki, son stylo prêt à noter. Pourriez-vous me dire où vous vous trouviez entre une heure et quatre heures du matin, la nuit du meurtre de Cassidy Towne ?

Avec le Texan comme coupable plus que probable, l'alibi de Soleil, en fait tous les alibis perdaient leur importance. Néanmoins, Nikki s'en tenait à la procédure qui fonctionnait toujours. Il fallait nourrir la ligne de temps.

Soleil Gray prit un moment pour réfléchir.

— Oui, je crois. J'étais avec Allie, l'assistante du directeur artistique de ma maison de disques.

— Et vous étiez avec elle pendant tout ce temps ? Toute la nuit ?

— Humm… Attendez.

Les manières de Soleil déclenchèrent les radars de Nikki. Ces souvenirs semblaient quelque peu fabriqués.

— Oui, presque toute la nuit. Jusqu'à deux heures et demie, au moins.

— Nous aimerions le nom et le numéro de cette assistante.

Soleil donna l'information demandée et ajouta rapidement :

— Oh ! attendez… Après Allie, j'ai retrouvé Zane, mon ancien pianiste de Shades of Gray.

— À quelle heure ?

— Trois heures, je suppose. On a dîné tard et on est rentrés se coucher vers quatre heures, quatre heures et demie. C'est fini ?

— Encore une petite question, dit Rook. Comment vous faites pour avoir des bras comme ça ? Vous voulez faire la première partie pour Madonna ?

— Ouais, eh bien, la roue tourne. C'est Madge qui va faire la première partie pour moi !

La clochette de l'ascenseur résonna dans le hall de marbre rose désert de Rad Dog Records avant que le son ne se perde dans les hauteurs du plafond voûté.

Une blonde d'une petite vingtaine d'années fut la seule à sortir. Levant le nez de son BlackBerry, elle aperçut Heat et Rook à la réception et s'approcha d'eux.

— Bonjour, je suis Allie, dit-elle.

Après les poignées de main rituelles et les présentations, Nikki lui demanda si le moment était bien choisi pour elle. Elle répondit que oui, mais qu'elle ne pouvait guère s'absenter de son bureau plus de cinq minutes.

— Vous avez vu *Le diable s'habille en Prada* ? demanda Allie. Le mien s'appelle Ed Hardy et c'est un homme, mais pour le reste, c'est pareil !

Elle les accompagna vers un divan dans la zone de réception fermée par des parois de plastique moulé, loin d'offrir une insonorisation idéale, mais Nikki fut frappée par le confort du meuble.

Rook s'installa en face d'elle sur une chaise en plastique blanc.

— On dirait qu'on attend la prochaine navette pour la station spatiale, dit-il.

Il baissa les yeux vers la table basse et vit le magazine avec Nikki en couverture sur la pile. Il prit un vieil exemplaire de *Variety,* feignit de lire les gros titres et le jeta sur *First Press.*

— C'est à propos du meurtre de la femme des potins mondains ?

Allie fit passer ses cheveux derrière ses oreilles et tortilla une boucle. Nikki avait bien pensé que Soleil l'aurait avertie avant leur arrivée, et cela n'avait pas manqué. Cela pouvait expliquer les tics nerveux de l'assistante. Il était temps d'en avoir le cœur net.

— C'est exact. Comment le savez-vous ?

Elle écarquilla les yeux et lâcha :

— Oh ! Soleil m'a dit que vous risquiez de passer.

Allie se lécha les lèvres ; elle avait la langue toute rose, comme si elle passait son temps à sucer des bonbons à la fraise.

— Je n'ai jamais eu affaire à la police dans ces circonstances. Aux concerts, oui, bien sûr, mais ce sont surtout des retraités.

— Soleil Gray a dit que vous étiez avec elle la nuit où Cassidy Towne a été assassinée.

Nikki sortit son petit carnet à spirales pour bien montrer qu'elle prenait tout en note.

Elle attendit.

— Oui…, c'est vrai.

Hésitation. Juste assez pour que Nikki insiste.

— De quelle heure à quelle heure exactement ? (Elle déboucha son stylo.) Soyez aussi précise que possible.

— Euh… On s'est retrouvées à huit heures. On est allées au music-hall à dix.

— À Brooklyn ? demanda Rook.

— Oui, à Williamsburg. Jason Mraz donnait un concert privé. Il n'appartient pas à notre label, mais on avait des invitations.

— Combien de temps y êtes-vous restées ?

— Jason est passé à dix heures. On est parties vers onze heures et demie. C'est ce que vous vouliez savoir ?

— Allie, j'aimerais savoir à quelle heure vous vous êtes séparées.

— Cela reste entre nous ?

Nikki haussa les épaules.

— Pour l'instant.

Elle hésita un instant.

— C'est à ce moment-là. À onze heures et demie.

Nikki n'avait pas besoin de consulter ses notes pour savoir que Soleil lui avait donné des horaires différents.

De nouveau, Allie se passa les cheveux derrière les oreilles.

— Vous ne direz rien à Soleil ?

— Elle vous a demandé de mentir dans une enquête pour meurtre ?

La lèvre inférieure d'Allie se mit à trembler, et Nikki lui posa la main sur le genou.

— Ne vous inquiétez pas. Vous avez fait ce qu'il fallait.

Allie esquissa un rapide sourire que Nikki lui rendit avant de continuer.

— Soleil et Cassidy Towne avaient eu des mots, non ?

— Ouais, cette garce… Je suis désolée, mais elle écrivait tout le temps des méchancetés sur elle. Soleil, ça la rendait folle.

— C'est ce que nous avons cru comprendre, dit Nikki. Vous avez entendu Soleil proférer des menaces ?

— Oh ! vous savez, quand les gens sont en colère, ils disent tous des trucs… Ça ne veut pas dire qu'ils vont le faire.

Voyant qu'elle avait suscité leur intérêt, Allie baissa les yeux et passa le pouce sur la touche centrale de son Black-Berry pour s'occuper les mains. Puis, quand elle leva les yeux et s'aperçut que Nikki l'observait, elle reposa le téléphone sur la table et attendit, sachant parfaitement ce qui allait venir.

— Dites-moi ce que vous avez entendu.

— Ce n'étaient que des paroles en l'air, dit Allie en haussant les épaules.

Nikki continuait à l'observer en silence.

Rook se tourna vers elle et sourit.

— Vous savez, ce n'est jamais elle qui baisse les yeux la première, vous pouvez me faire confiance, je suis au courant. Vous pourriez aussi bien…

Allie décida de libérer sa conscience.

— Un soir, la semaine dernière, elle m'a invitée à dîner. Les artistes sympas le font souvent. Ils connaissent mon salaire. De toute façon, elle voulait manger italien et elle m'a emmenée chez Babbo.

Elle interpréta mal le regard qu'ils échangèrent et continua.

— Vous savez, le restaurant de Mario Batali, à Washington Square ?

— Oui, c'est génial, dit Rook.

— On était à l'étage, et Soleil devait aller aux toilettes. Elle est descendue et, une minute plus tard, j'ai entendu des cris et du vacarme. J'ai reconnu la voix de Soleil ; alors, je suis descendue et j'ai vu Cassidy Towne, les fesses par terre, avec sa chaise renversée. À ce moment-là, Soleil a attrapé un couteau sur la table en disant…

Allie avala sa salive.

— Elle lui a dit : « Vous aimez poignarder les gens dans le dos ? Qu'est-ce que vous diriez si c'était moi qui vous poignardais dans le dos, espèce de grosse salope ! »

Nikki sortit du parking de Times Square et trouva Rook qui achetait des hot-dogs sur le trottoir en face des studios de la GMA.

— C'est pour ça que tu es descendu d'une voiture en marche ? demanda-t-elle.

— En roulant, plutôt, dirais-je. J'ai vu le kiosque et tout de suite j'ai repris mon attitude de super-héros. Ça maintient les réflexes en alerte. Ça te tente ? dit-il en lui en tendant un.

— Non, merci, le travail est assez dangereux comme ça.

Pendant qu'ils traversaient Broadway, Nikki, toujours attentive à ce qui se passait dans ce Carrefour du Monde, avec les restrictions budgétaires et un niveau d'alerte orange, chercha à repérer les voitures suspectes.

Lorsqu'ils atteignirent le trottoir d'en face, Rook avait déjà englouti son premier hot-dog.

— Oh là là ! Je ne sais pas si j'arriverai au bout du deuxième. Allez, si, un petit effort !

Il mordit dans l'autre, gonflant ses joues comme un écureuil, ce qui fit rire Nikki qui se frayait un chemin parmi les touristes. Sans son arme à la hanche, ils auraient pu passer pour un couple de provinciaux, eux aussi.

Entre deux bouchées, Rook lui demanda :

— On va vérifier l'autre alibi de Soleil ? Disons qu'elle a embauché le Texan pour poignarder Cassidy, qu'est-ce qu'on va apprendre de plus en sachant où elle se trouvait ?

— Cela nous donne l'occasion de parler à des gens qui la connaissent. On suit les pistes qu'on a, pas celles qu'on aimerait avoir. D'ailleurs, regarde ce que nous a appris le dernier alibi qu'on a vérifié.

— On sait qu'elle nous a menti.

— Exactement. Alors, autant rencontrer des gens qui nous diront la vérité.

En attendant le feu vert sur la 45ᵉ Rue, Rook suivit le regard de Nikki qui s'attardait sur le kiosque où une dizaine de *First Press* étaient suspendus à des pinces à linge.

— Combien reste-t-il de semaines avant novembre ? demanda-t-elle.

Mais le feu passa au vert et ils traversèrent pour entrer dans le hall du Marriot Marquis.

Ils trouvèrent Zane Taft, l'ancien claviériste de Soleil, là où l'agent avait dit qu'il se trouverait : dans la salle de bal du Marquis, au neuvième étage.

Nikki s'était également procuré le numéro de portable du musicien, mais elle ne l'appela pas.

Soleil lui avait peut-être déjà envoyé un texto, comme pour Allie, mais, dans le cas contraire, inutile de lui donner l'occasion de contacter sa chanteuse et de mettre au point un alibi.

Seul dans la salle, perché sur l'estrade qui donnait sur la piste vide, il vérifiait le son de son piano électronique. Nikki remarqua aussitôt son sourire accueillant et ouvert, qui dévoilait une dentition de rêve.

Il sortit un Coca light d'un seau à glace que l'hôtel avait mis à sa disposition et semblait heureux d'avoir de la compagnie.

— On donne un bal ce soir. Un hommage aux années soixante.

— Un anniversaire ? demanda Rook.

Zane haussa les épaules.

— C'est la vie ! Il y a quatre ans, j'étais à l'Hollywood Bowl[1], avec les Shades, sous un deuxième rappel, avec Sir Paul McCarthney au premier rang, yeux dans les yeux avec Jessica Alba… Et maintenant…

Il ôta la capsule de sa canette d'aluminium.

— J'aurais dû prendre un manager. De toute façon, ce soir, je me fais trois cents billets de plus, grâce à Frankie

---

1. Amphithéâtre accueillant des spectacles en plein air. (NDT)

Valli et les Four Seasons, parce que je connais tous les airs de *Jersey Boys*...

Il but la mousse qui débordait autour de la canette.

— En fait, tout reposait sur Soleil. C'était elle qui récoltait les gros contrats, moi je joue « Do You Like Piña Coladas » pour des types à l'abri de la récession qui peuvent encore organiser des fêtes.

— Vous n'avez pas l'air spécialement amer.

— Ça me mènerait à quoi ? Et Soleil est toujours une copine. Elle me demande des nouvelles de temps en temps, elle me passe un coup de fil quand elle entend parler d'un truc. C'est sympa.

Il sourit, dévoilant des dents qui ressemblaient au clavier de son Yamaha.

— Vous avez été en contact avec elle récemment ?

— Ouais, elle m'a appelé il y a une demi-heure pour me dire que j'allais avoir la visite de la célèbre détective... je ne sais plus comment... C'est elle qui m'a dit ça, pas moi.

— Peu importe. Soleil vous a-t-elle expliqué la raison de notre visite ?

Il hocha la tête et but une autre gorgée de soda.

— Voilà la vérité. On était ensemble, l'autre nuit. Vous savez, quand la femme s'est fait assassiner. Mais pas longtemps. Elle m'a retrouvé au Brooklyn Diner sur la 57e, vers minuit. J'avalais la première bouchée de mon hot-dog géant, quand elle a reçu un appel. Elle était nerveuse et elle m'a laissé en plan. C'est du Soleil !

— Je n'arrive jamais à les terminer, dit Rook. Et je suis un amateur de hot-dogs.

Nikki ne prêta pas attention à ses propos.

— Alors, elle est restée avec vous combien de temps ?

— Dix minutes, dans le genre...

— Elle vous a dit qui l'avait appelée ?

— Non, mais j'ai entendu le prénom quand elle a répondu. Derek. Je m'en souviens, parce que j'ai tout de suite pensé... et les Dominos, vous savez, comme dans...

Il entama le solo de légende de « Layla » qui semblait presque aussi authentique que si l'orchestre entier s'était trouvé dans la pièce.

Plus tard dans la soirée, il interpréterait « Big Girls Don't Cry » pour un célèbre entrepreneur paysagiste de Massapequa, Long Island.

La porte de la salle de bal pas plus tôt fermée, Rook prit la parole.

— Je sais que tu te fiches de moi quand tu dis que mes informations, ce n'est pas de la gnognotte.

— Qui dit que je me moque de toi ?

— Eh bien, va falloir arrêter. Parce que je sais qui est Derek.

Nikki fit demi-tour et s'arrêta face à lui.

— Sérieusement ? Tu sais qui est Derek ?

— Oui.

— Qui est-ce ?

— Je ne sais pas.

Elle grommela et se dirigea vers l'ascenseur.

— Attends ! Je veux dire que je ne l'ai jamais rencontré. Mais écoute-moi… J'étais avec Cassidy Towne lorsqu'elle a reçu un appel de Derek, et j'ai entendu son nom de famille quand son assistante lui a dit qu'il était en ligne…

Toutes les synapses de Nikki s'enflammèrent.

— Rook… S'il y a un lien entre Soleil, ce Derek et Cassidy Towne… Je ne veux pas tirer de conclusions, mais j'ai une petite idée de ce que cela signifie.

— Moi aussi. Mais toi d'abord.

— D'abord, est-ce que c'est lui le Texan ?…

— C'est sûr… L'heure de l'appel, la réaction de Soleil… Derek pourrait bien être notre assassin. Peut-être que Soleil et lui étaient impliqués dans l'histoire dont Cassidy ne voulait pas me parler. Et qu'ils voulaient sa mort.

— Bien… Bon, quel est son nom de famille ?

— J'ai oublié !

Elle lui donna un coup de coude et il tomba dans une plante en pot.

— Ne t'énerve pas !

Il sortit son carnet de notes Moleskine noir et feuilleta les premières pages.

— Le voilà ! Snow ! Derek Snow.

Il ne fallut pas longtemps pour retrouver son adresse. Une demi-heure plus tard, Heat garait la Crown Victoria en face de chez Derek Snow, un appartement au cinquième étage, sur la 8e Rue, à quelques pas à l'est d'Astor Place.

Avec Rook et un escadron de policiers en uniforme lourdement armés, empruntés au commissariat du 9e, ils montèrent les cinq étages.

Un autre groupe surveillait l'escalier de secours, en bas et en haut. Pour toute récompense, l'immense dispositif trouva porte close et aucune réponse.

— Il est à peine une heure, dit Rook. Il pourrait être au travail.

— On pourrait frapper à quelques portes pour voir si quelqu'un sait où on peut le trouver.

— Je ne crois pas que cela nous aiderait beaucoup.

Nikki lui adressa un regard intrigué.

— Et pourquoi donc ?

Rook se pencha vers la porte et se toucha le nez. Elle se pencha, elle aussi, et renifla.

Ils avaient un bélier, mais le concierge leur ouvrit la porte de l'appartement. Nikki entra en se pinçant le nez d'une main et en gardant l'autre sur la crosse de son arme de service.

Les hommes en uniforme la suivaient, et Rook les escortait.

En voyant le corps de Derek Snow, elle vit immédiatement que ce n'était pas le Texan. Le jeune Afro-Américain était avachi sur la table de la cuisine, le visage contre le set de table.

La mare de sang séché sur le linoléum sous lui venait d'un trou dans sa chemise blanche, juste en dessous du cœur.

Nikki se retourna pour avoir le signal des équipes qui avaient vérifié les autres pièces.

Lorsqu'elle se retourna, elle vit Rook à genoux, faisant ce qu'elle s'apprêtait à faire : il retroussait les manches.

Il se tourna vers elle et prononça le mot auquel elle pensait.

— De l'adhésif.

NEUF

Jameson Rook était assis dans un coin de la pièce, le dos au bureau qu'il squattait, pendant que les autres policiers de la criminelle et quelques visages familiers de la répression du banditisme et deux ou trois hommes de la mondaine approchaient leur chaise du tableau blanc. Derrière eux, à travers la paroi de verre, Nikki terminait sa réunion avec le capitaine Montrose.

Tout comme l'humour policier regorge de sous-entendus macabres, les tensions se lisent entre les lignes. En vieux journaliste, Rook les percevait dans le silence, dans la manière dont les conversations se turent lorsque Nikki Heat rentra dans la salle. Il les lisait sur les visages marqués par l'expérience, tous tournés vers elle, montrant souvent de la lassitude, après des années dans le métier, mais néanmoins très attentifs.Depuis son retour dans l'unité, il était resté discret en prenant ses notes. Il bénéficiait d'une exclusivité inattendue qui enrichirait son article sur Cassidy Towne.

Néanmoins, par déférence envers la sensibilité de Nikki et les gros yeux que lui avaient adressés certains, il avait préféré se contenter de retenir les mots importants, de les gribouiller sur un bout de papier et, s'il pensait devoir noter de plus longues explications, il s'éclipsait pour un ou deux passages inutiles aux toilettes. Cependant, ce jour-là, étant donné le volume des informations qui déferlaient, il prit ouvertement ses notes. Si quelqu'un le remarqua, personne ne s'en offusqua. D'ailleurs, tous prenaient des notes.

La reliure de son carnet Moleskine noir émit un craquement réconfortant lorsqu'il l'ouvrit sur une nouvelle page et le posa à plat sur sa cuisse. Il perçut le son guttural de la voix de Nikki dès qu'elle lança un simple bonjour pour saluer la salle. En lettres capitales, en haut de sa page, le journaliste nota : *Nouvelle règle du jeu.*

Nikki Heat confirma son intuition dès sa première remarque.

— Je viens de présenter vos rapports au capitaine Montrose pour lui faire part de ce que nous avons déduit des derniers développements. Bien que nous soyons toujours en attente de l'autopsie et des conclusions de l'équipe scientifique qui analyse encore la scène de crime de cet après-midi, j'ai des raisons de croire que nous avons désormais affaire à un tueur professionnel. (Quelqu'un s'éclaircit la gorge, mais ce fut le seul bruit qui brisa le silence.) Ce qui a commencé comme une vengeance, peut-être de la part de celui qui a embauché notre Texan mystérieux pour assassiner Cassidy Towne, évolue. Désormais, nous avons affaire à quelqu'un qui essaie d'étouffer un scandale quelconque et a engagé un tueur à gages qui lui sert de couvercle.

« Nous disposons déjà de personnel supplémentaire à cause de la nature même de la première victime, mais étant donné le changement d'échelle auquel nous assistons, le capitaine a demandé l'autorisation, qu'il a obtenue, de mettre toutes les ressources disponibles, humaines et matérielles, à notre service. »

Nikki s'adressa à un des policiers de la brigade criminelle qui levait le doigt.

— Rhymer ?

— Qu'est-ce qu'on a sur la nouvelle victime ?

— C'est toujours en cours, mais je vais vous donner les premières lignes.

Nikki n'avait pas besoin de notes ; elle avait tout en tête et écrivit chaque mot important sur le nouveau tableau blanc qu'on avait apporté et installé à côté de celui de Cassidy Towne.

— Tout d'abord, l'heure de la mort présumée correspond à la nuit de l'assassinat de notre chroniqueuse mondaine. Les légistes nous donneront bientôt une fenêtre plus précise que je vous communiquerai. Derek Snow est un Afro-Américain âgé de vingt-sept ans, si l'on en croit son permis de conduire. Aucune arrestation, rien en dehors de quelques PV pour excès de vitesse. Il vivait seul dans un studio de Lower East Side, un locataire sans histoire, qui payait son loyer et avait de bonnes relations avec ses voisins. Un emploi stable : il travaillait depuis 2007 comme concierge au Dragonfly, à Soho. Si vous ne connaissez pas, c'est la boutique de luxe d'un hôtel cinq étoiles, discret et calme, qui attire de nombreux artistes, européens pour la plupart, sans négliger quelques stars d'Hollywood.

Elle attendit qu'ils aient le temps de noter avant de continuer.

— Rhymer, j'aimerais que vous et les Gars alliez refaire un tour à son appartement pour creuser un peu plus avec les voisins, et voir s'il n'aurait pas eu un ennemi. Ou quelqu'un qui repenserait à quelque chose qu'il a vu ou entendu. Je ne sais pas si sa préférence allait vers les garçons ou les filles, mais voyez s'il avait des relations qui méritent qu'on s'y intéresse. Renseignez-vous dans le quartier aussi. C'est le genre d'immeuble où tout le monde connaît tout le monde. Alors, allez dans les bars et les restaurants.

Ochoa se tenait près de Rhymer, un pur produit de Caroline.

— C'est aussi le genre de quartier où tu pourras te faire faire un joli tatouage, Opie. « Love » et « Hate » sur chaque doigt, peut-être ?

Nikki sembla se réjouir qu'Ochoa joue les clowns et, lorsque les rires se turent, elle ajouta :

— La scientifique s'intéresse particulièrement à ce qui

pourrait le relier à Cassidy Towne ou Soleil Gray. Je vous tiendrai au courant. Surtout, n'oublions pas que la cause de la mort est toujours la même : une blessure à l'arme blanche, une fois la victime liée de façon identique avec de l'adhésif. Je vais de ce pas à la morgue pour les résultats de l'autopsie, mais en dehors de la survenue de nouveaux suspects, nous cherchons toujours notre Texan ; alors, vous montrerez son portrait-robot avec la photo de Soleil Gray lorsque vous mènerez vos interrogatoires.

« Je voudrais aussi une équipe sur le Dragonfly. Malcolm, vous et… pourquoi pas Reynolds, des mœurs ? Couvrez les angles habituels, les clients, les vendeurs, les syndicats. Comme c'est un hôtel, voyez cela aussi sous l'angle des mœurs. Il était concierge, et la rumeur dit que certains n'hésitent pas à fournir des prostituées. »

De nouveau, elle attendit que les ricanements cessent.

— Néanmoins, notre meilleur témoin reste la chanteuse de rock, qui est liée, d'assez loin pour le moment, à Cassidy Towne et à Derek Snow. Rook, des idées sur les relations de Snow ?

Plongé dans ses pensées, Rook sursauta. Son carnet Moleskine tomba par terre où il le laissa. Il faillit se lever, mais cela aurait été trop ringard, si bien qu'il se contenta de se redresser.

— Euh, en fait… Oui, j'ai quelque chose de très intéressant, maintenant que je sais qu'il travaillait au Dragonfly. Avant de connaître l'hôtel, je pensais déjà qu'il était peut-être une des sources de Cassidy Towne. Cassidy payait les gens qui lui donnaient des tuyaux. C'est assez inhabituel. Richard Johnson de la « Page six » du *Post* m'a dit qu'il ne paye jamais personne. Les autres journaux n'ont généralement pas de budget pour ça. Mais elle, si. Et presque toutes ses sources travaillaient dans le domaine du service : chauffeurs de limousine, coachs personnels, cuisiniers, masseuses et, bien sûr, employés des hôtels. Les concierges.

Il commença à se détendre en voyant les hochements de tête approbateurs des autres policiers.

— C'est une théorie plausible. Alors, on va partir de là, dit Nikki pendant qu'un policier tendait son carnet à Rook en lui souriant.

— Je n'ai pas terminé, dit Rook. C'est là où j'en étais avant de savoir qu'il s'agissait du Dragonfly. C'est l'hôtel où Reed Wakefield est mort en mai dernier. Le fiancé de Soleil Gray.

Heat n'aimait pas marcher sur les plates-bandes de Malcolm et Reynolds, mais elle voulait se rendre au Dragonfly en personne.

Les policiers couvriraient les autres angles et elle s'intéresserait à la mort de Reed Wakefield.

Nikki téléphona à Lauren Parry pour l'avertir qu'elle arriverait plus tard que prévu.

Pendant qu'elle avait son amie au bout du fil, avant de partir pour Soho avec Rook, elle lui demanda de retrouver le rapport du légiste sur la mort de Wakefield. Lauren rappela pendant que Nikki se garait sur une place libre en face de Balthazar, à l'angle de l'hôtel, sur Crosby.

— Il est mort d'une overdose, considérée comme accidentelle. Le défunt était un usager habituel, qui pratiquait l'automédication. Le cas typique : il prenait quelque chose pour se remonter, ensuite autre chose pour se calmer... L'analyse de sang et du contenu de l'estomac a montré un haut niveau d'alcool, de la cocaïne, du nitrite d'amyle, ce qu'on appelle des poppers, et du zolpidem, un tranquillisant.

— Le dossier va être transmis à mon bureau, mais je suis en chemin. Il y a des annotations dans le tien, à propos de l'enquête ?

— Oui, bien sûr. Et comme on en a beaucoup parlé ici aussi, je m'en souviens parfaitement. On a examiné l'affaire de près, surtout après la mort de Heath Ledger, pour ne rien rater. Il était dépressif, complètement désemparé après la rupture, mais il ne manifestait pas de pensées suicidaires. On a interrogé ses collègues, sa famille et même son ex.

— Soleil Gray ?

— Oui, dit Lauren. Tout le monde dit la même chose. Il était assez taciturne au cours du dernier mois du tournage. Lorsque le film a été terminé, il est allé à l'hôtel pour s'enfermer et se couper du monde.

Nikki la remercia et s'excusa encore d'être en retard.

— Si tu veux, tu pourras me faire ton rapport par téléphone.

— Jamais de la vie ! Tu ramènes tes fesses ici, dit-elle.

Puis elle ajouta un mystérieux :

— Et t'en auras pour ton argent !

Ce n'était pas le bon moment pour visiter le Dragonfly. Si le personnel était visiblement très affecté par la mort du concierge, comme dans la plupart de ces petits hôtels à l'air décontracté, mais au service irréprochable, tous effectuaient leur service sans dévoiler leur peine devant les clients fortunés.

Néanmoins, il était impossible de ne pas voir l'accumulation d'arrangements floraux luxueux sur le bureau de la réception, venant sans doute de voyageurs émus, qui regrettaient Derek Snow.

Le directeur et le responsable de nuit, qu'on avait appelés de bonne heure pour l'interrogatoire, accueillirent Heat et Rook dans le salon lambrissé de bambous qui n'était pas encore ouvert. Tous deux étaient de service pendant les semaines où Reed Wakefield avait résidé ici avant sa mort. Ils confirmèrent l'analyse de Lauren, et leurs propos correspondaient à ce que Heat, Rook et tous les New-Yorkais savaient de la tragédie.

L'acteur était seul. Il passait le plus clair de son temps dans sa chambre, ne sortait que rarement, la nuit ou lorsque la femme de ménage faisait la chambre.

Il sortait et rentrait toujours seul, par choix.

Il était poli, mais très réservé. Il n'avait fait qu'une réclamation : il insistait pour que la femme de chambre n'ouvre pas les couvertures et éteigne les lumières de sa chambre lorsqu'elle avait terminé son travail.

La nuit de sa mort, Wakefield n'était pas sorti et n'avait pas eu de visite. Comme il n'avait pas répondu le lendemain – le ménage devait être fait précisément entre onze heures trente et douze heures trente – la femme de chambre était entrée et avait découvert le corps dans le lit.

Déduisant, à tort, qu'il dormait, elle était sortie sur la pointe des pieds, mais avait fini par s'inquiéter et était revenue deux heures plus tard pour s'apercevoir qu'il était mort.

— Quelles étaient ses relations avec… Derek Snow ?

Comme les deux directeurs se raidirent, Nikki ajouta :

— Je sais que ce n'est pas le bon moment, mais je dois absolument vous poser ces questions.

— Je comprends, dit le directeur. En fait, Derek était très bien vu par tous nos clients. Il était parfaitement adapté à ce travail, qu'il faisait avec passion. Il était d'une nature chaleureuse, discrète et il était maître dans l'art de réserver des places de théâtre ou des tables de choix dans des restaurants impossibles.

— Et il s'entendait bien avec Reed Wakefield ?

Le responsable de nuit, un jeune homme mince à la peau pâle et à l'accent britannique, répondit :

— À vrai dire, je ne pense pas que monsieur Wakefield ait fait largement appel aux services de Derek durant son séjour. Cela ne signifie pas qu'ils n'échangeaient pas les salutations d'usage, mais cela devait s'arrêter là.

— Est-ce que Soleil Gray lui rendait visite ?

— À monsieur Wakefield ?

Le directeur se tourna vers le responsable de nuit, et tous deux firent signe que non.

— Durant cette période, non, aussi loin qu'on s'en souvienne.

— Soleil Gray ne venait jamais à l'hôtel ?

— Oh si ! répondit le directeur. Elle venait fréquemment dans ce salon, lorsqu'elle était invitée, et elle venait dormir à l'hôtel de temps en temps.

— Même si elle était à deux minutes de chez elle ? demanda Rook.

— Monsieur Rook, le Dragonfly est une destination de choix pour les voyageurs, qu'ils viennent de loin ou de près, dit le directeur en souriant.

Ce n'était sans doute pas la première fois qu'il prononçait cette phrase. Sans doute pas la première fois aujourd'hui.

— Quelle était sa relation avec Derek Snow ?

— Comme tout le monde, j'imagine, dit le directeur. (Il se tourna vers son collègue.) Colin ?

— Parfaitement. Tout à fait. Comme tout le monde.

Ces certitudes et ces affirmations semblaient un peu forcées au goût de Nikki. Elle insista donc.

— Ils étaient amants ?

— Non, bien sûr que non, dit le directeur. Ce serait une entorse au règlement. Pourquoi posez-vous la question ?

Nikki se tourna vers le responsable de nuit.

— Parce que vous me cachez quelque chose. (Elle marqua une pause pour renforcer la dramaturgie et remarqua quelques taches rosées sur les joues du directeur.) Qu'est-ce que c'est, alors ? Ils ont eu des mots ? Des affaires de drogue ? Elle organisait des combats de coqs dans sa chambre ? Vous pouvez tout me raconter ici, à moins que vous ne préfériez m'en parler dans un cadre plus officiel.

Le directeur regarda son collègue dont les cheveux blonds clairsemés laissaient voir des gouttelettes de transpiration sur le crâne.

— Colin ?

Colin hésita.

— Nous avons eu… une sorte d'incident… avec mademoiselle Gray. Vous devez comprendre qu'il nous est très difficile de briser la règle de discrétion absolue…

— Nous comprenons parfaitement, dit Rook. Vous êtes pardonné.

Colin blêmit sous le regard de son directeur.

— Un soir, l'hiver dernier…, mademoiselle Gray résidait à l'hôtel et elle avait fait une entorse à sa règle de sobriété. À deux heures et demie…, pendant mon service, en fait, elle…, euh…, nous avons dû la calmer dans le hall.

Derek Snow était toujours sur place, et je lui ai demandé de m'aider à la monter dans sa chambre. Pendant qu'on la transportait, l'arme à feu qu'elle avait dans son sac s'est déchargée, et la balle a touché Derek à la cuisse.

— Colin ! dit le directeur, visiblement fort mécontent.

— Je dois reconnaître que nous n'avons pas observé la procédure et que nous n'en avons pas parlé, mais Derek nous avait expressément demandé de ne pas ébruiter l'affaire et…

— Elle a acheté votre silence, dit Heat.

Ce n'était pas une question.

— D'une certaine manière, oui.

— Et il n'y a aucune trace dans les dossiers de la police.

Là encore, c'était une affirmation.

— Quelle était la gravité de la blessure ? Les médecins ont l'obligation de signaler les blessures par balle.

— C'était une égratignure…, mais il a quand même fallu quelques points de suture. Mademoiselle Gray connaissait un médecin qui travaillait pour le cinéma. On a trouvé un arrangement.

À présent qu'elle comprenait mieux la relation entre Soleil Gray et Derek Snow, avant de mettre fin à l'entretien, elle posa d'autres questions de détails et obtint des résultats qui répondaient à ses attentes et lui permettraient d'effectuer des vérifications plus tard. Après avoir pris les coordonnées de Colin, elle montra le portrait-robot du Texan.

— Vous connaissez cet homme ?

Ils affirmèrent que non. Elle leur demanda de l'imaginer dans un contexte différent, de le voir comme un agent de sécurité, et non un client, mais la réponse resta la même. Néanmoins, le directeur conserva le portrait.

— C'est tout pour l'instant. Ah ! encore une petite question. Est-ce que Cassidy Towne venait de temps en temps à l'hôtel.

— Voyons, dit le directeur, nous sommes au Dragonfly.

En revenant vers la voiture, Rook se mit à rire.

— À moins que vous ne préfériez m'en parler dans un

cadre plus officiel… Je le citerai dans mon article, avec la cage aux fauves et la boîte à bombinettes !

— Je faisais preuve de distinction. Après tout, nous étions au Dragonfly.

— Bon, il reste toujours une question en suspens : pourquoi Derek a-t-il appelé Soleil Gray la nuit du meurtre de Cassidy Towne ?

— Je te l'accorde. Et pourquoi a-t-elle pris peur ?

— Sans doute pas parce que le concierge n'avait pas pu lui obtenir la table de rêve dans un restaurant impossible !

— N'étant pas une fan des coïncidences, je dirais qu'un appel à ce moment précis, deux corps avec des blessures à l'arme blanche, attachés à leur chaise… Derek Snow est forcément lié à Cassidy Towne, mais comment ? Et si Soleil n'est pas complice du meurtre, elle se sent peut-être en danger, elle aussi.

— Tiens, une idée folle : on n'a qu'à le lui demander !

— Oui, elle nous dira sûrement la vérité. De toute façon, tu sais que je le ferai…

Tandis que Nikki s'engageait sur la 1re Avenue vers l'institut médicolégal, Rook dit :

— Avec ou sans l'histoire du joujou dans le hall de l'hôtel, je parierais que Derek servait d'indic à Cassidy.

— On va consulter ses factures téléphoniques ; on saura si tu as raison. C'est sordide, non ? Savoir que les gens t'espionnent pour de l'argent ? Ce que tu manges, ce que tu bois, avec qui tu couches… pour que Cassidy Towne puisse l'étaler dans le *Ledger*.

— L'essentiel de ce qu'elle dit est vrai. Elle m'a raconté qu'elle avait annoncé une fausse nouvelle, tout au début de sa carrière, à propos d'une liaison entre Woody Allen et Meryl Streep. Sa source lui avait dit qu'il était obsédé par l'actrice depuis le tournage de *Manhattan*. C'était faux ; cela a totalement explosé. Les autres journaux l'ont assassinée et l'ont traitée de *town liar*, « la menteuse de la ville » ! À partir de là, elle a décidé que, si elle ne pouvait pas vérifier les informations auprès de deux sources différentes, elle préférait laisser le scoop à quelqu'un d'autre.

— Quelle grandeur d'âme ! Pour une telle grognasse !

— Oui, et personne ne lit jamais ses articles ! Pas vrai ? C'est comme la rubrique des sports du voyeurisme : ça concerne tout le monde !

— Pas moi !

— Écoute, je suis d'accord avec toi : c'est sordide. Et pas seulement parce que je me laisse intimider par l'élégance de ta syntaxe. Mais elle ne faisait que dire ce que faisaient les gens. Personne n'a obligé Spitzer à garder ses chaussettes quand il faisait monter des call-girls, ni Russel Crowe à jeter un téléphone à la tête d'un directeur d'hôtel, ni Soleil Gray à faire un trou dans le pantalon du concierge.

— D'accord, mais pourquoi devrait-on le savoir ?

— Alors, ne le lis pas. Mais cela n'empêchera jamais les secrets d'être divulgués. Ma mère a fait des lectures de Tchekhov au théâtre de Westport. Le dernier week-end, elle répétait *La Dame au petit chien*. Il y a un passage sur Gourov que je vais citer dans mon article sur Cassidy Towne. Cela dit à peu près : « Il avait deux vies, une ouverte, déployée aux yeux de tous..., pleine de vérités relatives..., et une autre, qu'il menait en secret... »

— Où veux-tu en venir ?

— Ce que je veux dire, c'est que tout le monde a ses petits secrets et que, si tu es un personnage public, tu deviens une proie rêvée.

Ils s'arrêtèrent au feu, et Nikki se tourna vers lui. Il comprit que, pour elle, il s'agissait de bien plus que d'un problème théorique.

— Mais si tu n'as pas l'habitude d'évoluer sous le regard public, si tu n'as pas choisi de le faire ? À présent, tout le monde connaît l'histoire du meurtre de ma mère. Cela n'a rien de scandaleux, mais cela fait partie du domaine privé. Tu écris ce que tu veux sur, disons, Sarkozy ou Richard Branson, non ? Ils sont équipés pour résister à ces attaques, mais est-ce que cela leur facilite la vie ? Est-ce que certaines choses ne devraient pas rester dans la sphère privée ?

— Je suis d'accord. C'est pour cela que je n'écrirai plus jamais le mot « ananas ».

— Je vais te donner matière à réflexion, détective Heat, dit Lauren Parry.

La légiste ne recourait à ce formalisme que lorsqu'elle voulait se moquer de sa meilleure amie ou allait lui annoncer des nouvelles qui dépassaient le cadre de son travail. Pourtant, Nikki comprit que, cette fois, elle ne devait pas s'attendre à une plaisanterie.

— Alors, qu'est-ce qu'on a, docteur Parry ? dit-elle, reproduisant son attitude.

Lauren conduisit Heat et Rook vers le corps de Derek Snow sur la table et prit son dossier.

— Comme d'habitude, en attendant le rapport du labo, la cause de la mort est attribuée à une blessure à l'arme blanche entre les côtes, qui a perforé le ventricule gauche.

— Poignardé en plein cœur, dit Rook. (Comme Lauren lui lança un regard en coin, il haussa les épaules.) Vous voulez le langage du profane ou vous préférez un cours de médecine légale ?

— On voit des signes de torture ?

Lauren leur fit signe d'approcher et indiqua l'oreille gauche.

— Vous voyez les petites taches de sang ? Comme sur le corps de Cassidy Towne. J'ai pris des photos du conduit auditif pour vous.

— Des pics à dents ?

— Je n'ai pas besoin de vous faire de dessin.

Le souvenir de sa mésaventure avec le Texan fit grimacer Nikki malgré elle. Sans rien dire, Lauren posa une main réconfortante sur l'épaule de son amie.

— Ce n'est pas tout.

Elle retourna à la première page qui montrait les marques d'adhésif trouvées sur les deux corps.

— Cela ne fait aucun doute : c'est le même tueur, dit Rook.

— Cela devient intéressant.

— Waouh ! dit Rook en se frottant les mains. C'est comme les publicités… Attendez, ce n'est pas fini…

— Vous n'imaginez même pas ! dit Lauren.

Nikki leva le drap pour voir la cicatrice sur la cuisse de Derek avant d'aller rejoindre Rook et Lauren près de la paillasse, une surface d'acier couverte d'instruments macabres destinés à la dissection.

Au centre du long comptoir, un plateau était couvert d'une petite serviette blanche. Le médecin reposa son dossier et déplia la serviette à moitié, révélant la lame d'un couteau en plastique couleur de craie.

— C'est un moule en polymères de la blessure de Cassidy Towne. L'assassin travaille proprement, un coup sec, et il retire la lame aussitôt, ce qui a permis de faire un moulage parfait.

Heat reconnut immédiatement l'arc des bords qui convergeaient vers la pointe acérée et, surtout, la double gouttière, parallèle au plat de la lame.

— C'est son couteau ! Celui du Texan.

— Un couteau Robbins & Dudley, selon notre catalogue, dit Lauren Parry.

— Exactement comme… (elle déplia la deuxième partie de la serviette) … celui-ci.

Un moule identique reposait sur le plateau.

— Coupez ! dit Rook. Si on était à la télévision, c'est exactement le moment qu'ils choisiraient pour passer la pub.

Un léger sourire se dessina au coin des lèvres du médecin. Elle n'avait pas souvent l'occasion de se montrer si théâtrale et elle se réjouissait de la situation. Les morts ne semblaient pas apprécier son travail.

— Eh bien, dans ce cas, ils manqueraient le plus important !

— Je ne vois pas ce que tu pourrais nous apprendre de plus, dit Nikki en observant le corps de Derek Snow par-dessus son épaule. Tu viens de nous prouver que le meurtre de Derek Snow était la réplique exacte de celui de Cassidy Towne.

— Ce n'est pas ce que je viens de faire…

Lauren attendit que les deux visages s'assombrissent, perplexes, et indiqua la seconde lame.

— Ce couteau ? C'est celui de Cassidy Towne. Celui-là, il provient du corps d'Esteban Padilla.

— Impossible ! dit Rook en tournant sur lui-même et en tapant du pied. L'homme au coyote ?

— Lauren…, dit Nikki.

— Oui, oui.

— Le Texan a tué l'homme au coyote !

— Son couteau, en tout cas.

Nikki Heat essayait toujours de sortir de la brume de son étonnement.

— Comment as-tu pensé à prendre un moule de la blessure de Padilla ?

— Les blessures des deux victimes montraient une importante masse de matière déplacée au centre, sur l'axe neutre de la lame. On pourrait croire que c'est négligeable, mais on le voit bien, si on y prête attention. Dès que j'ai vu la similitude, j'ai fait des moulages.

— Sacrément fortiche ! dit Nikki.

— Je n'ai pas fini. Comme les moules correspondaient, j'ai pratiqué un nouveau test. Tu te souviens de la tache de sang que tu avais remarquée sur le papier peint de Cassidy Towne ? Ce n'est pas son sang, c'est celui d'Esteban Padilla. Correspondance à cent pour cent.

— J'ai jamais vu une si belle autopsie…, dit Rook. Je m'en suis pissé dessus… Je vous jure…

DIX

Nikki n'allait pas attendre la prochaine réunion. L'enquête semblait décoller et, même si elle ne savait pas encore où menaient tous ces indices, elle allait y réfléchir sérieusement. Le bureau du chef légiste n'était qu'à quelques pâtés d'immeubles de la scène de crime de Derek Snow, si bien qu'elle appela Ochoa et Raley avec son portable pour leur demander de la rejoindre à East Village cinq minutes plus tard.

— Vous avez l'air remontée. On vous a confirmé que Snow avait été assassiné par le même tueur que notre madame ragots ? demanda Ochoa.

Elle se tourna vers Rook qui descendait la 2e Avenue à côté d'elle et, de sa plus belle voix d'annonceur publicitaire, elle lança :

— Attendez, ce n'est pas fini…

Les deux policiers ratissaient le quartier de Derek Snow lorsqu'elle avait réussi à joindre Ochoa, si bien qu'au lieu de les retrouver dans l'appartement de la victime, ils s'étaient donné rendez-vous au Mud Coffee, à l'angle de la 2e Avenue. La 9e Rue Est étant en sens interdit pour elle, Heat l'avait contournée, s'était garée sur une place de livraison à St. Mark's Place, avait mis sa plaque sur le tableau de bord et continué à pied. Rook avait beau courir le marathon et le dix kilomètres, il avait dû accélérer le pas pour la suivre.

Le Mud Coffee était situé dans un bâtiment qui avait un pied dans le vieux New York, celui des vieilles échoppes de tailleurs, avec sa drôle de boutique de vêtements et son restaurant ukrainien.

L'autre pied se trouvait dans le New York moderne et embourgeoisé, avec ses spas, ses bars à saké et l'enseigne de luxe Eileen Fisher. Raley et Ochoa les attendaient sur un banc à l'extérieur, quatre cafés posés devant eux.

— En général, c'est trop bondé pour trouver une place en terrasse, dit Raley. Les gens doivent être un peu dégoûtés par tout cet or… dur !

Les négociations entre la ville et les syndicats s'étaient rompues la veille et une nouvelle couche de poubelles venait encombrer les trottoirs.

Rook regarda la haie de sacs-poubelles qui longeait la rue.

— C'en est à un tel point que je ne sens plus rien.

— À force d'avoir passé trop de temps en compagnie de la reine de la gadoue ! dit Ochoa.

Au lieu d'une riposte, il n'obtint qu'un signe de tête qui signifiait « peut-être ». Nikki Heat ne put résister à la tentation de recourir au sens théâtral de Lauren pour leur parler de ce qu'elle venait d'apprendre : la cause de la mort de Derek Snow, le moule de la lame de Cassidy Towne qui correspondait à l'arme avec laquelle le Texan l'avait attaquée et, cerise sur le gâteau, la lame plongée dans le corps de Cassidy Towne qui collait avec la blessure d'Esteban Padilla.

Même les flics qui avaient tout vu et tout entendu pouvaient se laisser surprendre de temps en temps. C'était la deuxième fois que cette affaire bouchait un coin aux vétérans. Lorsque Nikki termina son récit, l'air était empli d'interjections et de jurons murmurés.

— Donc, dit Nikki, lorsqu'ils eurent tout intégré, si on ne tient pas compte du coup de feu, la signification de ces autopsies, c'est que nous avons bien un tueur professionnel en liberté, mais que nous avons désormais une troisième victime.

— L'homme coyote, dit Ochoa, pas encore remis. Si c'était le sang de Padilla sur son papier peint, qu'est-ce qu'il fichait chez elle ? Il était avec l'assassin, il faisait peut-être partie de l'équipe qui a tout ravagé ? Quelque chose s'est mal passé pendant la fouille ?

— Ou Padilla a joué les bons Samaritains. Il passait par là, il a entendu les cris et il a volé à son secours…

— Oui, dit Rook, il a joué un rôle dont nous n'avons pas la moindre idée pour l'instant. Il est chauffeur-livreur, non ? Il faisait peut-être des livraisons pour les restaurants de Richmond Vergennes, peut-être aussi qu'il leur apportait des légumes et des fruits frais et quelques extras en douce ? Qui sait si ce n'est pas une histoire de triangles et de crimes passionnels…

Nikki se tourna vers les Gars.

— J'ai besoin que vous me vérifiiez tout ça. Concentrez toute votre énergie sur Esteban Padilla.

— Comme si c'était fait, patron, dit Raley.

— Interrogez les amis, la famille, les amants, les collègues… Il faut trouver le lien. C'est de là que viendra la lumière. Trouvez-moi quelle est la relation entre Cassidy Towne et un chauffeur-livreur !

— Et le Texan et Derek Snow, ajouta Raley.

— Et Soleil Gray. Elle est mouillée là-dedans, d'une certaine manière. Montrez bien toutes les photos que j'ai mises dans votre dossier. On ne sait jamais.

Nikki s'en voulait d'avoir attendu si longtemps que l'investigation sur Padilla porte ses fruits. Malheureusement, la réalité du travail faisait que, même si on voulait faire de chaque affaire une priorité, à un certain moment, il fallait établir une hiérarchie. C'était incontournable. Cassidy Towne était une victime très en vue, alors que les Esteban Padilla, qui avaient des surnoms comme l'homme au coyote, ou pire, tombaient dans les oubliettes de l'anonymat.

La chance, si on pouvait parler ainsi, c'était que le meurtre de Cassidy permettrait peut-être d'élucider le sien. Ce type de justice valait mieux que rien. C'était comme ça que vous envisagiez la situation si vous étiez un policier doté d'une certaine conscience morale comme Nikki Heat.

— Lauren a donné une heure de la mort, pour le concierge ? demanda Ochoa.

— Oui, encore une épine…

Raley mit la main sur son cœur d'un geste grandiloquent.

— Je ne sais pas si je pourrais supporter un nouveau choc.

— Faites un effort ! Derek Snow a été assassiné le même jour que Cassidy Towne. La fenêtre la plus précise se situe entre minuit et trois heures du matin.

— En d'autres termes…, commença Raley.

— Exact, une heure ou deux avant la mort de Cassidy.

— Juste après son appel à Soleil, ajouta Rook.

Elle se leva et but la dernière gorgée de son café.

— Bon, voilà ce que je vais faire. Pendant que vous vous occupez de monsieur Padilla, je vais avoir une petite conversation avec Soleil Gray et l'interroger sur son manque de sincérité.

— Oui, dit Rook. Faut pas prendre les enfants du bon Dieu…

Sans prendre la peine de sourire, les deux policiers se levèrent et le laissèrent seul sur son banc.

Un terrier Jack Russel attaché à un portique à vélos qui attendait son maître le regarda.

— Ah ! les chats…, lui dit Rook. On ne peut pas vivre avec eux, et pas moyen de les attraper !

Quelques instants plus tard, Heat et Rook approchèrent de l'appartement de Soleil Gray, un peu plus « Village », du côté est.

Pour y arriver, ils étaient passés devant des salons de tatouage et une galerie spécialisée dans le disque vinyle.

À cette heure de la soirée, il restait juste assez de lumière pour distinguer les traces rosées des avions à réaction dans le ciel d'ardoise.

Des nuées d'oisillons gazouillaient avant de retrouver leur nid pour la nuit au sommet des arbres, le long de la rue.

Demain matin, les troncs seraient idéaux pour y entasser les sacs-poubelles. En se frayant un chemin dans la foule qui envahissait le trottoir devant La Palapa, Rook repéra quelques margaritas très tentantes sur les tables et, pendant un bref instant, il eut envie de prendre Nikki par la taille et de l'entraîner à l'intérieur pour une soirée digne de ce nom.

Il était trop avisé pour ça. Non, il la connaissait trop bien pour ça.

La femme de ménage répondit dans l'interphone.

— Madame Soleil, elle est pas là. Vous revenir plus tard.

Elle avait une voix si vieille, semblait si fragile que Rook s'imaginait qu'elle était vraiment derrière le panneau d'aluminium.

Un peu plus loin sur le trottoir, Nikki feuilleta son carnet, trouva un numéro et appela Allie, l'assistante chez Rad Dog Records. Après une brève conversation, elle referma le téléphone.

— Soleil est en répétition pour une apparition à la télévision ce soir. On va lui faire une petite surprise et voir ce qu'il en ressort.

En passant, Rook jeta un regard nostalgique vers un bar qui venait juste d'ouvrir à La Palapa. Non, la soirée folle devrait attendre... Il pressa le pas pour rattraper Nikki qui sortait déjà ses clés à l'angle de la rue.

Les feux arrière illuminèrent les herbes d'une lueur rouge, lorsque Raley recula dans l'allée qui donnait sur un terrain vague entre un restaurant mexicain et un immeuble de trois étages qui correspondait à l'adresse d'Esteban Padilla.

— Fais gaffe, mec, tu vas te prendre le caddie !

— Je le vois.

Lorsque le pare-chocs heurta le caddie, son partenaire lui dit :

— Maintenant tu comprends pourquoi on ne nous file jamais de belles bagnoles ?

Sur la 115ᵉ Rue Est, toutes les places de parking étaient occupées, et un camion de bière était garé en double file au niveau de la place de livraison. Il ne pouvait pas décharger, car l'espace était occupé par une vieille épave à l'aile rafistolée et au pare-brise couvert de PV.

Raley improvisa et se gara à cheval sur le trottoir, avec les roues avant dans la rue et les roues arrière dans l'espace boueux où de vilaines touffes d'herbe poussaient jusqu'au béton des murs.

Le quartier de Harlem Est, *El Barrio*, avait le plus haut taux de criminalité de New York, mais il avait considérablement baissé au cours des dernières années, entre soixante-cinq et soixante-huit pour cent, selon les statistiques auxquelles on se fiait. Raley et Ochoa se sentaient terriblement à nu : ils avaient l'air de flics, même en civil.

Pourtant, ils se savaient en sécurité.

Ils avaient assez d'expérience pour savoir que faibles revenus n'étaient pas synonyme de danger. Vous pourriez poser la question à tout le monde et vous seriez surpris par le nombre de personnes qui estimaient qu'un portefeuille avait plus de chances d'être retrouvé sur Marin Boulevard qu'à Wall Street.

La douceur agréable de la journée automnale s'évaporait, et le froid tombait rapidement. Un tintement de bouteilles les fit se retourner. Devant chez Padilla, l'homme d'environ trente-cinq ans qui entassait des sacs de plastique noir sur le monticule qui courait déjà le long du trottoir repéra aussitôt les deux policiers et continua son travail en les surveillant du coin de l'œil.

— *Buenos noches*, dit Ochoa.

Comme l'homme ne répondait pas et s'affairait toujours sans même lui faire un signe, toujours en espagnol, le policier lui demanda s'il habitait ici.

L'homme jeta son sac dans un V qu'il venait de former dans la pile et attendit un instant pour être sûr qu'il était bien en équilibre. Une fois satisfait, il se tourna vers eux et leur demanda s'il se passait quelque chose.

Ochoa lui répondit que non, qu'ils enquêtaient simplement sur le meurtre d'Esteban Padilla.

L'homme répondit qu'Esteban était son cousin et qu'il ne savait pas qui l'avait tué, ni pourquoi.

Il avait parlé très fort en faisant de grands gestes de la main. Raley et Ochoa avaient vu cela souvent. Le cousin de Padilla faisait comprendre aux policiers, et surtout à tous ceux qui pourraient le voir, qu'il n'était pas un indic.

Sachant sa démarche vaine, Ochoa lui précisa qu'il y avait un assassin dans la nature, qu'il avait déjà tué son cousin, et demanda s'ils pouvaient en parler à l'intérieur, seuls à seul. Le cousin dit que c'était totalement inutile : il ne savait rien et le reste de sa famille non plus.

Sous la dureté de la lumière orange du lampadaire qui bourdonnait au-dessus de leur tête, Ochoa tenta de décrypter l'expression de l'homme. Plutôt qu'une tentative de fuite, il y vit le masque de la peur. Et pas forcément de la peur de l'assassin. Il redoutait avant tout les yeux et les oreilles qui pourraient surprendre cette conversation dans le Harlem hispanique. La loi du silence était plus puissante que celle que représentaient Raley et Ochoa.

Tandis que l'homme leur tournait le dos et entrait dans l'immeuble, Ochoa comprit qu'elle était plus forte encore que le besoin de justice pour la mort d'un proche.

Later on with Kirby MacAlister, un talk-show qui voulait concurrencer Craig Fergusson et les deux Jimmy, Kimmel et Fallon, pour la dernière partie de soirée, était tourné en direct dans un studio de West End Avenue.

Pendant les cinq premières années à l'antenne, l'émission, une caricature du spectacle de Letterman, au Ed Sullivan Theater de Broadway, avait été enregistrée dans un ancien club de strip-tease de Times Square.

Mais lorsqu'une célèbre saga interminable avait déménagé pour Los Angeles, *Later On* avait sauté sur l'occasion de profiter du plateau désormais vacant et des moyens de production modernes.

Dans le hall, en regardant West End par la fenêtre, Nikki raccrocha son téléphone et alla rejoindre Rook à la réception.

— Où en sommes-nous ? demanda-t-elle.

— On nous envoie un assistant de production qui nous accompagnera au studio. C'était qui, l'appel ?

— Le labo. Ils ont relevé des empreintes sur le ruban que j'ai trouvé dans le métro.

— Encore un point pour nous. Mais avec tous ceux qui ont dû le tripoter…

— J'ai comme l'impression qu'on y retrouvera celles du Texan : ce sont les seules avec du sang…

— Ah ! c'est toi le policier…

À la réaction de Soleil Gray, ils comprirent qu'Allie ne l'avait pas prévenue de leur arrivée. La chanteuse reprenait le numéro qu'elle répétait l'après-midi, mais cette fois, elle chantait en direct sur la bande sonore. C'était une musique de hard-rock intitulée « Navy Brat », supposa Nikki, à en juger au thème repris par le chœur.

Cela expliquait aussi pourquoi les garçons dansaient en costume de marin blanc. Soleil portait un maillot de bain une pièce blanc à paillettes, avec des épaulettes d'amiral. La tenue n'était pas réglementaire, mais elle avait l'avantage de mettre en valeur la silhouette athlétique de la chanteuse.

Elle traversa la scène en faisant une double roue avant de retomber dans les bras des trois marins, mais elle rata son coup et se retrouva par terre.

Soleil leva les bras pour arrêter la musique et engueula les danseurs. Nikki savait néanmoins que la chanteuse avait raté son exercice parce que leur intrusion l'avait déconcentrée. Le directeur demanda une pause. Tandis que cadreurs et accessoiristes se dirigeaient vers les sorties, Heat et Rook s'approchèrent de Soleil, toujours sur scène.

— Je n'ai vraiment pas le temps ! Je passe en direct à minuit, et, au cas où vous ne l'auriez pas remarqué, ça merde un max.

— Je ne sais pas, dit Rook. Moi, j'étais prêt à m'engager dans la marine...

La chanteuse enfila un peignoir.

— On est obligés de faire ça maintenant ? Ici ?

— Pas du tout, si vous voulez, nous pouvons faire ça dans une demi-heure environ...

— Dans un cadre plus officiel, compléta Rook en faisant un clin d'œil à Nikki.

— Cela risquerait d'abréger votre répétition, Soleil. Et, vous avez raison, il y a du boulot.

Nikki Heat avait décidé d'y aller à l'intimidation et de secouer le cocotier.

— Vous n'avez pas besoin d'être aussi méchante !

— Alors, ne m'y obligez pas ! C'est une enquête pour meurtre, et je suis revenue parce que vous avez menti. En disant que vous étiez avec Allie, alors que vous l'avez quittée en tout début de soirée.

Soleil regarda tout autour d'elle. Elle avança d'un pas comme pour partir, mais renonça.

— Bon, d'accord... Je vais vous expliquer. Chaque fois que je dois m'occuper d'une question de détail, je m'en réfère à la maison de production.

— C'est un peu faible comme argument, dit Nikki.

— Pourtant, c'est la vérité. Et puis je vous ai dit que j'étais aussi avec Zane. Vous lui avez parlé ?

— Oui, et il nous a dit que vous étiez restée avec lui au Brooklyn Diner une dizaine de minutes.

Soleil hocha la tête.

— Espèce de salopard ! Avec tout ce que j'ai fait pour lui !

— Oublions un peu avec qui vous étiez ou avec qui vous n'étiez pas cette nuit-là.

— Ça me va.

— Pourquoi avez-vous menti en me disant que vous n'aviez pas eu de contact récent avec Cassidy Towne.

— Sans doute parce que cela n'avait pas grande importance. J'ai oublié.

— Soleil, vous l'avez fait tomber de sa chaise au beau
milieu d'un restaurant. Vous l'avez traitée de salope et vous
avez menacé de la poignarder dans le dos.

Soleil soupira et roula les yeux au plafond, comme si
l'explication se trouvait dans les cintres.

— Écoutez, vous savez comment elle est morte. À votre
avis, pourquoi je n'avais pas envie de vous répéter ce que je
lui avais dit ?

Nikki devait admettre qu'il y avait une certaine logique
dans ces propos.

— Moi, je dois retrouver un assassin. Chaque fois que
vous me mentez, vous prenez de plus en plus les allures
d'un suspect et vous me faites perdre mon temps.

— Bon, comme vous voulez.

Nikki sortit quelques photos.

— Vous connaissez cet homme ?

Soleil examina la photo de la morgue d'Esteban Padilla.

— Non.

— Et celui-là ? demanda-t-elle en lui montrant le portrait-robot du Texan.

— Euh, non... On dirait un vilain père Noël, dit-elle en
souriant à Nikki d'un air complice.

— Et lui ? Vous le connaissez ?

Nikki lui montra un portrait de la tête de Derek Snow.
Aussitôt, toute son arrogance disparut.

— Oh ! mon Dieu...

Elle laissa la photo retomber sur le sol.

— Il s'appelait Derek. Le Derek que vous avez blessé à
la cuisse, au Dragonfly, en décembre dernier. C'est ce Derek qui vous a appelée lorsque vous étiez avec Zane Taft ?
Je pose la question parce que cet homme, Derek Snow, a
été assassiné juste après que vous avez quitté le Brooklyn...

— C'est imp...

Soleil était livide.

— Nous parlons de deux personnes qui avaient des liens

avec vous et qui ont été assassinées, ce même soir, Soleil. Réfléchissez bien et expliquez-moi ce qui se passe. Est-ce que Cassidy Towne voulait écrire un article sur vous ? Je veux la vérité, inutile de continuer à mentir.

— Je n'ai rien à vous dire.

L'équipe revenait sur le plateau. Soleil Gray en profita et se mêla au groupe.

— Tu ne l'arrêtes pas ? demanda Rook.

— Sous quel prétexte ? Parce qu'elle a menti à un policier ? Parce qu'elle a tiré par inadvertance avec une arme illégale ? Cela ne mènerait nulle part. Les avocats de la maison de production la feraient sortir à temps pour qu'elle chante ce soir. Je préfère garder cette carte en réserve pour le jour où elle sera vraiment utile. Pour l'instant, je veux juste maintenir la pression et la laisser patauger dans sa peur.

— D'accord, mais si elle merde avec sa roue ce soir, ce sera ta faute !

Ils attendirent au fond de la salle que la répétition reprenne. Nikki savait d'expérience que les personnes difficiles manifestaient parfois de brusques revirements lorsqu'on les bousculait un peu. Elle voulait donner à Soleil le temps de respirer et de réfléchir et, peut-être, de se montrer d'humeur plus coopérative. Cependant, quinze minutes plus tard, dans le studio glacé, le directeur annonça une pause déjeuner d'une heure, et Soleil ne vint pas les voir, si bien qu'ils s'en allèrent.

Tandis qu'ils passaient l'angle du couloir pour se diriger vers les ascenseurs, quelqu'un les appela derrière eux.

— Oh ! mon Dieu ! C'est Nikki Heat ?

— Oh ! j'avais vraiment besoin de ça ! murmura-t-elle.

— On pourra s'en débarrasser, dit Rook.

— Nikki ?

En entendant de nouveau cette voix, elle s'arrêta, et Rook s'aperçut que le regard exaspéré se transformait en surprise. Nikki se retourna et soudain son visage rayonna.

— Oh ! mon Dieu !

Rook se retourna et regarda l'homme dégingandé aux cheveux poivre et sel en jean et pull à col en V qui approchait, les bras grands ouverts. Nikki courut vers lui et ils s'enlacèrent.

Elle poussait des petits cris de joie et ils riaient. Puis ils se repoussèrent et se rapprochèrent, toujours enlacés.

Ne sachant que faire, Rook mit les mains dans ses poches et les observa pendant qu'ils s'écartaient enfin l'un de l'autre pour se tenir à longueur de bras, absolument radieux.

— Regarde-moi ça ! dit Nikki. Tu n'as plus de barbe !

— Toi, tu n'as pas changé. Si, tu es encore plus belle. Rook remarqua un son guttural dans ses « r », pas à la manière des Écossais, mais avec un accent étranger.

Puis Nikki l'embrassa, rapidement, mais comme Rook ne manqua pas de le remarquer, en plein sur les lèvres. Tenant toujours son ami par le bras, elle se retourna.

— Je te présente Petar. Mon ancien petit ami de la fac.

— Sans blague ?

Rook lui tendit la main.

— Je m'appelle Jameson.

— James ?

— Jameson. Et vous, Peter ?

Rook s'enorgueillissait parfois de ses coups bas.

— Non, Petar, ça rime avec guitare. Les gens se trompent toujours.

— Je n'arrive pas à y croire ! dit Nikki en bousculant Petar avec le bras qu'elle lui avait passé autour de la taille. Je ne te savais même pas à New York !

— Si, je travaille ici, dans un des services de la production.

— Petar ! C'est super ! Tu es le producteur?

Il regarda timidement tout autour de lui.

— Chut ! Tu vas me faire virer. Pas le producteur, producteur délégué…

Rook se fit remarquer.

— Vous contactez les invités et vous préparez les interviews…

— C'est ça… Jim connaît bien le métier !

Heat regarda Rook et sourit.

— Jim, ça te va bien.

Petar s'expliqua.

— J'aide Kirby à savoir quelles questions il doit poser à ses invités. Ils ne restent que six minutes avec lui une fois qu'ils sont sur la chaise ; alors, je leur explique avant comment se déroulera l'émission et je lui donne une liste de sujets possibles, et quelques anecdotes véridiques.

— C'est un peu un travail de nègre, dit Rook.

Petar fronça les sourcils.

— C'est un peu mieux que cela. Moi, j'ai mon nom au générique. Écoutez, j'ai un peu de temps devant moi. Vous voulez m'accompagner au foyer des acteurs pour manger un morceau ? On pourrait rattraper le temps perdu.

Rook tenta d'accrocher le regard de Nikki.

— Cela nous plairait beaucoup, mais…

— Excellente idée, on peut trouver cinq minutes…

L'émission était en direct, et elle ne commencerait pas avant quelques heures. Le foyer était tout à eux. Rook commençait à se sentir d'humeur… morose.

Il avait espéré pouvoir inviter Nikki à dîner, mais ils étaient là, à grignoter des brochettes de poulet thaï et des tortillas au saumon.

— C'est vraiment mon jour de chance ! D'abord, il y a cinq minutes, Soleil Gray a tout annulé pour une raison mystérieuse.

Heat se retourna pour tenter de croiser les yeux de Rook, mais il faisait déjà la même chose avec elle.

— Alors, puisqu'elle se fait la belle, cela signifie qu'un de mes invités de secours va prendre sa place ; c'est tout bonus pour moi. Nikki, tu sais combien d'années ça fait ?

Nikki avala une bouchée de saumon.

— Non, non. Surtout, ne commence pas à compter !

— Si, dit Rook.

Elle s'essuya la bouche et expliqua :

— J'ai rencontré Petar pendant que j'étais à l'étranger. J'étais à Venise pour étudier un opéra qui était donné au Gran Teatro La Fenice, quand j'ai rencontré ce merveilleux étudiant en cinéma de Croatie.

Ah ! c'était ça, l'accent !

— On a eu une folle aventure. Du moins, je pensais que c'était une folle aventure. Mais quand je suis rentrée aux États-Unis pour reprendre les cours à Northeastern, qui a débarqué à Boston ?

— Pete ? répondit Rook.

Nikki se mit à rire.

— Je ne pouvais tout de même pas le renvoyer chez lui !

— Sûrement pas, dit Petar en riant, lui aussi.

Rook passait le temps en plongeant sa brochette dans une sauce aux cacahouètes.

Nikki et son ancien amour échangèrent leurs numéros de téléphone et se promirent de se revoir pour rattraper le temps perdu.

— Tu sais, dit Petar, quand j'ai vu cet article dans le magazine, j'ai tout de suite pensé à te recontacter.

— Pourquoi tu ne l'as pas fait ?

— Je ne sais pas. Je ne savais pas où tu en étais dans ta vie.

Rook sauta sur l'occasion.

— Elle est très occupée. D'ailleurs, nous devrions partir.

— Vous travaillez sur une grande affaire ?

Elle regarda tout autour d'elle pour s'assurer qu'il n'y avait personne.

— Cassidy Towne.

Petar hocha la tête de bas en haut et de droite à gauche en même temps. Rook essaya de comprendre comment il s'y prenait et décida de ne pas l'imiter.

— Ça a fait un choc. Et en même temps, c'était presque prévisible. Elle n'avait pas beaucoup d'amis ; moi, je l'aimais bien.

— Tu la connaissais ?

— Bien sûr. Le contraire aurait été difficile. Dans mon boulot, j'ai toujours affaire à ces gens-là. Les journalistes, les agents, les mecs des relations publiques. Certains veulent que leurs auteurs participent à l'émission, d'autres veulent connaître le nom des autres invités ; quant à Cassidy, elle voulait savoir comment ils se comportaient, qui sortait avec qui, toutes les histoires dont on ne pouvait pas parler à l'antenne.

— Alors, vous et Cassidy aviez une sorte de relation ?

Rook avait essayé d'y mettre assez de mauvais esprit pour que Nikki y voie toutes les connotations les plus désagréables.

— On avait une relation fantastique, répondit Petar sans la moindre équivoque. Était-ce la personne la plus chaleureuse au monde ? Non. Est-ce qu'elle profitait de la faiblesse humaine ? Oui. Mais je dois vous dire : lorsque j'ai commencé ce travail, j'ai failli ne pas y arriver. Quand elle a vu que je sombrais, elle m'a pris sous son aile. Elle m'a envoyé à des séminaires pour que j'apprenne à m'organiser, à respecter les délais, à parler aux gens des relations publiques pour faire venir leurs stars chez nous, à m'adresser aux célébrités de manière à leur faire baisser la garde… Elle m'a sauvé la mise.

— Respecter les délais, Nikki, tu imagines ?

Pendant qu'ils riaient à ce souvenir commun, Rook imaginait Petar, dix ans plus tôt, un Croate désemparé, qui traînait dans sa chambre d'étudiante, portant sa robe de chambre en train de lui demander : « Neekee…, pas trouver chaussettes… »

Lorsque les rires se dissipèrent, Petar baissa la voix et s'approcha de Nikki, genou contre genou. Nikki ne recula pas, Rook le remarqua.

— J'ai entendu dire qu'elle travaillait sur un truc.

— Oui, je savais, dit Rook. Un gros truc.

— Rook faisait son portrait, expliqua Nikki.

— Oh ! alors, elle vous a dit de quoi il s'agissait ?

Rook se demandait si Petar le savait ou s'il allait à la

pêche aux informations pour savoir ce que Rook savait, ce qui était peut-être moins que lui.

— Pas en détail.

— Je ne sais pas grand-chose non plus.

Du bout du doigt, Petar prit une câpre sur l'assiette de Nikki.

— J'en ai entendu parler par un de mes contacts dans l'édition. Cassidy était censée travailler sur un livre révélation à propos de je ne sais qui. Mais à la publication, un personnage très important devait aller moisir en prison pour un bon moment.

ONZE

Jameson Rook se leva à cinq heures le lendemain matin afin de remettre un peu d'ordre dans sa vie. Après s'être douché et habillé, il moulut du café, prépara une grande cafetière, alla chercher un balai, un chiffon et un seau plein de produits de nettoyage pour régler son compte au marasme semé par le Texan, deux jours plus tôt.

Il marqua une pause devant la porte pour estimer les dégâts de la tornade : dossiers jetés à terre, tiroirs renversés et vidés, cadres et trophées brisés, couvertures de magazines encadrées et livres jonchant le sol, boîtes d'archives contenant ses recherches qui avaient été éventrées, taches de son propre sang sur le tapis, abat-jour arrachés à leur lampe ; et sa chaise d'écrivain qui était devenue sa prison... Bon, ça, ça ne changeait guère !

C'était un viol de son intimité, aussi décourageant qu'envahissant. Rook ne savait par où commencer. Il fit donc la seule chose qui lui paraissait logique.

Il posa balai, chiffons et seau dans un coin et s'installa devant son ordinateur pour taper le nom de Petar Matic dans Google.

Il sourit en tapant ce nom. Prononcé rapidement, on aurait dit le nom d'un jouet érotique.

Mieux valait ne pas s'aventurer sur ce terrain... Pas s'il voulait consacrer la matinée à remettre sa vie en ordre.

À sa grande surprise, il obtint de nombreuses réponses. Un célèbre financier, un professeur, un pompier de Cleveland, et ainsi de suite, mais rien sur le petit copain d'université de Nikki Heat. Pas avant la deuxième page. Le seul lien pertinent ouvrait sur une ancienne biographie, à propos d'un documentaire sur la vie animale, tourné en Thaïlande, *Nouveaux Amis, vieux mondes !* Rien de remarquable :

Étudiant en cinéma et aventurier du village de Kamensko en Croatie, qui s'est installé aux États-Unis, Petar Matic a reçu un prix pour ce film qui nous introduit dans le monde d'espèces animales inconnues jusque-là.

Petar Matic était donc du genre à filmer des serpents à deux queues et des oiseaux avec des poils sous les ailes !

Il chercha ensuite *Petar Matic Nikki Heat* et, à sa grande joie, n'obtint aucun résultat. Il était particulièrement soulagé de voir qu'ils n'avaient travaillé sur aucun projet cinématographique ensemble. Il chassa de son esprit l'image lancinante de Nikki Heat et de son Roméo croate, aussi repoussante que les fantômes verdâtres d'images prises en vision nocturne, et commença à balayer le verre brisé.

Une demi-heure plus tard, son téléphone cellulaire entonna le thème de *Dragnet*.

— Tu vois, cette fois, j'appelle avant de venir, dit Nikki. Je suis au coin de la rue, et tu disposes d'exactement deux minutes pour chasser tes panthères !

— Toutes ? Il y en a une que j'aime bien. Ne quitte pas...

Il fit mine de couvrir l'émetteur et dit :

— Essayeriez-vous de me séduire, Mrs. Robinson ?

Lorsqu'il reprit Nikki, elle menaça :

— Fais gaffe, Rook, tu risques de saigner du nez !

Elle arriva avec du café qui, de son propre aveu, était loin de rivaliser avec celui de Rook, et un sachet de bagels de chez Zucker encore tout chauds.

— Je pensais aller voir l'éditeur de Cassidy Towne dès l'ouverture des bureaux et d'aller au commissariat de là.

Elle perçut une ombre sur son visage.

— Qu'est-ce qu'il y a ?

— Rien. Je ne savais pas que tu avais l'intention qu'on aille voir l'éditeur ensemble, c'est tout.

— Tu ne veux pas venir ? Rook, tu veux toujours aller partout. On dirait un golden retriever avec un frisbee dans la gueule dès que tu entends le son des clés de voiture.

— Bien sûr que j'ai envie de venir ! Je suis juste déprimé de ne rien avoir pu faire avancer ici. On se croirait à Beyrouth !

Elle emporta son café et un bagel au sésame entamé vers le bureau pour voir ce qu'il en était.

— Tu n'as pas avancé d'un pouce !

— Euh, j'ai commencé et je me suis mis sur mon ordinateur pour travailler mon article sur Cassidy.

Nikki observa l'économiseur d'écran, une image tirée de *The Big Lebowski* qui montrait la tête du Duc sur une boule de bowling. Puis son regard se porta sur l'hélicoptère télécommandé posé sur le bureau. Elle posa la main sur la carlingue.

— Il est encore chaud !

— Ah ! vraiment, les coupables n'ont pas la moindre chance avec toi !

Ils disposaient d'une demi-heure avant d'aller chez l'éditeur, si bien que Nikki commença à ramasser les papiers qui jonchaient le sol. Rook trouva une place de choix pour l'hélicoptère sur le rebord de la fenêtre et dit, d'un ton aussi naturel que s'il parlait d'une partie de pêche :

— Ça a dû te faire tout drôle, de retrouver ton ancien petit copain !

— Ce n'est rien de le dire ! Dans cet endroit, en plus ! Tu crois qu'il faisait partie des conquêtes de Cassidy ?

— Quoi ? Euh… Je n'y avais pas réfléchi.

Il se retourna rapidement pour remettre des stylos dans le pot acheté dans la boutique de souvenirs du musée Mark Twain.

— C'est ce que tu penses ?

213

— Je ne sais pas vraiment. Parfois, cela fait du bien de croire les gens sur parole.

Elle le regarda et, de nouveau, il se retourna, s'intéressant, cette fois, à l'armée de trombones.

— Cela changeait d'entendre parler de Cassidy comme de la personne qui avait aidé Pete à mettre le pied à l'étrier.

Pete ! Rook s'efforça de ne pas rouler les yeux.

— D'après ce que j'ai vu de Cassidy, elle était dure, mais ce n'était pas un monstre. Je ne parlerais pas d'altruisme quand même. Je suis certain qu'en aidant Pete à tirer quelques ficelles, elle essayait d'établir une relation solide à la télévision avec quelqu'un qui « lui revaudrait ça » !

— Est-ce qu'elle considérait quelqu'un comme un véritable ami ?

— Pas que je sache. Elle était condamnée à la solitude. Cela ne veut pas dire qu'elle était seule. Mais ses loisirs, elle les passait avec ses fleurs, pas avec les gens. Tu as remarqué la plaque de porcelaine vissée au mur, près de la porte-fenêtre ? *Quand la vie vous déçoit, il vous reste le jardin.*

— Apparemment, Cassidy était souvent déçue.

— Oui, mais on ne peut pas reprocher à quelqu'un de s'occuper d'êtres vivants…, même si ce n'est que de la végétation.

Nikki souleva une pile de papiers récupérés et la lissa en la tapotant contre son ventre.

— Comme je ne sais pas où tu veux ranger ces dossiers, je les empile sur la desserte. Ça te laissera plus de place pour t'amuser avec ton hélicoptère.

Il travaillait avec elle et jetait à la corbeille les objets brisés.

— Tu sais, ça me plaît de partager les tâches ménagères.

— Ne te fais pas d'idées fausses… Bien que… Disons, qu'est-ce qui amuse plus un policier que de nettoyer une scène de crime ?

La desserte était pleine, si bien que Nikki déposa une brassée de dossiers sur le bureau. Son bras frôla la barre d'espace, et l'économiseur d'écran disparu. Le Duc céda la place à la page de résultats Google pour *Petar Matic Nikki Heat.*

Sans être certain que Nikki l'avait remarqué, Rook ferma son ordinateur portable en bredouillant qu'il gênait. Si Nikki avait vu la page, elle n'en laissa rien paraître. Rook s'efforça d'attendre un moment, travaillant en silence. Au bout d'un intervalle décent, il rangea les livres sur les étagères en lançant d'un ton léger :

— Au fait, je t'ai appelée, hier. Tu n'as pas répondu.

— Je sais, fut la seule réponse qu'il obtint.

Lorsqu'ils avaient quitté le plateau de *Later On,* la veille, Rook avait proposé d'aller dîner, mais elle avait décliné, prétendant être harassée par la journée de la veille.

— À cause de notre folle nuit ?

— Oui, tu m'as épuisée.

— Vraiment ?

— Ne te fais pas de reproches. Si tu te souviens bien, j'avais eu une altercation avec un Texan, juste avant notre équipée. Et une journée bien remplie à m'être trimballée partout pour l'enquête.

— C'était pareil pour moi.

Elle fronça les sourcils.

— Je te demande pardon, mais toi, tu t'es vraiment battu avec le Texan ? Je crois plutôt que tu es resté sur ta chaise et que tu es tombé !

— Tu es blessante, Nikki. Tu me fouettes avec tes sarcasmes.

— Non, répondit-elle sans dissimuler son désir, c'était avec la ceinture de mon peignoir !

Il n'en eut que plus envie de partager une autre nuit avec elle. Pourtant, comme d'habitude, Nikki protégeait sa liberté. Morose, il était rentré en taxi à Tribeca, son imagination d'écrivain emplissant sa tête des conséquences possibles des retrouvailles avec cet amour de jeunesse, suivi d'un échange de numéros de téléphone.

Il remit un volume de l'*Oxford English Dictionary* à sa place.

— J'ai failli ne pas appeler. J'avais peur de te réveiller.

Il glissa un deuxième volume bleu à côté de son compagnon avant d'ajouter :

— Parce que tu m'avais dit que tu voulais dormir.

— Tu me surveilles, maintenant ?

— Moi ? Tu te fais des idées.

— Je vais te le dire, si tu veux savoir.

— Nik, je n'ai pas besoin de savoir.

— Parce que je ne dormais pas chez moi quand tu as appelé. J'étais sortie.

Pour un joueur de poker expérimenté, il cachait ses sentiments presque aussi bien que Roger Rabbit après deux verres de whisky.

— Je ne pouvais pas dormir, finit-elle par préciser. Alors, je suis allée au commissariat. Je voulais vérifier quelque chose dans une base de données du FBI à propos d'une arme spécifique, d'adhésif et d'une certaine forme de torture. Parfois, on cerne un mode opératoire. Je n'ai rien trouvé de tel hier, mais j'ai contacté un agent du Centre national d'analyse des crimes violents à Quantico, qui reste sur le coup et qui me dira ce qu'il en ressort. Je lui ai transmis les empreintes partielles que nous avons relevées sur la cartouche ruban.

— Alors, tu travaillais pendant tout ce temps ?

— Pas pendant tout ce temps.

Voilà, elle avait donc vu l'écran Google ! Ou elle n'avait rien vu, et elle avait effectivement retrouvé Petar.

— Tu n'essaierais pas de me torturer, détective Heat ?

— Pourquoi ? C'est ce que tu voudrais, Jameson ? Tu aimerais que je te torture ?

Sur ce, elle termina son café et rapporta sa tasse à la cuisine.

— C'est la loi, cette fichue loi, qui empêche les gens de nous parler ! dit Ochoa.

Avec son partenaire, Raley était assis à l'avant de leur voiture banalisée en face des pompes funèbres Moreno, à l'angle de la 127ᵉ Rue et de Lexington.

Par la porte ouverte du funérarium, Raley laissa son regard s'égarer pour observer une rame de métro sur la voie aérienne qui ralentissait en arrivant à la station Harlem, son dernier arrêt avant de déposer les banlieusards du comté de Fairfield à la gare de Grand Central.

— Cela n'a aucun sens ! Surtout lorsqu'il s'agit de la famille. Enfin, ils doivent bien se douter qu'on essaie de retrouver l'assassin de l'un des leurs.

— Cela n'a pas besoin d'avoir de sens, Raley. La loi, c'est la loi : on ne balance pas, quoi qu'il arrive.

— La loi de qui ? La famille Padilla n'est pas liée aux gangs !

— Ce n'est pas la peine. C'est la culture. C'est inscrit dans la musique, c'est marqué dans la rue. Si tu balances, tu n'es pas forcément liquidé, tu es méprisé. C'est la règle. Personne ne veut l'enfreindre, c'est comme ça.

— Alors, qu'est-ce qu'on va pouvoir faire ?

Ochoa haussa les épaules.

— Chais pas ! Trouver l'exception ?

Une fourgonnette noire s'arrêta devant la porte du funérarium et klaxonna deux fois. Les deux policiers consultèrent leur montre. L'institut médicolégal avait rendu le corps d'Esteban Padilla à huit heures du matin. Il était neuf heures moins le quart, et ils observèrent en silence les deux hommes qui sortirent avec le brancard et le sac de vinyle noir contenant le corps.

Un peu après neuf heures, une Honda 98 vint se garer.

— C'est à nous de jouer, dit Raley, qui déchanta aussitôt en voyant le cousin peu coopératif de la veille, qui entrait dans le bâtiment.

— Bon, je crois que c'est fichu pour notre exception.

Ils attendirent encore une dizaine de minutes sans échanger un mot, mais, ne voyant personne d'autre arriver, Raley démarra.

— Je pensais justement la même chose, dit son partenaire tandis que la voiture s'éloignait du trottoir.

Personne ne répondit lorsqu'ils frappèrent à la porte de

Padilla, sur la 115ᵉ Rue Est. Les policiers allaient renoncer lorsque derrière la porte une voix leur demanda en espagnol qui était là. Ochoa s'identifia et répondit qu'il voulait discuter un peu. Il y eut une longue pause avant que la chaîne de sécurité, puis un verrou et, finalement, la porte ne s'ouvrent. Un adolescent demanda à voir leur plaque.

Pablo Padilla les fit asseoir au salon. Bien que le garçon n'ait rien dit de tel, il semblait que, plus qu'un signe d'hospitalité, cette invitation fût destinée à ne pas les laisser dans la rue. Ochoa pensait à cette omerta, censée être une marque de solidarité, alors que le regard de ce garçon ressemblait à celui des victimes d'actes de terrorisme. Ou à un gosse des rues, terrifié par les gangs et les hors-la-loi dans un western de Clint Eastwood.

De langue maternelle espagnole, Ochoa, qui allait devoir mener la conversation, décida d'y aller en douceur.

— Je te présente toutes mes condoléances, dit-il pour commencer.

— Vous avez trouvé l'assassin de mon oncle ? répondit l'adolescent.

— On y travaille, Pablo. C'est pour cela que nous sommes ici. Pour qu'on nous aide à trouver le coupable, à l'arrêter et le mettre en prison une bonne fois pour toutes.

Le policier voulait que le coupable semble dans l'incapacité de se venger contre ceux qui oseraient coopérer.

L'adolescent parut absorber cette information et observa les deux policiers. Raley gardait profil bas, mais restait très attentif. Il avait l'air de s'intéresser à des housses à vêtements suspendues derrière une porte.

Le jeune homme le remarqua.

— C'est mon nouveau costume pour les funérailles de mon oncle.

Il parlait d'une voix brisée, mais pleine de courage. En voyant ses yeux bordés de larmes, Ochoa se jura de ne plus jamais appeler la victime « l'homme coyote ».

— Pablo, tout ce que tu me diras restera entre nous, tu comprends ? C'est comme si tu t'adressais à une ligne de téléphone anonyme. (Comme le garçon ne répondait pas, il continua.) Est-ce que ton oncle Esteban avait des ennemis ? Quelqu'un lui voulait du mal ?

Le garçon hocha lentement la tête avant de répondre.

— Non, je ne connais personne qui aurait voulu faire ça. Tout le monde l'aimait bien, il était toujours joyeux, c'était un chic type, vous savez.

— C'est bien, dit Ochoa, quoique ce ne fût pas une très bonne nouvelle pour son enquête, mais il continua à sourire.

Pablo semblait se détendre un peu et, lorsque le policier l'interrogea sur les amis et les petites amies de son oncle, sur ses habitudes, sur le jeu ou la drogue, le garçon répondit par des réponses courtes, à la manière des adolescents, mais il répondit.

— Et son travail ? Il était chauffeur-livreur ?

— Oui, ce n'est pas ce qu'il préférait, mais il avait une bonne expérience comme chauffeur ; alors, c'est tout ce qu'il a trouvé. Vous savez, un travail, c'est toujours un travail, même s'il n'est pas aussi bien...

Ochoa se retourna vers Raley, qui ne comprenait pas un mot de ce qu'ils disaient, mais le regard de son partenaire lui signalait qu'il avait peut-être touché un point sensible. Ochoa s'intéressa de nouveau à Pablo.

— Oui, je vois. Tu as dit « pas aussi bien... »

— Hum, hum...

— Pas aussi bien que quoi?

— Euh... C'est un peu gênant, mais, comme il est mort, je suppose que ça n'a plus d'importance...

Le garçon se tordit les doigts et glissa les mains sous ses cuisses.

— Mon oncle, il avait, vous savez, un boulot plus classe, avant. Mais il y a deux mois, il s'est fait virer, comme ça.

— Quel dommage ! dit Ochoa. Qu'est-ce qu'il a fait quand il a été renvoyé ?

Pablo se retourna en entendant les clés dans la serrure

de la porte d'entrée, et le policier essaya de capter de nouveau son attention.

— Pablo ? Quel travail faisait-il, avant ?

— Euh, il était chauffeur de maître pour une boîte de limousines.

— Et pourquoi a-t-il été renvoyé ?

La porte s'ouvrit, et un cousin de Padilla, celui qui était entré au funérarium, arriva.

— Qu'est-ce qui se passe ici ?

Pablo se leva et son langage corporel n'avait pas besoin de traduction, pas même pour Raley. Il signifiait que la conversation était terminée.

Bien que Nikki Heat n'ait pas pris rendez-vous, l'éditeur de Cassidy Towne chez Epimetheus Books ne la fit pas attendre. Nikki s'annonça à la réception, et lorsqu'elle sortit de l'ascenseur avec Rook, au seizième étage de la maison d'édition, une assistante l'attendait. L'employée composa un code qui ouvrit les portes de verre dépoli donnant sur les bureaux et les accompagna dans le corridor très éclairé, aux murs blancs, rehaussés de boiseries blondes.

Ils se trouvaient dans la section « Essais et documents », si bien que les murs étaient couverts de biographies, ou portraits de célébrités encadrés, côte à côte, avec la liste des meilleures ventes du *New York Times*.

Ils arrivèrent dans un secteur où les bureaux des trois assistantes étaient visiblement beaucoup plus imposants que ceux devant lesquels ils venaient de passer.

La porte centrale était ouverte, et l'assistante les conduisit à l'intérieur de la pièce.

Mitchell Perkins leur sourit en les regardant par-dessus ses lunettes demi-lune noires qu'il posa sur son buvard avant de faire le tour du bureau pour leur serrer la main. Jovial, il paraissait beaucoup plus jeune que Nikki l'avait imaginé pour un éditeur senior – une petite quarantaine, à peine –, mais il avait les yeux fatigués. Elle comprit vite pourquoi en voyant les piles de manuscrits qui débordaient des étagères et s'entassaient sur le sol, à côté de son bureau.

Il leur fit signe de s'installer dans un coin salon. Heat et Rook s'assirent sur le divan, et l'éditeur se blottit dans un fauteuil, face à la fenêtre qui occupait tout le mur nord, offrant une vue spectaculaire et dégagée sur l'Empire State Building. Même pour les deux visiteurs qui avaient passé l'essentiel de leur vie à Manhattan, le panorama était époustouflant.

Nikki songea que ce bureau constituerait un décor de cinéma idéal avec une telle vue, mais la remarque aurait été mal venue dans ces circonstances. Tout d'abord, elle devait présenter ses condoléances pour la perte d'un grand auteur et demander le manuscrit de ce même auteur.

— Je vous remercie de nous avoir reçus si vite, monsieur Perkins.

— Bien sûr. Quand la police vient me voir, c'est tout naturel.

Il se tourna vers Rook et ajouta :

— Les circonstances sont un peu étranges, mais je suis ravi de vous rencontrer. Nous avons failli nous croiser en mai dernier, lors du gala de charité de Sting, mais vous étiez en grande conversation avec Richard Branson et James Taylor, alors, je me suis laissé intimider.

— C'était vraiment inutile. Je ne suis qu'un homme comme les autres !

Puisque, par miracle, Rook venait de briser la glace avec un rire introductif, Nikki pouvait aller droit au but.

— Monsieur Perkins, nous sommes venus vous voir à propos de Cassidy Towne et, avant tout, nous aimerions vous présenter nos condoléances.

L'éditeur hocha la tête et plissa les joues.

— C'est très gentil à vous, mais puis-je me permettre de vous demander comment vous avez appris que nous étions, ou n'étions pas, en rapport avec elle ?

Elle n'aurait pas été bonne enquêtrice si elle n'avait pas remarqué l'énorme écran de fumée que formait ce choix de mots précis. Perkins ne s'était pas exprimé ainsi parce qu'il savait que Cassidy écrivait un livre pour lui, il analysait la situation. Charmant garçon, peut-être, mais il jouait une partie d'échecs. Nikki décida donc de ne pas tourner autour du pot.

— Cassidy Towne écrivait un livre pour vous, et j'aimerais savoir de quoi il parlait.

L'impact fut immédiat. Il souleva les sourcils et croisa les jambes pour adopter une position plus confortable dans son grand fauteuil de cuir.

— Bon, je suppose que nous n'allons pas parler de la pluie et du beau temps.

Il souriait, mais visiblement le cœur lui manquait.

— Monsieur Perkins…

— Mitch, je vous en prie. Ce sera plus agréable pour tout le monde si vous m'appelez Mitch.

Nikki resta cordiale tout en insistant sur le même thème.

— De quoi parlait ce livre ?

Lui aussi connaissait ce petit jeu. Pour ne pas répondre, il se tourna de nouveau vers Rook.

— J'ai cru comprendre que vous avez été engagé par *First Press* pour écrire un article d'une vingtaine de feuillets sur elle. Elle vous a confié quelque chose ? Est-ce pour cela que nous sommes ici aujourd'hui ?

Rook n'eut pas l'occasion de répondre.

— Excusez-moi, dit Nikki.

Elle conserva le formalisme que Perkins avait établi ; néanmoins, elle se leva et alla s'appuyer sur le bureau, de manière à ce qu'il soit obligé de pivoter et ne puisse s'adresser à Rook.

— Je dirige une enquête sur un meurtre, et cela signifie que je dois suivre toutes les pistes qui pourraient mener à l'assassin de Cassidy Towne. Il y a de nombreuses pistes et peu de temps, alors, si je peux me permettre, la manière dont j'obtiens mes informations ne concerne que moi. Et si vous voulez que la conversation prenne un tour plus agréable, laissez-moi d'abord poser des questions et offrez-moi des réponses directes et coopératives, vous voulez bien… Mitch ?

Il croisa les bras sur sa poitrine.

— Absolument.

Elle remarqua qu'il avait brièvement fermé les yeux en prononçant ce mot.

— Alors, puis-je reprendre mes questions ? Et si cela peut vous aider, oui, je sais qu'elle travaillait sur un livre de révélations, de révélations sensationnelles.

Il acquiesça.

— Bien sûr, c'était son pain bénit.

— Alors, qui était le sujet de ce livre ? Ou quoi ?

Elle alla de nouveau s'asseoir en face de lui.

— Ça, je n'en sais rien. (Anticipant sa réaction, il leva la main.) Effectivement, je peux vous confirmer que nous avions un contrat avec elle. Oui, il devait s'agir d'un livre de révélations. En fait, Cassidy nous avait promis que cela ébranlerait le monde entier et que cela ne se contenterait pas de faire du bruit dans les tabloïds et les talk-shows. Pour parler comme la génération de Paris Hilton, ce serait chaud, brûlant. (Il ferma les yeux de nouveau et les rouvrit ; il faisait penser à une chouette.) Malheureusement, je ne peux rien vous dire de la teneur de son texte.

— Vous voulez dire que vous savez et que vous ne direz rien ? répondit Nikki.

— Nous sommes une grande maison d'édition. Nous avons confiance en nos auteurs et nous leur accordons beaucoup de liberté. Cassidy Towne et moi, nous nous faisions une confiance aveugle. Elle m'avait assuré que cela aurait des répercussions mondiales, et je lui avais promis de mettre le livre sur le marché. À présent, hélas, nous ne saurons peut-être jamais quel était le sujet de ce livre. À moins que vous ne puissiez mettre la main sur le manuscrit.

Nikki Heat sourit.

— Vous savez et vous ne voulez rien dire. Cassidy Towne a obtenu un énorme à-valoir et, dans l'économie d'aujourd'hui, on ne donne pas de telles avances sans un contrat solide, signé à l'avance par les deux parties.

— Excusez-moi, mais comment savez-vous qu'elle a obtenu un à-valoir, et encore plus une énorme avance ?

Rook ajouta son grain de sel.

— Parce que cela aurait été pour elle le seul moyen de payer ses informateurs, dit Rook. Vous connaissez les journaux. Le budget que lui accordait le *Ledger* n'aurait jamais pu lui permettre de telles largesses. Et elle n'avait aucune fortune personnelle.

— Je peux consulter ses comptes en banque, ajouta Nikki, et je suis certaine d'y trouver un virement de la part d'Epimetheus, qui me dira exactement ce que vous achetiez.

— Dans ce cas, si vous trouvez quelque chose, les liens éventuels ne seront que des preuves conjecturales.

Il n'en dit pas plus et le silence s'installa.

Nikki sortit sa carte.

— Celui ou celle dont ce livre parle pourrait être l'assassin ou nous mener à lui. Si vous changez d'avis, vous savez comment me contacter.

Il prit sa carte et la glissa dans sa poche sans même la regarder.

— Merci. Et, si je puis me permettre, puisque Jameson Rook est présent, son article vous rend à peine justice. Je commence à penser que Nikki Heat mériterait un livre à elle seule.

Pour Nikki, rien n'aurait pu mettre aussi définitivement fin à la conversation.

La porte de l'ascenseur à peine refermée, Nikki dit :

— La ferme !

— Je n'ai rien dit… (il sourit)… à propos du livre sur Nikki Heat…

La cabine s'arrêta au neuvième, et plusieurs personnes montèrent. Nikki remarqua que Rook s'était retourné face à la paroi.

— Tu ne te sens pas bien ?

Sans répondre, il hocha la tête et se gratta le front, dissimulant la moitié de son visage pendant le reste de la descente.

Au rez-de-chaussée, il laissa l'ascenseur se vider avant de sortir lentement. Nikki l'attendait.

— Quelque chose t'a mordu le visage ?

— Non, je vais bien.

Il se retourna et marcha à grands pas devant elle, traversant le hall en toute hâte. Il venait de poser la main sur la porte ouvrant sur la 5e Avenue lorsqu'une voix de femme retentit dans le hall au sol de marbre.

— Jamie ! Jamie Rook ! C'est toi ?

C'était une des femmes qui se trouvaient dans l'ascenseur, et, quelque chose dans l'hésitation de Rook avant qu'il ne se retourne dit à Nikki qu'il valait mieux rester à l'écart et observer la scène de loin.

— Terri ! Bonjour. Où avais-je la tête ? Je ne t'avais pas vue.

Rook avança vers elle et ils s'enlacèrent. Nikki vit une certaine rougeur lui monter au visage et se mêler aux griffures qu'il venait juste de se faire sur le front.

Lorsqu'ils s'écartèrent l'un de l'autre, la femme s'exclama :

— Comment oses-tu venir ici sans même dire un petit bonjour à ton éditrice !

— En fait, c'est exactement ce que j'allais faire, mais je viens juste de recevoir un appel de quelqu'un qui m'a commandé un article, alors, je pensais reporter ça à la prochaine fois.

Il leva les yeux et s'aperçut que Nikki les observait et, leur présentant son dos, tournait tout autour d'eux.

— Tu as intérêt ! Écoute, je suis un peu pressée, moi aussi. Mais tu m'as économisé un courriel. Ton livre revient de la préparation de copie la semaine prochaine. Je te l'enverrai en pièce jointe dès que je le recevrai. D'accord ?

— Bien sûr.

Ils s'embrassèrent de nouveau, et la femme courut pour aller rejoindre son groupe qui retenait un taxi au bord du trottoir.

Lorsque Rook se retourna vers Nikki, elle avait disparu. Il scruta tout le hall, et son estomac se serra lorsqu'il l'aperçut en train de lire la plaque de l'immeuble.

— Tu as une éditrice ici ? dit-elle en le voyant approcher. Je vois beaucoup d'éditeurs dans ce bâtiment, mais rien qui corresponde à *First Press*.

— Non, eux, ils sont au Flatiron.

— Pas de *Vanity Fair* non plus !

— Ils sont au Condé Nast. Près de Times Square.

Il la prit par le coude.

— On ne devrait pas retourner au commissariat ?

Nikki fit mine de n'avoir rien entendu.

— Alors, qu'est-ce que ton éditrice fait ici, s'il n'y a que des maisons d'édition de livres ? Tu écris des livres ?

Il bascula sa tête d'un côté à l'autre.

— D'une certaine manière, oui.

— Bon, cette femme, Terri, ton éditrice, elle travaille au neuvième étage, si je me souviens bien.

— Nikki, il faut toujours que tu joues les flics !

— Et si je me fie à cette plaque, le neuvième étage est occupé par Ardor Books. Qu'est-ce qu'ils publient ?

L'agent de sécurité à la réception leur sourit et dit :

— Madame ? Ardor Books publie surtout des romans.

Nikki se retourna vers Rook, qui avait disparu. Il se précipitait vers la porte de la 5ᵉ Avenue, espérant avoir une maigre chance d'échapper à l'interrogatoire.

DOUZE

De retour au bureau vingt minutes plus tard, Nikki pensa, à la manière dont tout le monde s'agglutinait autour de la télévision, qu'une brigade des SWAT devait examiner un véhicule suspect. Pourtant, c'était improbable, car elle en aurait entendu parler sur la fréquence policière en revenant de la maison d'édition avec Rook.

— Qu'est-ce qui se passe ? lança-t-elle à la cantonade. Quelqu'un en a eu marre de la grève et a mis le feu aux ordures ?

— Oh ! c'est énorme ! dit Hinesburg. Tous les hélicos de la télé sont sur le coup ! On a repéré un coyote au nord d'Inwood Park !

— Elle en fait du chemin, cette bestiole, dit Raley.

Rook s'avança à l'arrière du cercle.

— On sait si c'est le même que celui qui a mordu notre homme au coyote ?

Ochoa se tourna vers lui.

— Hé ! mec, ne l'appelle plus jamais comme ça !

Sur les écrans partagés qui montraient simultanément des photos aériennes et des images prises au téléobjectif, ils regardaient le garde-chasse qui se préparait à lancer une fléchette tranquillisante. Nikki, rarement collée à l'écran en dehors des grands événements mondiaux, fut momentanément fascinée par l'animal traqué, tapi dans les buissons de Spuyten Duyvil Creek.

La caméra au sol le prenait d'assez loin, si bien que l'image vacillait sous l'effet de la distorsion et de l'agrandissement, mais l'angle de prise de vue ne différait guère de celui qu'elle avait eu, ce matin-là, en face du café Lalo.

Ce moment, si troublant eût-il pu être, représentait pour Nikki un rare contact avec la vie sauvage, avec un animal non apprivoisé, qui cherchait seul son chemin dans la vie. Un animal presque invisible.

Et pourtant, à présent, sa vie et son existence étaient livrées au public. C'était Nikki qui le regardait maintenant, et elle ne comprenait que trop bien ce qu'elle lisait dans ses yeux.

Le coyote trembla lorsque la fléchette s'enfonça dans sa fourrure, mais il détala aussitôt, disparaissant dans les buissons touffus de la colline escarpée. Le journaliste annonça que la fléchette avait dû rebondir ou ne s'était pas enfoncée. La caméra aérienne scrutait les buissons, en vain.

Nikki Heat éteignit la télévision avec la télécommande, provoquant les grognements et les protestations de la brigade qui se rassemblait pour la réunion matinale.

Aucun lien entre les trois victimes n'avait encore pu être établi après la perquisition de l'appartement de Derek Snow. La police scientifique analysait toujours les empreintes et les prélèvements pour ne rien laisser au hasard. Nikki parla de sa rencontre avec Soleil Gray sur le plateau de *Later On* et confirma qu'un producteur délégué leur avait dit que Cassidy Towne préparait bien un livre de révélations qui devait faire scandale. Rook s'éclaircit la gorge et elle lui adressa un regard qui signifiait : « Tu n'oserais pas ! » Nikki se retourna vers la brigade.

— Cette information est très crédible, d'autant plus qu'elle confirme l'impression que nous a donnée notre conversation avec l'éditeur. Néanmoins, il prétend ne pas connaître le sujet du livre et affirme ne pas être en possession du manuscrit.

— Connerie ! s'exclama Hinesburg.

Nikki, qui entendait assez d'injures sur le trottoir pour ne pas avoir envie de retrouver les mêmes au commissariat, se tourna vers elle.

— Sharon, vous exprimez ce que nous pensons tous. (Elle sourit.) Les autres ont eu la sagesse de garder leurs réflexions pour eux.

Lorsque les rires se turent, Raley proposa :

— Et si on demandait un mandat ?

— Je vais essayer, Raley, mais même avec le plus indulgent des juges, j'ai l'impression qu'on va être en délicatesse avec le Premier Amendement. L'idée même que la police puisse consulter les fichiers d'un éditeur éveille des images de totalitarisme dans certains esprits. Alors, vous imaginez ! Quoi qu'il en soit, j'essaierai.

Les Gars firent leur rapport sur l'affaire Padilla. Ochoa dit, malgré une enquête qui semblait ne donner que sur des impasses puisque personne ne voulait parler, qu'il avait fini par trouver des éléments très intrigants.

— Notre chauffeur-livreur anonyme était en fait un ancien chauffeur de maître. C'est frustrant qu'il ait fallu si longtemps pour le découvrir. Peut-être qu'un jour cette ville pourra trouver un système pour que tout le monde accepte de parler à tout le monde.

— Et nous nous retrouverions au chômage ? dit Nikki, dont le sarcasme suscita quelques ricanements.

— De toute façon, on a consulté les registres et on a trouvé le nom de son ancien employeur.

Ochoa reprit la suite.

— On a également contacté son patron actuel. Il nous a dit que monsieur Padilla avait pris un avocat et intentait un procès pour licenciement abusif contre son ancien patron. On va aller voir l'avocat avant d'aller trouver la société de limousines. Comme ça, on saura où on met les pieds.

— Vous savez qui est l'avocat ?

— Notre Ronnie Strong en personne !

Tout le monde commença à grommeler et à entamer à l'unisson l'air de la célèbre publicité :

« On vous a causé du tort, appelez le redresseur de torts, appelez Ronnie Strong. »

— Beau boulot, les Gars, dit Heat. Allez voir cet avocat. Si on se fie à sa pub, emportez du désinfectant ! Et si j'en vois un revenir avec une minerve, je ne lui adresse plus la parole !

Nikki Heat trouva un cadeau qui l'attendait à son bureau : un mail crypté d'un agent du FBI de Quantico. Il venait de l'analyste avec lequel elle avait discuté la veille et, lorsqu'elle l'ouvrit, sur la moitié supérieure de son écran, une photographie en couleurs du Texan apparut.

Le portrait-robot fourni par Nikki se trouvait en dessous, et la correspondance était évidente. Elle les contempla tous les deux et faillit en oublier de respirer. Nikki ne savait pas si cette réaction était due au souvenir de l'agression ou à la perspective de voir son coupable bientôt sous les verrous. Quoi qu'il en fût, son cœur sauta quelques battements.

Le petit mot d'accompagnement disait : *J'aimerais me vanter d'avoir fait une identification aussi rapide, mais c'est ce qui se produit toujours lorsqu'on nous fournit du bon matériel ! Vos collègues devraient prendre exemple sur vous, Nikki Heat. Vous pouvez me remercier en l'arrêtant le plus vite possible.* Nikki fit défiler l'écran pour consulter la fiche que l'agent avait jointe à la photo.

Suj. s'appelle Rance Eugene Wolf, blanc, quarante et un ans. Né et élevé à Amarillo, Texas, par son père après la disparition de sa mère alors que l'enfant était encore en primaire. La police locale avait mené une enquête sur la disparition de la mère, qui était allée rendre visite à des membres de sa famille à Plainview, avec son fils, retrouvé seul dans une chambre de motel, R 27. Le mari avait été mis hors de cause et l'affaire avait été classée sans suite. L'enfant avait été interrogé cinq fois en deux ans par les policiers et un psy. Pas d'autres commentaires, pas dispos particulières.

Le père du suj. a continué à vivre et à exercer son métier de vétérinaire à Amarillo. Rance a obtenu un diplôme d'assistant chirurgical.

Nikki se souvint des instruments pointus sur le comptoir de Rook. Elle leva la tête pour regarder le tableau blanc et les photos d'autopsie du conduit auditif de Cassidy Towne. Elle se retourna pour poursuivre la lecture.

La relation n'a pas été établie à l'époque, mais les nouvelles recherches effectuées d'après le MO communiqué par N. Heat nous ramènent à des affaires non résolues de mutilations animales dans les environs d'Amarillo.

Suj. s'est engagé dans l'armée. Basé à Ft. Lewis, à Tacoma, WA[1], dans la PM. Les dossiers ont confirmé l'identité du suj. grâce aux empreintes fournies par la police de NY. D'anciennes informations sur des mutilations (humaines et animales) dans la région pendant son service seront mises à jour étant donné la similitude du MO.

Nikki imaginait tout le mal qu'un sadique muni d'un badge pouvait infliger et s'attendait à obtenir de nombreux résultats.

Après avoir été libéré de ses engagements, suj. a travaillé comme agent de sécurité dans un casino près d'Olympia, WA, pendant un an, avant d'occuper un emploi similaire à Reno (6 mois) et d'aller à LV[2] (4 ans), où il était spécialisé dans la sécurité des VIP pour les grands casinos (noms des casinos et des employeurs en fin de mémo). Suj. a ensuite été recruté dans les services de sécurité de Hard Line Security, à Henderson, NV[3] (voir photo en annexe). Suj. a vite été promu, sur la base de ses talents personnels et de sa bonne entente avec les clients. Note : suj. a été arrêté pour une agression à l'arme blanche sur un gros client italien. Les charges ont été abandonnées, faute de témoins dispo-

---

1. État de Washington. (NDT)
2. Las Vegas. (NDT)
3. État du Nevada. (NDT)

sés à parler. L'arme, un couteau de combat, décrit dans le procès-verbal (ci-joint), n'a jamais été retrouvée.

Après cet incident, suj. a quitté les EU pour aller travailler comme free-lance en Europe. Nos informations ne vont pas plus loin. Je poursuis les recherches dans les différentes bases de données et je contacterai Interpol. Je vous remercie d'avance de me communiquer toute nouvelle information.

Rook termina la lecture une bonne minute après Heat, car il n'était pas aussi habitué au jargon et aux abréviations de la police, mais il avait compris la note.

— Il a fait carrière auprès des célébrités et des gros clients. Quelqu'un le paye pour couvrir je ne sais quoi.

— À n'importe quel prix...

Nikki Heat fit des copies de cette note pour la faire aussitôt circuler dans le commissariat et sur le terrain, sans oublier les services d'urgence et les autres établissements médicaux et paramédicaux. Elle envoya également des policiers revoir les témoins déjà interrogés pour leur demander si, avec une véritable photo, ils reconnaissaient l'individu.

Nikki passa aussi un peu de temps devant son tableau blanc pour y étudier tous les noms qui y étaient inscrits. Rook s'approcha d'elle par-derrière.

— La ligne du temps n'est plus votre meilleure amie cette fois ?

— Non, dit-elle. L'affaire prenait une autre tournure pendant les trente-six dernières heures, mais à présent, elle repart dans une autre direction. Avec un assassin professionnel de ce niveau, il n'est plus question d'alibis, il faut se concentrer sur les motivations.

Elle colla la photo en couleurs de Rance Eugene Wolf à côté du portrait-robot et s'éloigna du tableau blanc.

— En selle ! J'ai envie d'aller en revoir certains moi-même, dit-elle à Rook.

— Vous voulez parler de votre grand admirateur, le dog-sitter ?

— Non, celui-là, sûrement pas.

Avant de sortir, elle ajouta, avec un pur accent britannique :

— Toute cette adulation, parfois, c'est agaçant...

Le voisin trop curieux de Cassidy Towne ne fut pas difficile à trouver. M. Galway était à son poste habituel, sur la 78e Rue Ouest, devant sa maison, en train de grincer des dents devant le tas d'ordures de plus en plus haut.

— Vous, la police, vous ne pourriez pas faire quelque chose ? dit-il à Nikki. Cette grève est une menace contre la santé et la sécurité des citoyens de cette ville. Pourquoi vous n'arrêtez personne !

— Qui voulez-vous qu'on arrête ? Les syndicalistes ou le maire ?

— Tous autant qu'ils sont ! aboya-t-il. Et vous, qu'on vous mette au trou aussi pour votre insolence !

Le vieux fossile affirma qu'il n'avait jamais vu l'homme du portrait et demanda à conserver la photo au cas où il se pointerait.

De retour dans la voiture, Rook dit que Rance Eugene Wolf leur aurait rendu service s'il s'était bêtement trompé d'adresse, ce qui lui valut un coup de coude de Nikki.

Chester Ludlow affirma ne jamais avoir vu Wolf auparavant. Bien enfoncé dans son fauteuil habituel du Milmar, il semblait ne pas avoir envie de toucher la photo, et encore moins de la garder.

En fait, la durée de son observation méritait à peine le qualificatif de rapide coup d'œil.

— Je crois que vous devriez l'observer plus attentivement, monsieur Ludlow.

— Vous savez, je préfère que les gens m'appellent toujours Monsieur le Député. De cette manière, ils osent rarement me dire ce que je devrais ou ne devrais pas faire.

— Ni qui vous devriez fréquenter, ajouta Rook.

Ludlow plissa les yeux et esquissa un vague sourire.

— Je vois que vous vous trimbalez toujours à Manhattan sans cravate.

— Peut-être que je préfère les emprunter. Peut-être que je préfère leur odeur.

— Je ne vous donne aucun ordre, monsieur. (Nikki marqua une pause pour les laisser profiter de ce pieux mensonge, signe de respect.) Vous nous avez dit avoir demandé à une société de vous fournir des informations sur Cassidy Towne. Il apparaît que cet homme travaillait pour une telle compagnie, et j'aimerais savoir si vous avez eu l'occasion de le rencontrer.

Le parlementaire déchu soupira et regarda la photographie d'identité un peu plus longuement.

— Ma réponse reste identique.

— Avez-vous déjà entendu le nom de Rance Eugene Wolf ?

— Non.

— Peut-être le connaissez-vous sous un autre nom ? Il parle lentement, avec un fort accent texan.

— Pas… du… tout.

— Avez-vous fait appel aux services d'une société de sécurité appelée Hard Line Security ?

Il sourit.

— Avec tout le respect que je vous dois, ils n'ont pas l'air assez chers pour mériter que je fasse appel à eux.

Comme il était plus de midi et qu'ils se trouvaient sur East Side, Rook proposa d'offrir le déjeuner chez EAT, à l'angle de la 80e Rue et de Madison. Nikki commanda une salade d'épinards et fromage de chèvre, et lui, un sandwich à la viande. Elle le taquina :

— Tu ne veux toujours pas en parler ?

Il feignit l'ignorance.

— Parler de quoi ?

— De quoi ? Oui, de quoi donc ?

On lui apporta son plat, et elle déchira l'emballage, songeuse.

— Sois sérieux, c'est à moi que tu parles. Tu peux tout me dire.

— Te dire quoi ? Que la table est branlante ?

Il prit un paquet de sucre, le glissa sous une des pattes et releva le nez quelques secondes plus tard, testant la stabilité.

— C'est mieux ?

— Je comprends pourquoi tu hésitais tant à m'accompagner chez l'éditeur, ce matin. (Il haussa les épaules, si bien qu'elle insista.) Voyons, je te promets de ne pas te juger. Tu as vraiment essayé d'écrire des romans à l'eau de rose ?

— Essayé (Il pencha la tête et sourit.) Essayé ? Ma chère, c'est fait, c'est déjà fait.

— Bon, à quel point ? Je n'ai jamais vu aucun de tes livres. J'ai même tapé ton nom dans Google.

— C'est une honte ! OK, je t'explique. Il n'est pas étrange que les journalistes essayent d'arrondir leurs fins de mois. Certains sont enseignants, d'autres dévalisent des banques, d'autres sont nègres pour les uns ou pour les autres. Moi, j'écris des livres.

— Pour Ardor Books ?

— Oui.

— Tu écris des romans érotiques ?

— Des fictions romanesques, s'il te plaît. On peut dire que je me fais un bon petit pactole en tant qu'auteur.

— Je la connais un peu, ta « fiction romanesque ». Quel est ton pseudo ? Rex Monteeth ? Victor Blessing ? Pas André Falcon, quand même ?

Rook se pencha en avant et lui fit signe d'approcher. Après avoir jeté un coup d'œil vers les autres tables, il chuchota :

— Victoria Saint-Clair.

Nikki éclata de rire, ce qui lui attira les regards des autres clients.

— Oh ! mon Dieu, c'est toi, Victoria Saint-Clair ?

— Tu avais promis de ne pas me juger. Hélas, ça ressemble à une véritable exécution.

— Rook, voyons, c'est énorme ! Je lis tous les romans de Victoria Saint-Clair. Il n'y a pas de quoi avoir honte !

De nouveau, elle éclata de rire, mais elle couvrit sa bouche avec sa main pour s'arrêter.

— Désolée, désolée. Je pensais à ce que tu me disais l'autre jour, à propos des petits secrets. Mais toi ! Toi, un journaliste people, un correspondant de guerre qui a obtenu deux Pulitzer, tu es Victoria Saint-Clair ? Je ne sais pas… Cela va au-delà du petit secret !

Rook se retourna vers les clients du restaurant, qui le regardaient tous.

— Plus maintenant.

En entrant dans les bureaux de Ronnie Strong, à l'étage juste en dessous des services d'immatriculation sur Herald Square, les deux policiers eurent l'impression de se retrouver dans un cabinet de consultation orthopédique. Une femme, avec les deux mains dans le plâtre dont on ne voyait que les doigts, dictait des instructions à un adolescent, son fils, sans doute, qui l'aidait à remplir un formulaire.

Un homme en fauteuil roulant, sans blessure apparente, remplissait lui aussi des documents. Un ouvrier en bâtiment, dont la chaise était encadrée par deux grands sacs du traiteur Gristedes remplis de reçus et de paperasse, leur lança un regard mauvais et cria :

— L'est pas là !

La réceptionniste était une femme agréable, en tailleur classique, mais avec un hameçon entre les dents…

— Messieurs, vous a-t-on causé du tort ?

Ochoa se retourna pour ne pas éclater de rire et murmura à Raley :

— Ça fait un bail qu'on ne m'a pas fait grand-chose !

Raley garda son sérieux et demanda à voir maître Strong. La femme lui dit qu'il s'était absenté du bureau pour tourner de nouvelles publicités et qu'ils pouvaient revenir le lendemain. Raley montra sa plaque et obtint l'adresse du studio d'enregistrement.

Les Gars n'étaient guère surpris de ne pas trouver Ronnie Strong dans son bureau.

Dans la profession, on disait que Ronnie Strong pouvait se passer du barreau, mais pas des journaux.

Le studio était situé dans un entrepôt de brique, couvert de graffitis, contigu à un centre d'import-export chinois, à Brooklyn. À mi-chemin entre le vieux chantier naval et Williamsburg Bridge, ce n'était pas vraiment Hollywood, mais Ronnie Strong n'était pas non plus un grand avocat.

Comme personne ne les arrêta, Raley et Ochoa entrèrent. Le bureau de la réception était vide, et le papier peint au thème tahitien, couvert de taches, était imprégné d'odeurs de café et de cigarettes. Raley lança un « Hello », mais, comme personne ne répondit, les policiers s'engagèrent dans le petit couloir d'où provenait le son de la rengaine que la brigade avait entonnée le matin même : « On vous a fait du tort, appelez le redresseur de torts ! Appelez Ronnie Strong ! »

Les portes du plateau étaient grandes ouvertes. Visiblement, personne n'était à cheval sur la qualité sonore. Lorsque les deux détectives entrèrent, ils reculèrent aussitôt d'un pas. Le studio était si minuscule qu'ils avaient peur d'entrer dans le cadre.

Sur le plateau, constitué d'un bateau à moteur de location sur un chariot, deux mannequins en bikini bien en formes portaient des accessoires suggérant un accident quelconque. L'une avait le bras en écharpe, l'autre se tenait sur des béquilles, mais n'avait pas de plâtre.

C'était peut-être pour des économies budgétaires ou, plus probablement, pour laisser voir ses jambes.

— On refait une prise, dit un homme en chemise hawaïenne, qui mâchonnait un cigare non allumé.

— Franchement, dit Ochoa, le monde est injuste !

— Et pourquoi donc ?

— Nikki Heat, quand elle va sur un plateau, tout est en marbre poli, il y a un foyer avec boissons chaudes et froides et petits-fours, et nous, regarde sur quoi on tombe !

— Tu sais ce que je pense, détective Ochoa ? Je pense qu'on nous a fait du tort !

— Action ! cria le réalisateur, qui ajouta pour se faire mieux comprendre : Go !

Les deux actrices plongèrent la main dans une boîte d'appâts et en sortirent des liasses de billets. Peu importait que celle qui avait le bras en écharpe ait un usage total du membre blessé.

Ce fut elle qui sourit et dit :

« La justice ne doit rien au hasard ! » Ce à quoi, l'autre répondit par le célèbre « On vous a fait du tort ? Appelez le redresseur de torts ! »

Ce fut à cet instant que Ronnie Strong en personne, qui ressemblait à une poire trop mûre avec une houppette, surgit d'une écoutille située entre elles deux en s'exclamant : « On m'a appelé ? » Les filles l'enlacèrent, lui plantèrent un baiser sur la joue, tandis que le refrain reprenait : « On vous a fait du tort ?... »

— Voilà, c'est dans la boîte, dit le réalisateur qui, pour faire bonne mesure, ajouta : Coupez !

Les Gars n'eurent pas besoin d'attirer l'attention de l'avocat. Ronnie Strong les avait repérés pendant le tournage du spot publicitaire et, lorsqu'il serait diffusé à la télévision, les deux policiers sauraient que ce regard en coin, au moment où il demandait : « On m'a appelé ? » leur était en fait destiné. C'étaient les petits privilèges du travail de policier !

Pendant que les filles allaient se changer pour enfiler une tenue d'infirmière, Ronnie Strong invita les Gars à monter à bord.

— Vous voulez qu'on vous aide à descendre ? proposa Ochoa.

— Non, on tourne le deuxième au même endroit, dit-il. C'est une histoire d'infirmières, mais le bateau est loué pour la journée. Vous êtes policiers, c'est ça ?

Les Gars montrèrent leur plaque, et l'avocat vint s'asseoir sur le plat-bord, à côté de Raley. Raley avait du mal à ne pas fixer le maquillage orange autour du col blanc de Strong, si bien qu'il se concentrait sur les cheveux, dont la boucle sur le front menaçait de révéler le bout de scotch qui la maintenait en place.

— On vous a fait du tort dans votre travail ? Vous souffrez d'une perte d'ouïe à cause des coups de feu ? Je peux vous aider.

— Merci beaucoup, mais nous sommes là pour parler d'un de vos clients, maître Strong, dit Ochoa. Esteban Padilla.

— Padilla ? Oh ! bien sûr. Qu'est-ce que vous voulez savoir ? Je l'ai vu hier. Il maintient les charges.

Ochoa essaya de ne pas croiser le regard de son partenaire, mais, dans sa vision périphérique, il vit que Raley tentait de masquer un ricanement.

— Esteban Padilla est décédé, maître. Il est mort depuis plusieurs jours.

— Une mort injustifiée, j'espère ! Il travaillait sur une machine ?

— Je sais que vous avez beaucoup de clients, maître, dit Raley.

— C'est peu de le dire ! Et tous reçoivent un service personnalisé.

— Je n'en doute pas, poursuivit Raley. Mais laissez-nous vous rafraîchir la mémoire. Esteban Padilla était un chauffeur de limousine qui a été renvoyé au printemps dernier. Il est venu vous voir pour protester.

— Ah oui, ah oui, une affaire de licenciement abusif, dit Ronnie Strong en tapant le doigt sur sa tempe. Tout est là, finalement !

— Pouvez-vous nous dire sur quelles bases vous poursuiviez ? demanda Ochoa.

— Bien sûr, accordez-moi un instant. Oui, je me souviens. Esteban Padilla. C'est ce gentil type qui habitait dans le Harlem hispanique. Il gagnait bien sa vie, honnêtement, en conduisant des limousines depuis des années. Il avait tout fait, des limousines, des voitures de maître, des Hummer... Ces Hummer interminables sont horribles, vous ne trouvez pas ? Bon, après huit ans de loyaux services auprès de ces salopards, ils l'ont viré sans raison. Je lui ai demandé quel prétexte ils avaient trouvé, s'il avait chapardé ou baisé les clientes, s'il avait insulté son patron. Rien. Huit ans, et la porte ! Alors, je lui ai dit, on t'a fait du tort, mon gars. On va les poursuivre, on va les lessiver, et t'auras plus de soucis à te faire jusqu'à la fin de tes jours.

— Et qu'est-il arrivé ? demanda Ochoa.

Strong haussa les épaules.

— Ça n'a rien donné.

— Quoi ? Vous avez décidé que vous n'aviez pas de quoi poursuivre ?

— Oh si, j'en avais plus qu'il ne me fallait. On était prêts à foncer dans le tas. Mais tout d'un coup, Padilla est venu me voir en me disant, Ronnie, on laisse tomber.

Les Gars échangèrent un regard. Ochoa fit un signe à son partenaire, l'autorisant à poser la question.

— Quand Padilla est venu vous demander de lâcher l'affaire, il vous a expliqué pourquoi ?

— Non.

— Il semblait nerveux, agité, terrifié ?

— Non. C'était bizarre. Je ne l'avais jamais vu si détendu. En fait, je pourrais même dire que je ne l'avais jamais vu si heureux.

À la compagnie de limousines, dans le Queens, les Gars ne furent pas accueillis aussi chaleureusement. Le cadre, néanmoins, était tout aussi raffiné.

Ils passèrent devant les baies de chargement, les rangées de voitures noires qu'on astiquait et polissait dans d'immenses hangars, avant de trouver le bureau du directeur. C'était un cube de verre compact dans un coin sombre, à côté des toilettes dont la porte était ornée d'une flèche sinistre qui pouvait être basculée de « libre » à « occupé ».

Le directeur les laissa attendre debout pendant qu'il prenait la plainte d'un client qu'on avait laissé en rade sur le trottoir du Lincoln Center pendant la semaine des collections haute couture et qui exigeait un remboursement.

— Que voulez-vous que je vous dise ? répondit le directeur en regardant les deux policiers et en prenant tout son temps. Cela s'est passé il y a des semaines, et c'est seulement maintenant que vous appelez ? J'ai vérifié auprès de mon chauffeur, et il affirme que vous n'étiez pas là quand il est arrivé. C'est sa parole contre la vôtre. Si j'écoutais tous les gens qui se plaignent, je coulerais mon affaire.

Dix minutes plus tard, le tyran passif agressif termina la conversation et raccrocha.

— Ah ! les clients !

Raley ne put résister.

— Oui, vraiment, on s'en passerait !

— Oui, vraiment, confirma le petit homme sans la moindre ironie. Des plaies, tous autant qu'ils sont ! Qu'est-ce que vous voulez ?

— Nous sommes là pour vous interroger à propos de l'un de vos anciens chauffeurs, Esteban Padilla.

Ochoa vit le visage du directeur se crisper.

— Padilla ne travaille plus ici. Je n'ai rien à dire.

— Il a été renvoyé, n'est-ce pas ?

Les Gars allaient lui faire payer les dix minutes d'attente, et avec intérêts.

— Je ne peux pas discuter de problèmes personnels.

— Vous venez bien de le faire avec un client, dit Raley. Alors, faites la même chose pour nous. Pourquoi a-t-il été renvoyé ?

— C'est confidentiel. D'ailleurs, je ne m'en souviens même pas.

— Un instant, là. Vous me troublez... C'est confidentiel ou vous avez oublié ? Je veux avoir la réponse quand j'irai voir la Commission des taxis et limousines pour le renouvellement de votre licence.

Le directeur s'assit sur sa chaise, se balança et réfléchit.

— Esteban Padilla a été renvoyé pour insubordination envers les passagers. Nous avons changé de chauffeur, c'est aussi simple que ça.

— Au bout de huit ans, l'homme posait soudain des problèmes ? Ça ne tient pas pour moi, dit Ochoa. Et toi, Raley, t'en penses quoi ?

— Pas crédible pour un sou.

Les policiers savaient que le plus sûr moyen de faire tomber un mensonge sous son propre poids, c'était de s'attacher aux faits.

Nikki Heat leur avait dit que c'était le corollaire de la règle numéro un : la ligne de temps est votre meilleure amie. « Lorsque vous pressentez l'ombre d'une piste, acharnez-vous sur les détails. »

— Vous voyez, monsieur, nous menons une enquête pour meurtre, et vous venez juste de nous laisser entendre qu'un de vos clients formulait des reproches contre un de vos anciens chauffeurs, victime de meurtre. Cela nous pousse à vous demander qui était le client qui se plaignait de monsieur Padilla.

Raley croisa les bras et attendit.

— Je ne m'en souviens plus.

— Je vois. Et en réfléchissant un peu, est-ce que la mémoire pourrait vous revenir ?

— Sans doute pas. Cela remonte à loin.

Ochoa décida qu'il était temps d'insuffler quelques nouveaux faits.

— Voilà, je crois pouvoir vous aider. Car je sais que vous voulez nous aider. Vous gardez des dossiers sur toutes vos courses, n'est-ce pas ? Enfin, vous êtes obligé de le faire. Et je vois que vous avez sous le nez la fiche correspondant à la plainte que vous venez juste de recevoir ; donc, je sais que vous tenez des fichiers. Nous allons vous demander de nous fournir tous vos dossiers pour toutes les courses d'Esteban Padilla avant son renvoi. Nous allons commencer par les quatre derniers mois. À moins que vous ne préfériez une visite pointilleuse de la Commission des taxis et limousines ?

Deux heures plus tard, au commissariat, Raley, Ochoa, Heat et Rook, installés à leurs bureaux respectifs, compulsaient les fiches des quatre mois précédant le renvoi d'Esteban Padilla. C'était à peine plus passionnant que d'examiner, quelques jours plus tôt, les cartouches ruban réutilisées de Cassidy Towne.

Mais c'était ce travail de fourmi, ce travail de paperasse, qui menait aux faits. Même si on ne savait pas exactement quels faits on devait chercher, l'idée, c'était de trouver quelque chose, quelqu'un plus ou moins connecté à l'affaire.

Ochoa remplissait sa deuxième tasse de café et remuait la tête pour soulager ses épaules percluses de crampes, lorsque Raley s'exclama :

— J'ai une piste !

— Quelle piste, Raley ? demanda Nikki.

— J'ai un nom ici, pour une course commandée par une des personnes qu'on a interrogées.

Raley sortit une fiche du dossier et avança au centre de la pièce. Tandis que les autres se rassemblaient autour de lui, il tenait la fiche devant lui, sous son menton, pour que tout le monde puisse la lire.

TREIZE

Dans le nouveau stade des Yankees, un jour où les Pinstripes[1] étaient de repos, l'entraîneur et le préparateur physique de Toby Mills le regardaient faire de lents mouvements de balancier avec une batte alourdie par un anneau. C'était étrange de voir Tobby manier le bois. Les lanceurs de l'American League n'apparaissent que rarement au marbre, sauf pour les matchs dans les stades des clubs de la National League lors, par exemple, des Subway Series[2] et, bien entendu, des World Series.

Avec les Bombers[3] en route vers la conquête d'un nouveau trophée et la perspective de devenir champion de l'American League bientôt, il était temps que le lanceur-vedette reprenne les meilleures pratiques.

Pendant qu'il dessinait lentement les arcs, les entraîneurs l'étudiaient, mais pas pour évaluer ses talents.

Ils voulaient voir comment le transfert de poids s'effectuait d'une jambe à l'autre après son claquage.

Tout ce qui leur importait, c'était de savoir s'il était en forme, s'il serait prêt.

---

1. Surnom des New York Yankees faisant référence à leur uniforme rayé. (NDT)
2. Matchs entre les New York Yankees et les New York Mets. Pour se rendre d'un stade à l'autre, le moyen de transport idéal est le métro. D'où le nom « Subway Series ».
3. Autre surnom des New York Yankees. (NDT)

Deux autres paires d'yeux étaient fixées sur Toby Mills. Heat et Rook étaient assis au premier rang au-dessus de l'abri des joueurs.

— Pour un lanceur, il a un sacré swing ! s'exclama Nikki, incapable de détourner le regard du joueur.

Rook l'observa.

— Je ne vois pas comment tu peux le savoir. S'il frappait la balle, oui, on pourrait dire bien joué… Mais là, c'est du mime… Ou des ombres chinoises… Comment tu le vois ?

Nikki se tourna vers lui.

— Parce que toi, tu as joué dans la Major League, peut-être ?

Comme il répondit par un sourire morose, elle ajouta :

— Tu es déjà allé voir un match ?

— Oh ! pitié ! J'ai été élevé par une diva de Broadway. Je n'y peux rien si je suis plus du côté sacrés Yankees que Yankees sacrés ! Est-ce que j'en ai moins de valeur pour autant ?

— Non, ça fait de toi un auteur de roman à l'eau de rose.

— Merci, je suis content que tu renonces à m'épingler !

— Oh ! si tu crois que tu vas t'en tirer comme ça, tu vis dans un monde de rêves, un monde de rêves, dans une plantation de coton au tournant du siècle à Savannah, Saint-Clair.

— Je croyais qu'on avait un arrangement, dit une voix derrière eux.

En se retournant, ils virent Jess Ripton qui dévalait les marches. Le manager se trouvait encore à une dizaine de rangées derrière eux, mais il continuait à aboyer, comme s'il se trouvait juste à côté.

— Nous nous étions accordés pour que vous me contactiez d'abord, au lieu de tendre des embuscades à mon gars.

Il approchait, mais il se trouvait encore assez loin pour que Rook murmure à l'oreille de Nikki :

— Tu comprends pourquoi je ne vais jamais voir de match ?

— Bonjour, monsieur Ripton, dit Nikki d'un ton léger.

Nous pensions que cela ne valait pas la peine de vous déranger pour si peu. Nous n'avons qu'une ou deux petites questions à poser à Toby.

— Non...

Ripton s'arrêta à la rambarde, et tous deux se tournèrent vers lui. Un peu haletant après son effort, il tenait sa veste de costume sur le bras.

— Personne ne vient l'embêter ! C'est la première fois qu'il remet les crampons depuis sa blessure.

— Vous savez, dit Rook, pour un lanceur, il a un sacré swing !

— Je sais comment il joue !

Le Pare-feu avalait ses mots. Il ouvrit les bras, leur bloquant symboliquement le passage, comme pour se montrer à la hauteur de son surnom.

— Dites-moi ce que vous avez à dire, on verra bien si je vous laisse l'approcher.

Nikki posa la main sur la hanche, afin d'ouvrir son blazer et de lui laisser voir son insigne.

— Monsieur Ripton, nous avons déjà évoqué la question. Je ne suis pas un journaliste sportif à l'affût des ragots. Je mène une enquête pour meurtre et j'ai des questions à poser à Toby Mills.

— Qui, comme je viens de le dire, revient tout juste d'une blessure qui a entamé sa confiance. Vous, vous voyez un sacré swing ; je vais vous dire ce que moi, je vois. Je vois un gamin qui devra peut-être être obligé de participer à la World Series et qui a les chochottes parce qu'il n'est pas sûr d'être à cent pour cent ! Et en plus, il devra être batteur ! Il était tellement sous pression, il y a une heure, que j'ai annulé un engagement et que je l'ai emmené à Disney World. Je ne voudrais pas me montrer récalcitrant, mais je dois vous demander de lui laisser un peu de tranquillité !

Rook ne put résister.

— Vous avez demandé à Mickey et à Minnie de se calmer ?

À cet instant, Toby l'appela.

— Tout va bien, Jess ?

Son manager montra les dents et lui fit un petit salut.

— Pas de problème, Tobe. Je crois qu'ils veulent parier sur toi, dit-il avec un petit rire.

Mills hocha la tête, songeur, et reprit ses swings. Ripton se retourna vers Nikki Heat, et son sourire s'évanouit.

— Vous voyez ? Pourquoi ne pas me dire ce que vous voulez ?

— Vous avez décidé de tenir le rôle de l'avocat, après tout ? demanda Nikki.

Elle essaya de tourner la conversation à son avantage en donnant plus de gravité à ses paroles.

— Vous m'avez dit que vous étiez avocat. Êtes-vous spécialiste de droit pénal ?

— En fait, non. J'étais consultant dans le service de relations publiques de Levine & Isaacs avant de lancer ma société. J'en avais assez de faire libérer les Warren Rutland et les Sistah Strife du monde entier pour des honoraires ridicules.

Nikki pensa à Sistah Strife, la rapeuse devenue actrice, qui avait la vilaine habitude d'oublier qu'elle avait des armes à feu chargées dans son sac de voyage avant de prendre le train et qui avait réglé à l'amiable un procès pour agression sexuelle d'un membre de son équipe avec un chèque à huit chiffres.

— Je vais vous considérer sous un nouveau jour, si c'est vous qui avez réussi à maîtriser Sistah Strife. Respect.

— Personne ne maîtrise Sistah Strife. On remet de l'ordre dans le bazar qu'elle laisse dans son sillage. (Il arrondissait les angles, bien que très légèrement.) Alors, détective, comment pourrions-nous nous satisfaire tous les deux de cette rencontre ?

— Nous menons une enquête sur l'assassinat d'un ancien chauffeur de limousine, dans laquelle le nom de Toby Mills est apparu.

C'en était fini de la trêve. Nikki venait juste d'enclencher le bouton de démarrage du Pare-feu.

On entendait presque les moteurs du serveur se mettre en route pendant que le bouclier de défense se reconstituait.

— Holà, je vous arrête ! Vous étiez venus nous voir à propos de Cassidy Towne. Et maintenant vous revenez pour un simple chauffeur de limousine ? Qu'est-ce qui se passe ici ? Vous menez une vendetta contre Toby Mills ?

Nikki hocha la tête.

— Nous suivons simplement une piste.

— Pour moi, cela ressemble à du harcèlement.

Nikki poussa le bouchon un peu plus loin.

— La victime de meurtre a été licenciée après une altercation avec un client inconnu. Après vérification, nous avons vu que Toby Mills faisait partie de la liste de ses clients.

— C'est une blague ? À New York, à Manhattan... Vous établissez une relation entre une limousine, un chauffeur et une star ? Comme si cela allait de soi ? Et vous vous en prenez à mon client ? Qui d'autre est sur votre liste ? Vous allez interroger Martha Stewart ? Trump ? A-Rod[1] ? Regis[2]... Eux aussi font appel à des limousines !

— Nous nous intéressons surtout à Toby Mills.

Jess Ripton eut un petit hochement de tête.

— Je comprends. Je comprends parfaitement ce que vous faites : vous essayez de vous faire de la pub en rejetant tous les crimes possibles sur mon gars.

Il n'y avait aucun avantage à affronter cet homme directement. Même si elle avait envie de répliquer, Nikki décida de s'en tenir à son enquête sans se laisser émouvoir par ces attaques personnelles. Parfois, c'était utile de rester pro, pensa-t-elle.

— Je vais vous expliquer ce que je fais. C'est mon travail de trouver les assassins, tout comme c'est le vôtre de protéger votre gars. Voilà. Moi, ce que je ne comprends pas, c'est pourquoi, dans deux affaires de meurtre la même semaine,

---

1. Alex Rodriguez, joueur-vedette des New York Yankees. (NDT)
2. Regis Philbin, personnalité médiatique américaine. (NDT)

le nom de Toby Mills apparaît. Cela éveille ma curiosité. Et à votre place, je serais curieux aussi.

Jess Ripton devint songeur. Il se tourna vers le terrain où, allongé sur l'herbe, Toby laissait son entraîneur étirer sa jambe blessée. Lorsqu'il tourna de nouveau le regard vers Nikki Heat, elle lui dit :

— C'est ça. Que ce soit votre gars ou pas, monsieur Ripton, cela ne fait jamais de mal de garder les yeux ouverts.

Elle lui adressa un sourire et le planta là, le laissant réfléchir pendant un moment.

Lorsque Heat et Rook rentrèrent au commissariat, Hinesburg s'approcha avant même que Nikki ait eu le temps de poser son sac.

— On a une réponse de CBP à propos du Texan.

Elle tendit une feuille imprimée à Nikki, et Rook vint lire par-dessus son épaule.

— CBP ? DDT, contre les insectes en tous genres…

— Customs and Border Protection, les services de l'immigration, dit Nikki. J'ai pensé que si notre ami commun avait quitté le pays pour travailler dans la sécurité en Europe, on devait avoir une trace de son retour au pays… À condition qu'il soit revenu légalement, avec son propre passeport.

— Après le 11 Septembre, il y avait de grandes chances, dit Rook.

— Pas forcément, répondit Nikki. Il y en a toujours qui passent entre les mailles du filet. Mais notre petite brebis égarée est revenue à la maison. Le 22 février de l'année dernière, il a atterri à JFK, sur un vol Virgin en provenance de Londres. Et épargne-moi tes blagues de quatre sous, Rook, je regrette déjà d'avoir parlé.

— Je n'ai rien dit.

— Non, mais tu t'es éclairci la gorge, comme chaque fois. Je préférais devancer l'appel. (Elle rendit la feuille à Hinesburg.) Merci, Sharon. J'ai une autre mission à vous confier. Établissez-moi la liste des clients du Texan avant son départ en Europe.

La policière déboucha son stylo avec ses dents et inscrivit quelques mots derrière la feuille des douanes.

— Comme le nom de son employeur, vous voulez dire… Nous l'avons déjà, c'est Hard Line Security, à Vegas.

— Oui, mais je veux que vous les contactiez. Dressez-moi la liste des personnalités auxquelles il a été affecté. Le rapport de Quantico disait qu'il avait de bonnes relations avec les clients. Je veux savoir de qui il s'agissait. Et s'il travaillait en free-lance, obtenez-moi tout ce que vous pourrez trouver.

— Je dois chercher quelque chose en particulier ? demanda Hinesburg.

— Oui, et prenez-le en note. (Nikki attendit qu'elle prépare son stylo.) Tout ce qui pourra nous être utile.

— Compris, dit Hinesburg qui se mit à rire et alla immédiatement appeler le Nevada.

Nikki prit un marqueur et inscrivit la date de retour du Texan sur la ligne de temps du tableau blanc. Ensuite, elle fit un pas en arrière pour regarder les photos des victimes, les dates et les événements importants liés aux trois homicides. Rook l'observait tout en gardant ses distances.

Il la connaissait bien et savait, pour l'avoir offensée pendant l'affaire du meurtre de Matthew Starr, que Nikki respectait un rituel important pour son analyse… Elle faisait taire tous les bruits et s'intéressait aux éléments disparates pour y chercher un éventuel fil conducteur, là, quelque part sur le tableau, qui n'attendait qu'à être déroulé.

Il se souvint d'une citation qu'il avait reprise dans son article : « Il suffit d'un maillon faible pour qu'une affaire aille à vau-l'eau, mais il suffit d'un tout petit maillon pour faire tenir l'ensemble. »

Pendant qu'il étudiait Nikki, les mots lui manquaient. Puis, tandis qu'il savourait la scène, elle se retourna brusquement, comme si elle sentait son regard. Dérouté, il rougit, et, de nouveau, les mots le trahirent.

— Tu parles d'un écrivain ! fut la seule chose qui lui vint à l'esprit.

Le téléphone sonna sur le bureau de Nikki Heat. En décrochant, elle trouva un Jess Ripton bien plus cordial que celui avec lequel elle avait croisé le fer quelques heures auparavant.

— C'est Jess Ripton. Comment allez-vous ?

— Je suis très occupée. Vous savez, combattre le crime, chercher à me faire de la pub…

— C'était un coup bas, je vous demande de m'excuser. Sérieusement. J'ai réfléchi. Étant donné la manière dont je gagne ma vie, je ne pourrais jamais considérer qu'avoir un peu de publicité est une mauvaise chose.

— Oui, je suppose.

Elle attendit. C'était lui, le demandeur, et elle était curieuse de savoir où il voulait en venir. Les types comme Ripton ne faisaient jamais rien gratuitement.

— Bon, je voulais vous dire que j'avais parlé à Toby à propos du chauffeur de limousine.

Nikki hocha la tête, s'attendant à la suite classique. À travailler dans le quartier riche d'Upper East Side depuis des années, elle connaissait bien la manœuvre. L'entourage et les protecteurs qui s'exprimaient à la place du témoin pour l'empêcher de poser les questions elle-même.

— Je voulais que vous sachiez que Toby ne se rappelle pas avoir eu une altercation avec un quelconque chauffeur de limousine. Et je le crois.

— Super. Alors, que demander de plus ?

— Bon, bon. Je vous comprends. Vous préférez lui en parler vous-même. Et comme je vous l'ai dit aujourd'hui, nous trouverons un moment. Je n'essaye pas de jouer au plus malin, ici. Et ce n'est pas facile, au cas où vous ne l'auriez pas remarqué.

— Très bien, jusque-là.

Elle restait à distance. Elle n'avait aucune raison de mettre le feu au Pare-feu.

— J'essaye de vous obtenir ce que vous voulez et, en même temps, je m'arrange pour que mon gars puisse avoir un peu d'espace pour respirer avant son retour sur le terrain.

— Oui, je comprends. Mais vous avez raison, Jess, je tiens à lui parler en personne.

— Bien sûr, et si vous pouvez attendre un jour ou deux, je vous en serai reconnaissant.

— Et qu'est-ce que j'aurais en échange ? La couverture de *Time* ? Le titre de femme de l'année ?

— J'ai obtenu mieux que ça pour des gens beaucoup moins importants.

Il marqua une pause et s'exprima sur un ton presque humain.

— Écoutez, cela me trotte dans la tête depuis que vous êtes partie en colère, au stade. Vous savez, garder mes yeux ouverts ?

C'était un autre moment où l'expérience avait appris à Nikki à garder le silence. Elle attendit.

— Je ne m'inquiète pas pour lui. Quand je dis qu'il n'a eu de problème avec aucun chauffeur, je ne tremble pas. Il a cette faculté, vous savez ? Les chauffeurs, les serveurs, son personnel de maison… Tout le monde l'adore. Vous devriez le voir. Il les traite gentiment, il leur donne de gros pourboires, il leur fait des cadeaux. Toby Mills n'est pas du genre à s'attirer des ennuis.

— Alors, comment se fait-il qu'il ait défoncé la porte de Cassidy Towne, s'il est si gentil garçon ?

— Écoutez, on en a déjà parlé. Il a perdu ses nerfs. C'était le lion qui protégeait ses petits. En fait, c'est à ce sujet que j'appelle.

Gagné ! Cela ne manquait jamais ! La garniture de crème dans le macaron du coup de téléphone pacificateur !

— Il voulait que je vous demande où vous en étiez avec le type qui le traque.

La question, tout comme le prétexte futile de cet appel, l'exaspérait, mais Nikki s'efforça de se montrer compatissante.

L'ancien môme d'Arrow, dans l'Oklahoma, était peut-être millionnaire, mais c'était un papa dont la famille était harcelée.

— J'ai mis un policier sur l'affaire, et deux autres commissariats sont à sa recherche. Dites à votre client que nous le préviendrons dès que nous aurons quelque chose.

— Je vous remercie beaucoup.

Après avoir transmis son message, il fit de brefs adieux.

Rook se tenait avec deux gobelets à la main dans la zone d'observation de la salle d'interrogatoire numéro deux. L'un était fumant, l'autre, humide de la condensation qui perlait sur ses doigts pendant que, à travers le miroir sans tain, il observait Raley et Ochoa qui, installés à la grande table, triaient leur paperasse.

Il posa le gobelet froid pour pouvoir ouvrir la porte, fit un grand sourire et alla les rejoindre.

— Salut, les Gars !

Les deux policiers ne prirent pas la peine de lever le nez des listes des numéros de téléphone étalées devant eux, pas plus qu'ils ne lui répondirent.

— Regarde qui est en liberté dans nos locaux, sans surveillance, dit Raley.

Ochoa leva les yeux vers le visiteur.

— Et il n'est même pas en laisse, quel laisser-aller !

— Tu crois qu'il va tacher nos papiers ?

— Non, non, avec les papiers, il est bien élevé.

— Très drôle, dit Ochoa en ricanant.

— Bien élevé avec les papiers…, dit Raley en regardant son partenaire de l'autre côté de la table.

— Pour un écrivaillon, quoi de plus normal !

Rook joignit son rire aux leurs. Cela avait l'air un peu forcé ; d'ailleurs, c'était forcé.

— Vous faites une enquête ou vous jouez aux cadavres exquis ?

Les Gars replongèrent leur nez dans leur paperasse.

— On peut vous aider, Rook ? demanda Ochoa.

— Comme j'ai entendu dire que vous étiez noyés sous la paperasse, je vous ai apporté des rafraîchissements.

Il posa les gobelets en face d'eux.

— Une noisette pour vous et, pour Raley, un thé au miel.

Il vit que Raley faisait un clin d'œil à Ochoa, chargé de dédain et de mépris, un peu comme les vibrations qu'il ressentait chez eux depuis son retour. Tous deux murmurèrent un merci absent, et Rook faillit sortir. Il résista à son envie et s'assit à leur table.

— Vous voulez un coup de main ? Je peux peut-être vous les lire ?

Raley éclata de rire.

— L'écrivain qui veut nous faire la lecture ! Elle est bien bonne !

Ochoa lui adressa un regard vide.

— Je ne comprends pas.

— Rien, laisse tomber.

Raley se retourna sur sa chaise.

Pour faire bisquer son partenaire, ce qu'il adorait, il but goulûment une grande gorge de son café, encore bien trop chaud. Il reposa son gobelet et se frotta les yeux. Examiner les relevés téléphoniques était l'une des tâches les plus fastidieuses de la journée. D'autant plus qu'Esteban Padilla avait plusieurs téléphones et appelait beaucoup plus qu'on ne l'aurait imaginé pour un simple chauffeur-livreur. Après avoir examiné toutes les fiches de la compagnie de limousines, les deux policiers avaient les yeux fatigués.

C'était d'ailleurs pour cette tâche qu'ils s'étaient installés dans la salle d'interrogatoire, pas seulement pour avoir une grande table, mais pour profiter du silence. Et à présent, Rook rappliquait !

— Bon, vous voulez nous dire à quoi vous jouez, avec ce « Comment ça va, les Gars, vous voulez un coup de main ? »

— Eh bien, commença Rook pour capter leur attention. Disons que c'est une sorte de rameau d'olivier. (Comme ni l'un ni l'autre ne répondait, il continua.) Écoutez, vous savez aussi bien que moi qu'il y a des tensions entre nous depuis que je vous ai vus dans la cuisine de Cassidy Towne. Je me trompe ?

Ochoa reprit son gobelet.

— Hé ! mec, on fait notre boulot. Tant que ça marche, vous ne dérangez pas.

Il testa le café et but une longue gorgée.

— Voyons, il se passe quelque chose, et je veux éclaircir la situation. Vous savez, je ne suis pas totalement insensible. Et je sais ce qui a tout changé : mon article. C'est parce que je ne vous ai pas assez rendu justice, c'est ça ?

Ils ne répondirent pas. L'ironie de la situation ne manquait pas de le frapper : il était là, dans la salle d'interrogatoire avec deux policiers, à essayer de leur arracher les vers du nez. Il joua la dernière carte qu'il lui restait dans la manche.

— Je n'irai nulle part avant que vous m'ayez dit la vérité.

De nouveau, les policiers échangèrent un regard, mais cette fois encore, ce fut Ochoa qui parla.

— Bon, puisque vous posez la question, c'est exact. Mais ce n'est pas une histoire de nous rendre justice. C'est plus parce que, vous savez, nous formons une équipe. C'est comme ça que vous nous avez vus travailler. Alors, ce n'est pas pour voir nos noms dans le journal ou être transformés en héros, ça, on s'en fiche. Le problème, c'est qu'on ne nous voit pas travailler ensemble. C'est tout.

— C'est bien ce que je pensais, dit Rook en hochant la tête. Ce n'était pas intentionnel, je vous l'assure, et si je devais réécrire l'article aujourd'hui, je m'y prendrais différemment. Je suis désolé, les Gars.

Ochoa observa Rook et lui tendit la main…

— On n'en demande pas plus.

Puis Ochoa se tourna vers son collègue.

— Raley ?

Le second policier semblait plus hésitant, mais il finit par dire : « C'est bon » et serra également la main du journaliste.

— Bon, dit Rook. Mon offre tient toujours. Je peux vous aider ?

Ochoa lui fit signe d'approcher sa chaise.

— Voilà, on épluche les relevés téléphoniques de Padilla pour chercher tous les appels qui ne sont pas adressés à sa famille, ses amis ou son patron.

— Vous cherchez quelque chose qui sort de l'ordinaire ?

— Ouais, et qui nous permettrait de dégager une piste.

Ochoa lui tendit une feuille et glissa devant lui le papier rose sur lequel étaient notés tous les numéros de la famille et des amis.

— Si vous voyez un numéro qui n'apparaît pas sur la feuille rose, vous le surlignez, vous avez compris ?

— Oui.

Au moment où Rook baissait les yeux vers la première ligne, il sentit le regard de Raley posé sur lui et releva la tête.

— Il faut que je vous le dise, Rook. Il y a encore un truc qui me turlupine et, si je garde ça sur le cœur, ça ne va pas cesser de me ronger.

Rook, qui voyait la gravité du visage, reposa sa feuille.

— Bien sûr, dites ce que vous avez sur le cœur. De quoi s'agit-il ?

— Du thé au miel.

Intrigué, Rook demanda :

— Je ne comprends pas bien. Vous n'aimez pas le thé au miel ?

— Non, ce n'est pas ça, c'est ce fichu surnom ! Thé au miel. Vous l'avez écrit dans l'article. Et à présent, tout le monde m'appelle comme ça.

Ochoa intervint :

— Tiens, je n'avais pas remarqué.

— Bien sûr, toi, ça ne te dérange pas.

— Je suis vraiment désolé, dit Rook. Vous vous sentez mieux ?

Raley haussa les épaules.

— Ouais, maintenant que j'ai vidé mon sac.

— Qui t'appelle comme ça ? demanda son partenaire.

Raley jouait avec son stylo.

— Tout le monde. Les sergents, les hommes en uniforme. De toute façon, le nombre n'a pas d'importance, ça m'énerve.

— Je peux dire quelque chose, en tant qu'ami et partenaire ? Pour te libérer ? Prends sur toi.

Puis, une seconde plus tard, alors qu'ils avaient déjà repris le travail, il ajouta :

— Thé au miel.

Ils étudiaient les feuilles en silence. Quelques minutes plus tard, sur sa deuxième feuille, Rook demanda le surligneur à Ochoa.

— Vous en avez un ?

— Ouais.

En prenant le stylo des mains d'Ochoa, il comprit soudain de quel numéro il s'agissait.

— Nom d'un chien !

— Quoi ? dit Ochoa.

Rook surligna le numéro et leur montra la feuille.

— C'est le numéro de Cassidy Towne !

Une demi-heure plus tard, Nikki Heat examinait les numéros de téléphone surlignés que les Gars avaient disposés côte à côte, par ordre chronologique, sur son bureau.

— Qu'est-ce que cela donne ?

— Plusieurs choses, en fait, commença Raley. Tout d'abord, nous avons trouvé une relation entre Esteban Padilla et Cassidy Towne. Pas un coup de fil isolé, mais des appels réguliers.

Ochoa reprit l'exposé en pointant une série de numéros sur les premières pages, rangées sur la gauche du bureau.

— Les premiers appels partent d'ici, une ou deux fois par semaine, au cours de l'hiver et du printemps dernier. Ils correspondent à l'époque où Esteban travaillait pour la compagnie de limousines. Cela prouve que Padilla était l'un de ses informateurs.

— Vous savez ce que je crois ? dit Rook. Je vous parie que vous pouvez regarder les dates de ces appels, vérifier qui Padilla a transporté ce jour-là et comparer les résultats à ce que vous trouverez dans ses colonnes le lendemain. À condition que les tuyaux aient mérité de figurer dans le journal...

— Mérité de figurer dans le journal ? dit Heat.

— Bon, je rectifie, dans les potins. Et ensuite ?

— Il y a mieux, poursuivit Raley. Les appels cessent brusquement, ici... Devinez quand ? dit-il en montrant le mois de mai.

— Quand il s'est fait virer de la boîte de limousines.

— Exact. De nombreux appels dans les jours qui ont suivi, nous savons à peu près pourquoi à présent, et plus rien pendant près d'un mois.

— Et ensuite, cela recommence, dit Ochoa en arrivant sur la droite de Nikki et en prenant le surligneur jaune pour lui montrer la reprise des appels.

— Tout un paquet, là, à la mi-juin. Il y a quatre mois.

— Est-ce que l'on sait s'il travaillait pour une autre compagnie de limousines à l'époque ?

— On a vérifié. Il a commencé son travail de chauffeur-livreur à la fin mai, peu après en avoir fini avec les voitures noires. On ne sait pas s'il continuait à lui donner des tuyaux.

— Pas des nouveaux, en tout cas, dit Rook en se penchant vers Nikki et en écartant les doigts pour mesurer l'espace entre les différents appels. À mon avis, ce blanc correspond à une période où Padilla ne fournissait plus de ragots quotidiens à Cassidy Towne. Et la reprise en juin devait coïncider avec ses recherches sur la personne sur qui elle écrivait. Si elle s'était déjà lancée dans la rédaction du manuscrit, les dates colleraient.

Nikki regarda le schéma des numéros surlignés qui, à eux seuls, formaient une nouvelle ligne de temps.

— Beau boulot, les Gars. C'est un sacré truc. Non seulement on a établi la relation entre Padilla et Towne, mais Rook a raison sur la signification de ces appels. On a maintenant une idée du mobile. Si on l'a assassinée pour l'empêcher d'écrire, il a pu l'être pour avoir été son indic.

— Comme Derek Snow ? demanda Rook.

— Pour une fois, ce n'est pas une théorie trop débile, monsieur Rook. Mais cela reste une théorie jusqu'à ce que l'on puisse établir un lien similaire. Les Gars, arrangez-vous pour avoir dès demain matin les relevés téléphoniques de notre concierge.

Tandis qu'ils quittaient la pièce, elle entendit Raley murmurer :

— J'aimerais bien pouvoir dormir un peu, mais dès que j'essaie de fermer un œil, tout ce que je vois, ce sont des listes de numéros.

— Pareil pour moi, Thé au miel.

Nikki enfilait sa veste de cuir brun lorsque Rook s'approcha du portemanteau en fermant son attaché-case.

— Alors, ça y est, vous vous êtes embrassés, tu as fait la paix avec les Gars ?

— Comment tu le sais ? Parce que je rayonne comme après l'amour ?

— Je suis peut-être un peu perverse... En fait, j'ai surpris votre conversation dans la salle d'observation.

— Hé ! c'était une conversation privée !

— C'est drôle, c'est exactement ce que pensent les criminels quand ils sont dans cette pièce. Tout le monde oublie que c'est un miroir sans tain. (Elle leva le sourcil à la Groucho Marx.) Mais c'était une bonne initiative de ta part de leur tendre la main.

— Merci. Écoute, je pensais à un truc... J'aimerais rattraper la soirée manquée de l'autre fois.

— Oh ! je suis désolée... Ce soir, ce n'est pas possible. Petar a appelé...

Il sentit son estomac descendre dans ses talons, mais il garda un visage de marbre et un sourire inaltéré.

— Ah oui ? Alors, un verre après ?

— Le problème, c'est que je ne sais pas à quel moment ce sera. J'assisterai peut-être au spectacle. Je n'ai jamais assisté à un de ces tournages. (Elle consulta sa montre.) Je vais être en retard. Je te revois demain matin.

Elle vérifia que le plateau était vide avant de l'embrasser

sur la joue. Il commença à se pencher vers elle, mais se ravisa en pensant qu'ils étaient toujours au commissariat.

Pourtant, en la voyant partir, il regretta de ne pas avoir le bras autour de sa taille. Irrésistible comme il l'était, elle aurait quand même pu annuler son dîner !

Lorsque les Gars arrivèrent le lendemain matin, ils trouvèrent Jameson Rook installé à son bureau.

— Je me demandais qui avait allumé, dit Raley. Dites, Rook, vous êtes rentré chez vous, hier soir ?

— Oui, oui. Je voulais juste arriver tôt ici pour bien commencer la journée.

— Excusez-moi de vous dire ça, dit Ochoa, vous avez l'air en piteux état. Comme si vous aviez fait du parachute sans lunettes.

— Merci !

Rook n'avait pas de miroir, mais il voyait très bien.

— Je brûle la chandelle par les deux bouts. Quand je sors d'ici, je passe le reste de la nuit sur mon clavier.

— Ouais, ça doit être dur, dit Ochoa en lui adressant un gentil sourire pendant que les deux hommes allumaient leur ordinateur.

Les commentaires d'Ochoa étaient chaleureux, mais Rook ne s'en sentait que plus coupable. Coupable d'avoir eu l'audace de dire à un policier new-yorkais combien sa vie d'écrivain était difficile dans son loft spacieux de Tribeca. Coupable, parce qu'il n'avait pas écrit une ligne.

Il avait essayé, OK. Il avait deux jours de notes à éplucher pour ne pas prendre de retard dans son article sur Cassidy. Mais il n'avait pas pondu une ligne.

À cause de Nikki. Il n'avait pas pu s'empêcher de penser à Nikki qui dînait avec son ancien petit copain. Il se savait idiot d'être aussi… obsédé. Il admirait son autonomie, son indépendance. Simplement, il n'aimait pas qu'elle se détache de lui. Un ancien petit ami… Vers onze heures du soir, incapable de se concentrer ou même de regarder le journal télévisé, il s'était demandé si c'était comme ça qu'on commençait une carrière de harceleur. Il consacrerait peut-être sa prochaine enquête à ce type d'individus. Mais…, si on suivait un harceleur à la trace…, devenait-on un harceleur soi-même ?

Tout cela semblait bien étrange.

Ce fut à ce moment qu'il passa un appel. Il connaissait un scénariste qui écrivait des textes pour ce genre d'émission et qui baignait dans le milieu depuis une éternité. Lui, il saurait tout sur Petar Matic.

— Oh ! t'adores pas ce nom ? On dirait une publicité pour un coupe-cigare !

Appelez un scénariste, et vous obtenez un dialoguiste ! Néanmoins, ce fut le seul rire de la conversation.

Le monde des scénaristes, surtout dans ces émissions tardives, était celui de frères ennemis, et le copain scénariste de Los Angeles connaissait un type de *Later On* qui avait dû exécuter des travaux d'intérêt général quelques années plus tôt.

— Comment ça ? demanda Rook. Pourquoi un scénariste aurait été condamné à un travail d'intérêt général ?

— Tu m'en demandes trop. Il a fait une blague sur Monica Lewinsky après 2005 ? Qui sait ?

Donc, pendant que le type de *Later On* exécutait sa mission dans le zoo du Bronx, dit la voix de Los Angeles, un autre mec nettoyait les cages et les litières avec lui, un Croate très brillant, spécialisé dans le documentaire animalier. Rook demanda si Petar effectuait aussi une tâche d'intérêt général.

— Ah ! ah ! c'est là toute la poésie. Un spécialiste du documentaire animalier. Poursuivi pour quoi ? (L'ami de Rook marqua une pause pour laisser place au roulement de tambour.) Devine… Introduction d'espèces dangereuses en provenance de Thaïlande. Il a fait six mois de prison sur les dix-huit de sa peine ; il a été libéré pour bonne conduite, et la peine a été commuée en tâche d'intérêt général. Au zoo !

— Encore plus poétique !

Les deux types s'étaient bien entendus et, à la fin de

leur mission, le scénariste avait trouvé un boulot d'assistant pour Petar sur *Later On*.

— C'était une sacrée promotion après le nettoyage de la cage des éléphants, lui dit la voix de Los Angeles. Il a commencé en bas de l'échelle et il s'en est bien tiré. Il a monté les échelons très vite pour devenir assistant de production. Mon ami dit qu'une fois que Petar a une idée en tête, rien ne peut l'arrêter.

C'était cette dernière réflexion qui l'avait privé de sommeil. Rook s'inquiétait de la ténacité de Peter Matic et se demandait s'il devait ou non révéler cette histoire de marché noir à Nikki. S'il en parlait, cela pourrait aggraver la situation, l'aggraver de manière exponentielle.

Il dressa une liste d'effets secondaires potentiels. Cela pouvait détériorer une relation tout à fait agréable avec un ancien ami qu'elle appréciait.

Dans ce cas, Rook éprouverait des remords. Plus ou moins. Il risquait néanmoins, par inadvertance, de resserrer les liens entre Nikki et Petar. Nikki avait un côté mauvaise fille, et peut-être que l'aspect méchant garçon allumerait des étincelles dans son cœur.

Et puis, de quoi aurait-il l'air s'il avouait avoir fait des recherches sur un de ses anciens petits amis ? Il passerait pour… un homme peu sûr de lui, jaloux, menaçant. Non, il ne voulait pas donner cette impression.

Donc, lorsqu'il la vit franchir la porte de verre de l'autre côté du plateau, tout sourire, il savait quelle attitude adopter. Paraître très occupé et faire comme si de rien n'était.

— Mon Dieu ! Regarde-toi… Les yeux tout rouges et… (elle l'étudia) … le visage bouffi.

— Euh, je ne me suis pas rasé ce matin. J'ai voulu gagner un peu de temps après une longue nuit. Mes recherches. (Il attendit qu'elle ait accroché sa veste.) Et toi ?

— Moi, je suis en pleine forme, en fait. Merci.

Elle se tourna de l'autre côté de la salle.

— Les Gars ? Vous avez déjà obtenu les relevés téléphoniques de Derek Snow ?

— On les a demandés, dit Raley. Ils devraient arriver d'un moment à l'autre.

— Rappelez ! Et tenez-moi au courant.

Elle rangea son sac dans le tiroir de son bureau.

— Rook, tu rêves ?

— Hein ? Oh ! je me demandais juste…

Il laissa sa phrase en suspens, inachevée. Il voulait lui demander comment s'était passée sa soirée. Ce qu'elle avait fait. Où elle était allée. Comment ça s'était terminé. Tant de questions à lui poser. Il se contenta de dire :

— Il y a quelque chose que je peux faire pour vous ce matin ?

Avant que Nikki puisse répondre, le téléphone sonna sur le bureau.

— Nikki Heat…

Avant d'entendre une voix, Nikki entendit le son tout à fait remarquable du métro qui freinait.

— Je ne vous entends pas !

Elle reconnut la voix de Mitchell Perkins. Pourtant, l'éditeur de Cassidy Towne n'adoptait pas le ton supérieur qu'il avait employé dans son bureau, la veille.

Il semblait agité et tendu.

— Fichus portables ! Allô ?

— Je vous écoute, monsieur Perkins. Je peux quelque chose pour vous ?

— C'est ma femme ! Je suis en route pour aller au travail, et elle vient juste de m'appeler. Elle m'a dit qu'on essayait de s'introduire chez nous.

— À quelle adresse ?

Elle claqua des doigts pour capter l'attention des Gars. Raley décrocha le combiné, nota l'adresse que donna Perkins, sur Riverside Drive, et appela le central pendant que Nikki restait en ligne avec l'éditeur.

— Nous envoyons une patrouille immédiatement.

Elle l'entendit haleter, et le bruit de fond se modifia, indiquant que Perkins avait quitté le métro et se trouvait désormais dans la rue.

— J'y suis presque… Dépêchez-vous, je vous en prie !

Se dépêcher à Manhattan, ce n'est pas chose aisée, même avec les gyrophares et les sirènes, mais à cette heure, la circulation s'écoulait du nord au sud, si bien que Nikki Heat put remonter rapidement Broadway jusqu'à la 96e Rue.

Sur la fréquence de la police, Nikki avait entendu que trois voitures étaient déjà sur place, si bien qu'elle coupa la sirène et ralentit légèrement après avoir traversé West End. Elle scruta la rue et fit un petit hochement de tête en direction de Rook.

— Qu'est-ce que c'est que ce cirque ?

Plus loin, au milieu d'un bâtiment, deux personnes étaient agenouillées devant une voiture à l'entrée d'un garage. Une troisième, un voiturier à en juger à son uniforme, vit le gyrophare et brandit le bras pour lui demander de s'arrêter.

Nikki était déjà en ligne pour appeler une ambulance avant même d'avoir vu les brancardiers sortir le matériel sur le trottoir.

— Perkins ? demanda Rook.

— Probablement.

Nikki Heat se gara de manière à protéger la scène de la circulation qui arrivait et laissa son gyrophare allumé. Lorsqu'elle sortit, une voiture de patrouille se trouvait juste derrière elle, et elle ordonna aux policiers de se séparer. L'un régla la circulation, tandis que d'autres contenaient les témoins. Nikki se précipita vers la victime, allongée face contre terre dans l'allée du parking, devant l'Audi TT qui venait de le heurter. Il s'agissait effectivement de Mitchell Perkins.

Elle vérifia ses signes vitaux. Il avait encore un pouls et respirait, mais faiblement.

— Monsieur Perkins, vous m'entendez ?

Nikki approcha l'oreille de son visage, de profil sur le béton, mais n'obtint aucune réponse, pas même un gémissement. Une sirène d'ambulance approchait.

— Je suis le détective Heat. L'ambulance est arrivée. On va s'occuper de vous.

Et, au cas où il aurait été toujours à demi conscient, elle ajouta :

— La police est avec votre femme, ne vous inquiétez pas.

Pendant que les médecins travaillaient, Heat recueillit les témoignages des trois personnes qui se trouvaient sur place. L'une d'elles était une femme de ménage arrivée après les faits, qui ne lui fut pas de grande utilité.

Néanmoins, le chauffeur de l'Audi lui dit qu'il sortait du garage pour aller à Boston lorsqu'il avait heurté Perkins. Nikki s'imagina que, dans sa hâte, l'éditeur n'avait pas fait attention. Cependant, elle s'en tint à sa politique habituelle et ne tira pas de conclusions avant d'avoir rassemblé tous les détails et prit garde à ne pas influencer les témoins avec ses propres impressions. Elle les laissa parler.

Elle eut bien raison, car on lui raconta une tout autre histoire. Le voiturier lui dit que Perkins ne courait pas du tout lorsqu'il l'avait aperçu pour la première fois. Il se disputait avec quelqu'un, un agresseur qui en voulait à son attaché-case. Il était retourné dans sa guérite pour appeler le 911 au moment même où l'Audi avait surgi de la rampe du garage. Le chauffeur confirma qu'il était sorti au moment où l'agresseur s'était enfui avec l'attaché-case.

Perkins tirait si fort de son côté qu'il en avait perdu l'équilibre et était tombé sous les roues. Le chauffeur avait freiné, mais il n'avait pas pu éviter l'accident.

Les Gars arrivèrent pour examiner les lieux, et Heat leur demanda d'interroger les témoins séparément pour avoir une déposition plus détaillée et un portrait de l'agresseur. Comme souvent dans les scènes de violence, distraits ou choqués par la rapidité de l'action, les témoins furent incapables de donner une description même sommaire du voleur.

— Un des hommes en uniforme a déjà lancé un appel pour un homme blanc, de taille moyenne, qui portait des lunettes de soleil, une veste à capuchon noir ou bleu marine et un jean, mais cela peut correspondre la moitié de la population. Voyez si vous trouvez autre chose et faites venir les témoins au commissariat pour examiner des photos. N'oubliez pas de mettre le Texan et nos quatre zozos dans la panoplie. Et pendant que vous y êtes, faites venir le dessinateur.

Elle regarda tout autour d'elle et vit que Rook était accroupi près du caniveau et examinait le contenu renversé de l'attaché-case de l'éditeur.

— Non, je n'ai rien touché ! dit-il tandis qu'elle approchait en enfilant ses gants. Je suis incorrigible, mais j'apprends mes leçons. Il va s'en tirer ?

Nikki se tourna vers les ambulanciers qui emmenaient Perkins.

— Il est toujours inconscient ; ce n'est pas bon signe. Mais comme il respire et qu'ils ont eu un pouls, il faut attendre.

Elle s'accroupit à côté de lui.

— Quelque chose d'intéressant ?

— Un attaché-case plutôt décrépit et pas très rempli.

C'était une mallette dure un peu démodée, au fermoir ouvert, contenant des cartes de visite et des articles de papeterie, comme des pinces à dessin et des post-it en vrac. Un enregistreur numérique gisait un peu plus loin, à côté d'une barre de céréales.

— Néanmoins, il a bon goût pour les stylos à plume, dit-il, en montrant un Montblanc orange et noir, un modèle Hemingway, une édition limitée, coincé dans l'angle du caniveau. Ça vaut plus de trois mille dollars, ce truc, aujourd'hui. Ce n'est pas fameux pour la théorie du voleur à la tire !

Nikki aurait été d'accord avec lui, mais elle repoussa la tentation de tirer des conclusions hâtives. Cela n'aidait jamais à élucider une affaire.

— À moins que le voleur ne s'intéresse pas aux stylos de collection.

À cet instant, Rook la prit par le poignet.

— Viens avec moi, vite !

Elle hésita presque, mais le suivit de l'autre côté de la rue en se laissant gentiment tirer par le bras. Cela ne l'empêcha pas de lui demander :

— Rook, qu'est-ce que tu fabriques ?

— Vite avant qu'il ne soit trop tard !

Il indiqua une feuille de papier blanc qui voletait le long de la 96e Rue en direction du parc de Riverside.

Nikki tendit le bras pour l'attraper, mais le vent l'emporta et elle dut piquer un sprint pour la devancer. Lorsqu'elle atterrit sur le trottoir à ses pieds, elle se jeta dessus et la coinça sous sa paume ouverte.

— Je l'ai eue !

— Super ! Je l'aurais fait moi-même, mais je n'ai pas de gants, dit Rook. Ni la rapidité !

De sa main libre, Nikki Heat prit délicatement la feuille par le coin et la retourna pour la lire.

Frustré par son visage de marbre, Rook s'impatientait.

— Alors ? Qu'est-ce que ça raconte ?

Nikki ne lui répondit pas. Elle tourna la feuille de manière à ce qu'il puisse lire.

Le gâchis
Mort ou vif
La véritable histoire de la mort de Reed Wakefield
Par Cassidy Towne

QUATORZE

En ouvrant les yeux dans sa chambre du quatrième étage de l'hôpital St. Luke's-Roosevelt, Mitchell Perkins, éditeur senior, secteur « Essais et documents » chez Epimetheus Books, trouva Nikki Heat et Jameson Rook à son chevet. Nikki se leva et alla s'asseoir près de lui.

— Comment vous sentez-vous, monsieur Perkins ? Voulez-vous que j'appelle une infirmière ?

Il ferma les yeux un instant et hocha la tête.

— J'ai soif.

Elle lui donna à la cuillère un des glaçons du bol qui se trouvait sur sa table roulante et l'observa.

— Merci… d'avoir aidé ma femme. Avant que je tombe dans les pommes, elle m'a dit que vous lui aviez envoyé des policiers en un rien de temps.

— Tout s'est bien passé, monsieur Perkins. Même si vous ne vous sentez pas très en forme en ce moment.

Elle lui donna un autre glaçon sans même qu'il le demande.

— Vous avez vu votre agresseur ?

Il hocha la tête et grimaça de douleur.

— Celui qui m'a attaqué est arrivé par-derrière. En général, le quartier est tranquille.

— Nous cherchons toujours, mais je ne crois pas à une agression crapuleuse. (Nikki reposa les glaçons sur la table.) Si on relie l'agression à la tentative d'intrusion dans votre appartement, il pourrait s'agir de la même personne.

Perkins hocha la tête, comme s'il avait déjà envisagé cette éventualité.

— Nous ne pouvons pas l'affirmer, car votre femme n'a pas vu le cambrioleur. Elle dit que quelqu'un a forcé une fenêtre et que l'alarme s'est déclenchée. L'intrus s'est enfui.

— Si je devais mettre un billet là-dessus, dit Rook, je parierais que l'homme a pris la 96e Rue.

— J'ai eu de la chance.

Nikki Heat leva un sourcil sceptique.

— C'est l'agresseur qui a eu de la chance. Mais il est important de noter que vous avez toujours votre portefeuille et votre montre.

— Il a volé mon attaché-case.

— Sans doute parce que c'est ce qu'il voulait.

Nikki lui tendit le bol de glaçons, mais il fit signe qu'il n'en voulait plus et grimaça.

— Quelqu'un se donne beaucoup de mal pour mettre la main sur le manuscrit de Cassidy Towne, monsieur Perkins.

Pour l'instant, elle n'avait pas encore trouvé de juge osant se mettre en contradiction avec le Premier Amendement en lui délivrant une commission rogatoire pour perquisitionner les bureaux de l'éditeur, et elle essaya de ne pas manifester sa frustration.

— Vous savez, celui que vous prétendez ne pas avoir.

— Je n'ai pas dit que je ne l'avais pas.

Elle entendit Rook ricaner derrière elle et savait qu'il pensait exactement la même chose : Perkins devait se sentir beaucoup mieux, car il pesait de nouveau ses mots. En costume ou dans une chambre d'hôpital vitrée, il se dissimulait derrière un écran de fumée. Elle devait trouver un moyen de le percer.

— Très bien. Vous n'avez pas dit que vous ne l'aviez pas, vous avez fait semblant de ne pas l'avoir. Vous est-il venu à l'esprit que ce n'est guère le moment de couper les cheveux en quatre ?

Sans répondre, l'éditeur posa sa tête sur la taie d'oreiller amidonnée.

— Nous savons qu'il se trouvait dans votre attaché-case. Nous avons trouvé la page de couverture. Et nous savons que le reste du manuscrit ne s'y trouve plus à présent.

Elle lui laissa le temps d'analyser la situation et continua :

— Celui qui l'a volé court toujours dans la nature. Pour l'instant, nous n'avons pas grand-chose à nous mettre sous la dent, à part une description trop vague. Ce dont nous avons besoin, c'est quelque chose qui nous mettrait sur la piste du mobile.

Elle s'en voulait de mettre la pression sur un homme qui souffrait de multiples contusions à la jambe et de trois vertèbres cassées, mais cela ne suffirait pas à l'en empêcher ! Nikki sortit une autre carte de son jeu. La carte de la peur.

— À présent, ou vous voulez bien nous aider ou vous préférez courir le risque que cette personne s'en prenne à nouveau à vous. Et cette fois, nous n'arriverons peut-être pas aussi vite et votre femme n'aura peut-être pas autant de chance.

Il n'eut pas besoin de réfléchir longtemps.

— Je vais appeler le bureau pour demander qu'on vous fasse parvenir une copie.

— On enverra quelqu'un la chercher, si cela ne vous ennuie pas.

— Comme vous voulez. Vous savez, je l'avais avec moi parce que j'étais sur le point de vous le donner. À deux doigts.

Le visage de l'éditeur s'assombrit brièvement.

— Cela nous aurait épargné toute cette histoire. Si seulement…

Il laissa retomber son aveu, se tortilla maladroitement sur son lit et essaya de s'asseoir pour faire face à Nikki.

— Vous devez absolument me croire, car je comprendrais que vous soyez sceptique étant donné… notre dernière conversation. Mais je vous jure, c'est la pure vérité…

— Je vous écoute.

— Je n'ai pas le dernier chapitre. Je vous l'assure. Le matériel qu'elle m'a fourni est incomplet. Cela ne couvre que la toile de fond de l'histoire de Reed Wakefield et des mois qui ont précédé sa mort. Cassidy gardait le dernier chapitre pour elle. Elle m'a dit qu'elle y révélait les noms des personnes responsables de sa mort.

— Un instant, là, dit Rook. Tout le monde a parlé d'une overdose accidentelle. Je croyais que Reed Wakefield était mort seul dans sa chambre.

— Pas au dire de Cassidy Towne.

Bien entendu, cela ne correspondait pas au rapport du légiste ni aux informations que Nikki avait obtenues en interrogeant les deux directeurs du Dragonfly, Derek Snow et la femme de chambre qui avait découvert le corps. Tout pointait en direction d'un usager qui pratiquait l'automédication et était mort tranquillement, seul pendant son sommeil, et n'avait eu aucune visite ni la veille au soir ni le jour de la découverte du corps.

— Monsieur Perkins, Cassidy Towne vous a-t-elle dit ce qu'elle entendait par « personnes responsables » de sa mort ? demanda Heat.

— Non.

— Parce que cela peut vouloir dire beaucoup de choses différentes. Elle peut parler de la personne qui lui a vendu la drogue ou lui a donné une ordonnance.

— Ou, dit Rook, s'il n'était pas seul et que la fête avait dégénéré. Mais cela signifierait que personne n'a appelé la police, que personne n'a appelé les secours, que tout le monde est parti et l'a laissé mourir. Ça, ça mériterait un livre.

— Derek Snow était de service à l'hôtel ? Est-ce que lui aussi a couvert les faits ? À moins qu'il n'ait été qu'un témoin malchanceux ? dit Nikki.

— Ou qu'il ait participé à la fête ?

— Malheureusement, nous ne le saurons peut-être jamais, dit l'éditeur. Elle ne m'a jamais remis le dernier chapitre.

— Elle ne connaissait peut-être pas toute la vérité ? demanda Nikki.

— Non, répondit Rook. Connaissant Cassidy Towne, je suis certain qu'elle savait tout et qu'elle le gardait pour elle afin d'obtenir plus d'argent.

— Exactement, confirma Perkins. Elle avait tout bouclé dans un dernier chapitre sensationnel, qui devait tout révéler. Et quand elle m'a remis le manuscrit, elle a dit qu'elle voulait rouvrir les négociations pour son contrat. Vous n'imaginez pas ce qu'elle demandait. Cette bonne femme allait nous assassiner !

— Paradoxal, dit Rook.

Comme Nikki lui lançait un regard sévère, il ajouta :

— Voyons, tu pensais la même chose !

Quelques instants plus tard, au commissariat, Nikki mit les Gars sur des tâches différentes. Comme Esteban Padilla avait été assassiné par celui qui avait tué Cassidy Towne et Derek Snow, elle demanda à Ochoa de chercher un Reed Wakefield dans les clients de la compagnie de limousines, la nuit de sa mort ou avant, et chargea Raley de vérifier les caméras de surveillance qui auraient pu filmer l'agresseur de Mitchell Perkins. Rook mit fin à son coup de téléphone et les rejoignit au centre de la pièce.

— Je viens de contacter l'assistante de Perkins, chez Epimetheus Books. Ils ont fait un PDF du manuscrit qu'ils nous envoient par e-mail. Il devrait arriver avant l'exemplaire papier, et cela nous permettra de travailler tout de suite.

L'attention de Nikki se porta sur le tableau et la liste de noms écrits en lettres capitales de sa jolie écriture.

— Mais si Perkins dit vrai et que le dernier chapitre est toujours manquant, cela signifie que quelqu'un va continuer à le chercher.

Elle se tourna vers eux, si bien qu'ils purent tous lire son appréhension, et elle ajouta :

— À n'importe quel prix.

— L'éditeur a eu de la veine ! Comment il va ? demanda Raley.

— Il souffre un peu, mais il s'en sortira. Je crois qu'il souffre surtout parce qu'il aurait pu s'éviter tout ça en nous remettant le manuscrit au moment où on le lui a demandé.

— Autre paradoxe, dit Rook. *Epimetheus*, en grec, cela signifie « intuition ». (Ils le regardèrent.) Je vous jure, c'est la vérité.

Il était temps d'inviter Soleil Gray dans un cadre plus officiel. Mais l'ex-fiancée de Reed Wakefield répondit de manière adéquate en se présentant à la salle d'interrogatoire numéro un avec son avocat, un des spécialistes du droit pénal les plus agressifs, les plus brillants et les plus chers de la profession. Nikki Heat connaissait Helen Miksit du temps où elle était encore ravie de se trouver dans la même pièce qu'elle.

En tant que procureur, elle se montrait très dure et décrochait des scalps qui donnaient envie aux policiers de la couvrir de fleurs. Cependant, six ans plus tôt, Miksit avait quitté le bureau du district attorney et franchi la frontière pour mieux gagner sa vie. Sa garde-robe avait changé, mais pas son comportement. Le Bouledogue, comme on l'appelait, fit son entrée avant même que Heat et Rook ne s'asseyent de l'autre côté de la table.

— C'est de la connerie, et vous le savez !

— Moi aussi, je suis ravie de te revoir, Helen, répondit Nikki en s'asseyant, impassible.

— Je crains que tu aies dépassé le niveau de la plaisanterie. Ma cliente m'a informé de vos séances de harcèlement, et je lui ai conseillé de ne plus ouvrir la bouche.

À côté d'elle, Soleil Gray s'occupait en se mordillant les articulations des doigts. Elle éloigna sa main de sa bouche et hocha la tête pour montrer qu'elle était sur la même longueur d'onde que son avocate. Néanmoins, Nikki voyait bien que la chanteuse n'avait rien du mur inébranlable. Elle paraissait plus vulnérable qu'insolente. Cet aspect était réservé à Mme l'avocate en tailleur haute couture.

— Pour être franche, nous ne sommes ici que parce que nous y sommes obligées, alors, vous pourriez nous épargner bien des ennuis en reconnaissant la futilité de votre démarche et en nous laissant partir.

Nikki lui sourit.

— Merci, maître. Je n'ai pas perdu de temps, je le reconnais volontiers. Mais vous savez ce qui nous réunit ici, n'est-ce pas ? Lorsque les gens se font tuer, les flics posent des questions. C'est très pénible.

— Vous vous êtes rendue deux fois sur son lieu de travail, vous avez interrompu le cours normal des événements en vous livrant à une chasse aux sorcières. À cause de vous, un des spectacles est allé de travers, et vous la dérangez à un moment où elle doit préparer un nouveau clip vidéo pour demain. C'est pour compenser votre désespoir, ou vous travaillez déjà sur votre prochain article ? dit Miksit en regardant ostensiblement Rook.

— Oh ! rassurez-vous, il n'y aura pas de suite. Je ne suis ici que pour le plaisir de rencontrer les prétentieux qui fréquentent les commissariats.

Nikki intervint avant l'escalade fatale.

— Mes visites répétées avaient pour but d'obtenir une réponse franche de Soleil après n'avoir eu droit qu'à une série de mensonges. Votre cliente est liée à deux victimes d'homicide et...

— Cela n'a aucune signification. C'est conjoncturel.

Nikki était habituée aux affrontements qu'imposait Miksit, mais elle l'avait vue faire alors qu'elle était assise à côté d'elle, dans un tribunal, pas en face d'elle dans une salle d'interrogatoire. Heat devait se débattre pour garder la maîtrise de la conversation.

— Et l'une des victimes, nous l'avons appris, Cassidy Towne, écrivait justement un article sur l'ancien fiancé de mademoiselle Gray.

— Ah ! et c'est pour cela que vous nous avez fait venir ?

Soleil s'éclaircit la gorge et déglutit. Helen Miksit lui mit la main sur le bras dans un geste ostensiblement théâtral.

— Est-ce vraiment nécessaire ? La cicatrice n'est pas encore refermée...

— Soleil, dit Nikki d'une voix douce, nous n'avons aucun doute : on a assassiné Cassidy Towne pour l'empêcher de publier un livre sur les circonstances de la mort de Reed Wakefield. (Elle marqua une pause pour bien choisir ses mots, ne sachant pas vraiment si la chanteuse était une instigatrice ou une victime.) Si vous êtes impliquée, ou si vous savez quelque chose, il est temps de le dire. Le moment du silence est révolu.

Helen Miksit intervint.

— Comme je vous l'ai dit dès le début, nous avons répondu à la convocation. Cela ne signifie pas que ma cliente doive participer d'une quelconque manière.

Nikki se pencha vers Soleil.

— Est-ce ce que vous ressentez ? Vous n'avez rien à me dire ?

La chanteuse réfléchit, sembla être prête à se livrer, mais regarda son avocate qui hocha la tête, et Soleil recommença à se ronger les doigts.

— Voilà, je suppose que nous pouvons y aller ?

Heat lança un dernier regard vers Soleil, dans l'espoir de nouer le contact, mais la chanteuse refusa de lever le nez.

— Nous en avons terminé. Pour l'instant.

— Pour l'instant ? Ah ça, non ! Nous en avons terminé pour de bon. Si vous voulez voir votre nom en gros caractères « Page six », il faudra harceler quelqu'un d'autre !

Miksit se leva et ajouta :

— Ah ! un conseil de prudence. Tu t'apercevras peut-être que, lorsque la machine publicitaire s'inverse, les rapports ne restent pas toujours aussi amicaux...

Heat les raccompagna et, en les voyant traverser le hall, elle était de plus en plus certaine que Soleil était mouillée. Simplement, elle ne savait ni pourquoi ni comment.

Nikki retourna sur le plateau, à son bureau. Rook lisait déjà les premières pages du PDF du livre de Cassidy, qui leur était parvenu pendant l'interrogatoire. Elle s'aperçut que Hinesburg avait envahi son bureau, s'était assise sur sa chaise et gribouillait quelque chose sur son carnet de notes avec un stylo emprunté sur place.

— Ne vous gênez pas, Sharon.

Encore exaspérée par sa rencontre avec Soleil et le Bouledogue, Nikki passait ses nerfs sur Hinesburg. Elle se sentirait coupable plus tard.

— Très drôle, répondit Hinesburg. (Encore un trait de caractère insupportable, mais cela éviterait à Nikki d'avoir à s'excuser.) Je vous laissais juste un mot. J'ai vérifié le nom du privé auquel Elizabeth Essex avait fait appel pour espionner son ex-mari. Elle a embauché un type de Staten Island qui travaille pour son avocat. Pas notre Texan.

Nikki n'était guère surprise, mais c'était au moins une piste que l'on pouvait abandonner.

— Et les autres clients de Rance Wolf ? Où en sommes-nous avec eux ?

— J'ai parlé au PDG de Hard Line, à Vegas. Il s'est montré coopératif et m'a établi une liste. Des sociétés et des clients particuliers. Je lui ai demandé aussi si le Texan travaillait en free-lance. Il m'a dit garder une trace de toutes les missions free-lance de ses employés pour éviter les conflits d'intérêts. Il me l'enverra également. Je vous préviendrai dès que j'aurai tout reçu.

C'était parce qu'elle réglait à merveille ce genre de détail que Hinesburg était une bonne enquêtrice. Et c'était pour cette même raison que Nikki la supportait.

— Bon travail, Sharon. Excusez-moi de vous avoir rabrouée.

— Quand ça ? demanda Hinesburg en se dirigeant vers son propre bureau.

Ochoa appela de la compagnie des limousines. En arrière-fond, Nikki entendait le bruit d'une boulonneuse automatique et s'imaginait qu'on changeait le pneu d'une voiture noire.

— J'ai trouvé quelque chose de bizarre ici. Vous êtes prête pour le bizarre ?

— Une fiche au nom de Reed Wakefield avec un mot d'adieu ?

— Aucune fiche au nom de Reed Wakefield. En fait, aucune fiche le soir de la mort de Wakefield. Raley avait déjà épluché celles que nous avions, sans rien trouver. On les avait demandées avant que la mort de Reed Wakefield remonte à la surface ; donc, on a supposé que Padilla avait pris un jour de congé. Mais ce sont toutes les fiches de la nuit qui ont disparu. Comme si tous les chauffeurs s'étaient mis en congé en même temps et qu'il n'y ait eu aucune réservation. Vous voyez où je veux en venir ?

Nikki analysa les diverses significations de l'absence des fiches. En jaugea la gravité. La portée. La boulonneuse se remit en route.

— Vous êtes toujours là ?

— Oui, alors, comment expliquent-ils ce phénomène ?

— Le directeur a fait l'imbécile et m'a dit qu'il n'en savait rien. On aura de la chance si on peut prouver quelque chose. Ces types sont de vraies anguilles.

— Ouais. Ils feront croire à un cambriolage ou accuseront un des chauffeurs, Padilla en personne s'il le faut. Bon, pour en avoir le cœur net, Padilla travaillait bien cette nuit-là ?

— Oui, ils me l'ont confirmé. C'était juste avant son renvoi.

— Bon, les fiches ont été déchirées du carnet ?

— En fait, non, elles ont été découpées proprement.

Une heure plus tard, Nikki quitta le bureau du capitaine Montrose après lui avoir fait son rapport sur les nouveaux développements, afin qu'il puisse faire de même avec ses supérieurs du One Police Plaza. Il l'assura de sa confiance et lui dit qu'elle avait couvert tous les sujets dont il avait besoin. Cette nouvelle réunion était destinée à assouvir la soif des médias qui faisaient pression sur la police. Sans s'occuper de son dossier de promotion, le capitaine se faisait un devoir de sourire et de passer des coups de téléphone pour tenir la presse informée presque heure par heure.

Raley s'était mis au boulot à son poste et regardait toutes les vidéos des caméras de surveillance du parking où Perkins avait été agressé le matin même ainsi que de celles des magasins et des résidences de toute la 96ᵉ Rue.

— J'ai une longue nuit en perspective, mais, si on a de la chance, on aura peut-être une image précise de l'agresseur.

En chargeant une autre vidéo, il demanda :

— Alors, vous n'êtes pas persuadée qu'il s'agit du Texan ?

— Je ne veux rien exclure, Raley, pas sur cette affaire, mais je lui ai brisé la clavicule et je lui ai mis une balle dans l'épaule. Perkins n'a rien d'un homme de fer, mais celui qui l'a agressé devait avoir une certaine force. Alors, je ne parierais pas sur le blessé.

Elle s'approcha de Rook, qui squattait toujours le bureau en face du sien, pour savoir où il en était dans sa lecture du manuscrit. Elle perçut une étrange vibration avant même qu'il ouvre la bouche. Nikki ignora cette sensation, la rejetant sur la jalousie infantile qu'éprouvait Rook après ses retrouvailles avec Petar.

— Alors, qu'est-ce que ça donne ?

— J'en suis au quart de la lecture, dit-il. C'est plus ou moins ce que nous a raconté Perkins. L'histoire de Wakefield. Elle plante le décor, mais aucune révélation pour l'instant. En revanche, un bon rewriter ne lui ferait pas de mal !

De nouveau, un regard étrange assombrit son visage.

— Qu'est-ce qu'il y a ?

— J'ai mis une copie papier sur ton bureau. Non, à l'intérieur plutôt. Je l'ai rangée dans son tiroir.

— Rook, ou tu me dis ce qui te trotte dans la tête ou je te jure que, même si on n'a pas de cage aux fauves, j'en trouverai une pour toi.

Il réfléchit un instant, ouvrit sa sacoche et en sortit un journal. C'était l'édition de l'après-midi du *New York Le-*

dger ouvert à la page du « Buzz du jour ». Les éditeurs avaient pensé que ce titre n'aurait que plus d'impact après le meurtre de Cassidy Towne, si bien qu'ils l'avaient conservé et avaient confié la rubrique à des chroniqueurs invités avant de trouver un titulaire.

Ce jour-là, l'article était signé d'un pseudonyme : l'Aiguillon. Nikki rougit en lisant le titre.

HEAT EN CHASSE !

Le flic de New York en chaleur qui pose sur la couverture des magazines et son écrivaillon de petit copain, Jameson Rook, se retrouvent bras dessus bras dessous sur une autre affaire et tentent, cette fois, de résoudre le meurtre de la doyenne des potins mondains, Cassidy Towne. Apparemment, son petit quart d'heure de gloire lui a donné le goût des feux de la rampe, car Nikki Heat a élargi son terrain de chasse à tous les lieux en vue, dans le but exclusif de noircir la réputation de Soleil Gray. La détective enflammée suit les Shades à la trace, n'hésitant pas à perturber les répétitions et à bouleverser la chanteuse sur le plateau de Later On, *en lui montrant des photos d'autopsie de victimes poignardées ! Comme Soleil ne répétait pas un numéro du sataniste Sweeny Tood, on se demande pourquoi vouloir ainsi jouer sur le macabre ? Notre détective ne se préparerait-elle pas à sa prochaine apparition cinématographique, n'est-ce pas, monsieur DeMille ?*

Nikki releva la tête.

— Je suis désolé, dit Rook.

Nikki tourna la tête. Elle voyait déjà des camions entiers en train de décharger des piles du *Ledger* devant tous les kiosques de la ville. Des exemplaires, négligemment jetés sur les tables des halls d'entrée ou les paillassons des appartements. Le capitaine Montrose qui recevait un coup de téléphone du One Police Plaza. Elle repensa à sa rencontre avec Soleil Gray et Helen Miksit, quelques heures plus tôt, et à l'avocate qui lui suggérait de se méfier d'une certaine presse qui se retournait contre vous. Nikki était certaine que ce coup bas venait du Bouledogue.

— Ça va ? demanda Rook.

Dans la tendresse de son ton, Nikki entendit toute l'empathie qu'il éprouvait pour ce qu'elle ressentait, le maelstrom de regrets et de colère, sa rage et son envie de déchirer les pages du *First Press* et du *Ledger*.

Elle lui tendit le papier.

— Je préférais mon quart d'heure de gloire !

Jameson Rook fit appel à un service de limousines pour rentrer chez lui. Nikki lui avait demandé une nuit de tranquillité. Sans lui poser de questions, et avec à peine une pointe de paranoïa qui lui faisait redouter qu'elle ne rencontre Petar, il avait respecté son souhait.

Après avoir informé Montrose de la teneur de l'article du *Ledger*, Rook et Nikki avaient emporté un exemplaire du manuscrit de Cassidy Towne pour le lire pendant la soirée, et Rook avait promis de lui téléphoner s'il trouvait quelque chose qui éclairait leur affaire. « Envoie-moi plutôt un e-mail », avait-elle dit, et il avait compris son besoin d'une oasis de solitude.

Qui commencerait sans doute par un bain moussant à la lavande dans sa baignoire à l'ancienne.

Lorsque la voiture noire le déposa à Tribeca, il se fraya un chemin dans les monceaux d'ordures et approcha de son entrée en tenant son sachet de plats chinois à emporter entre ses dents pendant qu'il cherchait ses clés.

Il lui sembla percevoir un bruit de pas près de l'escalier. Il n'y avait aucune circulation dans la rue.

Rook observa les feux de position de la limousine qui disparaissait à l'angle de la rue. Juste au moment où il pensait au précieux manuscrit dans sa sacoche et qu'il s'apprêtait à combattre ou à fuir, il décela un mouvement dans l'ombre et se retourna, brandissant déjà le poing, tandis que la fille de Cassidy Towne s'approchait de lui.

— Je vous ai fait peur ? demanda Holly Flanders.

— Mmmmmmm.

Il reprit le sachet dans sa main.

— Non.

— Cela fait un sacré bout de temps que je vous attends.

Il regarda autour de lui, par prudence, pour s'assurer qu'il n'allait pas être agressé par un complice dissimulé.

— Je suis seule, lui dit-elle.

— Comment savez-vous où j'habite ?

— La semaine dernière, comme je vous ai vu plusieurs fois chez ma mère, je me suis fait faire une clé pour la nouvelle serrure, et je me suis introduite chez elle pour savoir qui vous étiez. J'ai trouvé votre nom et votre adresse sur les reçus du coursier.

— Audacieux et sordide à la fois.

— Il fallait que je vous parle.

Il lui fit une petite place sur le L du comptoir de sa cuisine pour ne pas se retrouver à côté d'elle. Il voulait observer son visage.

— Cuisine chinoise, dit-il en ouvrant son sac. J'en commande toujours trois fois trop, alors servez-vous.

Elle ne dit pas grand-chose au début, tant elle était concentrée sur la nourriture. Holly Flanders était mince, mais elle avait les yeux cernés et le teint terne d'une personne qui n'est pas esclave de la chaîne alimentaire. Lorsqu'elle eut terminé son assiette, il lui servit une autre portion de riz sauté au porc.

— Non, je vous remercie.

— Allez-y ! Il y a des mômes qui meurent de faim à Beverly Hills. Bien sûr, elles le font exprès.

Lorsqu'elle eut terminé sa seconde assiette, il lui demanda :

— Bon, de quoi vouliez-vous me parler ? D'ailleurs, c'est une de mes grandes qualités de journaliste, poser les questions les plus incongrues !

— Exact, dit-elle en riant poliment. Parce que je trouvais que vous aviez été gentil avec moi lorsque j'ai été arrêtée, l'autre jour. Et puis, vous non plus, vous n'avez pas connu votre père.

— Exact, dit-il, se demandant où elle voulait en venir.

— Je sais que vous allez écrire un article à propos de ma mère... Je me trompe ? Et...

Une étincelle s'éclaira dans les larmes qui se formaient sur ses yeux.

— Et je suppose que tout le monde vous raconte à quel point elle était méchante. Et moi je suis là, et je vous dis exactement la même chose.

Mentalement, Rook vit l'image de Holly, devant le lit de sa mère, un pistolet à la main, le doigt à un millimètre de la détente qui porterait le coup fatal.

— Puisque je ne peux pas vous empêcher d'écrire l'article, je suis venue vous demander de ne pas la décrire comme un monstre.

Ses lèvres tremblantes semblaient s'animer de leur propre volonté, et une larme coulait sur chaque joue. Rook lui tendit une serviette en papier, et elle s'essuya le visage et se moucha.

— Je suis très en colère contre elle. Peut-être encore plus maintenant qu'elle est morte, parce que je ne pourrai même plus régler mes comptes. C'est aussi pour ça que je ne l'ai pas tuée. On n'en avait pas fini, vous savez ?

Rook ne savait pas ; il se contenta donc de hocher la tête et écouta.

Elle but sa bière et, une fois assez rassérénée pour continuer, elle poursuivit :

— Toutes les méchancetés qu'on dit sur elle, c'est vrai. Mais quand même, au milieu de tout cela, il y a quelque chose. Il y a huit ans environ, ma mère a pris contact avec moi. Elle avait réussi à retrouver ma famille adoptive et avait obtenu la permission de m'inviter à dîner. Alors, nous sommes allées au Jackson Hole, un resto de hamburgers dans le quartier, un endroit que j'aimais beaucoup. C'était bizarre ; elle a demandé à une serveuse de nous prendre en photo comme si c'était mon anniversaire. Elle n'a rien mangé. Elle m'a juste expliqué combien ça avait été difficile pour elle, lorsqu'elle avait découvert qu'elle était enceinte et qu'au début, elle avait pensé me garder. C'était pour ça qu'elle ne s'était pas fait avorter. Mais elle avait changé d'avis après les premiers mois, parce que ça ne pourrait pas coller dans sa vie, comme si j'étais un « ça » !

« Bon, elle a continué tout son baratin pour me dire pourquoi elle avait fait ci ou ça, comme si ça avait été long et difficile pour elle... Qu'elle avait longuement réfléchi... Que c'était une vraie torture... Oui, c'est ce qu'elle m'a dit, que c'était une éternelle torture, et elle m'a demandé ce que je penserais si elle me proposait de revivre avec elle.

— Vous voulez dire...

— Oui. Comme si elle s'imaginait se repointer comme ça et changer d'avis, ne plus vouloir m'abandonner. Elle voulait me faire monter dans sa fichue Acura japonaise pour qu'on vive le grand bonheur comme si de rien n'était.

Rook laissa un sage silence s'installer avant de demander :

— Qu'est-ce que vous lui avez répondu ?

— Je lui ai fichu mon verre d'eau glacée à la figure et je suis partie.

Rook imaginait qu'elle avait déjà raconté cette histoire à des amis ou des piliers de bistrot au fil des ans et s'était félicitée de cette répudiation héroïque, qui rééquilibrait la balance de manière poétique.

Mais il voyait également l'autre côté de Holly Flanders, celle qui l'avait guetté dans le noir, au pied de son escalier, la jeune femme qui, comme tous les êtres dotés de conscience, devait supporter la douleur infinie d'avoir à bannir un être proche. À coups d'eau glacée, en plus !

— Holly, vous aviez quel âge ? Vous étiez une toute jeune adolescente.

— Je ne suis pas là pour chercher le pardon, d'accord ? Je suis là pour vous dire qu'après m'avoir abandonnée, elle n'en était pas restée là avec moi. Maintenant que je suis plus vieille, je comprends qu'elle ne s'en était pas simplement lavé les mains, vous voyez ? (Elle termina sa bière d'une grande gorgée et reposa lentement le verre sur le comptoir.) J'ai déjà assez de mal à devoir supporter tout ça pendant le reste de ma vie. Je ne veux pas que vous rendiez les choses encore plus difficiles en vous laissant raconter qu'elle m'a abandonnée sans jamais me donner de nouvelles.

Devant la porte, avant de sortir, elle se hissa sur la pointe des pieds et embrassa Rook. Elle avait cherché ses lèvres, mais il avait tendu la joue.

— C'est à cause de ce que je fais ? Parce que je me fais payer de temps en temps ?

— C'est parce que je suis plus ou moins avec quelqu'un en ce moment. Enfin… dit-il en souriant, j'essaie.

Elle lui donna son numéro de portable, au cas où il voudrait la contacter pour l'article, et s'en alla. Lorsque Rook retourna débarrasser la cuisine, il prit son assiette. En dessous, il trouva une photographie en couleurs 13 x 18, pliée en quatre depuis fort longtemps, apparemment.

C'était Cassidy Towne et sa fille adolescente au Jackson Hole. Cassidy souriait, Holly souffrait. Tout ce que Rook voyait, c'était le verre d'eau glacée.

Le lendemain matin, Heat et Rook comparèrent leurs notes sur le manuscrit.

Néanmoins, il lui demanda tout d'abord si elle avait eu des échos du dernier « Buzz du jour ».

— Pas encore, mais la journée ne fait que commencer.

— Tu sais que le Bouledogue est derrière tout cela ?

— Cela m'étonnerait qu'elle en soit l'auteur, qui que soit l'Aiguillon, mais je suis certaine que l'avocat de Soleil a fait jouer ses relations pour m'envoyer un message.

Il lui raconta la visite de Holly Flanders à son appartement.

— C'est sympa, Rook. D'une certaine manière, cela renforce ma foi en l'humanité.

— Tant mieux, alors, parce que j'ai failli ne pas t'en par-ler.

— Pourquoi ?

— Tu sais. J'ai eu peur que tu le prennes mal. Une jeune femme, qui vient me voir chez moi le soir, quand je suis seul dans mon appartement, à lire.

— Oh ! c'est gentil à toi de penser que cela heurterait ma sensibilité.

Nikki se retourna et le laissa réfléchir à la question pendant qu'elle sortait son manuscrit.

Heat avait utilisé des trombones, et Rook, des post-it, mais ils n'avaient relevé que de rares passages qui pourraient leur être utiles pour leur affaire. Et aucun ne menait à un suspect direct.

De plus, il n'y avait aucune indication concrète sur les raisons du décès de Reed. Tout était habilement glissé dans des insinuations et des questions insidieuses laissant penser à une future révélation fracassante.

En fait, ils avaient souligné les mêmes passages. La plupart du temps, ils évoquaient le nom de Soleil Gray et des scènes de beuveries mouvementées. Les histoires de plateau décrivaient un Reed Wakefield morose qui, après la rupture amoureuse, s'était totalement immergé dans le personnage du fils naturel de Benjamin Franklin.

Son acharnement à fuir sa propre vie pour se consacrer à son personnage, pensaient beaucoup de gens, lui vaudrait sans doute un Oscar, même posthume.

L'essentiel du livre était constitué d'éléments déjà connus du public auxquels Cassidy apportait un éclairage nouveau qu'elle seule pouvait avoir. Elle ne faisait aucun cadeau à l'acteur, ne lui épargnait rien. Une des anecdotes, assez mineure, mais fort embarrassante, était attribuée à l'un de ses partenaires dans trois de ses films. Wakefield était convaincu, selon cet acteur, que celui-ci avait soudoyé le réalisateur des *Filles du sable*, un péplum en images de synthèse, pour qu'on retourne leur grande scène de bataille afin de placer plus de gros plans sur lui que sur Reed.

Non content de rayer cet ex-partenaire de sa liste d'amis, Wakefield s'était vengé. Des photos prises au téléphone portable furent envoyées au bureau de la femme du partenaire en question. Elles le montraient avec les mains sous les jupes d'une call-girl lors de la soirée de bouclage. Le message inscrit au dos d'une des photos disait : *Ne t'inquiète pas, ce n'est pas de l'amour, ce n'est qu'un extérieur.*

Heat et Rook avaient tous deux marqué ce passage pour en discuter, et tous deux s'accordèrent à penser que, même si le couple avait fini par divorcer, cela ne fournissait pas un motif suffisant pour éliminer Cassidy Towne qui n'avait eu que le tort de révéler l'histoire au grand jour.

La grande masse du livre était constituée d'une série d'anecdotes sur un acteur talentueux qui aimait les soirées chaudes, l'alcool, la drogue, et menait une vie dissolue. Tous deux avaient conclu, chacun dans leur coin, que, si le dernier chapitre manquant était à la hauteur des espoirs que le texte éveillait, le livre deviendrait effectivement un best-seller, mais qu'avec le matériel dont ils disposaient, rien ne semblait assez explosif pour déclencher le meurtre de l'auteur et ainsi étouffer une quelconque affaire.

Mais, effectivement, dans les dernières lignes avant ce chapitre final, Reed Wakefield était encore en vie.

Raley, qui maudissait souvent sa spécialité de visionneur d'images vidéo, scella définitivement son destin ce matin-là. Pendant que Nikki et Rook s'approchaient de son bureau, Nikki Heat vit qu'il avait figé une image sur son écran.

— Qu'est-ce que vous avez, Raley ? dit-elle pendant qu'ils se rassemblaient en demi-cercle autour de lui.

— C'était la dernière vidéo, mais j'ai fait mouche ! Les images du parking ne m'avaient donné que les jambes et les pieds de l'agresseur. Il semblait courir vers l'est, si bien que j'ai visionné toutes les images des immeubles de ce côté. Un petit revendeur de matériel électronique, à l'angle de la 96e Rue et de Broadway, m'a donné ça, six minutes après l'agression. Cela correspond à la description de notre suspect et, en plus, il porte une liasse de papiers... On dirait bien notre manuscrit.

— Vous allez me laisser regarder ? demanda Heat.

— Bien entendu, dit Raley en se levant de sa chaise, renversant au passage un des trois gobelets de café vides sur son bureau. Nikki regarda l'image figée sur l'écran. Rook s'approcha.

On y voyait le visage de l'agresseur, de face, sans doute parce qu'il avait voulu regarder une émission en direct sur l'un des écrans de la vitrine.

Malgré son capuchon sombre et ses lunettes d'aviateur, il n'y avait aucune confusion possible. De plus, malgré la mauvaise qualité de l'image noir et blanc, qui avait du grain, on voyait nettement le manuscrit dans sa main, tapé en double interligne.

— Bravo pour le travail, Raley !

Sans mot dire, le policier se contenta de rayonner malgré ses yeux rouges.

— Je vais vous laisser le plaisir de demander le mandat d'arrestation. Ochoa ?

— Prêt, on prépare le carrosse !

— Bonne idée.

Une fois qu'ils furent partis, tous les deux, Nikki se tourna vers Rook, incapable de réprimer un sourire.

— Alors, prêt pour le gros plan, monsieur DeMille ?

QUINZE

Nikki Heat savait que Soleil devait tourner un clip vidéo, car son avocat l'avait mentionné avant d'accuser Nikki de harceler sa cliente sur ses lieux de travail. Eh bien, cela ferait un de plus ! Nikki consulta ses notes pour trouver le numéro d'Allie et lui demander où se trouvait le plateau. L'assistante lui dit que le tournage aurait lieu en extérieur et lui avait indiqué toutes les coordonnées, ainsi que l'adresse du parking.

Quinze minutes plus tard, après un petit trajet vers le sud de la 12e Avenue, Heat et Rook s'arrêtèrent devant la grille fermée par une chaîne et passèrent devant la demi-douzaine de paparazzis, dont la moitié s'appuyaient sur leur moto. Nikki présenta sa plaque au vigile intérimaire et entra dans le parking de l'*USS Intrepid*.

En chemin, Rook avait demandé à Nikki si elle n'avait pas peur qu'Allie prévienne Soleil de leur arrivée.

— Ce serait surprenant. Je lui ai demandé de ne pas le faire, et je l'ai prévenue que j'allais procéder à une arrestation. Je n'ai pas manqué de lui expliquer qu'elle risquait d'être accusée de complicité si elle prévenait Soleil. Allie m'a répondu que je n'avais pas besoin de m'inquiéter : elle allait prendre une longue pause déjeuner et laisser son portable sur son bureau. Elle l'a éteint. Je crois même qu'elle a bloqué sa messagerie.

Heat roulait en convoi, avec la voiture des Gars derrière elle, puis une fourgonnette transportant une dizaine d'hommes en uniforme, au cas où la foule serait difficile à maîtriser.

Très tôt dans sa carrière, lorsqu'elle travaillait à la criminelle, elle avait appris qu'une arrestation n'était jamais facile et qu'il était plus prudent de prendre un peu de temps pour analyser la situation et regarder où l'on mettait les pieds plutôt que de foncer tête baissée.

Ici, il y avait des chances pour que quelques fans de Soleil soient sur les lieux, et la dernière chose dont elle avait envie, c'était de mettre les menottes à la gagnante d'un double disque de platine et de la faire entrer dans sa Crown Victoria sous les yeux d'une foule en furie.

Ils se garèrent l'avant des véhicules pointé vers l'extérieur afin de partir plus rapidement. Lorsqu'ils sortirent de leur voiture, tous, Nikki comprise, levèrent la tête vers le porte-avions désarmé qui dominait la scène.

— On se sent tout petit, dit Raley.

Le nez toujours pointé vers le musée flottant, Ochoa demanda :

— Ça fait quelle hauteur, ce monstre ?

— Environ six étages, répondit Rook. En comptant à partir du quai où nous nous trouvons. De la ligne de flottaison, il faut ajouter encore un ou deux étages.

— À quoi tu joues ? C'est une visite guidée ou une arrestation ? demanda Nikki.

Ils passèrent devant la base temporaire montée un peu à l'écart du parking, avec des vestiaires provisoires et une cantine. Un traiteur disposait des morceaux de poulet sur un immense gril, et l'air automnal s'emplissait de mélange d'odeurs de pots d'échappement et de fumée culinaire.

Au bout de l'allée, ils furent accueillis par une jeune femme en t-shirt et pantalon à poches, dont le badge élimé disait qu'elle était assistante du réalisateur.

Lorsque, après s'être identifiée, Nikki Heat demanda où se déroulait le tournage, l'employée indiqua le pont d'envol et prit son talkie-walkie.

— Je vais les prévenir de votre arrivée.

— Surtout pas ! dit Nikki qui laissa un policier sur place, pour éviter toute désobéissance et pour surveiller la sortie.

En descendant de l'ascenseur, Heat et Rook furent accueillis par la bande sonore de « Navy Brats », qui venait de l'avant.

Tous deux avancèrent en direction de la musique et contournèrent un A-12 Blackbird, un vestige de la guerre froide, et la petite trentaine d'avions garés sur le pont, avant de se retrouver devant une équipe de tournage réduite, entourée d'accessoires habituels, projecteurs, kilomètres de câble, et trois caméras HD, dont l'une était posée sur un trépied ; une Steadicam était harnachée sur un monsieur aux muscles et aux talents de danseur, et une perche prenait le son au-dessus des têtes.

Ils débarquaient en plein milieu d'une prise pendant laquelle Soleil Gray exécutait les pas qu'ils l'avaient vue répéter à Chelsea sur le plateau de *Later On*.

Dans son collant blanc pailleté, elle faisait la roue à travers le plateau, entre un Tomcat F-14 et un hélicoptère Chickasaw, mais cette fois, quelque chose avait changé.

Elle exprimait une intensité qu'elle réservait pour la caméra, une énergie et une excitation auxquelles elle s'abandonnait tandis qu'elle exécutait un saut périlleux arrière à l'extrémité du pont et, devant l'objectif du cameraman qui marchait à reculons pour suivre ses mouvements, atterrissait avec une précision diabolique dans les bras des danseurs habillés en marins.

— Elle va faire un malheur à la kermesse de la prison ! dit Rook.

Le réalisateur, qui avait tout sur son écran de contrôle, demanda une pause, jeta un coup d'œil vers le directeur artistique, qui lui fit un signe de tête.

— On reprend…

Lorsque les lumières s'estompèrent et que les machinistes commencèrent à pousser les accessoires du plateau vers leur marque, Nikki intervint.

Avec Rook derrière elle, elle avança vers le fauteuil de toile où, malgré la fraîcheur de l'air, Soleil Gray avait le visage couvert de sueur. À trois mètres derrière elle, un type au crâne rasé, qui portait un gilet de sécurité jaune, leur bloqua le chemin.

— Désolé, c'est un tournage privé. La tournée reprend demain.

Il ne se montrait pas désagréable ; il faisait simplement ce pour quoi il était payé.

Nikki montra sa plaque et lui dit à voix basse :

— C'est une visite officielle.

La chanteuse, attentive à tout ce qui se passait sur le plateau, ou s'attendant à cette scène, baissa sa serviette et regarda Nikki, les yeux écarquillés. La maquilleuse se précipita vers elle pour réparer les dégâts causés par la serviette, mais Soleil l'écarta, concentrant toute son attention sur les nouveaux venus, tandis qu'elle se levait de sa chaise.

Nikki passa de l'autre côté du vigile et, en avançant, déclara :

— Soleil Gray, police. Vous êtes en état d'arrestation.

Soleil se mit à courir. Une petite tente était installée un peu en arrière pour les figurants et, un plus loin une coursive menait à un escalier de métal. À mi-chemin, Raley et Ochoa sortirent de l'arrière de la tente, suivis par trois hommes en uniforme. Soleil se retourna pour s'échapper de l'autre côté, vers la porte par laquelle Heat et Rook étaient entrés, mais elle était surveillée par deux autres policiers. Rook lui barra le chemin et elle se retourna de nouveau. Distraite, elle ne remarqua pas que Nikki se trouvait juste à côté de lui. Heat essaya de s'approcher, mais Soleil entendit ses pas et se dégagea.

L'énergie du mouvement poussa Nikki dans un portant de vêtements, et Soleil profita de ce déséquilibre pour s'enfuir sur le pont, aussi vaste qu'un terrain de football, et s'enfuit vers le flanc de tribord. L'équipe de tournage, accessoiristes, électriciens, danseurs et le réalisateur observaient la scène, paralysés qu'ils étaient de stupéfaction.

Bien entraînée, Nikki sortit son pistolet. Un espace s'ouvrit dans l'équipe, assez vaste pour que Soleil devine ce qui venait de se passer derrière son dos aux visages horrifiés. Elle s'arrêta à la limite du pont d'envol et se retourna pour voir Nikki qui approchait, arme en position de tir, braquée vers elle. Puis, sans la moindre hésitation, Soleil Gray se retourna et sauta par-dessus bord.

Au milieu de la clameur des spectateurs éberlués, Nikki se précipita vers le flanc du navire où la femme avait disparu, essayant de se souvenir de ce qui se trouvait directement en dessous. Un parking ? Un quai ? L'Hudson ?

Et, pendant ces quelques fractions de seconde, elle se demanda aussi si quelqu'un pouvait survivre à une telle chute, même en retombant dans l'eau.

Pourtant, lorsqu'elle arriva à la rambarde et regarda par-dessus bord, elle vit quelque chose de totalement inattendu : Soleil Gray qui essayait de se dépêtrer du filet de sécurité suspendu en dessous.

— Soleil, arrêtez ! cria Nikki en visant de nouveau.

Ce n'était que de l'intimidation. Nikki n'avait aucune intention d'ouvrir le feu en de telles circonstances, et la chanteuse devait s'en douter. Nikki rengaina au moment où deux hommes, des cascadeurs, comme elle l'apprit plus tard, s'approchaient de la suspecte et l'entraînaient hors de vue, sur le pont inférieur, sans se soucier de ce qui s'était passé plus haut, ni du fait qu'ils devenaient involontairement complices d'une tentative de fuite.

Heat envisagea les différentes options, pensa à toutes les cachettes possibles sur un bâtiment conçu pour héberger deux mille cinq cents marins, et au labyrinthe qui se trouvait sous les ponts.

Puis elle pensa que l'ascenseur serait bien lent.

— Les Gars, appelez en bas, faites boucler la sortie !

Une fois son holster refermé, Heat sauta par-dessus bord.

Les deux cascadeurs l'aidèrent à se dépêtrer du filet, mais tentèrent de la maîtriser.

— Qu'est-ce que vous faites ? Je suis de la police !

— Elle nous a dit que vous étiez une fan qui essayait de la tuer ! dit l'un d'eux.

— Par où est-elle partie ?

Ils indiquèrent une des écoutilles. Nikki s'y précipita, ouvrant la porte avec précaution, au cas où Soleil l'attendrait de l'autre côté. Une longue coursive s'étendait devant elle, et elle s'y précipita.

Elle se terminait en T, et Nikki marqua une brève pause, essayant d'imaginer la direction que Soleil avait prise. D'instinct, elle tourna à gauche, se dirigeant vers un rayon de lumière qui devait indiquer la situation de la passerelle.

Nikki arriva devant une porte ouverte par laquelle s'infiltrait la lumière du soleil. Elle marqua une pause assez longue pour passer la tête à travers l'ouverture et se redresser, se méfiant toujours d'une embuscade. De l'autre côté de la porte, elle vit un escalier métallique menant sans doute à l'étage du dessous que Soleil avait tenté d'atteindre avant que les Gars ne l'en empêchent. Elle se pencha par-dessus la rambarde et descendit les marches qui conduisaient à un petit pont à l'arrière, un balcon en demi-cercle, qui dominait l'embarcadère et un des générateurs du porte-avions.

Elle entendit des pas au-dessus d'elle et se retourna.

— Rook ?

— Mon Dieu ! Qu'est-ce que tu es rapide ! Comment tu as fait ? J'ai toujours la tête qui tourne après ce saut dans le vide.

Nikki ne lui prêta pas la moindre attention. Elle aperçut un éclair de blanc et de paillettes à la lumière du soleil sur le quai, en contrebas.

Heat calcula que la chanteuse avait dû sauter un mètre vingt par-dessus la rambarde pour retomber sur le toit du générateur ; elle sauta également. En courant sur le toit métallique jusqu'à l'escalier en colimaçon qui menait au parking, elle entendait les pas de Rook qui tentait de la suivre.

Le seul homme en uniforme qu'elle avait laissé en bas avait bloqué l'allée, ne s'attendant pas à une escapade par le toit, si bien qu'il n'y avait eu personne pour arrêter Soleil lorsqu'elle était arrivée de l'autre côté du parking pour filer par la 12e Avenue. À une cinquantaine de mètres derrière elle, Nikki Heat, qui se rapprochait, cria au vigile de l'arrêter, mais il avait été embauché pour protéger la chanteuse, et il chercha un agresseur invisible sans penser un instant qu'il pouvait s'agir de Soleil.

Elle franchit le portail. La malédiction de la chanteuse se transforma en bénédiction lorsqu'elle vit les paparazzis qui attendaient de l'autre côté de la palissade, dont trois avaient des motos. Tous s'approchaient d'elle. Elle en appela un par son nom.

— Chuck, il faut que tu m'emmènes, vite !

Chuck s'engageait déjà dans l'avenue, avec Soleil derrière lui, lorsque Nikki arriva. Les deux autres photographes motorisés se préparaient à la suivre, mais Nikki montra sa plaque et fit signe au motard muni de l'engin le plus rapide.

— Vous, j'ai besoin de votre moto !

Il hésita, pesa le poids des pénalités juridiques possibles contre celui d'une photo ratée, mais Nikki l'attrapa par le blouson.

— Tout de suite !

Heat démarra, et le troisième photographe allait suivre, lorsque Rook arriva en agitant les bras pour le retenir. Il freina.

— Rook ? dit le photographe.

— Leonard ! s'exclama Rook.

Heat devait faire vite pour ne pas être semée par Soleil et son chauffeur. Audacieux et téméraire, il se glissait entre les files de voitures et faisait du gymkhana sans se soucier des dizaines d'accrochages évités de justesse. En travaillant à Manhattan, Nikki avait constaté que, de plus en plus, les paparazzis n'hésitaient pas à chasser en groupe, souvent à moto, et ne pouvait s'empêcher de repenser aux photos de Lady Diana, poursuivie dans ce tunnel fatal, à Paris.

À présent qu'elle aussi était dans la course, elle enten-dait bien user de tout son talent pour ne pas se tuer ni écra-ser un piéton.

Incapable de les dépasser, elle parvenait néanmoins à suivre. Il était évident que Soleil n'avait pas de destination précise. Ils se contentaient d'essayer de la semer en remon-tant une rue et en descendant par l'autre à travers Midtown Ouest. À un moment donné, en direction de la 50ᵉ Rue, So-leil dut se lasser de ce petit jeu, car elle jeta un coup d'œil en arrière, s'aperçut que Nikki suivait toujours et dit quelque chose à l'oreille du paparazzi.

À l'angle suivant, avec le scoop dont il n'aurait jamais osé rêver, il feignit de tourner à droite, mais fit demi-tour, prenant en sens interdit pour foncer droit sur Nikki. Elle esquiva la moto et dérapa, manquant de peu de se retrouver par terre au milieu de la circulation.

Elle rétrograda, reprit de la vitesse pour redresser sa machine, fit demi-tour elle-même et évita de peu l'accro-chage avec un camion en stationnement de FedEx en virant avec sa cent quatre-vingts centimètres cubes.

À contresens, elle aussi, elle alluma les feux de détresse tout en klaxonnant. Par chance, elle ne faillit heurter qu'un seul véhicule, une autre moto conduite par un photographe avec, constata-t-elle, effarée, Jameson Rook à l'arrière.

Arrivé au bout de l'immeuble, le chauffeur de Soleil prit un raccourci vers la droite et s'engagea dans la 11ᵉ Avenue, direction nord. Nikki gardait le rythme, même si elle per-dait un peu de temps en s'arrêtant aux feux rouges au lieu de les griller impunément comme le motard de tête. Nikki regrettait de ne pas avoir sa radio pour demander qu'on bloque les carrefours ou qu'on intercepte le fuyard.

Comme elle devait s'en passer, elle restait concentrée et accélérait chaque fois que possible.

La 11ᵉ Avenue devint West End Avenue, et, peu après, Soleil se tourna vers Nikki, qui s'attendit aussitôt à une nouvelle cascade. Cela se passa à l'angle de la 72ᵉ Rue. Le motard traversa le carrefour en biais, frôlant un bus au passage, et fonça vers la rampe qui montait vers le quai Henry-Hudson. Heat suivit prudemment, mais dut s'arrêter pour laisser passer une femme munie d'un déambulateur qui traversait au rouge et manqua de passer sous la roue.

Nikki attendit l'orange et fonça jusqu'à l'intersection de Riverside Drive. Elle jura.

Elle les avait perdus ! Elle faillit s'engager sur Hudson vers le nord, mais quelque chose l'en empêcha. La circulation s'écoulait à un rythme d'escargot.

Même en profitant de l'agilité de la moto, cet axe n'offrait guère d'échappatoire idéale. Elle entendit une pétarade et tourna la tête. Derrière la statue d'Eleanor Roosevelt, à l'angle opposé, un éclair de blanc pailleté se faufilait au milieu du flot des promeneurs du parc longeant le fleuve.

Nikki attendit le passage d'un SUV, coupa aussi le carrefour en diagonale, s'engagea sur la rampe pour handicapés et les suivit dans Riverside.

En roulant le long du parc à chiens, elle se fit insulter par quelques propriétaires mécontents.

L'un d'eux menaça d'appeler la police, et elle espérait qu'il mette ses menaces à exécution. Elle perçut un mouvement dans son rétroviseur et sut sans même se retourner que Rook suivait toujours.

Bien que l'on fût en fin d'après-midi d'une journée plutôt fraîche, il y avait encore assez de joggeurs, de cyclistes, de promeneurs de chiens qui sortaient de nulle part et, tant qu'elle avait la moto dans sa ligne de mire, elle pouvait prendre son temps et continuer en remontant vers le fleuve, qui offrirait moins d'accès à la verdure.

Une opportunité s'offrit à elle juste entre le Boat Bassin et l'ancienne usine de retraitement des eaux de Harlem reconvertie en parc.

Entre ces deux repères, le chemin courait parallèlement aux voies ferrées protégées par une barrière qui bloquait l'accès pour les piétons. Nikki s'y engouffra. La première moto profita aussi de cet accès ouvert. De loin, apparition presque surnaturelle dans son costume de paillettes blanches, Soleil ne cessait de se retourner et de demander à son chauffeur d'accélérer. Il n'aurait pas dû écouter.

Juste avant le parc, le chemin bifurquait vers la droite, s'écartant brutalement du fleuve. C'était un passage conçu à l'origine pour les piétons, et non pour les motos lancées à toute vitesse. Nikki, qui connaissait bien le terrain parce qu'elle venait y courir le week-end, ralentit avant la courbe. Lorsqu'elle passa de l'autre côté, elle vit que la première moto gisait sur le flanc. Le bras couvert d'égratignures ensanglantées, le photographe essayait de dégager sa jambe. Un peu plus loin, sautillant sur une jambe, Soleil Gray tentait de s'échapper.

Le chauffeur de Rook prit également le virage sans visibilité trop rapidement, et Nikki dut faire un écart pour l'éviter. La moto la dépassa, et le motard se débattit pour ne pas déraper. Au dernier moment, il réussit à redresser la trajectoire et à s'arrêter sans chuter.

— Occupez-vous de lui, dit Nikki, il est blessé.

Elle roula dans l'herbe pour rattraper Soleil qui essayait de franchir la barrière de chaînes séparant le chemin de la voie ferrée.

Historiquement, la West Side Line servait de transport des marchandises de Manhattan, et la voie ferrée qui sortait d'un tunnel au niveau de la 122ᵉ Rue longeait l'Hudson de New York à Albany. Quatre-vingt-dix ans plus tôt, Amtrak l'avait transformé en ligne pour les passagers de la gare de Penn qui partaient vers le nord. En descendant de son véhicule, Nikki entendit le grondement sourd qui signalait l'arrivée d'un de ces longs trains de passagers. Soleil sauta par-dessus la barrière et remonta la butte pour courir de l'autre côté de la voie avant l'arrivée de Heat, ce qui lui aurait permis de gagner un peu de temps et de mettre le train entre elle et la policière. Mais la locomotive arriva la première, et Soleil se trouva bloquée par les wagons branlants au moment où Nikki franchissait la barrière à son tour.

— C'est terminé, Soleil ! cria-t-elle pour couvrir le grondement métallique et les grincements des roues. Éloignez-vous de là, couchez-vous par terre et mettez les mains derrière le dos !

— Encore un pas, et je me jette sous le train.

Nikki sauta de la barrière, retomba sur ses deux pieds au moment où Soleil s'approchait encore un peu de la voie et se penchait dangereusement vers les voitures.

— Je ne plaisante pas !

Nikki s'arrêta. Elle était encore à une trentaine de mètres. Même si Soleil se trouvait sur une surface plane, les graviers rendaient l'équilibre précaire, et la chanteuse était rapide. Nikki n'avait pas le moindre espoir de couvrir cette distance à temps pour la retenir avant le geste fatal.

— Soleil, soyez raisonnable, écartez-vous des voies !

— Vous avez raison, c'est terminé.

Elle se retourna pour regarder les rails de métal rouillé, couverts de poussière et de charbon sur le côté, mais étincelants comme des feuilles d'aluminium sur le dessus, polis par les roues qui emportaient toute la saleté. Lorsque Soleil releva les yeux, Nikki s'était approchée de quelques mètres.

— Non ! cria Soleil.

Nikki s'arrêta.

— Restez tranquille, Soleil. Prenez votre temps, j'attendrai.

Nikki voyait tous les signes qu'elle redoutait : la position du corps était affaissée. Repliée sur elle-même, Soleil semblait minuscule et bien loin de l'image que renvoyait son costume de scène. Toute once d'arrogance et d'agressivité avait disparu de son visage. Elle avait les lèvres tremblantes, et Nikki apercevait des taches rouges qui affleuraient sous le maquillage. Soleil ne cessait d'observer les roues qui tournaient à moins d'un mètre d'elle.

— Vous m'entendez ? demanda Nikki par-dessus le vacarme, essayant de retenir l'attention de la chanteuse.

— Je crois que je n'y arriverai pas, dit Soleil d'une voix presque inaudible.

— Alors, ne le faites pas !

— Non, je ne peux pas continuer comme ça.

— On trouvera une solution.

Toutes deux savaient que l'arrestation était inévitable, mais Nikki voulait que la chanteuse regarde au-delà de l'instant immédiat, voulait la faire sortir de l'ici et maintenant.

— Qu'est-il arrivé à ce type ? Vous savez, celui d'hier matin ?

— Il va bien. Il sortira de l'hôpital demain.

Ce n'était qu'une supposition, mais Nikki se disait qu'il était temps de se montrer positive. Elle repensa à la scène de la veille dans la salle d'interrogatoire et revit Soleil se gratter les articulations.

Sur le moment, elle pensait que les égratignures venaient des répétitions, tant l'exercice lui avait paru exigeant, mais le dieu de l'intuition lui avait rendu visite et, à présent, elle voyait les séquelles de la bagarre.

— J'étais obligée de le lui prendre. Il ne voulait pas le lâcher, alors j'ai dû…

— Ça va aller. Allez, éloignez-vous de là.

— J'en fais toujours des cauchemars, dit Soleil sans obéir. La prison, je pourrais m'y faire, peut-être. Mais pas les cauchemars. Pour ce qui est arrivé à Reed. Je voudrais pouvoir recommencer cette nuit-là, dit-elle d'une voix plaintive. C'était idiot. Je me suis conduite comme une idiote, et à présent, je ne le reverrai plus jamais.

Tandis que Soleil éclatait en sanglots, Nikki était partagée entre son désir de la laisser raconter son histoire pour savoir ce qui était arrivé à Wakefield et son obligation de lui lire ses droits auparavant, afin que ses propos puissent être retenus devant un tribunal, au cas où cela tournerait à la confession.

De plus, elle ne voulait pas entraîner Soleil dans un scénario si sombre, qu'elle n'ait plus d'autre choix que de mettre fin à ses jours.

— Soleil, on en reparlera plus tard. Allez, venez avec moi, laissez-moi vous aider.

— Je ne mérite pas de vivre. Vous m'entendez ?

Elle retournait contre elle le ton cinglant qu'elle réservait habituellement à Nikki.

— Je ne mérite pas d'être ici. Pas après Reed. Pas après ce que je lui ai fait. La bagarre, la fin de notre histoire, tout ça, c'est ma faute. J'ai annulé le mariage. Je lui ai fait tant de mal…

La colère laissa de nouveau place aux sanglots.

Nikki regarda la voie, essayant de repérer la fin du train, mais les wagons s'étendaient à perte de vue. Le convoi n'avait pas encore pris toute sa vitesse et, avec sa lenteur, son passage semblait durer une éternité.

— Et ensuite, cette nuit-là. Si vous saviez à quel point je me sens coupable !

Nikki pensa qu'elle parlait de la nuit de la mort de Reed, mais, une fois encore, elle ne voulait pas faire basculer Soleil en lui posant une question à un moment où elle semblait si vulnérable.

— Vous n'êtes pas obligée de la porter toute seule. Vous me comprenez ?

Soleil réfléchit un instant, et Nikki espéra l'avoir touchée. Soudain, toutes deux se tournèrent vers le nouveau bruit.

Trois motards de la police new-yorkaise arrivaient lentement, tous phares allumés, mais les sirènes éteintes. Nikki se retourna de l'autre côté au moment où le SUV des parcs nationaux approchait de Rook dans l'autre direction.

— Rook, dis-leur de rester en arrière !

Rook s'approcha de la vitre du chauffeur et parla au responsable qui prit aussitôt son micro. Quelques secondes plus tard, les motos de la police, qui avaient dû recevoir la consigne, s'arrêtèrent et attendirent au loin, le bruit des moteurs au ralenti se mêlant à celui du train.

— Je ne peux pas supporter tout cela, c'est impossible, murmura Soleil. Je n'en peux plus !

Nikki apercevait finalement le dernier wagon à une centaine de mètres et commença à calculer le temps qu'il faudrait pour intervenir.

— Je me sens… vide… Je souffre trop.

Plus que cinquante mètres.

— Je vous aiderai, Soleil ! (Plus que trois wagons !) Laissez-moi vous aider.

Nikki tendit le bras, espérant que son geste serait interprété comme une main offerte de l'autre côté de l'espace qui les séparait. Soleil se redressa un peu, reprenant sa silhouette de danseuse.

Les yeux fermés, elle leva son visage vers le soleil un instant, puis les baissa pour regarder Nikki et lui sourit pour la première fois.

Elle se jeta sous le dernier wagon.

SEIZE

La police new-yorkaise établit un cordon de sécurité autour de la scène du suicide de Soleil Gray. On voulait tenir à l'écart les badauds et les médias afin que le légiste, la police scientifique et le chef de la police du One Police Plaza, qui menait l'enquête sur tous les crimes auxquels un policier était mêlé, puissent travailler dans le calme. Les autres représentants des forces de l'ordre, les gardiens du parc et les vigiles ainsi que les assureurs des chemins de fer, déjà présents, devraient attendre leur tour. Pour respecter l'intimité de la défunte, on avait érigé un écran de bâches, de chaque côté des rails, à l'endroit où le corps de la victime avait été emporté. La 12e Avenue avait été fermée entre les 135e et 138e Rues, mais de nouveaux photographes et des équipes de télévision mobiles s'étaient postés sur des points de vue élevés, dans le parc de River-bank, et de l'autre côté de la voie, sur Riverside Drive.

Le bureau du légiste avait quant à lui fait dresser une tente pour dissimuler la scène à la demi-douzaine d'héli-coptères en position géostationnaire.

Le capitaine Montrose vint rendre visite à Nikki Heat, là où elle attendait, seule dans une des fourgonnettes de la police, toujours tremblante, tenant à deux mains une tasse de café qui avait refroidi. Elle revenait tout juste d'une réunion avec les chefs des brigades qui lui avaient dit que Rook, les deux photographes, les gardiens du parc et les agents motorisés avaient tous corroboré sa version des faits, confirmé que la femme s'était jetée sous le train de sa propre volonté et que Nikki Heat avait fait tout son possible pour calmer la situation et empêcher le drame.

Elle n'était pas suspendue, mais le capitaine lui proposa de prendre quelques jours de congé pour se remettre de ses émotions. Très perturbée, elle savait néanmoins que l'affaire n'était pas bouclée. Son âme de policier, l'âme qui était incapable de séparer la tragédie humaine et le traumatisme qu'elle avait subi des éléments qu'elle avait pu rassembler dans les heures précédentes... Cette âme-là voyait le suicide de Soleil comme un autre chaînon manquant. Des informations primordiales avaient disparu avec sa mort. Heat venait de résoudre l'affaire de l'agression de l'éditeur. Néanmoins, de nombreuses questions restaient en suspens, et elle ne pourrait plus y répondre sans l'aide de Soleil Gray. Le Texan, Rance Wolf, son complice présumé, l'instrument responsable de la mort de trois personnes, courait toujours dans la nature.

Tant que le dernier chapitre du roman de Cassidy Towne resterait introuvable, il y avait toutes les raisons de croire qu'il tuerait encore pour s'en emparer. À moins que la mort de Soleil Gray n'ait rendu cette démarche inutile.

— J'aimerais bien, capitaine, mais j'ai l'impression que cela devra attendre. (Nikki jeta le café froid sur le gravier par la portière ouverte.) Alors, s'il n'y a rien d'obligatoire, je préférerais me remettre au travail.

De retour au commissariat, Heat et Rook se retrouvèrent seuls pour la première fois depuis la tragédie. Même si un véhicule de police les avait ramenés ensemble, elle s'était installée sur le siège du passager et était restée muette pendant tout le trajet. Seul à l'arrière, Rook s'efforçait de chasser les images épouvantables qui le hantaient encore. Pas seulement la mort horrible de Soleil Gray, mais l'angoisse qu'il avait lue sur le visage de Nikki. Tous deux avaient connu leur part de tragédie dans leur carrière, mais, qu'il s'agisse de la Tchétchénie ou du meurtre de Chelsea, rien ne vous prépare jamais à assister à une mort en direct. Il la prit par le bras dans le hall avant d'entrer sur le plateau.

— Je vois que tu joues les courageuses, et nous savons tous les deux pourquoi. Mais n'oublie pas que je suis là, d'accord ?

Nikki aurait aimé se laisser aller un instant et lui serrer la main, mais pas sur son lieu de travail. De plus, elle pensait qu'il ne serait pas sage de dévoiler sa fragilité pour l'instant. Pas de sentimentalisme non plus !

— On en reparlera à la maison, dit-elle avant d'entrer dans la grande salle.

Nikki Heat s'arrangeait pour rester en mouvement, pour ne pas laisser à quiconque l'occasion de lui demander comment elle allait. Elle se concentrait sur l'action. À un moment ou un autre, elle devrait affronter ses démons, mais pas pour l'instant. De plus, elle s'efforçait de penser que, le pire, c'était Soleil Gray qui l'avait connu.

Toujours aussi sensible et compatissante, Hinesburg leva le nez de son ordinateur pour demander à Nikki si elle voulait les comptes rendus de la mort de Soleil Gray, publiés sur l'édition en ligne du *Ledger*. Heat n'en avait pas la moindre envie. Par chance, les photographies des deux paparazzis n'avaient pas encore fait surface. Les appareils étaient toujours entre les mains des enquêteurs, à titre de preuve. Il ne faisait aucun doute que les instantanés de la mort seraient achetés à prix d'or par un journal en ligne à scandale britannique ou allemand. Les internautes hocheraient la tête de dégoût et iraient voir sur d'autres sites si on ne pouvait pas les visionner gratuitement.

Nikki regarda le tableau blanc et fixa le nom de Soleil, entendant encore son cri plaintif : « Cette nuit-là. » Elle appela Ochoa sur son portable au moment où il revenait vers le commissariat.

— Je vérifie tous les éléments et je crois que les fiches manquantes de la nuit de la mort de Wakefield tiennent un rôle crucial.

— Je vous suis. Mais c'est un peu comme le dernier chapitre : tant que nous n'avons rien, nous en sommes réduits à des suppositions.

— Dites à Raley d'amener le carrosse. Je veux que vous retourniez faire un tour à Harlem. Parlez à la famille, aux collègues. Si vous posez des questions plus précises sur Reed Wakefield, vous donnerez peut-être un coup de pied dans la fourmilière. Voyez si Padilla était en service ce soir-là, s'il s'est confié à quelqu'un à propos de quelque chose qu'il aurait vu ou entendu, même dans la bouche d'autres chauffeurs.

Ochoa marqua une pause, et Nikki redouta qu'il ait envie de lui présenter des condoléances quelconques à propos de la scène du suicide.

— Oui, on va le faire, mais est-ce que je dois vous préciser que moi et mon partenaire, on a vécu une journée d'enfer, aujourd'hui ? De toute façon, vous vous en moquez, comme d'hab' !

Exact. Même les filles pouvaient sortir les dents !

Il n'était pas encore six heures, mais Rook passait la bandoulière de son sac sur son épaule.

— Alors, on rentre de bonne heure ?

— Je viens de recevoir un message de mon éditeur à *First Press*. Maintenant que l'affaire Soleil a pris une dimension internationale, ils veulent que je prépare un truc pour demain afin de pouvoir avancer la publication.

— Tu vas terminer ton article ?

— Si seulement ! Je vais le commencer, oui !

— Je croyais que c'était fait depuis longtemps.

— Chuuut !

Il regarda tout autour de lui d'un air de conspirateur et chuchota :

— Mon éditeur aussi. Appelle-moi plus tard. Si tu veux, tu peux passer prendre une bière.

— Je crois que tu as une longue nuit qui t'attend, monsieur. Tu vas être très occupé avec ton hélicoptère télécommandé… Et puis, plus vite le prochain numéro sortira, plus vite le mien disparaîtra des kiosques. Alors, je ne voudrais pas te ralentir.

Il commençait à s'éloigner au moment où elle le rappela.

— Au fait, Rook… Il faut que je te dise que c'était idiot de le suivre comme ça, aujourd'hui. D'abord sur le porte-avions, et ensuite avec ce photographe à moto. Alors, les cascades, c'est terminé. Et ensuite, merci d'assurer mes arrières.

— Désolé, et tout le plaisir était pour moi, dit-il en se retournant pour partir.

Les Gars attendirent un instant avant de descendre de voiture. Ils avaient fait le tour du pâté de maisons pour trouver une place de stationnement et, en passant devant l'immeuble d'Esteban Padilla, ils virent le cousin qui franchissait la porte.

— On le coince ? demanda Raley.

— Tu sais quoi ? Ce type est une tombe. On attend qu'il soit parti et on voit si le mioche est toujours à la maison. On commencera par lui.

Vingt minutes plus tard, le cousin muet comme une tombe revint, ouvrit la porte et demanda en espagnol :

— Pablo, t'es prêt ?

Il s'arrêta soudain en voyant les deux policiers qui se trouvaient de nouveau dans le salon avec le neveu adolescent.

— Vous partez en voyage, Victor ? demanda Ochoa.

Victor lança un regard assassin à son neveu.

— Vous en avez, de bien beaux bagages ! De la qualité, tout neuf. C'est de la peau, de la vraie, pas de la cochonnerie.

— On prend quelques jours de vacances. On a besoin d'un peu de calme après les funérailles, dit le cousin d'un ton peu convaincant, même aux oreilles de Raley, qui ne comprenait pas la langue.

— Ça en fait des bagages pour des petites vacances. Vous pensez partir combien de temps ?

Comme le cousin restait planté devant la porte, les clés dans une main, un sac de parapharmacie dans l'autre, Ochoa se leva et s'approcha de la rangée de valises.

— Voyons, deux grandes valises de soute… Une housse à vêtements, sans doute pour les costumes tout neufs que j'ai vus accrochés à la porte l'autre jour, une autre grande valise, trois sacs de voyage… Dites donc, ça va vous coûter bonbon en supplément de poids ! Et en pourboires ! Vous allez en avoir besoin de main-d'œuvre pour porter tout ce bazar. J'aimerais pas être à votre place, mon ami. Oh ! je suis sûr que vous avez les moyens, pas vrai ?

Sans répondre, Victor regardait dans le vide, quelque part entre lui et Ochoa.

— Je parie que ça ne vous fera même pas couler une goutte de sueur. Des pourboires, des suppléments bagages… Je suis sûr que vous pourrez vous offrir une des limousines de l'ancien patron de votre cousin pour vous emmener à l'aéroport, et que cela n'entamera même pas le magot. Pas vrai ? dit le policier en poussant un gros sac de toile du bout de sa chaussure.

La peau du front de Victor se tendit et il baissa les yeux vers le sac. La fermeture éclair ouverte laissait voir les liasses de billets.

— Je t'avais demandé de la fermer ! hurla Victor.

Ochoa était sur le point de demander s'il s'agissait de la fermeture ou de la bouche, mais il préféra poursuivre la conversation. Ils avaient beaucoup de choses à se dire.

Au commissariat, Nikki reçut un appel de Raley, qui lui parla du sac de billets et lui annonça qu'ils amenaient Victor et Pablo en salle d'interrogatoire.

Le sac ouvert à la vue de tous les dispensait d'avoir besoin d'un mandat de perquisition, mais il fallait d'abord contacter le district attorney pour pouvoir retenir certaines charges contre les suspects.

— Il y avait combien ?

— Quatre-vingt-onze mille… En billets de vingt.

— Joli chiffre.

— Ouais. Et on a vérifié, le cousin a raison : pas de drogue, pas de jeux de hasard, pas de gang. On dirait qu'on s'est un peu servi et qu'il manque neuf plaques. À mon avis, c'est parti en billets d'avion, frais vestimentaires et bagagerie.

— Avec neuf plaques, t'as plus rien ! Pas vrai, Raley ?

Il rit.

— Comment veux-tu que je le sache !

Après avoir raccroché, elle vit Sharon Hinesburg, plantée derrière son bureau.

— On a un client qui arrive.

— Qui ça ? dit Nikki, n'osant espérer qu'il pût s'agir du Texan.

— Morris Granville. Celui qui traque Toby Mills. On l'a trouvé à Chinatown. Il essayait de prendre un bus pour Boston. Il sera là dans trente minutes. Vous n'aurez rien à payer !

Hinesburg lui remit le dossier Granville.

— On l'amène ici ? Pourquoi pas au 19e ou à Central Park, qui voulait l'avoir ? Nous ne faisons que collaborer.

— Les agents qui l'ont arrêté m'ont dit que le type avait mentionné votre nom. Il a entendu parler de vous dans le « Buzz du jour » d'hier, et il a quelque chose à vous raconter.

— Vous en êtes certaine ?

— Oui. C'est peut-être une tentative désespérée pour négocier, dit-elle avant de ricaner. Qui sait, maintenant que vous êtes une célébrité, il a peut-être envie de vous suivre à la trace !

— Très drôle, dit Nikki, pas amusée pour deux sous.

Toujours à côté de la plaque, Hinesburg murmura :

— Merci.

Nikki se demanda si elle devait appeler le manager de Toby Mills, Jess Ripton, pour l'en informer. Il avait coopéré en fournissant des photographies et des détails sur Granville, mais puisque le suspect avait demandé à lui parler en personne, elle trouvait cette requête suffisamment inhabituelle pour décider qu'il était inutile d'inviter le Pare-feu. Il risquait de couper la communication.

À vrai dire, elle devait reconnaître que le manager l'exaspérait en se montrant aussi agressif chaque fois qu'elle le rencontrait. Le faire poireauter une heure ou deux lui offrirait une petite vengeance satisfaisante, dont elle n'était pas fière, mais qui ne l'empêcherait pas de dormir.

Les flics étaient humains, après tout.

Pendant qu'elle repassait le dossier pour préparer l'entretien, elle reçut un appel. Petar.

— J'ai entendu dire que tu étais avec Soleil Gray aujourd'hui, et je voulais savoir comment tu allais.

— Ça va.

Le film du plongeon de la chanteuse sous le train se déroulait à nouveau au ralenti, phénomène typique des traumatismes. Nikki essaya de chasser ces images de son esprit avant d'en arriver à la tache rouge sur le costume blanc à paillettes, mais elle en fut incapable.

— Excuse-moi, je t'ai pas entendu. Tu disais ?

— Je te propose de venir me rejoindre pendant la pause-repas.

— Petar, ce n'est peut-être pas le moment idéal.

— Je n'aurais sans doute pas dû appeler.

— Non, c'est gentil, je te remercie. Je suis juste un peu soucieuse, tu imagines.

— OK, je te connais trop pour insister.

— Voilà un garçon intelligent.

— Si j'étais intelligent, j'aurais compris des années plus tôt. De toute façon, je suis désolé que tu aies dû endurer ce qui s'est passé aujourd'hui. Je suis sûr que tu as fait de ton mieux.

— Oui, mais elle était déterminée. Il y avait quelque chose avec quoi Soleil n'arrivait plus à vivre, et c'est le seul moyen qu'elle a trouvé pour mettre fin à sa douleur.

— Elle a dit de quoi il s'agissait ?

Elle s'était fixé une règle : ne jamais parler d'une affaire avec quiconque en dehors de la brigade, si bien qu'elle éluda la question.

— Malheureusement, non. Tout ce que je sais, c'est que je n'ai rien pu faire.

Elle se sentait un peu libérée après avoir exprimé son impuissance. Néanmoins, si elle croyait vraiment à ses propres propos, elle cesserait de se passer sans cesse le film des événements.

— Nikki…, je sais que ce n'est pas le bon moment…, mais j'ai vraiment très envie de te revoir.

La question était trop lourde d'implications pour qu'elle prenne la peine d'y réfléchir, surtout après une journée pareille.

— Petar, écoute…

— Oui, je sais, ce n'est pas le moment. Tu vois, j'ai fini par insister. Je me demande quand j'apprendrai ma leçon ! Et si on prenait un café, demain ?

De l'autre côté du plateau, Hinesburg pointa son nez à la porte et lui fit signe de venir. Nikki prit le dossier de Granville.

— Demain, oui…, c'est possible.

— Je t'appelle demain matin. En attendant, surtout n'oublie pas, si tu as besoin de quelqu'un, je suis là pour toi.

— Merci. J'apprécie beaucoup.

Dans le hall, elle croisa Raley qui se tenait devant la salle d'observation numéro un.

— Alors, comment ça marche avec nos gagnants du loto de Harlem ?

— Ochoa est avec eux. Rien pour l'instant.

Il lui tendit un paquet de crackers au beurre de cacahouète et une horrible boisson énergétique bleue, vendue aux distributeurs.

— Le mioche a faim, alors, je lui fournis le dîner.

— Je vais dans la deux, avec le harceleur de Toby Mills. Prévenez-moi si vous avez quelque chose.

Nikki resta un instant dans la salle d'observation pour prendre la mesure de Morris Granville avant d'entrer. Le dossier précisait qu'il avait quarante et un ans, mais il en paraissait une petite vingtaine malgré la ligne de front qui reculait un peu et les quelques cheveux blancs dans ses épaisses boucles brunes. Potelé, petit, le teint pâteux et une posture avachie qui faisait disparaître son cou dans son double menton, on aurait dit un adolescent mal dans sa peau. Il ne cessait de jeter des regards en coin dans le miroir, mais ne se regardait jamais de face. On avait l'impression qu'il voulait s'assurer d'être toujours là la prochaine fois qu'il vérifierait. Granville se leva lorsque Nikki entra et se rassit. Ses yeux plissés donnaient l'impression d'un sourire permanent qui s'élargit encore et se fixa sur Nikki de manière gênante.

Littéralement fasciné, il la dévorait des yeux.

— Je suis Nikki Heat.

Elle jeta son stylo et le dossier sur la table et s'assit.

— Vous vouliez me parler ?

Il la fixa encore longuement.

— J'ai adoré l'article…

— Monsieur Granville…

— Oh ! je vous en prie, Morris, ça ira. Je peux vous appeler Nikki ?

— Non.

— J'ai conservé un exemplaire. Est-ce que je pourrais vous demander de me le dédicacer ?

— Non.

Il baissa la tête. Les coins de sa bouche retombèrent légèrement, et ses sourcils épais s'agitèrent, comme s'il tenait une conversation intérieure.

— Si vous avez bien lu l'article, vous savez que je suis une personne très occupée. Alors, dites-moi ce que vous avez à me dire, sinon, j'appelle la fourgonnette et on vous conduit à Riker à temps pour la graille.

— Non, non…

— Alors, je vous écoute.

— Je voulais vous voir, parce qu'on parlait de vous hier

dans le « Buzz du jour » et que j'ai vu que vous vous occupiez de Soleil Gray.

Venant de lui, cela éclairait l'article du *Ledger* d'une tout autre lumière. Elle repensa à l'Aiguillon et comprit toute la hargne que les célébrités éprouvaient face à la presse people. Néanmoins, elle revint vers Granville et se demanda ce qu'il voulait négocier. Était-ce la plaisanterie que Hinesburg avait voulu faire passer ? Elle savait que ce type d'individus n'avait jamais le même profil, mais le dossier précisait qu'il ne s'intéressait qu'à une seule vedette : Toby Mills. Toutes les plaintes avaient la même origine.

Ainsi que toutes les comparutions. Officiellement du moins, il n'était pas obsédé par toutes les stars, ni par Soleil Gray ni, fort heureusement, par les célèbres policières.

— Pourquoi vous intéressez-vous à Soleil Gray ?

— Elle était fantastique ! C'est une grande perte.

— Ah bon ? Merci de votre visite, monsieur Granville.

Nikki rassembla ses affaires, mais il la retint.

— Non, ce n'est pas tout !

Elle s'arrêta et lui lança un regard furibond lui faisant comprendre qu'il ferait mieux de cracher le morceau.

Il cligna des yeux et souleva ses paumes de la table, laissant deux marques de transpiration fantômes à la surface.

— Je l'ai vue une fois. En personne.

Son expression, pleine de fierté qui voulait transmettre toute l'importance de ce simple incident, la fit réfléchir à la personnalité des harceleurs. Ils ne se définissent que par leur proximité avec un inconnu. Dans les cas extrêmes, dans les cas de schizophrénie en particulier, ils s'imaginent même que la vedette ne s'adresse qu'à eux seuls lorsqu'elle chante ou répond à des interviews. Leur obsession prend une telle ampleur qu'ils se donnent un mal fou pour que l'objet de leur dévotion ait une signification dans leur vie. Certains vont même jusqu'à l'assassiner.

— Bien, dit-elle. (L'urgence de la voix de Morris lui disait qu'il n'y avait pas de mal à ne pas entrer dans son jeu.) Vous l'avez vue. Vous n'êtes pas le seul.

— Elle était devant une boîte de nuit un soir, un matin de bonne heure plutôt. Il était tard, et j'étais le seul encore dehors.

— Où ?

— Au club Thermal, dans le quartier de Meat Packing. Et Soleil ? Elle était saoule, complètement beurrée ! Elle criait et gigotait dans tous les sens et se bagarrait sur le trottoir, vous savez, là où se garent les limousines.

En entendant ce mot, Nikki reposa le dossier, s'adossa à sa chaise et fit un signe de tête.

— Oui, je connais. Qu'avez-vous vu ?

L'ironie de la situation la frappa. Dans sa vie perturbée, Granville tenait des propos pertinents et allait connaître son moment de gloire en répondant aux questions qu'elle se posait.

— Comme je vous l'ai dit, elle était agitée, elle criait comme une folle, vous voyez. Et tout d'un coup, quand j'ai vu avec qui elle se battait, j'ai pensé que, si je pouvais prendre une photo de pas trop loin, elle pourrait faire la couverture de *People* ou au moins du *Ledger*.

— Pourquoi ne pas vous approcher carrément ? À cause du service de sécurité ?

— Non, c'était après l'heure de la fermeture. Et il n'y avait qu'un homme avec elle. Je ne voulais pas m'approcher, parce que je voulais pas qu'on me voie.

Nikki était intéressée. S'il ne délirait pas et s'il n'avait pas la folie des grandeurs, il semblait crédible à sa manière. Mais elle tenait à ce qu'il dise toute la vérité.

— Avec qui se battait-elle ? Pourquoi en faire toute une histoire ?

— Parce que, dit-il, elle se disputait avec Reed Wakefield le soir de sa mort.

DIX-SEPT

Jameson Rook regarda l'écran de son portable, de l'autre côté de la pièce, et jeta un coup d'œil nostalgique sur l'hélicoptère télécommandé, toujours sur le rebord de la fenêtre. Le Walkera Airwolf qui avait survécu aux ravages du Texan était une invitation à prendre une pause. Il la méritait, finalement. Après quatre heures de travail sur le premier jet, le boîtier aluminium du MacBook Pro était chaud au toucher, ce qui était une preuve irréfutable de sa conscience professionnelle ! Cela lui rappelait la douce chaleur que diffusait son hélicoptère après avoir voleté dans l'appartement.

— Ne succombons pas à la tentation… dit-il avant de retourner à son clavier.

Journaliste qui se fiait à ses observations personnelles et aimait avoir les pieds dans la boue et les mains dans le cambouis, qu'il doive s'abriter dans les ruines d'une rue de Grozny lors d'une attaque russe ou suivre Bono dans les hôpitaux du Sénégal avec la chanteuse Baaba Maal, ou encore prendre un cours de polo dans le comté de Westchester lors d'une visite d'un membre de la famille royale, Rook savait que les bons articles s'écrivaient à partir de son expérience personnelle et non d'une page Internet.

Doté d'une excellente mémoire et d'un art de prise de notes d'une efficacité exemplaire, il pouvait revivre les scènes importantes chaque fois qu'il détachait le ruban rouge de son carnet Moleskine pour retrouver une citation exacte ou un mince détail.

Il travaillait rapidement du début à la fin de ses articles, jetant au hasard ses premières impressions tout en ménageant des espaces vides qu'il comblerait avec les détails lorsqu'il reprendrait son papier depuis le début. Il laissait toujours de nombreux blancs pour écrire au fil de la plume, sans retour en arrière, afin de garder le sens du rythme.

Il écrivait comme s'il était le lecteur. Cette méthode l'empêchait également de faire le mariole, c'est-à-dire de parler de lui et non de son sujet.

Journaliste, Rook se voulait également conteur et tenait à laisser parler son sujet en restant en retrait.

Il entendait encore la voix de Cassidy Towne, qui revivait à travers lui en Times New Roman, avec toute sa vivacité, sa méchanceté, son rire, sa franchise, son esprit de vengeance, son autosatisfaction. Pendant que Rook racontait les jours et les nuits passées en sa compagnie, peu à peu se dessinait le portrait d'une femme pour qui tout dans la vie, de la meilleure coupe de cheveux de chez Nova à une exclusivité d'une dominatrice sadomaso qui avait mis un parlementaire à genoux, était une transaction.

Sa mission dans le monde n'était pas de se fixer une ligne de conduite, mais d'y chercher une source de pouvoir.

Fébrile, en arrivant à la fin de son premier jet, Rook se sentait mal à l'aise face à tout cet inconnu qui entourait le moment crucial de la vie de Cassidy. Bien sûr, il pourrait remplir les blancs du milieu de l'article, il ne manquait pas de matière pour cela, mais son papier arrivait à son terme avant la véritable fin de l'histoire.

Le nombre de feuillets augmentait, il avait de quoi faire une suite (ne pas oublier de contacter son agent), mais la grosse masse de son article, aussi solide fût-elle, ressemblait à un roulement de tambour privé des cymbales finales.

Tout comme le livre de Cassidy Towne.

Il prit la télécommande de l'hélicoptère, mais les fourches Caudines de la culpabilité l'obligèrent à la reposer à côté de son ordinateur et à réfléchir au manuscrit incomplet. Il quitta son bureau pour s'installer sur la chaise longue, près de la cheminée ornée de chandeliers, et feuilleta les pages, se demandant ce qui lui avait échappé. Où menait le crescendo qu'elle avait lentement construit ?

Le conteur en lui sentait que cela reviendrait à tricher s'il se contentait d'un profil qui se terminait par un chaînon manquant si énorme. Il refusait de se satisfaire de questions qui, si intrigantes fussent-elles, trahiraient un manque de respect vis-à-vis du lecteur.

Ce fut pourquoi il s'en tint à la vieille école. Il sortit un carnet de notes tout neuf, trouva un stylo à plume et laissa divaguer son esprit. Qu'est-ce que je veux ? Trouver la fin de mon article. Non, ce n'est pas ça. Quoi alors ? Tu le sais. Oui, tu le sais, simplement, tu ne parviens pas à le définir vraiment.

Chaque fois que Rook recourait à ce procédé, il avait l'impression que, si quelqu'un trouvait son brouillon, on le prendrait pour un fou. C'était une méthode qu'il avait empruntée à un personnage d'un des romans de Stephen King, un écrivain qui, lorsqu'il voulait démêler une intrigue, s'interrogeait lui-même sur une feuille de papier.

Un jour, il avait adopté ce qui ressemblait à un simple artifice dans une œuvre de fiction, et cela avait donné de si bons résultats, en le reliant directement à son subconscient, qu'il y recourait chaque fois qu'il devait se frayer un chemin dans un terrain trop touffu. C'était un peu comme avoir un coauteur qui ne vous demandait aucun pourcentage.

… Tu te concentres sur le mauvais objectif. Je connais mon objectif, révéler le nom de son assassin dans ce fichu article. Et de celui d'Esteban Padilla. Et de Derek Snow. Tu connais l'assassin, c'est le Texan. Oui, sur un plan technique. C'est ça, tu veux le nom de celui qui a commandité les meurtres. Soleil Gray ? Peut-être. À moins que…

À moins que quoi ? À moins que… à moins que je puisse mettre la main sur ce satané dernier chapitre. Félicitations. Tu viens de trouver ton objectif. Vraiment ? Fais gaffe. Ne relis pas tes notes pour chercher des indices qui te mèneraient à l'assassin. Ou à son commanditaire. Relis tes notes en pensant à ce que Cassidy aurait pu faire de ce maudit chapitre. Et si elle ne l'avait pas encore écrit ? Tu te serais fait baiser. Je te remercie. Pas de problème.

Comme d'habitude, ce petit exercice de léger dédoublement de la personnalité le ramenait à un élément de base si évident qu'il l'avait négligé, tant il était familier.

Il cherchait un qui, il devait chercher un quoi, et ce quoi, c'était le chapitre fantôme. De retour devant son ordinateur, Rook ouvrit le fichier Word dans lequel il avait transcrit les notes prises sur son carnet. Il fit défiler l'écran rapidement, cherchant un mot qu'il choperait au vol. Il entendait presque la voix de Nikki qui lui répétait encore et encore : « Qu'as-tu observé chez cette femme ? »

Son besoin de tout contrôler, son amour du pouvoir étaient des traits de caractère que l'on ne pouvait ignorer, mais cela ne le menait nulle part. Que savait-il d'autre ?

Cassidy couchait avec de nombreux hommes. Il s'arrêta pour se demander s'il pouvait penser à une personne en qui elle aurait eu assez confiance pour lui avoir remis le précieux article, mais aucun nom ne lui venait à l'esprit.

Ses voisins étaient des sources de conflits et non de confiance. Le concierge était un personnage distrayant qui faisait du bon travail, mais JJ était trop roublard pour que Cassidy ait songé à lui. Il fallait éliminer Holly aussi.

La compassion que la fille avait éprouvée envers sa défunte mère ne semblait pas avoir été partagée par celle-ci lors des dernières semaines de sa vie. Tout ce qu'il savait à propos de Cassidy Towne et de ses relations ne fonctionnait que sur un mode transactionnel.

Rook s'arrêta pour consulter une de ses notes, un petit détail, qu'il pensait inclure dans son article, mais avait oublié. La plaque de porcelaine près de la porte-fenêtre de son bureau qui résumait sa conception des relations humaines. *Quand la vie vous déçoit, il vous reste le jardin.*

Rook ralentit le défilement de l'écran pour lire plus attentivement. Il venait de tomber sur une section assez longue qui évoquait sa passion du jardinage.

Si ce violon d'Ingres ne lui servait pas de rédemption, c'était néanmoins très éclairant. Il tomba sur une phrase qu'il avait eu l'intention de reproduire, mais avait écartée, car il la trouvait trop sinistre après avoir découvert lors de l'autopsie que Cassidy avait de la terre sous les ongles : *Cassidy Towne est morte comme elle a vécu, en remuant la boue.* Il aimait toujours l'effet-choc, mais cela brisait sa règle de neutralité. Néanmoins, en tant que fait et non prose, cela lui donnait matière à réflexion.

Il passa aux notes prises en la voyant si souvent franchir cette porte-fenêtre pour se rendre dans son jardin dans la courette.

Cassidy mettait parfois fin à un coup de téléphone avec un éditeur et se réfugiait aussitôt dans son jardin où Rook la suivit et attendait patiemment pendant qu'elle coupait les fleurs fanées ou testait l'humidité du sol avec ses doigts. Elle lui avait confié que ce petit enclos était la seule raison pour laquelle elle avait choisi l'appartement. Un soir, alors qu'il venait la chercher pour l'accompagner à une avant-première à Broadway, il l'avait trouvée en robe de cocktail, un petit sac pailleté dans une main et une truelle dans l'autre.

Il arrêta de nouveau sa lecture. Cette fois, il était tombé sur une citation qu'il pensait reprendre dans son article, en caractères gras peut-être, une phrase qui faisait coïncider ses deux passions, professionnelle et personnelle. *Gardez votre bouche fermée et vos secrets bien enterrés.*

Rook s'adossa à sa chaise, les yeux fixés sur ces mots. Puis il hocha la tête, écartant ses pensées. Il allait passer à autre chose lorsqu'il se souvint de ce que lui avait dit Nikki. *On suit les pistes qu'on a, pas celle qu'on aimerait avoir.*

Il regarda sa montre et sortit son téléphone portable pour appeler Nikki, puis il hésita, pensant que, s'il se lançait dans une folle entreprise, il n'avait pas envie de l'entraîner avec lui, surtout après la journée qu'elle venait de passer. Soudain, il eut une autre idée.

Il reprit son carnet de notes et le feuilleta jusqu'à ce qu'il trouve le numéro qu'il voulait.

— Vous avez de la chance de me trouver, lui dit JJ. Je m'apprêtais à aller au cinéma.

— C'est mon jour !

Rook s'approcha de la porte de Cassidy Towne en espérant que le concierge comprendrait et lui épargnerait ses bavardages. Et, puisque ce geste était trop subtil, il décida d'éliminer toute ambiguïté.

— Si vous m'ouvrez, je pourrai continuer à travailler et vous n'arriverez pas en retard.

— Vous allez au cinéma, en ce moment ?

— Un peu.

— Vous savez ce qui m'embête ? demanda JJ, sans faire le moindre geste vers le mousqueton retenant toutes les clés qui tintaient à sa ceinture. On paye pour entrer, et c'est pas bon marché, non ? Vous restez assis pendant tout le film, et les autres, qu'est-ce qu'ils font, hein ? Ça jacasse et ça jacasse… Ça gâche tout le plaisir…

— Je suis d'accord avec vous. Vous allez voir quel film ?

— *Jackass 3 D*. C'est un truc de dingue, et en trois D, en plus ! On va se payer une sacrée rigolade pendant que ces types vont se ramasser sur des lampadaires, avec des cascades pas croyables.

Vingt dollars suffirent pour qu'il abandonne le discours cinéphile et s'intéresse à la porte. JJ expliqua comment refermer et s'en alla. Une fois à l'intérieur, Rook referma derrière lui et alluma les lumières pour se mouvoir dans l'appartement de Cassidy Towne, à peine plus ordonné que la dernière fois qu'il l'avait vu.

Il s'attarda dans le bureau afin de chercher un indice qui n'aurait pas eu de signification le jour du meurtre. Comme il ne trouva rien, il appuya sur l'interrupteur près de la porte-fenêtre, et la petite cour fut inondée d'une douce lueur couleur de miel.

Une lampe de poche à la main et une truelle de Cassidy dans l'autre, Rook observa les nouvelles plantations dans les plates-bandes de son petit cloître.

Dans la lumière tamisée, les couleurs de l'automne s'estompaient dans des nuances de gris sombre. Rook alluma sa lampe pour éclairer les ombres, fouillant méthodiquement, n'oubliant aucune plante. Il ne savait pas vraiment ce qu'il cherchait, mais ne tenait pas à entreprendre des fouilles archéologiques ! Il recourut à la célèbre méthode Nikki et chercha la chaussette célibataire.

En dehors de la sauge et de l'aster de Virginie, il ne connaissait presque aucun nom des plantes qu'il observait. Cassidy lui avait montré ses liatris, aussi appelés plumes du Kansas, lorsqu'ils donnaient leurs plus belles couleurs automnales. À présent, ils étaient tombés en graines, et les couleurs chatoyantes avaient laissé place à un brun rouille.

Un quart d'heure plus tard, Rook braqua le faisceau de sa lampe sur un chrysanthème. À la lumière, les couleurs étaient vives, mais plutôt ordinaires à côté des autres plantes de Cassidy… Une sorte de chaussette célibataire.

Il était planté dans le sol, mais toujours dans son pot. Rook coinça la lampe sous son aisselle et déplanta le pot en s'aidant de la truelle. Il sortit la plante du pot, tapa avec sa truelle pour la débarrasser de la terre et des racines, et la reposa sur les briques du patio.

Le pot était assez grand pour contenir un chapitre enroulé, mais il n'y avait rien de tel à l'intérieur. Pour ne rien laisser au hasard, Rook fouilla la cavité avec la pointe de la truelle, mais il n'y avait aucun papier. Il tomba sur une sorte de caillou ou de morceau de bois, ce qui semblait bizarre étant donné le soin que Cassidy apportait à ce jardinet.

Il braqua sa lampe à l'intérieur du trou et aperçut le reflet d'un sachet en plastique. Rook plongea la main à l'intérieur, tira sur le sachet et le mit sous sa lampe. Il contenait une clé.

Dix minutes plus tard, après avoir fouillé toutes les pièces et tous les placards, il n'avait toujours trouvé aucune serrure correspondante. Rook s'assit à la table de la cuisine et observa la clé. Elle était petite, comme celle d'un verrou ou d'un cadenas, neuve, avec des dents acérées, et un nombre gravé : 417.

Il sortit son téléphone pour appeler Nikki, mais n'obtint que son répondeur.

— Salut, c'est Rook. J'ai une question à te poser. Appelle-moi dès que possible.

Il essaya au commissariat ; le sergent de service à l'accueil décrocha.

— La détective Heat est en salle d'interrogatoire. Elle a transféré ses appels ici. Vous voulez sa boîte vocale ?

Rook répondit oui et laissa un nouveau message.

Cassidy fréquentait une salle de sports, mais il l'avait vue avec son sac et se souvenait du cadenas rose fuchsia à combinaison attaché à la bandoulière. C'était donc à éliminer. La clé était peut-être celle d'une consigne publique, comme on en trouve dans les gares... Et Rook se mit à songer au nombre de consignes publiques de New York... Cela pouvait aussi correspondre à son casier, au *Ledger*. Quoi qu'il en fût, il n'allait pas se pointer ce soir en disant : « Bonjour, je suis Jameson Rook, j'ai une clé et... »

Soudain, il se rappela avoir vu une clé similaire. En 2005, après Katrina, on l'avait envoyé en reportage à La Nouvelle-Orléans et il s'était installé dans un camping-car de location.

Comme il se déplaçait beaucoup, il avait loué une boîte postale dans une boutique UPS, et on lui avait fourni une clé identique. Formidable, pensa-t-il, maintenant, en comptant sur la chance, je n'ai plus qu'à me rendre dans tous les endroits qui proposent une domiciliation !

Rook tapota la clé sur le bord de la table en se demandant s'il avait vu Cassidy près d'un tel endroit.

Il ne se souvenait de rien et n'était même pas sûr qu'on en trouvait dans le quartier.

Ensuite, il se souvint de Holly. Holly Flanders lui avait dit qu'elle avait découvert son adresse en consultant les factures du service du coursier auquel recourait sa mère.

Il ne se rappelait pas le nom de la compagnie et n'avait aucune chance de trouver cette aiguille dans le tas de foin du bureau de Cassidy Towne.

Après avoir refermé la porte à clé, Rook se rendit à Columbus afin de prendre un taxi pour Tribeca et voir s'il lui restait encore une des enveloppes que Cassidy lui avait fait parvenir. Tandis que le véhicule se dirigeait vers la 55ᵉ Rue Ouest, il eut un éclair et pensa que cet endroit devait se trouver à Hell's Kitchen.

Il effectua une recherche sur Internet avec son iPhone et, cinq minutes plus tard, le taxi le déposa devant Efficient Mail and Messenger, sur la 10ᵉ Avenue, une boutique située entre un restaurant éthiopien et une petite épicerie qui vendait quelques plats chauds et des pizzas à emporter. Le monceau d'ordures avait englouti tout le trottoir et, sous l'auvent d'Efficient, on apercevait quelques-unes des lettres de l'enseigne du néon dans la vitrine qui disait : *Photocopies, fax...*

Plutôt minable, mais si la clé correspondait, ce serait le paradis.

L'endroit sentait la vieille bibliothèque et les produits de ménage parfumés au pin. Un homme en turban se tenait sur un haut tabouret, derrière le comptoir.

— Vous voulez faire des photocopies ?

Avant que Rook puisse lui répondre non, l'homme se mit à parler rapidement dans une langue étrangère à une femme qui utilisait la seule photocopieuse.

Elle lui répondit sur un ton saccadé et colérique.

— Dans cinq minutes.

— Merci, dit Rook, qui n'avait pas envie de s'expliquer et encore moins d'engager la conversation.

Il était déjà devant les boîtes de laiton, alignées le long du mur, du niveau des genoux jusqu'aux sourcils. Il trouva le numéro 417.

— Vous voulez une boîte aux lettres ? On a des tarifs au mois.

— C'est déjà fait.

Rook sortit la clé et la glissa dans la serrure. Elle s'insérait sans difficulté, mais ne tournait pas. Se souvenant des dents nouvellement limées, il essaya en force, pensant que la clé avait besoin de se faire. Toujours rien. Il baissa les yeux et comprit que, pendant que l'homme du comptoir l'avait distrait, il s'était trompé de boîte et forçait la 416.

La clé glissa parfaitement dans la 417 qui s'ouvrit. Il s'agenouilla pour regarder à l'intérieur et son cœur se mit à tambouriner.

Deux minutes plus tard, dans un autre taxi qui l'emmenait à Tribeca, il tenta de nouveau d'appeler Nikki. Elle était toujours en salle d'interrogatoire. Cette fois, Rook ne lui laissa aucun message.

Il s'installa entre le siège et la portière arrière et regarda la pile de pages imprimées en double interligne, à l'intérieur de l'enveloppe. Les pages avaient été à moitié roulées pour tenir dans la petite boîte aux lettres, si bien qu'il les aplatit sur ses genoux et les tint devant la vitre pour pouvoir lire la page de titre.

CHAPITRE 20
Fondu au noir

DIX-HUIT

Nikki Heat ne négligeait jamais les mains. En salle d'interrogatoire, tout ce qu'elle pouvait observer sur l'attitude de la personne de l'autre côté de la table était aussi important que ce qu'elle disait ou ne disait pas. Les expressions faciales, bien sûr, étaient la clé. Tout comme la posture, l'attitude (agitée, colérique, calme, etc.), les vêtements ou l'hygiène personnelle.

Les mains étaient particulièrement éloquentes. Celles de Soleil Gray étaient minces et puissantes en raison de ses performances athlétiques sur scène. Assez puissantes pour avoir dominé Mitchell Perkins avec une telle force que tout le monde avait cru que l'agresseur était un homme.

Néanmoins, Nikki avait mal interprété les égratignures sur les doigts de la chanteuse qu'elle avait attribuées aux rigueurs des répétitions et non à une bagarre de rue.

À présent, elle se faisait des reproches et se culpabilisait, pensant que si elle les avait observées avec l'esprit plus ouvert, elle aurait peut-être évité une tragédie.

Pourtant, elle repoussa cette idée dans un coin ; elle s'en occuperait plus tard.

Les mains de Morris Granville étaient douces et pâles comme s'il les trempait tous les jours dans l'eau oxygénée.

Il se rongeait les ongles, même s'il s'en abstenait en ce moment. Des petits dômes de peau gonflée et irritée enveloppaient les extrémités des ongles, et les cuticules étaient à vif. Elle réfléchit à ces mains et au mode de vie solitaire qui menait et décida d'en arrêter là avec les spéculations.

Granville aussi pensait à Soleil Gray, et il n'échappait pas à Nikki que le moment de gloire qui la répugnait tant était ce qui avait poussé Morris Granville à la contacter.

Il avait voulu s'adresser à Nikki Heat parce qu'elle était liée à la chanteuse défunte et qu'il pourrait ainsi lui raconter un moment privilégié : la nuit où il avait vu Soleil se disputer devant une boîte de nuit avec son ex-fiancé, Reed Wakefield.

— Vous êtes certain que c'était la nuit de la mort de Reed Wakefield ?

Elle lui avait déjà posé la question de plusieurs manières pendant la dernière demi-heure, essayant de trouver des failles. Morris Granville était l'archétype du fan. C'est pourquoi Nikki se montrait d'une prudence extrême. Ce témoignage pouvait combler un trou dans le puzzle, mais elle ne devait pas prendre ses désirs pour des réalités.

Nikki avait épuisé toutes les vérifications d'usage. Elle lui avait demandé de préciser la date. Le 14 mai. Quel jour de la semaine? Un vendredi. Quel temps faisait-il ? Il pleuvotait. J'avais un parapluie. Avez-vous vu des videurs ? J'ai déjà dit qu'il n'y en avait pas. Il n'y avait personne dehors. Elle lui avait précisé que tout serait vérifié. Il avait répondu que c'était tant mieux, qu'ainsi, elle le croirait enfin. Il semblait s'enorgueillir de la voir prendre des notes.

Néanmoins, elle se montrait sceptique. Elle savait que le besoin d'être au centre des événements pouvait entraîner une fausse confession.

Il restait encore une question à poser à Morris Granville. Une question évidente pour elle, qu'elle retint néanmoins jusqu'au dernier moment, voulant d'abord éclaircir les points importants, au cas où il aurait soudain cessé de collaborer.

— Et cette bagarre ? Qu'est-ce que ça a donné ?

— Ça a duré longtemps.

— Sous la pluie ?

— Cela n'avait pas l'air de les gêner.

— Ils étaient violents ?

— Non, ils se disputaient.

— Qu'est-ce qu'ils se disaient ?

— Je n'entendais pas. Je vous l'ai dit : je n'ai pas osé m'approcher vraiment.

De nouveau, Nikki procéda à une vérification.

— Vous avez entendu quelque chose ?

— C'était à propos de la rupture. Elle disait qu'il ne pensait qu'à lui et à se défoncer. Il lui répondait qu'elle était égoïste, des trucs comme ça.

— Elle l'a menacé ?

— Soleil ? Sûrement pas !

Heat nota de ne pas oublier que Granville semblait prendre plus ou moins la défense de Soleil.

Elle se demandait s'il n'avait pas envie de jouer les redresseurs de torts. Néanmoins, elle garda l'esprit ouvert.

— Est-ce que Wakefield l'a menacée ?

— Pas que je sache. De toute façon, ça aurait été difficile. Il se tenait au lampadaire pour rester debout.

— Ça s'est terminé comment ?

— Ils se sont mis à pleurer, tous les deux, et ils se sont enlacés.

— Et ensuite ?

— Ensuite, ils se sont embrassés.

— Pour se dire au revoir ?

— Non, un baiser d'amoureux.

— Et ensuite ?

— Ils sont partis ensemble.

Nikki tapota la pointe de son stylo sur son carnet à spirales.

Ils en arrivaient au moment crucial, et elle devait lui poser des questions de manière à ce qu'il ne réponde pas simplement pour lui faire plaisir.

— Comment sont-ils partis ?

— Main dans la main.

— À pied ? En taxi ? Comment sont-ils partis ?

— Ils ont pris la limousine. Il y en avait une qui attendait le long du trottoir.

Nikki se concentrait pour sembler totalement détachée, bien que son pouls s'accélérât.

— À qui était cette limousine ? Celle dans laquelle était arrivée Soleil, ou celle de Reed Wakefield ? Vous le savez, Morris ?

— Ni l'une ni l'autre. Ils étaient arrivés en taxi.

Elle essaya de ne pas brûler les étapes, même si la tentation était grande. Elle s'efforça d'écouter, de poser des questions simples, sans spéculer.

— Alors, la limousine était là, et ils en ont profité ?

— Non.

— Ils ont pris la limousine de quelqu'un d'autre ?

— Pas du tout. On les a invités, et ils sont montés.

Heat feignit de revoir ses notes pour adoucir la gravité de sa question suivante. Celle qu'elle gardait pour la fin. Elle voulait parler d'un ton léger pour qu'il ne se mette pas sur la défensive.

— Qui les a invités ?

Pablo but la dernière gorgée de la boisson énergétique bleu électrique et reposa la bouteille vide sur la table de la salle d'interrogatoire.

Étant donné son âge, les Gars n'avaient pas voulu l'installer officiellement de l'autre côté de la table et lui avaient judicieusement proposé de déjeuner là en toute tranquillité, pendant que le cousin Victor réfléchissait aux enjeux que représentait la mort d'Esteban Padilla.

Ensuite, Raley confia l'adolescent à un policier de la brigade des enfants pour qu'on l'emmène regarder la télévision dans une autre pièce et retourna à la salle d'interrogatoire.

À la manière dont Victor observait son neveu, Raley et son partenaire savaient avoir adopté la bonne stratégie.

Les soucis que Victor se faisait pour l'enfant leur serviraient de levier.

— Il est heureux comme un poisson dans l'eau, dit Raley.

— *Bueno*, dit Ochoa, qui continua en espagnol. Victor, je ne comprends pas. Pourquoi vous refusez de me parler ?

Victor Padilla était beaucoup moins sûr de lui en dehors de son quartier et de sa maison. Il prononçait toujours les mêmes mots, mais il semblait avoir perdu en force de conviction.

— Vous savez comment c'est. On ne parle pas, on ne balance pas.

— C'est une grande idée, mon ami. Observer une loi qui protège les malfrats alors que le type qui a zigouillé votre cousin est toujours en liberté. J'ai vérifié : vous ne faites pas partie de ce monde-là. À moins que vous soyez une sorte de postulant ?

Victor hocha la tête.

— Non, pas moi. Cela ne me ressemble pas.

— Alors, ne faites pas comme si c'était le cas.

— La loi, c'est la loi.

— Conneries, c'est de l'arnaque !

L'homme détourna les yeux pour regarder Raley et revint vers Ochoa.

— J'étais sûr que vous me diriez ça.

Le policier laissa ce commentaire en suspens et, lorsque l'air fut assez débarrassé de toute insinuation, il fit un signe en direction du gros sac plein de fric sur la table.

— Dommage, Pablo ne pourra même pas en profiter pendant votre absence.

La chaise gratta sur le linoléum tandis que Victor reculait d'un centimètre et se redressait. Son regard perdu dans le vague s'anima soudain.

— Pourquoi je devrais aller quelque part ? J'ai rien fait !

— Mec, tu es un pauvre type assis sur cent plaques en petites coupures. Et tu as eu tout ça sans te salir les mains ?

— J'ai dit que j'avais rien fait !

— Tu ferais mieux de me dire d'où ça vient.

Ochoa attendit et nota que les muscles des mâchoires de Victor se crispaient.

— Bon, voilà. Je peux demander au district attorney de fermer les yeux si tu coopères. (Ochoa le laissa réfléchir un instant.) À moins que tu préfères dire au minot que tu vas en cabane, mais que tu as respecté l'omerta.

Lorsque Victor Padilla baissa la tête, Raley comprit que son coéquipier l'avait eu.

Vingt minutes plus tard, Raley et Ochoa se levèrent lorsque Nikki Heat entra sur le plateau.

— On y est arrivés ! s'exclamèrent-ils à l'unisson.

— Félicitations, dit-elle, notant leur excitation. Beau boulot. Moi aussi, j'ai un résultat. En fait, je viens de demander un mandat.

— Contre qui ?

— Vous d'abord. Pendant que j'attends mon mandat, pourquoi vous ne me raconteriez pas votre histoire ?

Tandis que Raley faisait rouler deux chaises vers son bureau, Ochoa sortit son carnet de notes.

— Comme on le pensait, Victor nous a raconté que son cousin Esteban se faisait un peu d'argent sous le manteau en vendant des informations à Cassidy Towne.

— C'est un peu ironique, dit Raley, si on considère que tout ça, c'est pour respecter la loi du silence !

— Bon, il espionnait pour un peu d'argent de poche si ce qu'il racontait était assez croquignolet pour figurer dans sa rubrique. Vingt par-ci, cinquante par là. Ça finissait par s'additionner, je suppose. Tout allait bien jusqu'à ce qu'il y ait une sale affaire lors d'une de ses courses.

— Reed Wakefield, dit Nikki.

— Nous on le sait, mais Victor jure devant Dieu que son cousin ne lui a jamais raconté ce qui s'était passé cette nuit-là. Simplement qu'il y avait eu une sale affaire et que, moins il en saurait, mieux ce serait.

— Esteban essayait de protéger son cousin, dit Nikki.

— C'est ce qu'il dit.

Ochoa tourna une page.

— Donc, on ne sait toujours pas exactement ce qui s'est passé.

Nikki savait pouvoir combler une partie des blancs, mais, voulant entendre leur version, elle ne les interrompit pas.

— Le lendemain, le cousin Esteban s'est fait virer à cause d'un vague conflit avec l'un de ses clients. Donc, il se retrouve sans boulot, avec une sale réputation dans le milieu professionnel, et il est obligé de transporter des laitues et des oignons à la place des VIP et des jeunes premières. Il décide d'ester en justice…

— Parce qu'on lui a fait du tort ! lança Raley, citant la publicité de Ronnie Strong.

— Mais il laisse tomber parce que notre chroniqueuse mondaine entend parler de lui et de ce qui s'est passé cette nuit-là. Elle sait vaguement que Reed Wakefield est impliqué et lui file un gros paquet de pognon pour qu'il laisse tomber le procès, qu'il la boucle et n'attire pas l'attention sur lui. Elle ne voulait sûrement pas de fuite avant la publication de son bouquin.

— C'est Cassidy qui lui a filé les cent plaques ?

— Non, ce serait plutôt cinq, dit Raley. On va y arriver.

— Esteban en voulait plus. Alors, il l'a doublée. Il a appelé la personne qui avait parlé de lui à Cassidy Towne, et lui a dit que l'affaire allait être étalée au grand jour si on ne lui filait pas un gros paquet d'espèces sonnantes et trébuchantes. Et pour être trébuchantes !…

Raley reprit la suite :

— Padilla a dégotté les cent plaques et s'est fait assassiner le lendemain. Le cousin Victor a commencé à avoir la trouille, mais il a gardé l'argent en pensant se tirer dans un endroit où l'on ne pourrait jamais le retrouver.

— Voilà où on en est. On a une partie de l'histoire, mais on ne connaît toujours pas le nom du type que Padilla avait balancé.

Ils levèrent les yeux vers Nikki, qui souriait.

— Mais vous, vous le savez ! dit Raley.

Dans l'auditorium de la prestigieuse Stuyvesant High School de Battery Park, le monstre phénoménal des Yankees, Toby Mills, prenait la pose avec un immense chèque factice de un million de dollars, cadeau personnel pour soutenir le programme sportif du lycée.

Le public était constitué de lycéens, d'universitaires, d'administrateurs, tous debout, nombreux, pour l'ovationner. En coulisse, debout elle aussi, sans applaudir, Nikki Heat regardait le lanceur sourire au directeur technique, flanqué de l'équipe de base-ball de Stuyvesant, en uniforme de l'école pour l'occasion.

Mills souriait jusqu'aux oreilles, sans se laisser perturber par les éclairs des flashs, tant il était rompu à la chorégraphie des photographes.

Nikki était désolée que Rook ne soit pas là, d'autant plus que le lycée était à quelques pas de son loft. Elle avait espéré qu'en se dépêchant un peu, il aurait pu la rejoindre ici pour boucler son article.

Elle avait essayé de lui rendre son appel avant de partir, mais le téléphone avait sonné dans le vide avant de basculer sur répondeur. Trop avisée pour laisser un message au contenu sensible, elle s'était contentée de dire :

— Que ce soit bien clair. Toi, tu as le droit de me déranger dans mon travail, et pas le contraire ? Bon, j'espère que tu as fini de pisser ta copie parce qu'il se passe quelque chose. Appelle-moi dès que tu auras le message.

Il serait furieux d'avoir manqué un événement important, mais elle préférait le laisser mariner, ce qui la fit sourire pour la première fois au cours de cette longue journée.

Toby aperçut Nikki du coin de l'œil, et son sourire perdit un peu de son éclat. Soudain, Nikki se sentit gênée de venir le déranger ici, surtout après la malheureuse expérience de l'*Intrepid*. Toby n'essaya pas de s'enfuir.

En fait, lorsqu'il eut terminé de serrer la main à la mascotte de l'équipe, déguisée en Peter Stuyvesant dans son costume du XVe siècle, il salua le public et traversa la scène pour aller à sa rencontre.

— Vous avez attrapé mon harceleur ?

Sans hésiter et sans mentir, Nikki répondit :

— Oui. Allons parler dans un endroit plus calme.

Nikki, qui s'était arrangée pour disposer d'une pièce proche de la scène, le conduisit dans une salle informatique et lui fit signe de s'asseoir.

En chemin, Toby remarqua Raley et deux policiers en uniforme, et prit une drôle d'expression lorsque l'un d'eux entra pendant que l'autre fermait la porte et restait posté à l'extérieur en bloquant la lucarne.

— Que se passe-t-il ?

Nikki répondit par une autre question.

— Jess Ripton n'est pas avec vous ? Je pensais qu'il serait présent pour un événement d'une telle ampleur.

— Oui. Euh, il devait venir, mais il a appelé pour me dire qu'il y avait le feu chez un des sponsors, et que je ferais mieux de commencer sans lui.

— Il a dit où il allait ?

Nikki savait que le Pare-feu n'était ni à son bureau ni à son appartement.

Mills leva les yeux vers l'horloge accrochée au mur de la classe.

— Neuf heures dix : il en est sans doute à son deuxième martini au Boulay.

Sans qu'on le lui demande, Raley se dirigea vers la porte. Il frappa deux petits coups avant d'ouvrir et le policier s'écarta pour le laisser sortir.

Le départ du policier en civil n'échappa pas à Toby.

— Je commence à trouver la situation un peu étrange.

C'est exactement l'impression que Nikki voulait lui donner. Elle avait tous les sens en alerte, puisque Ripton avait rompu avec son habitude et n'était pas là, mais son absence lui permettait d'exercer un peu plus de pression sur Toby Mills, privé de la protection de son manager.

— Il est grand temps, Toby.

Il semblait perplexe.

— Grand temps ? De quoi faire ?

— De parler de Soleil Gray. (Nikki marqua une pause, mais lorsqu'elle le vit cligner des yeux, elle continua.) Et de Reed Wakefield.

Elle marqua une nouvelle pause, et lorsqu'elle le vit déglutir, elle ajouta :

— Et de vous.

Il fit de son mieux, sincèrement. Pourtant, tout en fréquentant les cercles privilégiés auxquels lui donnait accès son statut de sportif multimillionnaire, Toby Mills restait au fond de lui le môme de Broken Arrow, Oklahoma, et ses origines faisaient de lui un piètre menteur.

— Comment ça, Soleil Gray et… Reed ? Que viennent-ils faire dans cette histoire ? Je croyais qu'on devait parler du malade qui traque ma famille.

— Il s'appelle Morris Granville.

— Ça, je le sais. Mais pour moi, ce n'est qu'un malade. Vous l'avez, oui ou non ? Vous m'aviez dit que oui.

— On l'a.

Elle voyait bien qu'il avait envie qu'elle continue sur ce sujet, mais elle n'en fit rien. Toby Mills n'était plus une vedette à présent, c'était un suspect qu'elle interrogeait et c'était à elle de diriger les débats, pas à lui.

— Dites-moi comment vous avez connu Soleil Gray et Reed Wakefield.

Le regard de Toby se porta vers la porte, où le policier en uniforme montait la garde, avant de revenir vers Nikki. Ensuite, il regarda ses chaussures, cherchant une réponse à donner à présent que le Pare-feu n'était plus là pour lui souffler son texte.

— Soleil et Reed, Toby ? Je vous écoute.

— Qu'est-ce que vous voulez savoir ? J'ai entendu ce qui lui était arrivé aujourd'hui. Mon Dieu !…

Il se lança dans une démarche audacieuse.

— J'ai lu dans le journal que vous la harceliez. Vous étiez encore après elle, aujourd'hui ?

Heat ne mordit pas à l'hameçon ; elle feignit de ne rien avoir entendu.

— Je maintiens ma question. Comment avez-vous connu Soleil et Reed ?

Il haussa les épaules comme un enfant.

— Ici ou là, vous voyez ? On est à New York. On va à des fêtes, on rencontre des gens. Bonjour, bonsoir.

— Vous ne les connaissiez pas plus que ça, Toby ? Bonjour, bonsoir ?

De nouveau, il regarda la porte et fit la moue comme elle l'avait vu faire, à la télévision, lorsque trois joueurs adverses étaient sur les bases et que personne n'avait encore été éliminé.

Il aurait besoin d'un tout autre talent pour se sortir de cette impasse, et Toby n'était pas sûr de l'avoir. Nikki le sentait.

Pleine de confiance, elle lança :

— Bon, on va aller faire un tour. Cela vous dérange de mettre les mains derrière le dos ?

— Vous plaisantez !

Il la regarda droit dans les yeux, mais il baissa les paupières.

— Je les rencontrais parfois. Vous savez, les fêtes, comme je vous l'ai dit. Reed, il s'est produit lors du match de charité que j'ai organisé pour les victimes des tornades de l'été 2009, dans l'Oklahoma. Soleil aussi, pendant que j'y pense.

— Et c'est tout ?

— Non, pas tout à fait. On sortait ensemble de temps en temps. J'hésitais à le dire, parce que c'est un peu gênant. J'ai dépassé tout ça maintenant, mais j'étais un peu à côté de mes pompes lorsque je suis arrivé à New York. Il aurait été difficile de faire autrement. Alors, j'ai fait la java avec eux, à l'époque.

Nikki se rappela ce que Rook lui avait dit à propos des articles que Cassidy Towne avait écrits sur les folles nuits de Toby Mills dans le « Buzz du jour ».

— Donc, ça s'est passé il y a longtemps.

— Oui, de l'histoire ancienne, oui, madame.

Il avait parlé d'un ton rapide et égal, comme s'il avait enfin surmonté les rouleaux les plus dangereux et retrouvait des eaux plus calmes.

— Avant votre match de charité, il y a deux ans ?

— Exact, bien avant.

— Et vous ne les avez plus revus ensuite ?

Il commença à hocher la tête tout en feignant de réfléchir.

— Non. Non, je les ai pas vus souvent après ça. Ils se sont séparés, vous savez.

Nikki sauta sur l'occasion.

— En fait, j'ai entendu dire qu'ils s'étaient réconciliés. Le soir de la mort de Reed, justement.

Mills essayait toujours de contrôler son visage, mais il ne put s'empêcher de pâlir.

— Ah bon ?

— C'est bizarre que cela vous étonne, Toby. D'autant plus que vous étiez avec eux, cette nuit-là.

— Avec eux, sûrement pas !

Son cri fit sursauter le policier en faction. Il baissa la voix.

— Je n'étais pas avec eux. Pas cette nuit-là. Faites-moi confiance, je m'en souviendrais.

— J'ai un témoin qui affirme le contraire.

— Qui ?

— Morris Granville.

— Oh non, pas ce maboul ! Vous préférez croire un malade plutôt que moi ?

— Quand nous l'avons arrêté, il m'a parlé du club Thermal et m'a dit qu'il avait vu Soleil et Reed. (Nikki se pencha en avant pour se rapprocher de lui.) Bien sûr, au fond de moi, je savais que la seule raison qui expliquait sa présence devant cette boîte de nuit, c'est qu'il vous suivait.

— C'est un paquet de mensonges ! Ce type raconte des bobards pour obtenir quelque chose en échange. C'est un menteur. Il peut toujours inventer ce qu'il veut, sans preuve, cela ne vaut rien.

Toby s'adossa sur sa chaise, croisa les bras pour signaler qu'il avait terminé.

Nikki se glissa vers l'ordinateur et y inséra une clé USB.

— Qu'est-ce que vous faites ? demanda-t-il.

Lorsque le périphérique s'ouvrit, elle double-cliqua sur un fichier en disant :

— J'ai tiré ça du téléphone de Morris Granville.

L'image se chargea. La qualité était celle d'un téléphone portable amateur, mais la photo en disait long. On voyait une rue sous la pluie, devant le club Thermal. Reed Wakefield et Soleil Gray montaient dans une limousine. Esteban Padilla, en costume noir et cravate rouge, tenait un parapluie au-dessus de la portière ouverte.

À l'intérieur, un Toby Mills hilare tendait une main pour aider Soleil à monter. Dans l'autre, il tenait un joint.

Tandis que Mills commençait à faiblir, et ses mains, à trembler, Nikki poursuivit :

— Padilla, Cassidy Towne, Derek Snow...

Il baissa la tête, et elle tapota légèrement sur l'écran. Lorsqu'il releva les yeux vers l'image, elle en rajouta une couche :

— Réfléchissez bien, Toby. Ils sont tous morts, tous, sauf vous. Alors, j'aimerais que vous me disiez ce qui ne colle pas sur cette photo.

Le phénomène des Yankees se mit à pleurer.

Toby Mills était entré au lycée Stuyvesant ce soir-là, à l'arrière d'une limousine noire, avec un chèque de un million de dollars. Il en repartit menotté, à l'arrière d'une voiture de police. Pour l'instant, les charges n'étaient qu'un prétexte pour le garder : faux témoignage, non-signalement d'une mort suspecte, obstruction à la justice, corruption. Les aveux qu'il avait faits après s'être effondré en larmes n'étaient pas suffisants pour retenir des accusations plus conséquentes. Ce serait au grand jury et au district attorney d'en décider. Néanmoins, c'était une étape importante, surtout si elle pouvait relier le lanceur au Texan.

Les images prises par Morris Granville constitueraient des indices probants. D'une certaine manière, Nikki était reconnaissante envers ce malade qui avait pris les photos et les avait conservées depuis le mois de mai.

Lorsqu'elle lui avait demandé pourquoi il n'était pas venu les montrer plus tôt ou n'avait pas essayé de les vendre, il avait répondu qu'il voulait protéger son idole, Toby Mills.

— Alors, pourquoi les montrer maintenant ?

— Parce qu'il m'a fait arrêter, avait répondu Granville du ton le plus naturel du monde, avant d'ajouter : Si on va au procès, est-ce que Toby viendra témoigner ?

Nikki avait réfléchi à la mentalité du harceleur et de tous ceux qui aimaient leur victime au point de préférer la détruire plutôt que de s'en éloigner, n'hésitant pas à tuer parfois. D'autres, apparemment, préféraient se faire arrêter. Toute la question était de trouver une raison d'être à une relation qui n'existait pas. Quitte à choisir son poison !

Dans la version de Toby Mills, après le club Thermal, les trois compères avaient fait le tour de Manhattan dans un seul objectif : faire la fête.

Reed et Soleil avaient déjà un peu d'avance, et Toby, qui ne devait pas jouer avant le lundi suivant contre les Red Sox, était d'humeur à s'amuser ce vendredi soir après avoir perdu toute une tournée terminée à Detroit.

Il se moquait totalement des tests antidopage. Comme d'autres joueurs, il achetait de l'urine pour calmer le commissaire de la ligue. Mills, d'une grande générosité, avait avec lui un petit sac de sport plein de drogues récréatives. Il l'avait avoué à Nikki. Pendant qu'ils étaient garés au port de South Street pour admirer l'East River, Reed et Soleil avaient commencé à parler sérieusement de leur réconciliation et, comme tout le monde en avait assez de la virée en voiture, ils étaient retournés dans la chambre de Reed, au Dragonfly, pour continuer la fiesta.

Toby, qui aurait dû être la cinquième roue de la charrette, était celui qui avait la drogue. Il était donc le bienvenu. Il avait avoué en pincer pour Soleil et avait dit :

— Après tout, qui sait comment cela allait tourner ?

— Oui, comment ?

En fait, d'après Toby, ce n'était qu'un accident. Dans la chambre, ils s'étaient amusés à citer des titres de vieux films en mettant le mot « pénis » à la place du mot-clé : *La Main au pénis ; ET, l'extrapénis, GI Joe, le réveil du pénis*… pendant que Toby installait sa petite pharmacie sur la table basse. Nikki avait insisté pour avoir les détails, et il fit la liste des produits : herbe, cocaïne, poppers. Reed avait également de l'héroïne qui n'intéressait personne, et Toby, des tranquillisants qui l'aidaient à dormir.

Il avait également dit que c'était formidable pour le sexe, si bien que Soleil et lui en avaient avalé quelques cachets, avec de la vodka bue à la bouteille, que l'hôtel avait mise à leur disposition dans un seau à glace.

Lorsque Soleil et Reed étaient allés dans la chambre, Toby avait dit qu'il allait passer de la musique pour étouffer les bruits tout en regardant une chaîne sportive avec le son coupé.

Lorsqu'il avait entendu Soleil hurler, il avait tout d'abord cru à un orgasme, mais elle était sortie de la chambre, toute nue, totalement hystérique, en criant :

— Il ne respire plus ! Fais quelque chose ! Je crois qu'il est mort !

Toby était allé dans la chambre avec elle et avait allumé. Reed était tout gris, et de la bave lui sortait de la bouche. Ils avaient crié son nom sans obtenir de réponse.

Toby lui avait pris le pouls et, comme il n'avait rien senti, ils avaient été pris de panique.

Toby avait aussitôt réveillé Jess Ripton. Son manager lui avait dit de se calmer, de rester tranquille et de ne pas quitter les lieux. Il lui avait ordonné de couper la musique et de ne plus rien toucher avant son arrivée.

Lorsque Toby lui avait demandé s'il fallait appeler une ambulance, Jess avait répondu :

— T'es pas fou ! N'appelle personne, ne bouge pas !

Il avait quelque peu adouci ses propos en lui disant de

demander à son chauffeur de limousine de se tenir prêt, mais sans lui donner de précisions et sans avoir l'air affolé. Jess avait promis d'arriver le plus vite possible et avait dit à Toby de n'en parler à personne.

Lorsque Toby avait raccroché, il voulut transmettre les consignes de Jess à Soleil, mais elle était déjà en ligne avec le téléphone intérieur de la salle de bains.

Deux minutes plus tard, Derek Snow était monté. Toby ne voulait pas le laisser entrer ; or, Soleil ne l'avait pas écouté, persuadée qu'elle était que le concierge pourrait les aider, car elle le connaissait bien.

Comme Nikki le savait, Soleil lui avait tiré une balle dans la cuisse quelques mois auparavant et offert une généreuse compensation. De nombreuses amitiés se fondaient sur moins que cela !

Derek voulait appeler le 911, mais Toby avait absolument refusé et commençait à penser qu'il fallait se débarrasser du concierge. Soleil avait pris Derek à part et lui avait promis une grosse somme s'il se montrait compréhensif. Lorsque Derek avait demandé s'il pouvait faire quelque chose, Toby lui avait répondu d'attendre que son manager arrive.

Derek s'était montré coopératif et, pendant que Soleil s'habillait, chose peu aisée après ce qu'elle avait ingurgité, Snow avait aidé Toby à ranger tous les produits illicites dans le sac de sport.

Vingt minutes plus tard, le téléphone de Toby avait sonné : Jess arrivait. Lorsqu'il était entré dans la chambre, il avait promis que tout allait s'arranger.

Jess ne s'attendait pas à trouver Derek, mais il s'accommoda de sa présence et l'utilisa pour faire sortir Toby et Soleil par l'escalier de service.

En descendant, Jess lui avait précisé qu'il devait être le seul à toucher les poignées de porte et lui avait demandé de revenir dans la chambre une fois que les deux autres seraient en sécurité dans la limousine.

Toby avait poursuivi ses aveux en disant que, lorsqu'ils étaient sortis du Dragonfly, Soleil était toujours en état de choc et ne voulait pas rester avec lui. La dernière fois qu'il l'avait vue, elle s'enfuyait dans la nuit, en larmes.

À la demande de Toby, le chauffeur l'avait conduit dans sa maison familiale, dans le Westchester.

Sur Chambers Street, devant le lycée Stuyvesant, Heat allait monter en voiture quand le carrosse des Gars arriva.

— Toujours aucun signe de vie de Jess Ripton, dit Ochoa par la fenêtre du passager. Ni au Bouley, ni au Nobu, ni au Craftbar... On est allés voir dans tous ses fiefs habituels... *Nada* !

— Vous croyez qu'il aide Jess à nous échapper ? demanda Raley.

— C'est possible. Mais j'ai l'impression que Toby préférerait que son pare-feu soit avec lui, plutôt que perdu dans la nature. D'ailleurs, pensant qu'il avait bien besoin de lui, je l'ai laissé appeler Jess.

— C'est drôlement gentil à vous, dit Ochoa.

— Oui, on n'est jamais si bien servi que par soi-même ! Merci. De toute façon, il n'a eu que son répondeur. Son appartement est sous surveillance, mais je vais demander qu'on envoie une équipe pour écumer la ville. Je vais demander au capitaine Montrose de nous détacher quelqu'un de l'antigang. Son parking, son club de gym, son bureau...

— Mais vous ne pensez pas que, si Ripton essaye de nous échapper, il est trop malin pour se pointer dans les endroits que l'on connaît ?

— Sans doute. C'est peut-être du temps perdu, mais il faut le faire de toute façon.

Ochoa hocha la tête.

— Waouh ! Je sais que quelqu'un doit le faire, mais ça va paraître un peu inutile à ce pauvre type !

Raley éclata de rire.

— On va confier la tâche à Schlemming !

— Ouais, ça devrait pas aller trop vite pour lui ! s'esclaffa Raley.

— J'y penserai, dit Nikki.

Ochoa devint plus grave.

— On devrait arrêter de se moquer de lui. C'est pas parce qu'il est rentré dans la limo du maire en essayant de chasser une abeille de sa voiture que… Oh ! finalement…

— Je peux dire quelque chose ? dit Raley. Tous ces cadavres. J'imagine mal Toby Mills mettre un contrat… Et pourtant, je suis un fan des Mets[1] !

— Voyons, partenaire, à présent, tu devrais savoir qu'on ne sait jamais. Son contrat avec les Yankees ? Tous ces chèques ? Ça fait des millions de motivations pour mettre un couvercle sur une sale affaire…

— Ou Ripton. Il risquait gros, lui aussi. Pas seulement parce qu'il a nettoyé la scène chez Reed, mais parce que l'image de Toby, c'est de l'or en barre pour lui. Pas vrai ?

Il se pencha devant Ochoa pour voir la réaction de Nikki. Elle avait les yeux fixés sur l'écran de son portable.

— Patron ?

— Un instant. Je lis un e-mail de Hinesburg. Elle me l'a transféré de Hard Line Security. C'est la liste des anciens clients du Texan quand il travaillait en free-lance.

— Et ça donne quoi ? demandèrent les Gars.

— L'une de ses clientes était Sistah Strife.

— C'est important ?

— Bien sûr que oui. Cela signifie que Rance Eugene Wolf et Jess Ripton ont tous les deux travaillé pour elle.

Lorsque Raley et Ochoa s'éloignèrent, Heat appela pour que l'on intensifie les recherches, car Jess Ripton était désormais suspecté de complicité de meurtre.

Épuisée et percluse de crampes après les épreuves de la journée, elle monta dans la Crown Victoria et s'enfonça dans le siège. Malgré sa fatigue, cela l'ennuyait de savoir que Rook, toujours très professionnel, n'ait pas assisté pas à l'arrestation de Toby.

Elle appela une fois de plus sur son téléphone portable pour le prévenir.

---

1. Les fans des New York Mets, de la National League, ont la réputation de détester les New York Yankees, de l'American League, et vice versa. (NDT)

La sonnerie dédiée à Nikki, le thème de *Dragnet*, retentit sur l'iPhone de Rook. Le journaliste le regarda pendant qu'il émettait ses dum-dha-dum-dum en boucle…

Sa photo apparut sur l'écran, avec le titre qu'il lui avait attribué « Vague de chaleur », mais Rook ne répondit pas.

Lorsque la mélodie cessa enfin et que l'écran s'éteignit, une vague de mélancolie l'envahit.

Puis il se tortilla pour essayer de se libérer de l'adhésif qui retenait ses poignets au bras du fauteuil.

DIX-NEUF

— Tu dois être un sacré connard, pour avoir choisi une sonnerie pareille ! lança le Texan.

— Si cela ne vous plaît pas, relâchez-moi, et je la change tout de suite.

Jess Ripton tourna le dos aux étagères.

— Tu peux l'empêcher de nous bassiner ?

— Je peux l'obliger à la boucler...

— Et comment il va nous dire où il l'a planqué ?

— Oui, je vois, dit le Texan. T'as qu'un mot à dire...

Jess Ripton et Rance Eugene Wolf mettaient l'appartement de Rook sens dessus dessous pour dénicher le dernier chapitre de Cassidy Towne.

De l'autre côté de la pièce, à genoux, le Pare-feu fouillait dans un meuble intégré rempli de DVD et de quelques antiques cassettes VHS, alors que Rook n'avait plus de magnétoscope adapté. Ripton jetait tout sur le sol. Une fois le meuble vide, il se tourna vers Wolf.

— Tu es sûr de l'avoir vu avec ?

— Oui, monsieur. Il est sorti du tacot avec une enveloppe à la main, celle de la boîte postale.

— Vous me suiviez ? demanda Rook. Depuis combien de temps ?

Wolf sourit.

— Assez longtemps. C'est fastoche. Surtout quand le type se méfie pas !

Il contourna le bureau, se déplaçant sans manifester la moindre douleur, sans doute grâce à une forte dose d'analgésique, ou une grande résistance à la souffrance, ou les deux. Il portait un jean neuf très serré sur sa mince silhouette et une chemise western, avec des boutons ronds. Wolf avait agrémenté sa tenue d'un couteau de combat à la ceinture et d'une écharpe pour son bras, qui semblait avoir été fournie par un hôpital. Rook remarqua aussi un petit pistolet dans un holster dans son dos lorsque le Texan se retourna pour virer tout le dessus du bureau d'un coup de coude. Tout ce que Nikki s'était donné tant de mal à ranger, pot à crayons, cadres, agrafeuse, dévideur, télécommande de l'hélicoptère et téléphone portable se retrouva sur le tapis.

Le Texan retourna l'ordinateur portable vers lui et commença à lire le premier jet de l'article sur Cassidy Towne.

Ripton se releva.

— Où tu l'as mise, Rook ? L'enveloppe ?

— C'était de la pub pour des abonnements, aucun intérêt.

Le Texan le fit taire d'une claque assenée du revers de la main, assez puissante pour lui faire tourner la tête. Étourdi, Rook cligna plusieurs fois des yeux et vit un kaléidoscope d'étincelles. Il avait le goût du sang dans la bouche et sentait le parfum Old Spice du Texan.

Lorsqu'il sortit de sa brume, la chose la plus troublante ne fut pas tant la surprise que l'arrêt brutal de la violence. Ce qui le fit frissonner jusqu'aux os, ce fut de voir Wolf lire l'écran de l'ordinateur, comme si rien ne s'était passé.

Pendant un moment, Rook garda le silence pendant que Jess Ripton continuait à mettre à sac son bureau et que le Texan faisait défiler le texte de son article.

Lorsqu'il eut terminé la lecture, il annonça :

— Aucune des informations du dernier chapitre ne figure là-dedans !

— Des informations à quel sujet ? demanda Rook.

Son cœur se serra lorsque le Texan referma brutalement le couvercle de l'ordinateur.

— Vous savez parfaitement de quoi nous parlons, dit Ripton.

Il observa le bazar qui régnait sur le sol, se pencha et ramassa le manuscrit inachevé que l'éditeur leur avait confié.

— Ce qui est écrit à la fin de ce truc.

Il jeta le manuscrit sur le bureau d'un geste méprisant, et le ruban élastique qui le retenait se brisa, dispersant les feuillets dans la pièce.

— Je ne l'ai jamais eu. Cassidy refusait de le donner à son éditeur.

— On le sait déjà. C'est ce qu'elle nous a raconté il n'y a pas très longtemps.

Rook n'avait pas besoin de réfléchir beaucoup pour imaginer les circonstances épouvantables qui avaient entraîné ces aveux. Il voyait Cassidy attachée à un fauteuil, torturée, ne leur lâchant que cette information avant qu'ils la tuent.

Il pensait que son dernier acte correspondait parfaitement au personnage : un jeu de pouvoir qui leur avait fourni l'assurance que le précieux chapitre qu'ils désiraient existait bel et bien tout en emportant à jamais le secret de sa cachette dans la tombe.

Ripton fit un signe de tête à Wolf. Le Texan sortit de la pièce et revint avec une vieille serviette de médecin noire. Elle était marquée d'un caducée et de l'initiale « V ». Rook se souvint du rapport du FBI, disant que le père du Texan était vétérinaire. Et que le fils adorait torturer les animaux.

— Puisque je vous dis que je ne l'ai pas !

Jess Ripton plissa les yeux, comme s'il hésitait entre deux chemises dans un magasin.

— On sait que c'est faux !

Wolf posa la serviette sur le bureau.

— Tu as besoin qu'on te rafraîchisse la mémoire ? (Il n'arrivait pas à défaire la boucle de la sacoche avec une seule main, si bien que Ripton l'aida.) On est là pour ça.

— Vous avez lu l'article. Si j'avais eu l'information, vous ne croyez pas que j'en aurais parlé ? C'est une preuve par la négative, non ?

— Je vais vous expliquer, monsieur Rook. (Ripton porta le doigt à ses lèvres pour bien choisir ses mots.) En fait, moi aussi je peux vous prouver le contraire, par la négative. Vous êtes prêt ?

Rook ne répondit pas. Il jeta un coup d'œil vers le Texan qui alignait soigneusement ses instruments et ses pics sur le bureau.

— Voilà, pendant tout le temps que nous avons passé ici, moi et mon partenaire, vous n'avez jamais posé une question toute simple. (Le Pare-feu marqua une pause pour accentuer son effet.) Vous ne vous êtes jamais demandé ce que je faisais ici.

Rook sentit une brûlure dans ses entrailles, tandis que le manager poursuivait.

— Je n'ai jamais entendu : « Hé ! Ripton, je sais que ce cow-boy est dans le coup, mais vous ? Vous êtes le manager de Toby Mills ? Qu'est-ce que Toby Mills a à voir dans cette histoire ? » Je me trompe ? Que vous ne posiez pas la question, c'est ça, moi, que j'appelle une preuve par la négative.

Rook réfléchit très vite pour trouver une excuse à cette omission.

— Ça ? Eh bien, c'est simple. On vous a interrogé plusieurs fois à propos de cette affaire. C'est normal que je n'aie pas été surpris.

— N'insultez pas mon intelligence, Rook. Quand vous et votre nana la fliquette, vous êtes venus voir Toby, vous alliez à la pêche les mains vides. Ce n'était qu'un nom sur votre liste. Vous n'aviez aucune raison de lier Toby, et donc moi, avec le cow-boy. (Il attendit, mais Rook ne répondit pas.) Donc, si vous ne posez pas la question, c'est que vous connaissez la réponse et que vous savez ce qui s'est passé cette nuit-là, avec Toby et Reed Wakefield. Moi, je veux savoir où se trouve le chapitre qui vous a révélé l'histoire.

— Je vous ai déjà dit que je ne l'avais pas.

— Maintenant, c'est vous qui voulez jouer au plus malin, dit Jess. Vous pensez que la seule chose qui vous maintient en vie, c'est que vous ne pourrez plus rien nous dire une fois mort. Mais voilà, dans quelques instants, mon ami va vous obliger à parler. Et entre-temps…, vous regretterez de ne pas être mort. (Il se tourna vers Wolf.) Allez, fais ton boulot. Je vais voir dans la chambre.

Il s'approcha de la porte et se retourna.

— N'y voyez rien de personnel, Rook. Mais puisque j'ai le choix, je préfère ne pas voir ça.

Lorsqu'il fut sorti, Rook s'agita sur sa chaise pour tenter de se libérer de ses liens.

— Ça sert à rien, mec ! dit le Texan en prenant un de ses instruments dentaires.

Rook sentit quelque chose se déchirer au niveau de la cheville. Il tira un peu plus fort et réussit à dégager une jambe. Il tapa le pied par terre sous son bureau et se redressa en essayant de jeter la chaise contre Wolf. Hélas, l'homme était trop rapide et il lui fit une clé du bras gauche, enserrant le cou de Rook entre le menton et l'aisselle.

Le Texan tenait toujours son pic dans sa main gauche et, tout en essayant de maîtriser Rook qui gigotait et se débattait, il commença à courber le poignet vers sa tête. Au moment où Rook sentit qu'une aiguille effleurait la bordure extérieure de son conduit auditif, il essaya une autre tactique. Au lieu de se pousser contre son assaillant, il pivota le torse avec une force désespérée.

L'instrument dentaire alla voltiger sur le buvard, et Rook marqua un point. L'énergie du mouvement fit tomber Wolf contre l'angle du bureau. Il se cogna l'épaule blessée, poussa un cri de douleur et posa la main sur sa clavicule.

Haletant comme un chien au mois d'août, l'homme s'assit sur le sol. Rook essaya de s'extirper de l'espace entre le mur et le bureau, mais les roulettes de la chaise étaient coincées par les objets qui jonchaient le sol. Il avait commencé à donner des coups de pied, tentative désespérée pour sauter par-dessus une perforeuse et sa télécommande, lorsque le Texan se redressa et examina le petit cercle ensanglanté qui tachait sa chemise. Il cessa de regarder sa cicatrice qui s'était rouverte et lança un regard furieux vers Rook en poussant un juron.

Il serra le poing à en blanchir toutes ses articulations et recula le bras pour prendre de l'élan et frapper.

— On ne bouge plus !

Nikki Heat venait d'apparaître dans l'encadrement de la porte, son Sig Sauer braqué sur le Texan.

— Attention, Nikki… Jess Ripton est…

— Ici ! dit le manager, qui sortait du couloir et avait le canon de son revolver contre la tempe de Nikki. Lâchez votre arme !

Heat n'avait pas le choix. Il y avait un divan entre elle et la cheminée et elle jeta son pistolet sur un coussin en espérant pouvoir rester à proximité.

Comme Rook n'avait pas répondu à son deuxième appel, elle avait commencé à avoir des soupçons et ne pouvait se débarrasser de son inquiétude. Cela ne ressemblait pas à Rook de ne pas répondre. Elle était certaine qu'il y avait une perturbation dans la zone de force ! Tout en redoutant d'arriver sans prévenir, ce fut exactement ce qu'elle décida de faire. Si elle tombait mal, elle tomberait mal.

Elle préférait affronter ce genre de malentendu plutôt que, si son inquiétude était fondée, de faire retentir toutes les alarmes en alerte en sonnant.

Après avoir demandé les clés au concierge, elle emprunta l'escalier plutôt que l'ascenseur pour éviter le vacarme qu'il faisait en arrivant à l'étage. Une fois sur place, elle colla l'oreille à la porte. Ce fut là qu'elle entendit des bruits bizarres, au fond du loft. Normalement, elle aurait suivi la procédure et pris le temps d'appeler des renforts avant d'entrer, mais ses craintes avaient atteint un niveau maximal, et le temps pressait. Elle ouvrit avec sa clé.

Pour la seconde fois de la semaine, Heat se retrouvait chez Rook, en pleine crise, et essayait d'inverser la situation. Lorsqu'elle vit le Texan porter la main vers le creux de ses reins et en tirer un Beretta, elle commença à réciter son mantra : « Analyse, improvise, adapte, surmonte… »

— Allez dans la chambre, dit Ripton en l'écartant de la chaise longue avec son Glock.

Heat remarqua que cette légère poussée était le geste d'un amateur. Elle ne savait trop que faire de cette impression à part que, si elle avait une ouverture, sa première balle serait pour Wolf.

— Les renforts vont arriver. Vous ne sortirez pas d'ici.

— Vraiment ?

Puisque Wolf avait Nikki en joue, Ripton alla vers la porte et cria sur le palier :

— Entrez donc, on vous attend…

Il mit la main sur l'oreille pour écouter…

— Tiens, tiens…

Nikki eut le cœur serré en voyant Ripton s'approcher de la chaise longue et prendre le Sig qu'il glissa dans sa ceinture. Elle se tourna vers Rook.

— Ça va ?

Les yeux baissés, il regardait sous son bureau.

— Excuse-moi, j'ai des crampes. Tu ne m'en voudras pas si je ne me lève pas ?

— Jess, il serait peut-être temps de mettre les voiles !

Avant que Ripton puisse répondre, Nikki tenta le coup.

— On a arrêté Toby Mills, vous savez ?

Il l'étudia un instant.

— Non, je ne le savais pas. Pourquoi ?

— Vous le savez.

— Dites-le-moi.

C'était à son tour de le jauger. Pourquoi Ripton voulait-il qu'elle réponde la première ? Elle avait l'impression de se trouver dans une partie de poker au moment où il fallait décider qui serait le premier à abattre ses cartes.

Traduction : il voulait qu'elle révèle ce qu'elle savait, parce qu'il se demandait ce qu'elle savait.

Nikki en dit donc aussi peu que possible pour prolonger la conversation et gagner du temps.

— Votre client a été arrêté à cause des aveux qu'il nous a faits sur la nuit de la mort par overdose de Reed Wakefield au Dragonfly.

Le Pare-feu hocha légèrement la tête.

— Intéressant.

— Intéressant ? C'est tout ce que vous avez à dire à propos de votre rôle ? Intéressant ? Tôt ou tard, on finira par apprendre que Toby vous a demandé d'étouffer l'affaire en éliminant tous les témoins, et cela va vous retomber dessus.

Le provocateur en Jess Ripton reprit la main.

— Vous ne savez absolument pas de quoi vous parlez !

— Ah bon ? J'ai ses aveux, je sais qu'il était là, avec Soleil Gray, lorsque Wakefield a fait son overdose. C'est votre client qui lui avait donné les produits. Vous avez fait sortir Toby discrètement. À mon avis, quand l'argent n'a plus suffi à vous assurer le silence, Toby Mills vous a demandé d'éliminer le concierge et le chauffeur de limousine, qui donnaient des tuyaux à Cassidy Towne, qu'il vous a également demandé de liquider. C'est réglé comme du papier à musique !

— Personne ne fera jamais le lien, répondit Ripton. Toby Mills n'a rien à voir avec ces meurtres. Il ne sait même pas que j'ai joué un rôle.

— Ça ressemble à des aveux !

Il haussa les épaules, certain que tout ce qu'il dirait ne sortirait plus du bureau de Rook.

— C'est vrai. Toby ne sait rien. Il n'est même pas au courant pour le livre de Cassidy Towne. Il ne savait même pas que le chauffeur et le concierge le balançaient. La seule chose qu'il sait, c'est qu'il doit garder un sale petit secret à propos d'une fête qui a mal tourné.

— Franchement, Ripton, ce n'est pas le moment de jouer au psy. Pas après avoir tué tous ces gens pour sauver les merveilleux contrats de votre client.

Wolf était impatient de partir.

— Jess ? On y va ?

Rook entra dans la danse.

— Ce n'est pas pour ça qu'ils les ont tués, dit-il en jetant un rapide coup d'œil vers ses pieds avant de lever les yeux. Ils n'ont pas tué pour protéger l'image de Toby Mills. Ils ont tué pour couvrir le fait que la mort de Reed Wakefield n'était pas un accident. C'était un meurtre.

Heat était estomaquée. Elle n'aurait jamais imaginé que Rook soit aussi bon bluffeur. Puis elle fut encore plus abasourdie lorsqu'elle comprit qu'en fait il ne bluffait pas. Elle se tourna pour observer les réactions de Jess Ripton et Rance Wolf. Ils n'étaient pas en désaccord avec cette dernière affirmation.

— Alors, vous avez le dernier chapitre ! dit Ripton en s'approchant du bureau. Vous ne seriez pas au courant pour le meurtre, sinon.

Rook haussa les épaules.

— Je l'ai lu.

— Un meurtre ? Comment ça, un meurtre ? Toby nous a parlé d'une overdose accidentelle.

— Parce que Toby en est toujours persuadé. Toby et Soleil n'en savaient rien, mais Reed Wakefield était toujours en vie lorsqu'ils ont quitté la chambre d'hôtel. Pas vrai, Jess ? dit Rook, rayonnant. C'est ensuite que vous et le Texan l'avez tué.

— Où vous l'avez planqué ? (Ripton regarda sous le bureau où Rook faisait traîner son pied, mais il ne trouva rien.) Vous allez me dire où vous avez caché ce chapitre !

— Laissez-la partir d'abord.

— Je n'irai nulle part ! protesta Nikki.

— C'est exact ! dit Ripton, qui regarda de nouveau tout autour de lui.

— Nikki, j'essaie de t'aider…

— Je repose la question une dernière fois. Où il est ?

— Bon, d'accord, dit Rook. Dans mon pantalon.

Un bref instant de silence tomba sur la pièce. Rook fit un signe affirmatif du menton vers ses genoux.

— Vérifie ! cria Ripton.

Dès l'instant où Wolf se tourna et cessa de braquer son

arme vers Nikki, du bout du pied, Rook appuya sur la télécommande de l'hélicoptère. Sur le rebord de la fenêtre,
derrière le Texan, le CB180 orange s'anima.

Lorsque le rotor se mit en marche, les pales grattèrent
contre la vitre, envoyant des vibrations dans toute la pièce.
Wolf se retourna et tira sur l'engin, brisant la vitre. Paralysé
de terreur, Ripton leva les mains, sur la défensive. Heat se
jeta sur lui ; elle lui prit le bras et le lui leva tout en essayant
de lui prendre le pistolet.

Le Texan se retourna pour tirer sur Nikki sans lui laisser
le temps d'arracher le Glock des mains du manager.

Si bien que Heat mit les mains autour de celles de l'autre,
visa de son mieux et se servit du doigt de Ripton pour tirer.
Elle manqua sa cible et ne troua que l'écharpe.

Le Texan gémit et riposta.

Tandis que Nikki retombait en arrière avant de toucher
le sol, elle appuya plus fort sur les mains de Ripton et tira
quatre balles en direction de la poche de poitrine de la chemise western.

VINGT

Deux heures plus tard, assis au comptoir qui séparait la cuisine de la grande salle, Jameson Rook, regardait les deux filets de bulles qui montaient en ligne parallèle dans son verre de Fat Tire. C'était sa seconde bière et il ne tarderait pas à ouvrir la troisième, persuadé que, de toute façon, il n'arriverait pas à pondre une ligne. Il était plus de minuit, et les lumières de l'ambulance et du légiste éclairaient encore le hall.

De l'autre côté de son loft, dans le coin lecture qu'il avait aménagé l'année précédente, une enclave agréable, aux meubles confortables, entourée d'étagères montant à hauteur d'épaule, il entendait encore les voix métalliques de l'équipe d'investigation.

Rook avait passé une demi-heure en leur compagnie, donnant sa version de l'échange de tirs : lorsqu'il était clair qu'ils allaient être tués, Rook avait créé une diversion, permettant à Nikki Heat de s'emparer de l'arme de Ripton et de tirer sur Wolf, puis, lorsque le Texan avait raté Nikki et tué Ripton à la place, elle avait pu faire feu de nouveau et neutraliser le Texan.

Naïvement, Rook avait cru que l'on s'extasierait sur son sens de l'à-propos, qui l'avait conduit à appuyer sur la télécommande du bout du pied, mais il avait affaire à des types sérieux, et il devrait chercher un autre public pour les acclamations.

Pour la deuxième fois, Nikki était interrogée par ses collègues et, bien que Rook ne pût pas décrypter les mots de là où il était, il comprenait au ton des voix que le problème serait vite réglé.

Quand l'équipe eut terminé son travail, Nikki refusa la bière que Rook lui proposait, mais s'installa à côté de lui. Raley et Ochoa sortirent du bureau, enlevèrent leurs gants et lui demandèrent quelle était la suite.

— Aucune disposition particulière. Entre les lignes…, comme dirait le One Police Plaza, on dirait que l'affaire est close. Ils ont juste besoin de vingt-quatre heures de réflexion pour bien prouver qu'ils ont une conscience professionnelle, puisque c'est le deuxième incident de la journée.

— On devrait t'attribuer une médaille, dit Rook, qui fit vite marche arrière. Euh, excusez-moi, désolé, c'était mal venu… c'est la bière…

— Et comment vous expliquez le reste de la journée, hein ? dit Raley.

Rook n'écoutait plus. Totalement concentré sur Nikki, il observait son visage et comprenait qu'elle avait la tête ailleurs.

— Nikki ?

Lorsqu'elle revint avec lui, il ajouta :

— Tu as été fantastique !

— Euh, oui… Étant donné les circonstances, je ne suis pas malheureuse.

— Hé ! ça va avec… Vous savez ?...

Sans qu'il ait besoin d'en dire plus, tout le monde savait qu'il parlait de la mort de Rance Wolf qui, criminel ou pas, perdrait désormais son surnom et ne serait plus jamais le Texan pour elle. Contrairement à ce que l'on voit dans les films d'Hollywood, prendre une vie est toujours très perturbant pour un policier, même lorsqu'il s'agit de celle d'un tueur professionnel et que la démarche est totalement justifiée. Nikki avait beau être solide, il lui faudrait un moment pour encaisser les multiples pertes de la journée.

Elle se ferait aider, non parce qu'elle était fragile, mais parce qu'elle savait que c'était efficace. Elle savait aussi qu'elle s'en remettrait. Elle répondit à la question d'Ochoa par un simple hochement de tête, et c'était tout ce dont les autres avaient besoin.

— Alors, c'est vrai ? Vous aviez planqué le fameux chapitre dans votre pantalon ?

Fièrement, Rook répondit :

— Oui, bien sûr.

— Ça répond à une question. Voilà pourquoi on nous oblige à mettre des gants !

Personne ne rit. Une convention implicite imposait une certaine retenue, étant donné ce qui se passait dans le hall. Néanmoins, ils apprécièrent la blague d'Ochoa dans leur barbe et se pincèrent les lèvres.

Rook expliqua que, la lecture du chapitre terminé, il était allé dans sa cuisine pour appeler Nikki. Il venait juste de prendre son portable sur le comptoir quand il entendit l'ascenseur qui s'arrêtait. Il n'attendait aucune visite et, lorsque le parapluie avait commencé à trifouiller dans sa serrure, il s'était précipité dans son bureau pour s'enfuir par l'escalier de secours. Hélas, sa fenêtre était restée bloquée, et il s'était retrouvé piégé dans la pièce. Sachant qu'il y avait de bonnes chances pour que ce soit Wolf qui vienne chercher ce fameux chapitre, il ne savait plus où le mettre.

Il l'avait donc fourré dans son pantalon.

— Bizarre !

— Oui, je sais. J'étais étonné qu'il y ait assez de place.

Comme les autres ricanèrent, il ajouta :

— Hé ! c'est un gros chapitre !

À cet instant, tous, sauf Nikki, avaient déjà lu les pages croustillantes de Cassidy Towne, si bien que Rook lui retraça les grandes lignes du récit. Elle comprit vite pourquoi Jess Ripton et Rance Eugene Wolf tenaient absolument à mettre la main dessus. Ce dernier chapitre, c'était le pistolet encore fumant qui épinglait le client de Ripton, Toby Mills, ainsi que Soleil Gray, pour avoir passé une nuit de débauche qui s'était terminée par l'overdose de Reed Wakefield et leur lâche fuite devant leurs responsabilités. Drogue, non-assistance d'une personne en danger sans même appeler les secours, c'était déjà assez choquant et scandaleux en soi. Rien qu'avec cela, Cassidy avait assez d'étincelles pour créer un best-seller et engendrer des ramifications financières et juridiques dévastatrices pour toutes les personnes concernées. Mais la chroniqueuse mondaine tenait à passer au niveau supérieur ; et le niveau supérieur, c'était le meurtre.

Son élément clé, c'était le concierge. Très apprécié des clients, non seulement pour les services rendus, mais aussi pour sa discrétion, Derek Snow était un personnage central. Jess Ripton connaissait l'histoire du coup de feu accidentel de Soleil Gray et savait donc que Derek était du genre à accepter des pots-de-vin et à la boucler. Donc, lorsqu'il était rentré à l'hôtel après avoir accompagné Toby et Soleil dans la rue, Jess Ripton avait pensé, à juste titre, que pour une somme rondelette Derek Snow aurait fait comme si cette nuit n'avait jamais existé. Et Snow avait assuré le Pare-feu qu'il n'avait aucune inquiétude à avoir.

Lorsque le grand maigre déguisé en cow-boy était venu terminer le nettoyage, Ripton avait fait comprendre à Derek que le silence était primordial et avait demandé au Texan de le menacer et de lui faire comprendre qu'on le retrouverait, où qu'il soit, s'il ne tenait pas sa langue.

Les choses s'étaient quelque peu gâtées lorsque le Texan avait ouvert sa sacoche noire et en avait sorti son stéthoscope. Derek se trouvait toujours au salon et essuyait les poignées de porte et les interrupteurs avec les lingettes spéciales qu'on lui avait données lorsqu'il avait entendu une voix dans la chambre s'exclamer :

— Merde ! Il est vivant !

À cet instant, le concierge avait dit avoir eu envie de s'enfuir pour appeler les secours. Mais, terrifié par les menaces du Texan, il s'en était abstenu. Il avait poursuivi son ménage tout en s'approchant de la porte. Il avait jeté un coup d'œil à l'intérieur de la chambre, mais il avait failli se faire repérer. Il avait donc reculé pour rester hors de vue tout en observant la scène dans un miroir.

Les deux hommes avaient parlé à voix basse. Il n'empêche que Snow avait parfaitement entendu Ripton qui disait :

— Il faut faire quelque chose !

Le Texan avait demandé s'il en était bien sûr, et Ripton avait répondu qu'il ne voulait pas que Wakefield se mette à délirer dans un service d'urgence et commence à raconter aux flics et aux médecins ce qui s'était passé et avec qui il se trouvait.

— Fais-le taire à tout jamais.

Sur ce, le Texan avait sorti quelques tubes et quelques fioles de son sac. Après avoir fourré des pilules dans la gorge de Wakefield, il avait commencé à lui asperger un produit dans le nez. Ensuite, il avait repris son stéthoscope et avait écouté longuement. De peur de se faire surprendre, Derek était allé du côté du salon et avait repris une lingette propre pour continuer à astiquer. Tout était resté longtemps silencieux, jusqu'à ce que Ripton demande :

— Alors ?

— Pince-le, il est kaput.

Lorsqu'ils étaient revenus au salon, le concierge avait feint de n'avoir rien entendu.

— Beau boulot, avait dit Ripton. Essuyez encore la télécommande et vous pourrez y aller.

Si Derek Snow avait fini par parler à Cassidy Towne, c'était pour soulager sa conscience. Il n'avait rien d'un ange ; il avait accepté son argent, tout comme il avait accepté celui de Ripton, mais en lui racontant ce qui s'était vraiment produit. Lui parler du meurtre de Reed Wakefield, c'était pour lui un moyen de chercher l'absolution.

Il avait toujours peur du Texan qui avait promis de le tuer, mais il avait encore plus peur d'être obligé de vivre avec le fardeau de sa complicité.

Snow avait également dit à Cassidy qu'il souffrait de son manque de loyauté envers Soleil Gray, qui l'appelait régulièrement en sanglots, car elle s'estimait responsable de l'overdose de son ex-fiancé. Il la voyait s'enfoncer de jour en jour. Il avait même confié à Cassidy qu'une fois qu'elle n'aurait plus besoin de lui pour son livre, il avouerait toute la vérité à Soleil. La journaliste l'avait supplié d'attendre la publication, et il avait accepté. Mais pas éternellement.

Le chagrin de Soleil renforçait sérieusement ses sentiments de culpabilité.

— Tu crois que c'est pour cela que Derek appelait Soleil, cette nuit-là, au Brooklyn Diner ?

— J'y pensais justement, dit Nikki. C'est la nuit où Cassidy Towne s'est fait assassiner. Je parie que Derek avait vu Rance Wolf rôder dans les parages et essayé de prévenir Soleil avant qu'il ne soit trop tard.

— Ce qui était sans doute le cas, dit Ochoa.

— C'est triste, dit Nikki. Non seulement Soleil n'aura jamais entendu la vérité de la bouche de Derek Snow, mais il manquait le dernier chapitre du manuscrit qu'elle a volé, si bien que tout ce qu'elle a lu ne faisait que l'accuser et la renforcer dans ses convictions.

Rook hocha la tête.

— Le plus tragique pour elle, c'est qu'elle est morte sans savoir qu'elle n'était pas responsable de la mort de Reed.

Ochoa jeta un coup d'œil vers son partenaire.

— Qu'est-ce qui te turlupine ?

— Qu'est-ce qui te fait penser ça ? demanda Raley.

— Hé ! je te connais. Tu es comme ma femme.

— Parce que moi non plus je ne couche pas avec toi ?

— Très drôle. Je veux dire que je te connais. Qu'est-ce que tu as ?

— D'accord. C'est Soleil Gray. Si c'est Jess Ripton qui a tout organisé…, enfin, pour le meurtre… Que ce soit sur ordre de Toby ou de sa propre initiative, qu'est-ce qu'elle vient faire là-dedans ? À part être paranoïaque et se sentir coupable à propos de l'overdose ?

— Sachant ce que nous savons à présent, dit Nikki, je ne crois pas qu'elle soit impliquée avec Ripton, Wolf ou Toby. Du moins, pas pour les meurtres.

— Et malgré tout, elle a agressé Perkins pour récupérer le manuscrit, dit Raley. Vous ne croyez tout de même pas que c'est une coïncidence ?

— Non, pas une coïncidence. Une simultanéité. Ça fait toute la différence.

Rook avala une autre gorgée de bière.

— Et pourquoi elle s'est soudain mise à le vouloir ?

— J'ai ma petite idée, dit Nikki. (Elle descendit du tabouret et s'étira.) Je vous dirai si j'ai raison demain. Après avoir eu une petite conversation avec quelqu'un dans la matinée.

Quelque chose semblait changé lorsque Nikki Heat longea la 82e Rue Ouest en sortant du commissariat, le lendemain matin. Au loin, elle percevait un bourdonnement sourd qu'elle n'avait plus entendu depuis plus d'une semaine.

En approchant d'Amsterdam, un modeste relent de fumée de diesel s'éleva, et le bourdonnement se transforma en bref rugissement qui cessa avec le sifflement des freins hydrauliques de la benne à ordures.

Deux éboueurs descendirent et s'attaquèrent à la montagne de détritus qui s'étaient accumulés pendant la grève. Une voiture, puis une autre s'arrêtèrent derrière le camion, bloquant toute circulation, pendant que les hommes jetaient les sacs noirs et verts à l'arrière.

En passant, elle entendit un chauffeur qui jura par la vitre ouverte.

— Voyons ! dit Nikki en souriant.

La grève était enfin terminée, et les New-Yorkais pouvaient s'acharner sur autre chose.

Il était huit heures cinq. Le café Lalo venait juste d'ouvrir, et Petar, le premier client, attendait sous une grande affiche d'un peintre européen, dans un coin sombre.

— Je suis content que tu aies pu venir, dit-il.

— Moi aussi.

Elle s'installa en face de lui à la table de marbre.

— Ça te va ici ? J'avais le choix, mais je ne voulais pas être près de la fenêtre. Depuis que la grève est terminée, les fumées de diesel sont de retour.

— Oui, les remugles de poubelles, c'était quand même mieux.

— Touché ! Nikki, j'oublie qu'avec toi, le verre est toujours à moitié plein.

— Du moins, la moitié du temps, oui…

À la serveuse qui arrivait, Nikki commanda un simple café crème. Petar choisit son menu et commanda pour deux.

— Tu n'as pas faim ?

— Je dois rentrer au commissariat bientôt.

Une ride de déception se creusa entre les sourcils de Petar, mais il ne dit rien. Au contraire, il sortit son agenda.

— Tu sais, c'est ici qu'on a tourné *Vous avez un message.*

Soudain, Nikki se mit à penser « *Vous avez un pénis* » et un sourire irrépressible illumina son visage.

— Quoi ?

— Rien. Je suis toujours sous le coup d'hier, c'est tout.

— Oui, bien sûr, où ai-je la tête ? Je ne t'ai pas demandé comment tu te sentais.

— Ce n'est pas facile, à vrai dire, mais ça ira.

Elle ne lui parla pas de l'épreuve subie la veille dans le loft de Rook, mais il y fit référence.

— Tout le monde ne parle plus que de Toby Mills, de Jess Ripton et de l'autre type. Tu étais sur place ?

Leur commande arriva, et Nikki attendit que la serveuse s'éloigne avant de répondre.

— Petar, je crois que cela ne va pas le faire.

Il reposa sa cuillère et la regarda d'un air intrigué.

— Parce que je te mets trop de pression ? De nouveau ?

Elle avait décidé d'avoir cette conversation avec lui, si difficile fût-elle, si bien qu'elle bouda son café.

— Ce n'est pas ça… Oui, bien sûr, tu es… toujours déterminé…

— C'est à cause de ton écrivain ? Tu es en couple avec Jameson Rook ?

Il venait de lui offrir une ouverture dont elle profita.

— Non, cela ne marchera pas parce que je ne peux pas avoir confiance en toi.

— Quoi ? Pourquoi ?

— Je vais te donner un indice. J'ai essayé de comprendre comment Soleil Gray avait pensé à voler le manuscrit de Cassidy Towne, chez l'éditeur.

Petar se mit à s'agiter. Elle entendit un léger craquement du bois de la chaise bistro. Lorsqu'il s'immobilisa, elle continua.

— Ça s'est passé juste après la visite de Soleil sur ton plateau. Le soir où tu m'as parlé du livre de Cassidy.

— Bien sûr, tu es une amie, c'était normal que je t'en parle.

— Mais tu ne m'as pas tout dit. Tu ne m'as pas dit qui Cassidy allait montrer du doigt. Et tu le savais, n'est-ce pas ? Parce que ce n'est pas l'éditeur qui te l'a révélé, c'est ton mentor, Cassidy Towne, pas vrai ? Pas forcément tout, mais en grande partie. Et tu en as parlé à Soleil Gray. C'est ce qui l'a poussée à s'en prendre à l'éditeur. Sinon, comment aurait-elle deviné ? Dis-moi si je me trompe.

D'autres clients commençaient à arriver, si bien qu'il se pencha sur la table pour parler à voix basse.

— Après ce qui était arrivé à Cassidy, j'ai cru qu'il valait mieux lui en parler. Pour l'avertir.

— Peut-être. Mais c'était un baiser empoisonné. Je suis sûre que tu ignorais ce qu'elle allait faire, mais tu n'as pas pu t'empêcher d'ouvrir le tiroir-caisse à petits services. C'est comme ça que ça marche, non ? Et ensuite, tu as essayé de m'arracher des informations, tu as demandé à voir les photos d'autopsie de Soleil. S'il te plaît, dis-moi que ce n'est pas toi l'Aiguillon.

— Moi ? Non !

— Mais tu la connais.

— C'est un homme. Lui, oui.

Nikki s'assura d'avoir toute son attentiôn avant de dire :

— Petar, je ne sais pas ce qui t'est arrivé ; tu étais peut-être comme ça depuis le début, et c'est pour ça que nous sommes séparés.

— J'essaie simplement de faire mon travail, Nikki. Je ne suis pas méchant.

Nikki l'observa.

— Non, j'en suis certaine. Je trouve simplement que tu as un sens éthique plutôt vague.

Il posa l'argent sur la table pour payer la commande et s'en alla.

En franchissant la porte, elle fut ramenée presque dix ans en arrière, à la dernière fois qu'elle avait quitté Petar. C'était par une nuit d'hiver, dans un café du Village, avec une chanson de Bob Dylan diffusée par les haut-parleurs en arrière-plan.

Les paroles de la chanson lui revenaient, reflétant ses sentiments, tout comme la première fois. *Don't think twice, it's all right...* Ne réfléchis pas à deux fois, ça va.

Toujours perdue dans la ballade mélancolique de Bob Dylan sur la perte des sentiments amoureux, Nikki s'arrêta sur la marche du haut pour boutonner son blouson de cuir avant de retourner au travail.

Devant un restaurant un peu plus haut dans la rue, elle vit son amie, Lauren Parry, qui descendait d'un taxi. Nikki était sur le point de l'appeler, mais elle s'arrêta juste à temps en remarquant qu'Ochoa descendait derrière elle et se précipitait pour aller lui ouvrir la porte du commissariat.

D'un geste théâtral, il écarta le bras pour faire signe à Lauren d'entrer, et le couple franchit le seuil en riant après leur petit rendez-vous matinal. Ou plutôt, pensa Nikki, après leur brunch du lendemain matin. Elle en oublia les paroles de Dylan. Elle respira la fraîcheur de l'air automnal en pensant, ou du moins en espérant que, de temps en temps, les choses faisaient un peu mieux que juste « aller ».

Lorsqu'elle descendit sur le trottoir, elle marqua une nouvelle pause en se rappelant qu'elle se trouvait à l'endroit exact où elle avait vu le coyote pour la première fois, quelques jours plus tôt. Nikki laissa son regard se perdre dans la rue en repensant à la scène. Ce fut là qu'elle le vit.

Il ne se trouvait pas au même endroit que la première fois. Il était un peu plus loin et reniflait le trottoir à l'angle de Broadway, là où les ordures venaient juste d'être ramassées. Elle le vit qui baissait la tête vers le macadam et léchait quelque chose. Elle continua à l'observer en silence, mais elle avait envie de l'appeler, de le siffler, juste pour provoquer une réaction. Ou établir le contact.

Au même instant, l'animal releva la tête. Et la regarda. Tous deux s'observèrent d'un bout à l'autre de la rue. La petite tête étroite était trop loin pour qu'elle discerne les détails, mais, à la fourrure maculée, Heat comprenait la semaine de souffrance que l'animal avait passée à fuir les hélicoptères et les caméras.

Il leva encore un peu la tête pour mieux la regarder et, à cet instant, elle se sentit nue sous le regard perçant. Ensuite, il aplatit ses oreilles vers l'arrière et, à ce geste, Nikki éprouva un sentiment qu'elle ne pouvait que décrire comme la communion entre deux êtres qui avaient enduré une semaine de torture en dehors de leur élément naturel.

Elle leva une main hésitante pour lui faire un signe. Une voiture passa dans la rue, lui obstruant la vue.

Lorsque Nikki regarda de nouveau au même endroit, le coyote avait disparu.

Nikki baissa la main et commença à se diriger vers le commissariat. À l'angle d'Amsterdam, en attendant avant de traverser, elle se retourna encore, mais le coyote n'avait pas réapparu. Elle savait pourquoi. Tous deux avaient besoin de trouver un abri.

Cette nuit-là, lorsqu'elle entra dans son appartement, où Rook était installé à la table de la salle à manger, ses feuillets étalés devant lui, elle lui demanda :

— Et cet article ?

— Quoi ? Pas de « Chéri, je suis rentrée » ?

— Jamais ! dit-elle en s'approchant de sa chaise et en lui passant les bras autour du cou.

— Je savais que, si je venais ici, je n'avancerais pas, dit-il avant de basculer la tête vers elle pour l'embrasser.

Elle alla à la cuisine et l'appela pendant qu'elle sortait deux bières du réfrigérateur.

— Tu peux encore retourner dans ton loft et essayer de trouver l'inspiration sur une véritable scène de crime !

— Non, merci. J'y retournerai quand il aura été nettoyé, demain.

Il lui prit une bouteille des mains et ils trinquèrent.

— Un double meurtre, ça va sérieusement faire descendre la valeur du bien. Je me demande si je suis obligé de le déclarer...

— Comme si tu avais envie de vendre !

— Écoute, je suis désolé pour toi et Petar.

Elle termina une gorgée de bière et haussa les épaules.

— Ça arrive. C'est triste, mais ça arrive, dit-elle, gardant le verre à moitié plein, comme d'habitude. J'espérais que nous pourrions devenir amis.

— Oui, moi aussi.

— Menteur !

Rook pensa à ce qu'il avait découvert à propos de l'introduction d'espèces dangereuses et de la peine de prison, mais, au lieu de lui en parler, il se contenta de lui sourire.

— Je ne sais pas. Ça m'avait l'air d'être un chic type.

— Menteur comme un arracheur de dents ! dit-elle en allant dans le salon.

— Hé ! où tu vas ? J'allais juste...

Elle s'installa sur le divan.

— Tu vas te mettre à travailler... Que j'entende les touches tinter, monsieur Rook ! Je veux que toutes les Nikki Heat disparaissent des kiosques, et plus vite que ça !

Il tapa quelques mots avant de dire :

— Tu ne te sens pas abandonnée ?

— Non, continue. Je lis.

— C'est intéressant ?

— Hum… Ça peut aller, cela s'appelle *Son chevalier servant*.

Rook était déjà debout avant qu'elle ajoute :

— De Victoria St. Clair.

— Comment ça, ça peut aller ? C'est une œuvre exceptionnelle, de la plume d'un professionnel !

Il s'assit à côté d'elle et elle ouvrit une page et lut : *Elle s'abandonna à son désir dans le sanctuaire de ses longs bras et de ses épaules larges, tandis qu'il l'enlaçait dans le carrosse.*

Elle reposa le livre sur ses genoux.

— Pas terrible !

— Je ferai mieux la prochaine fois. J'ai juste besoin d'un peu d'inspiration.

— Ah bon ?

— Oui.

Heat posa le livre sur le sol et attira vers elle Rook qui se laissa tomber sur le divan. Il l'embrassa et elle se dressa contre lui. Ils s'abandonnèrent l'un à l'autre, passionnément, profondément. Tandis qu'il explorait son corps de ses caresses, Nikki lui adressa un regard de braise.

— Viens, déchire mon corps !

Vague de chaleur

Un magnat de l'immobilier est retrouvé mort au pied de son immeuble de Manhattan. Visiblement, on lui a donné un coup de pouce pour qu'il fasse le grand saut…

Dans le même temps, sa ravissante épouse au passé trouble échappe de peu à une agression. Dans la fournaise new-yorkaise, les esprits s'échauffent, les passions se déchaînent. Un autre meurtre, dans l'entourage, entraîne la police dans le monde opaque de l'immobilier, des paris, de l'argent douteux. Un univers où le secret et le silence font la loi.

Mais l'enquêtrice de choc Nikki Heat est là pour mettre de l'ordre dans cette sale affaire. Malgré la présence imposée d'un journaliste fort encombrant (mais charmant), elle va découvrir un à un tous les secrets du mort, flambeur et joli cœur qui ne manquait pas d'ennemis. Des secrets que de nombreuses personnes auraient préféré oublier…

*« **Castle n'as pas perdu la main.** Vague de chaleur est comme les autres best-sellers du maître du thriller : c'est chaud !* » James Patterson

ISBN : 978-2-35288-483-5